LES AVENTURES

DE

JACK BRAG

γ^2

LES AVENTURES

DE

JACK BRAG

PAR THÉODORE HOOK

AUTEUR DE

SAYINGS AND DOINGS, GILBERT GURNEY, ETC.

Roman traduit de l'anglais

PAR LE Bon R. DE SAINT-JULIEN

Iʳᵉ PARTIE

LE MANS

ÉTIEMBRE ET BEAUVAIS, IMPRIMEURS

PLACE DES HALLES, 19

1861

LES AVENTURES

DE

JACK BRAG.

CHAPITRE PREMIER.

— Mon cher Johnny, disait la respectable veuve Brag à son fils, où pourra vous conduire le genre de vie que vous menez ? au lieu de songer aux affaires, vous ne pensez qu'à galopper, à suivre les courses au clocher, à chasser le renaid, à courir après les lords, et vous perdez ainsi votre temps et votre avoir ; la boutique menace ruine, et vous vous coulez chaque jour davantage, au lieu de couler vos chandelles.

— Mère, répondit Jack, ne déraisonnez pas ainsi ! vous êtes de la vieille école ; — parfaite dans votre genre, mais encore bien arriérée : les affaires ne sont point en péril; et vous ne supposez pas, sans doute, que je puisse, avec l'éducation que j'ai reçue, me fourrer dans les moules, et m'occuper des six, des dix, des quatre à la livre, ou des chandelles d'un liard ; — non, grâce à mes lumières, je me flatte de pouvoir élever mes vues un peu plus haut.

— Pas tant de sottises, Johnny ! Tout ce que vous possédez encore, et tout ce que vous avez dépensé depuis la mort de votre pauvre père, c'est avec *ses lumières*, en éclairant ses pratiques, qu'il l'avait gagné. Mais comment pouvez-vous croire qu'il me soit possible aujourd'hui de continuer le commerce, si vous ne vous en occupez pas de temps à autre ?

— Suivez mon conseil, chère mère, mariez-vous. Je suis assez vieux maintenant pour ne pas m'inquiéter d'un beau-père ; — le mariage est le bon plan, comme j'ai l'habitude de le dire à mon ami lord Tom, — en avant donc, tout droit, et pas d'erreur. Choisissez un homme de bon sens, actif, intelligent, qui ne recule pas devant la besogne, et, surtout, qui n'ait pas de nez.

— Pas de nez ! interrompit Mme Brag.

— Je ne l'entends pas dans le sens littéral du mot, dit Brag, mais en langage de sport, — je veux dire — qui ne redoute pas l'odeur particulière au suif. — Vous comprenez, laissez-le s'occuper des ruses du métier : Vous serez encore la Reine-Abeille de la ruche, — faites-le courir après le bourdon, pendant que vous ne perdrez pas de vue la cire.

— Et pendant que vous, Johnny, vous dévorerez le miel, observa la Reine-Abeille.

— Faites ce que vous voudrez, lui répondit son fils, seulement mariez-vous, — c'est là le bon plan, comme dit la chanson.

— Enfin, Johnny, je n'ai aucune envie de changer de condition.

— Mais je n'ai nulle envie non plus que vous en changiez, dit Jack, je voudrais seulement vous voir changer de nom. Car, aussi longtemps que celui de Brag, *fabricant de chandelles et de bougies*, figurera sur le devant de la maison, avec trois ou quatre douzaines d'échantillons pendus et sautillant au-dessus de la porte, comme autant de malfaiteurs expiant leurs crimes, je vivrai dans un état de fièvre continuelle, redoutant à chaque instant que mes nombreux amis ne s'informent si je ne suis pas un membre de la famille.

— Johnny, vous êtes un garçon bien ridicule, en quoi donc une honnête industrie peut-elle vous faire rougir ? Si tous les personnages avec lesquels vous allez chasser, ainsi que ceux qui leur ressemblent, vous aiment et sont réellement enchantés de vous voir, c'est pour vous seul : quant à ceux qui apprendront, par votre nom et votre naissance, que vous ne pourrez jamais marcher de pair avec eux, s'ils vous accordent encore le moindre intérêt, soyez persuadé que votre commerce, pourvu que vous ne le portiez pas en croupe avec vous, ne pourra vous nuire à leurs yeux. Que leur importera, en effet, par quels moyens, pourvu que vous les possédiez, vous vous serez procuré vos chevaux pur-sang, votre brillant habit écarlate et votre culotte blanche ? Ils ne vous en donneront pas d'autres quand vous n'en aurez plus.

— Tout cela est fort bien dit, reprit Johnny, mais je ne ferais jamais voir mon visage au milieu d'eux, si je pensais qu'ils eussent un jour quelque soupçon de ma profession véritable; je vis dans une anxiété perpétuelle à ce sujet, et s'il arrive parfois que l'on me demande si je n'étais pas à Melton (1), l'an dernier, je pense aussitôt à la boutique ; — les mots « joli *moule* de cheval » me cornent aussi désagréablement dans l'oreille ; — est-il question de jouir du plaisir d'aller *colleter* dans la campagne, l'idée de colleter (2) les chandelles se présente à l'instant à mon esprit et me donne le frisson ; — enfin, pas plus tard que la semaine dernière, une course rapide à travers champs pour aller rejoindre la meute de lord Hurrican, m'ayant presque épuisé, j'ai cru un moment que j'allais m'éteindre comme une lampe qui n'a plus d'huile.

— Mais pour qui donc, Johnny, pensez-vous que ces lords vous prennent, si ce n'est pour un fabricant de chandelles ?

— Pour un chevalier indépendant, dit Jack.

— C'est-à-dire pour un chevalier d'industrie, répliqua la mère.

— Ils me considèrent comme un agréable compagnon.

(1) Le mot *melt* signifie *fondre*.

(2) Colleter, expression technique, qui signifie plonger une dernière fois la chandelle dans le suif pour en enduire la boucle qui forme la mèche ; de même qu'elle signifie aussi tendre des collets pour prendre le gibier. (*Le Traducteur.*)

— Qui, plus d'une fois, a eu maille à partir avec la police, ajouta la vieille dame.

— *Je rends la main, et je tiens les jambes près*, dit Jack. Toujours à la tête des chiens, — je n'abandonne jamais la piste, — je brille sur le terrain partout où je vais, — dans la course au clocher, surtout, je suis d'une valeur infinie.

— Et d'un bien faible poids, mon pauvre Johnny, interrompit la mère.

— Un de mes plus chers amis, continua Brag, lord Tom Towzle, un diable d'homme avec les femmes, sur ma parole, est sur le point de me présenter comme candidat aux Voyageurs.

— Eh, quoi ! comme postillon dans quelque bonne maison ? C'est là un beau métier, en vérité.

— Dans quelque bonne maison ! dit Jack, ah bah ! rien de semblable. Mais comment donc l'entendez-vous, mère ? Voudriez-vous parler de ces escogriffes de laquais, enveloppés d'étoffes couleur punaise, avec un attirail de boutons sur leurs bottes ? Non ! non ! les Voyageurs, — par excellence !

— Par quoi ? demanda mistriss Brag. Est-ce qu'il serait question, par hazard, de ce magnifique club dans Pall Mall, dont vous m'avez fait voir l'extérieur à la dernière fête du roi ?

— Celui-là même, répondit Brag, mais si j'avais lâché le mot, comme dit lord Tom — sans broder un peu — ça n'aurait pas eu le sens commun. Or donc, voici comment la chose s'est passée : Lord Tom me demanda s'il me serait agréable d'appartenir aux Voyageurs. — Sans doute, lui répondis-je, *straight up, right down, and no mistake.* — Maintenant, reprit-il, à quel titre pourrions-nous vous recommander ? — Et, comme je ne le comprenais pas, il ajouta : Avez-vous jamais pénétré dans la Grèce (1) ? — Certainement, lui dis-je ; et, quoiqu'il n'en soit rien dans le sens réel de la question,

(1) Une des conditions essentielles pour se faire présenter au club des Voyageurs, qui est un des plus fashionables de Londres, consiste à avoir fait quelque voyage lointain et hasardeux. Lisez à ce sujet la plaisante aventure arrivée à Sir Ralph *** dans la forêt Noire, et racontée par E. Guinot dans son charmant ouvrage intitulé : *L'Été à Bade.*

j'aurais pu cependant ajouter avec vérité : *Souvent même jus-qu'aux coudes* (1) ; mais je me contentai de le penser. En ce moment, je l'aurais volontiers envoyé à tous les diables, lors-que tout à coup il décline mon nom à haute voix, en s'adres-sant dans la rue à un Monsieur je ne sais qui, et le prie de me servir de parrain.

— Si vous parvenez jamais à être introduit là, mon cher Johnny, de grâce, engagez-les à abandonner le gaz, et à s'éclairer à l'huile. Mais, quoique je puisse dire à ce sujet, je suis bien sûre que vous n'aurez pas l'air de m'en-tendre.

— Nous avons tout le temps d'y penser, dit Jack, et main-tenant, il faut que j'aille battre le terrain pour étendre le cer-cle de mes connaissances, me lancer dans la société d'élégan-tes femelles — femmes à la mode, au visage souriant et au cœur sensible ; — présenté à trois des plus belles la semaine dernière, — elles se sont montrées fières comme des paons pour tous les autres, mais elles ont paru enchantées de ma personne ;— je les ai ensuite retrouvées à Ascot — et j'ai pris avec elles une collation froide en voiture — avec accompa-gnement de champagne de Londres à la glace. — Tout sem-blait aller le mieux du monde, — de ma vie je ne fus plus heureux— par une chaleur d'enfer — les esprits étaient mon-tés — je faisais les délices de la compagnie — leur débitant une douzaine de contes de ma façon, je les faisais rire comme des perroquets, lorsque je fus arrêté court par le marquis de Middlesdale, qui venait de déjeuner chez le roi : en passant près de notre barrouche, il me frappa sur l'épaule, de manière à être entendu d'Egham, et s'écria : « Vrai temps à fondre aujourd'hui ! n'est-il pas vrai, Jack ? »

— C'est bien là ce qu'il a voulu dire, soyez-en sûr, observa mistriss Brag.

— Pas le moindre doute, dit Brag, car jamais je n'éprouvai une chaleur pareille.

— Si ce n'est, toutefois, auprès de la chaudière au suif,

---

(1) Plaisanterie sur le mot *Greece* qui signifie *Grèce* et se pro-nonce en anglais comme le mot *Grease* qui veut dire *Graisse*.

(*Note du Traducteur*.)

interrompit la mère. Mais de grâce, Johnny, où donc ces Messieurs pensent-ils que vous vivez ?

— Dans une belle maison de Grosvenor Street, dit Jack, tout près de ce qu'on appelle l'hôtel d'Ems : mon nom est sur la porte, et l'adresse sur mes cartes.

— Mais ce n'est pas là que vous demeurez ?

— Non, lui répondit son fils ; mais j'ai loué la porte.

— Que voulez-vous dire ?

— Eh bien ! je suis allé trouver le concierge de la maison, et je lui ai dit : Voyons, mon ami, je veux louer quatre pouces carrés de votre porte. Il resta tout ébahi à cette demande, mais c'est à peine si je lui donnai le temps de la réflexion, *and no mistake.* — Combien me demanderez-vous par an, ajoutai-je, pour laisser cette adresse clouée à votre porte, et permettre à votre domestique de recevoir les lettres et les cartes apportées pour moi ? Cette nouvelle question parut le surprendre encore : cependant, il entra bientôt dans mes vues, et consentit, pour la bagatelle de quatre guinées par an, et un pour-boire au garçon, à me déclarer locataire des cinq fenêtres de la façade, au troisième étage, dans une des meilleures rues de Londres.

— Mais vos amis ne comptent-ils pas y être reçus quelque jour ? dit mistriss Brag.

— Oui, sans doute, et les choses ne vont pas mal de la sorte, car ils sont assez bons enfants. — Forte tête, mère, j'ai là, dit-il, en se touchant le front de l'index, — avec ma face réjouie et mes cheveux bouclés on me prendrait volontiers pour un vrai Cockney (1) ; mais je suis profond comme Garrick, et vous ne sauriez me comprendre ; — sans doute, ils pensent qu'ils y seront reçus. Or, voici comment les choses se passent : Lorsque l'un d'eux se présente à la porte pour savoir si M. Brag est visible, le valet répond : « Monsieur n'est pas chez lui. » Ensuite, un *non* tout sec est la réponse faite à la demande qui a pour but de s'informer si Monsieur est en ville. Enfin, lorsqu'il arrive que le visiteur pousse plus loin ses investigations afin de connaître la retraite et l'époque du retour de Monsieur, on lui répond que M. Brag est allé

(1) Cockney — badaud de Londres.

passer quelque temps dans sa petite résidence en Surrey. Ainsi finit le colloque, et le gentleman, après avoir allongé sa carte, file son nœud.

— Sa petite résidence en Surrey ! murmura Mme Brag ; — que voulez-vous donc dire ? — auriez-vous aussi une maison de campagne ?

— Une maison de campagne ! Que Dieu vous bénisse, chère mère ! Rien qu'un pauvre logement, au second étage, n° 37, chez un charpentier, à l'angle de Caterpillar-row, Kennington.

— Et c'est là ce que vous appelez votre petite résidence en Surrey ?

— Oui, mère, et sans blague encore, car c'est assurément le plus petit logement que j'aie jamais vu ; et, quant à Caterpillar-row, si ce n'est pas en Surrey, je veux bien passer pour ne rien connaître dans le pays.

— Ah ! Johnny, lui dit sa respectable mère, en jetant sur lui un regard d'étonnement et de tristesse, vous ne vous arrêterez que lorsqu'il ne sera plus temps.

— Ne dites-vous pas, mère, que je vais être en retard avec mon ami lord Tom Towzle ? Car nous devons partir pour Wigglesford, afin de tracer la ligne et de tout préparer pour la course. Nous n'aurons pitié de rien ; nous nous ferons un jeu de fouler les boulingrins et les tapis de verdure émaillés de fleurs. — C'est à qui rasera de plus près les clôtures, franchira les ruisseaux profonds et les fossés aussi larges que des fleuves ; — une course au clocher, voyez-vous bien, sans se démettre une épaule, ou se tordre le cou, en passant par-dessus les oreilles de sa bête, ne peut offrir aucun amusement.

— Ah ! tout cela peut être charmant, dit mistriss Brag, mais j'aimerais mieux vous voir consacrer un peu de votre temps aux livres et aux affaires : un jour vous vous repentirez de ne pas l'avoir fait.

— Non, ma mère, je finirai par un bon mariage. Je n'ai pas encore rencontré de femme qui pût me résister — elles sont toujours prêtes à me dévorer. Sans doute, comme dit le proverbe, tout vient à point à qui sait attendre ; aussi ne voyez-vous pas comme je fais mon chemin dans le monde ; j'y grandis chaque jour ; et si je parviens à épouser une lady

Sally, ou une lady Susan, — eh ! comme ce sera beau ! — Surtout s'il arrive qu'il y ait une bonne somme de trente ou quarante mille livres sterling attachée au titre.

— Ne vous bercez pas d'une pareille chimère, répliqua Mme Brag, semblable rêve ne se réalisera jamais.

— Vous verrez, continua Brag ; — je ne dis rien, mais vous verrez. Si je me mettais à raconter toutes mes aventures avec les femelles, on courrait après moi comme après une merveille. Les femmes à la mode, que je rencontre aux courses, ne manquent jamais de m'appeler leur cher Johnny, et elles disent vrai.

— Je suis étonnée que vous ne craigniez pas de voir se dresser devant vous l'ombre de votre pauvre père, dit la veuve.

— Ah ! s'écria Jack, veuillez me faire grâce des esprits et des revenants. Adieu, je pars, au revoir, chère mère, à bientôt. — Je serai de retour samedi, et je me réserve un dimanche soigné.

— Où ? Sera-ce à votre maison de ville, dans Grosvenor Street, demanda la vieille dame, ou bien dans votre petite résidence en Surrey ?

— Ni l'une ni l'autre, assurément, répondit Jack, en prenant un air aussi composé que puisse le faire un sot. Je consacrerai ma soirée du dimanche à une société choisie, — à des femmes du monde, délicieuses créatures, et tout ce qui s'en suit. Ainsi donc, adieu !

Puis, posant un baiser sur les joues de la vieille matrone, notre héros disparut pour aller se plonger dans toutes les joies du sport, au milieu d'une société qui, de son propre aveu, le tenait dans un véritable état de fièvre tout le temps qu'il en faisait partie. Ce n'était pas que le cercle réel de ses connaissances aristocratiques fût très-étendu, mais il l'élargissait singulièrement par cette manie qu'il avait d'appeler son ami tout homme qu'il rencontrait sur le terrain des courses, ou lorsqu'il lui arrivait de dîner dans un hôtel, en compagnie de deux ou trois cents convives : de même, il ne manquait jamais de désigner comme femmes de haut rang toutes celles qu'il voyoit avec les dandies parmi lesquels il allait se fourrer.

Mᵐᵉ Brag, qui devenait de plus en plus inquiète sur sa position et sur celle de son fils, remarqua avec effroi que ses affaires *coulaient bas* rapidement. Depuis que l'introduction de l'huile avait remplacé la cire, et que l'adoption du gaz avait fait abandonner l'huile, nul effort n'avait été tenté pour combattre le mal ; mais ce dont elle ne pouvait douter surtout, c'est qu'il lui fallait maintenant tirer souvent de fortes sommes des mains du banquier, et ne plus lui faire que de faibles et rares versements ; or , Mᵐᵉ Brag , brave femme à physionomie heureuse à une autre époque de sa vie, commençait à peser les paroles que son respectable fils avait laissé tomber de ses lèvres avec une apparence d'intérêt, relativement à son changement de position, dans le but d'augmenter la réputation de la maison, d'étendre la sphère des opérations commerciales, et enfin, de faire disparaître le nom fatal dont la vue seule faisait trembler ce digne fils. Elle ne se rendait pas bien compte de la conduite qu'elle aurait à tenir dans ces conjonctures : elle n'avait ressenti pour nul homme au monde une affection nouvelle, et ne connaissait non plus aucun prétendant dont elle eût attiré les regards. Toutefois, l'idée était trouvée — il ne s'agissait plus que d'en faire l'application ; mais à quels moyens eut recours notre exemplaire matrone pour arriver au but désiré, c'est ce que nous pourrons découvrir un jour, si Dieu nous prête vie jusque-là.

Le lecteur, sans aucun doute, dans les quelques pages que je l'ai condamné ou qu'il aura consenti à parcourir, a déjà pu se figurer quelle espèce d'original était, ou pouvait devenir M. John Brag. Il nous a paru indispensable de donner, en guise de préface, un petit échantillon d'une scène domestique sous le toit du fabricant de chandelles, avant d'aborder les détails de la plaisante comédie dans laquelle notre aimable séducteur est prêt à entrer en scène ; et il suffira de se rappeler la sage et efficace leçon de la bonne vieille créature à laquelle son fils avait recommandé le mariage, pour apprécier la marche adoptée par ce cher enfant, qui, en dépit de ses belles couleurs et de ses cheveux bouclés, n'en frisait pas moins de près son sixième lustre, à l'époque où commence notre histoire.

La vieille Mᵐᵉ Brag s'était, comme miss Scropps, mariée à

dix-sept ans ; elle passait pour une femme de cinquante-cinq ans environ, au moment où se déroule cette première période d'illustration pour sa famille, jusqu'alors ignorée.

On sera peut-être tenté de croire que je vais m'excuser d'offenser la vue, et probablement aussi l'odorat de mes lecteurs, en les mettant en contact avec les arcanes de la boutique de M. John ; mais il est bon que l'on sache que j'ai mes raisons pour en agir ainsi. Je ne me suis pas proposé uniquement de prouver à quel point le rôle d'un intrigant doit toujours paraître ridicule, mais encore de fournir un exemple remarquable de la justice rétributive qui semble, en quelque sorte, tenir en équilibre les choses d'ici-bas, et d'établir ainsi la merveilleuse utilité des êtres les plus infimes et les plus stupides de notre sphère, comme il nous est facile d'en juger (*pour citer les expressions de Jacques Ier, dans son traité de la Démonologie*) par la fable de la souris et du lion pris dans un filet.

Maintenant, détournons momentanément nos regards de l'obscure demeure du fabricant de chandelles, pour les diriger vers une scène plus agréable et sur des individus jetés dans un tout autre moule, mais qui, néanmoins, comme le lecteur le verra par la suite des événements, se sont trouvés en relations, même intimes, avec notre ardent gentleman à la veste écarlate et à la culotte blanche.

Transportons-nous donc dans le boudoir de l'une des plus aimables veuves d'Angleterre ; nous la trouverons en tête à tête avec sa sœur, encore jeune fille, devisant à huis-clos sur deux personnages absents, dont elles passent en revue les diverses qualités.

Mistriss Dallington, la plus âgée des deux, avait épousé, à dix-neuf ans, pour complaire à son père, mort six mois après son mariage, un gentleman dont elle portait encore le nom, et qui, parmi les nombreux avantages qui le distinguaient, avait eu le mérite de développer au plus haut degré la passion de la chasse au renard dans le cœur de l'honnête *suificole* dont nous venons de nous entretenir. Il était riche et de noble origine, et il avait, sous ce double rapport, le droit de se rendre ridicule autant qu'homme au monde ; — c'est ce qu'il ne manqua pas de faire ; il commença ses folies par l'abandon d'une femme belle, aux yeux noirs comme l'ébène, et scintillant comme le rubis ; il la laissait des journées entières livrée à ses tristes réflexions, pendant qu'il s'amusait à suivre ses chiens, et que ceux-ci, de leur côté, poursuivaient à travers champs quelque chose qui n'était assurément pas plus intéressant qu'eux-mêmes.

Or, un beau matin, tombant sur une voie toute fraîche, la meute se mit à donner à pleine gorge, et les chasseurs se livrèrent avec ardeur à la poursuite du renard qui se faisait battre dans des terres détrempées, de nature à éreinter la moitié des chevaux, et à faire rompre le cou à plus d'un cavalier. M. Dallington, qui pesait à peine 120 livres, s'étant mis à jouer de la cravache et de l'éperon, éprouva un de ces petits accidents qui, parmi les chasseurs de sa trempe, passent pour très-peu de chose, mais qui ne manquent pas, cependant, d'acquérir un certain degré d'importance lorsqu'ils arrivent à un homme marié. Ayant voulu franchir une haie, ce fougueux gentleman, l'honneur du sport, prit si habilement ses mesures, qu'il alla *piquer une tête* au milieu du fossé, où il resta juste assez de temps pour faire de l'aimable femme qu'il avait laissée au logis, la plus délicieuse des veuves.

Dallington, ou du moins, ce qui avait été Dallington dans la matinée de ce jour néfaste, fut placé sur un brancard improvisé, et on le transporta dans une ferme voisine, d'où la nouvelle de ce mélancolique accident fut apportée à sa femme, qui, afin de donner une nouvelle marque du respect dont elle avait fait preuve dans le temps pour le jugement de feu son père, en acceptant le mari qu'il lui avait choisi, envisagea l'événement avec toute la philosophie qu'on pouvait attendre d'une femme de caractère, et avec toute la sensibilité de quiconque éprouverait un choc assez naturel en apprenant la mort tragique d'un de ses semblables.

Il est vrai, très-vrai de dire qu'elle n'avait jamais ressenti pour le mari qu'on lui avait imposé, cette espèce d'amour qu'une femme doit éprouver pour l'homme de son choix, qu'elle destine à combler ses vœux et à partager son bonheur. Mistriss Dallington était une créature à l'esprit vif et intelligent, au cœur ardent ; espiègle et naturellement gaie, elle formait un contraste frappant avec le caractère timide, sensible et tranquille de sa sœur, contraste aussi tranché que celui de la lumière et de l'obscurité, du feu et de l'eau, ou de tout autre extrême aussi opposé.

Il y a des vérités, relativement à l'amour et au mariage, qui, en dépit de la puissance concluante de leurs résultats, n'en sont pas moins, nous devons l'avouer, extrêmement contradictoires, et qui sembleraient devoir s'exclure mutuellement. Mais, dans le cours d'une longue expérience sur ce sujet, j'en suis venu à penser que les femmes, sauf de rares exceptions, sont, en général, portées à préférer les hommes qui leur ressemblent le moins, et que, de leur côté, les hommes se trouvent communément sous l'influence des mêmes dispositions : ainsi, un petit homme sera tout fier de posséder une femme d'un grand développement physique ; un homme de haute taille, au contraire, aimera mieux une petite femme aux formes délicates : la blonde admirera un brun Lothario ; tandis que la brune aux yeux vifs soupirera volontiers pour un Roméo à la blonde chevelure. Le savant évitera de prendre pour compagne un bas bleu ; il se complaira dans la société de sa bonne et modeste moitié, se reposant de ses graves travaux dans les lieux communs d'une conversation intime avec une amie intelligente, mais qui ne se livrera pas aux abstractions de l'esprit ; tandis qu'une femme instruite préférera pour mari l'homme qui ne se mêlera jamais de ses occupations artistiques ou scientifiques, et sera enchantée qu'il consacre toute son activité au développement de leur bien-être intérieur, de manière que, dégagée elle-même de ce soin, elle n'ait plus qu'à s'occuper de faire briller son mérite personnel sous le jour le plus favorable, devant les convives ou les intimes de son propre choix.

L'assimilation des caractères, si nécessaire au bonheur entre gens mariés, n'est ordinairement que le résultat du contact de tous les instants ; mais, que l'amour des contrastes soit ou ne soit pas aussi général que quelques observateurs le prétendent, toujours est-il certain qu'il en était ainsi dans le cas présent.

Sir Charles Lydiard, précisément à l'époque où nous le faisons connaître au lecteur, adressait depuis deux ans ses hommages à la sémillante veuve Madame Dallington. C'était

un homme de principes sévères, d'un honneur rigide, de manières distinguées et d'un excellent caractère ; mais il était
froid, réservé, et quelque peu défiant à l'endroit de l'objet
de ses affections. Ses soupçons, ou plutôt ses doutes, ne pro-
venaient pas le moins du monde d'un manque de confiance
dans la candeur ou la sincérité de la dame, mais d'un manque de confiance en lui-même. Il aurait pu dire à sa belle,
avec le héros de Steele, — ne m'accuse pas d'être jaloux,

> C'est mon peu de valeur qui cause mes alarmes,
> Mille dangers divers qu'enfante mon émoi
> Me font tout redouter de qui peut voir les charmes,
> Et le doute envieux me trouble malgré moi.

C'était un amoureux constant et fidèle ; il quittait à peine
la maison et soupirait comme une fournaise, en prêtant l'o-
reille aux propos enjoués de mistriss Dallington. Véritable
spectre de désespoir, on l'eût pris volontiers pour ce pauvre
diable si bien dépeint par notre Aristophane anglais, dans la
personne d'un certain Harry Hectic, avec son bouquet de jon-
quilles à la boutonnière, et qui ressemblait à un mort habillé, comme les personnages de cire de l'abbaye de West-
minster. Il n'y avait pas d'animation chez lui ; il ne semblait
pas avoir de but arrêté ; son attachement était devenu une
affaire d'habitude qui, de jour en jour, marchait, comme diraient les Américains, sans avancer d'un pas ; et, cependant,
la veuve était toute dévouée à sir Charles. Il faut convenir qu'elle s'attendait à recevoir, d'un moment à l'autre ,
une déclaration en règle; mais son attente était toujours trompée, et le digne baronnet remportait chaque soir dans sa
demeure solitaire les tranquilles impressions de son bonheur
négatif, et restait plongé pendant des heures entières dans de
profondes méditations sur les chances diverses que présente
l'état du mariage ; il s'efforçait de marcher courageusement
à la recherche d'une vérité dont, il faut l'avouer, il reculait
sans cesse la découverte, dans la crainte non-seulement de
détruire les illusions qui jusqu'alors l'avaient emporté sur ses
doutes, mais encore de mettre fin à ses relations avec son aimable veuve.

Pendant que le brillant soleil des yeux de mistriss Dallington
faisait naître dans le cœur de Lydiard les plus langoureux

soupirs, sa timide sœur, Blanche, soutenait une attaque de tout autre nature. Au lieu de se contenter, pour nous servir d'une expression militaire, de mettre le siége devant la place, et d'établir un corps d'observation pour surveiller l'ennemi, Franck Rushton, qui était plus fou d'amour qu'aucun dandy des Trois-Royaumes, avait, pendant la période des trois mois qui s'étaient écoulés depuis sa présentation à Blanche, et sans en retrancher un seul jour, battu en brèche avec une assiduité sans relâche le cœur de son adorable Dulcinée. Mais, d'après toutes les apparences, il l'avait fait avec tout aussi peu d'espoir de succès que Mme Dallington dans ses habiles manœuvres pour décider sir Charles à se déclarer. En effet, les quatre acteurs dans cette partie d'amour, offraient l'étrange spectacle d'une lutte entre éléments aussi contraires que la glace et le feu; et cependant, comme aurait pu le dire M. Brag, c'est ce qui, par la suite, devait précisément faire le succès de la chasse. Les partners étaient si singulièrement assortis qu'ils formaient entre eux les contrastes les plus frappants; aussi était-il très-amusant d'entendre les discussions auxquelles sir Charles et son ami Rushton avaient l'habitude de se livrer.

— Mon cher Franck, dit un jour sir Charles, votre amour pour Blanche est une vraie folie, — votre manière de procéder me donne la fièvre ; et, quant à la pauvre fille, elle est horriblement fatiguée de vos visites.

— C'est là ce que vous pensez, sir Charles, répondit Franck ; mais, de mon côté, je me figure que votre compagnie n'en serait pas moins agréable à la sœur, si vous imitiez mon exemple. Vous vous plantez chez elle avec une mine aussi triste que si l'on allait vous porter en terre, au lieu de paraître y savourer un bonheur sans égal ; vous avez l'air de mourir de langueur ; vous soupirez sans rien dire, et comme le Cardinal, vous seriez homme à rendre l'âme, sans donner même aucun signe d'agonie.

— Cela peut être, répliqua le baronnet ; j'admettrai même qu'il en est ainsi : eh bien ! aux prises comme je le suis avec mes sentiments, je ne puis surmonter les doutes qui semblent couvrir de sombres nuages l'avenir de bonheur dont vous parlez tant à votre aise.

— Des doutes! mon cher ami, dit Rushton. Eh! quels doutes pouvez-vous avoir? Vos doutes ne sont autre chose que de la jalousie,— mais combien elle est peu fondée! Mistriss Dallington a été mariée, et il n'y eut jamais femme plus exemplaire qu'elle dans le monde.

— Son épreuve a été courte, répondit sir Charles; mais assurément, elle ne fut pas gaie, car son mariage n'avait pas été le choix de son cœur.

— Aussi, reprit Rushton, devez-vous apprécier davantage la conduite qu'elle a tenue.

— L'effort n'a pas été de longue durée, répondit Lydiard, puisque son mari s'est tué huit mois après l'avoir épousée.

— Elle a supporté sa perte en chrétienne, dit Rushton.

— Oui, reprit en soupirant le baronnet, il est réellement curieux d'observer la pieuse résignation des femmes en pareil cas.

— Eh bien! continua Rushton, s'il est vrai que vos appréhensions l'emportent sur votre amour, et que vos doutes dépassent vos espérances, rompez donc une bonne fois avec elle, prenez votre chapeau, et tirez-lui pour toujours votre révérence.

— Sans que, selon toute probabilité, elle daigne, après cela, penser un seul instant à moi, dit Lydiard.

— Que vous jugez mal votre belle amie! observa Rushton. Elle vous apprécie, elle vous estime, et, avec un peu d'efforts de votre côté, elle serait toute disposée à vous aimer. Votre flamme est si faible qu'elle réchauffe à peine, et, semblable au feu du foyer, je crois que si l'on ne prenait de temps en temps la peine de l'attiser un peu, elle s'éteindrait bientôt.

— Mon cher Rushton, combien vous jugez mal mon caractère, ainsi que la nature de mon affection pour cette charmante femme! Mes doutes ne sont que le fruit de mon amour.

— C'est alors une fort triste récolte, dit Rushton.

— Je le reconnais, continua Lydiard, et c'est en vain que je tâche de les surmonter. Vous blâmez ma réserve et ma froideur; mais, lorsque je vous vois amoureux, à en perdre l'esprit, de cette créature si douce, si calme, si timide et si pudique, de Blanche enfin, je ne puis, depuis que j'ai eu l'honneur de vous présenter à la famille, que concevoir de sérieuses inquiétudes sur votre compte. Je ne suis pas dupe de tout cet étalage de douceur et de manières candides dont la jeune dame est si libéralement prodigue. Je l'ai vue, tandis qu'aveuglé par votre passion, vous n'avez rien remarqué, je l'ai vue échangeant plus d'un coup d'œil significatif avec sa sœur, et je demeure convaincu que vous feriez bien de sonder un peu mieux le terrain avant de vous plonger dans l'orageux océan du mariage.

— Oh! mon cher Lydiard, dit Rushton, Blanche est la candeur même, et, semblable à la belle Nora Creena de Moore,

> « Si par hasard sur vous son regard se dirige,
> « Par sa clarté soudaine il donne le vertige. »

— Parbleu! Rushton, reprit Lydiard, le rayon de lumière qui a frappé ma vue était en effet surprenant et inattendu. Je crois me connaître un peu en télégraphie de famille, et je puis affirmer que les signaux qu'elle faisait n'avaient certainement rien de flatteur pour votre personne, car elle paraissait se moquer de vous.

— Ne soyez pas trop sûr de cela, Charles, dit Rushton. J'ai remarqué aussi ces phénomènes télégraphiques, et mon opinion est que si vous vouliez adopter ma manière d'agir, vous finiriez par trouver la veuve beaucoup moins attentive aux évolutions de sa sœur. Mais non; — vous avez contracté l'habitude d'aller là chaque jour; vous vous trouvez heureux de jouir tout à votre aise de la compagnie et de la conversation d'une délicieuse créature; ces jouissances, vous les savourez tranquillement, parce que vous n'avez rien qui vous excite à l'action, pas même une petite pointe de jalousie pour produire quelque peu de fermentation dans la coupe de nectar que vous portez si mollement à vos lèvres.

— En cela vous vous trompez, Rushton; jamais, assurément, devant qui que ce soit, je n'ai abordé ce sujet; mais, entre nous, puisque nous en parlons, je vous avouerai que je ne suis pas très-certain que ce ne soit pas la jalousie qui m'oppresse et me rend si réservé.

— Vraiment! Charles, vous seriez jaloux! et de quelqu'un reçu dans la maison?

— Oui, Franck.

— Voudriez-vous parler de sir Braggs Waddilove ? dit Rushton.

— Ah, bah !

— Ne serait-ce pas du colonel Scramshaw ?

— Pas le moins du monde.

— Du comte ?

— Swagandstraddle ! — Non.

— De lord Tom Towzle, alors ?

— Vous brûlez, Rushton, comme disent les enfants à celui qui a les yeux bandés ; — ce n'est pas de lui, Franck ; — mais que pensez-vous de son ami ?

— Quoi ! cet horrible et ignoble singe, ce Brag, qui lui lèche les pieds comme un chien couchant.

— Sur ma parole, Franck, vous avez deviné juste.

— Quel diable d'homme vous êtes ! remarqua Rushton, ce que vous dites là est vraiment bien singulier.

— Effectivement, continua Lydiard, je confesse que je suis presque honteux de me tourmenter l'esprit pour une pareille brute ; mais, quoi qu'il en soit, mistriss Dallington paraît tellement à son aise avec lui, en dépit de sa vulgarité, de sa grossière ignorance et de son impertinence sans égale, que, sur mon honneur, je ne puis m'empêcher de penser, — car, vous le savez, les femmes ont de singulières idées, et je...

— Vous me surprenez, reprit Rushton, et sans que je puisse vous blâmer ; car, moi aussi, j'ai pensé, — gardez-vous d'en rien dire, — que Blanche pouvait bien avoir une espèce de — eh ! — vous m'entendez, — de partialité pour lui. — Je ne sais comment cela se fait ; mais ce qu'il y a de certain, c'est qu'il lui arrive quelquefois de jeter les yeux sur ce monstre.

— Comment ! interrompit Lydiard,

« Un de ces doux regards qui donnent le vertige ! »

— Je n'y puis rien comprendre, dit Rushton, je suppose qu'il les amuse avec ses absurdités, ses folies, et même avec sa vanité et ses allures vulgaires. Toutefois, je pense que nous pouvons être, l'un et l'autre, parfaitement tranquilles, et que les femmes de la trempe de votre veuve et de ma Blanche ne

2

pourront jamais songer sérieusement à un drôle que l'on ne connaît que comme le tigre de lord Tom Towzle, et dans une maison dont lord Tom lui-même n'a pu obtenir l'entrée qu'avec une extrême difficulté.

— Non, assurément, Franck, on ne peut croire qu'il y ait le moindre danger, mais encore vous conviendrez qu'il est assez bizarre que nous ayons eu tous les deux la même pensée.

— C'est vrai, Charles ; cependant, pour ce qui me concerne, je suis décidé à approfondir cette affaire. Blanche m'est plus chère que la vie ; mais j'ai cru...

— Arrêtez ! arrêtez ! Rushton, interrompit le digne baronnet. Qu'est devenue votre sévérité pour mon scepticisme ? Est-ce bien vous qui m'avez tant raillé sur mes doutes à l'égard de la plus aimable des créatures, et qui me parlez maintenant de procéder à une investigation qui tendrait à compromettre dans votre esprit la sincérité, la candeur d'une des plus pures, des plus jolies Nora Creena qui, les yeux modestement baissés, ait jamais foulé la terre de ses pieds délicats ?

— Que la corde fasse donc justice du drôle ! dit Rushton, car notre position est devenue par trop ridicule, bien qu'on ne le rencontre là que rarement. Mais n'importe, — il peut encore servir à quelque chose ; la plus petite roue, dans une grande machine, a son usage particulier, qui contribue à la marche générale des autres pièces ; ce stupide animal peut donc être utile à nos projets, et nous faire débrouiller le cahos où nous sommes : j'en deviendrai plus calme, et vous moins tiède ; et qui sait si, en définive, tout n'ira pas ensuite pour le mieux.

— En effet, dit Lydiard, la chose me paraît assez claire :
— Or, comme nous ne sommes point encore arrivés, même dans ce siècle aux larges applications libérales, à une réforme religieuse qui autorise la bigamie, il ne pourra, en tous cas, épouser qu'une seule de ces dames ; et si, pour ce qui me concerne, il advenait que mon adorable veuve eût un goût qui la portât à accueillir les prétentions de ce misérable petit animal, je comprendrais alors, je vous le déclare, qu'elle ne pourra jamais se passionner pour moi : car, M. Rushton, s'il parvenait à réussir, un pareil succès prouverait qu'il convient parfaitement à l'objet de son triomphe.

— Ah ! c'est ainsi que vous l'entendez, reprit Rushton ; voilà, en effet, une admirable combinaison de philosophie, de sagesse, de prudence, et d'une douzaine d'autres qualités vraiment merveilleuses ! Mais, pour moi, si Blanche venait sérieusement à lui sourire, l'un de nous verrait luire la lumière du soleil pour la dernière fois : il ne vivrait jamais assez pour jouir du bonheur qu'il m'aurait enlevé !

— Ah ! Rushton, à quel point vous êtes injuste et déraisonnable ! Si Blanche lui sourit sans en faire autant pour vous, est-ce donc là une preuve qu'elle le préfère ! et puis, à quoi bon la contrarier en tuant son petit homme ? Ce serait exactement comme si vous tiriez un coup de fusil sur sa levrette, ou comme si vous tordiez le cou à son serin.

Jusqu'où cet entretien aurait pu aller, s'il n'eût été interrompu, c'est ce qu'il n'est pas en mon pouvoir de dire ; mais ce que nous en savons suffira pour apprendre au lecteur que l'incomparable Jack Brag, à la remorque de son maître, lord Tom Towzle, et au moyen de la recommandation assez équivoque de Sa Seigneurie, avait obtenu la faveur d'être introduit dans une maison fort respectable et agréable sous tous les rapports.

Il est, comme le fait observer sir Charles Lydiard, très-difficile de déterminer quelles peuvent être les qualités ou les circonstances particulières qui font que des femmes de mérite et bien nées se laissent quelquefois captiver par des hommes d'un rang moins élevé et d'une intelligence inférieure à la leur. Toujours est-il certain que M. Brag, une fois admis dans la maison de Mme Dallington, ne négligea aucune occasion d'y faire visite sous toute espèce de prétexte ; et, comme nous l'avons vu, bien que ses autres occupations fussent nombreuses et variées, il était parvenu à préoccuper fortement l'esprit de deux honorables gentlemen, si différents de caractère et d'humeur, et qui marchaient à la poursuite du même but, quoique par des voies opposées.

Nous devons maintenant retourner à M. Brag en personne, et le suivre sur un autre théâtre, où l'on doit bien s'attendre que ne pourront pénétrer ni les yeux brillants de la sémillante veuve, ni ceux de son aimable sœur.

CHAPITRE II.

Lorsque M. John Brag quitta sa respectable mère, il brûlait d'impatience de rejoindre ses amis du sport au rendez-vous, d'où ils partirent tous ensemble afin d'aller tracer la ligne à suivre pour la course au clocher. Dans cette circonstance, il déploya, ainsi qu'il se le figurait, toute la tactique du chef d'état-major le plus consommé. Toutefois, en cherchant à reconnaître les difficultés d'un certain saut qu'il considérait comme fort important pour le succès de la course, il lui arriva de vider les arçons, accident qu'il avait oublié de faire figurer dans son programme ; un peu de boue et une ou deux égratignures sur quelques parties invisibles de son individu, bagatelles auxquelles il ne parut faire aucune attention, furent les seules conséquences de son évolution téméraire. Après avoir terminé tous les arrangements pour la solennité du lendemain, il s'empressa de se diriger vers une petite auberge, peu éloignée de la grande route, et qui portait fièrement pour enseigne la glorieuse image du *Duc de Marlborough*. Il s'y rendait pour changer de vêtements et se préparer à faire un tour du côté de la boutique, où il avait promis à sa mère le matin même d'aller la retrouver dans la soirée.

Plusieurs de ses associés du turf l'ayant questionné sur la cause de son départ subit, il s'excusa d'un air si embarrassé et si confus qu'il réussit presque à faire supposer à ses compagnons qu'un engagement l'appelait auprès de quelque illustre descendant du héros de Bleinheim et de Malplaquet, plutôt qu'auprès de l'aubergiste qui avait fait figurer au-dessus de sa porte l'image du célèbre guerrier. Quoiqu'il en soit, c'était toujours *straight up, right down, and no mistake* (1).

_____

(1) Nous préviendrons ici le lecteur, une fois pur toutes, que les mots : — *straight up, right down, smack smooth*, — qui sont des expressions favorites de Jack, n'auraient aucun sens si l'on voulait

Notre aventurier se mit donc à couper à travers champs pour gagner son hôtellerie, où la voiture publique avait déposé son porte-manteau, contenant ses habits de rechange pour les deux jours suivants, y compris sa veste écarlate et sa culotte blanche. — Il y avait ajouté, en cas de besoin, une autre veste de soie d'une nuance jaune pour la course au clocher.

En arrivant à son gîte, à l'enseigne du *Duc de Marlborough*, il fut surpris de trouver l'unique chambre de l'hôtel déjà occupée. Un étranger s'y était réfugié pour échapper à une averse qui avait impitoyablement trempé jusqu'à la moelle des os notre admirable fabricant de chandelles. Ce nouveau personnage était assis devant un bon feu, chose agréable en tout temps en Angleterre, mais particulièrement pendant la saison fort équivoque d'un printemps Britannique. Pour occuper ses loisirs, il parcourait le journal la *Presse*, du samedi précédent, encore tout parfumé de l'odeur du tabac, et portant les empreintes circulaires de plus d'un pot d'étain qui avait reposé sur ses colonnes.

— Eh bien ! Stubbs, dit notre héros, qui était connu de l'aubergiste pour un gentleman des plus décidés du turf, que signifie ceci ? J'ai commandé mon dîner ce matin ; — (son repas avec le Duc de Marlborough), — et je trouve la place prise. — Qu'est-ce que cela signifie ? — Stubbs, pour calmer la bouillante fureur de Jack, lui adressa plusieurs protestations de regrets, telles que : — Je prendrai la liberté d'observer, — Monsieur n'est là que pour peu de temps, — et enfin, d'autres assurances encore, tout aussi humbles et aussi pacifiques. Fort heureusement, elles furent appuyées par l'occupant lui-même, qui, en remarquant la colère du petit Cockney, dont la face vulgaire devenait alternativement pâle ou pourpre par le feu de l'emportement, se leva de son siége, et dit, de la meilleure grâce possible, qu'il craignait de s'être rendu

essayer de les traduire en français. C'est une espèce d'argot qui a son côté piquant, original et burlesque pour l'oreille de nos voisins, et il faudra bien l'accepter idéalement comme tel. Nous nous sommes, du reste, appuyé de l'autorité d'un excellent écrivain de la *Revue des deux Mondes*, qui, en présence d'une semblable difficulté, à dû se borner à reproduire les mots anglais. (*Note du Traducteur.*)

importun, mais que, forcé de chercher un abri contre le mauvais temps, il venait de commander des rafraîchissements dont il serait heureux de voir le gentleman consentir à accepter sa part, pensant que cette proposition ne lui serait peut-être pas désagréable, mouillé et refroidi comme il paraissait l'être.

— Oh ! dit Brag, je ne suis pas un garçon à chercher querelle pour des riens ; seulement je tiens à déclarer qu'en envoyant ici mes chevaux, j'avais prévenu que je viendrais y dîner. Ce n'est pas la première fois que cela m'arrive, mais jamais je n'ai été si mal traité qu'aujourd'hui ; cependant je vous remercie de votre politesse, et je ne vois aucune objection qui m'empêche de me joindre à vous, chacun de nous payant son écot, bien entendu.

— Comme il vous plaira, répondit l'étranger, dans la physionomie duquel on eût pu facilement surprendre l'expression d'un léger sourire ; mais qui, toutefois, parut enchanté, en pensant sans doute, — d'après ce qu'il venait de voir et d'entendre, — que l'importance que voulait se donner notre original lui procurerait probablement quelque sujet de distraction pendant le peu d'instants qu'ils auraient à passer ensemble.

— Je monte de suite à la mansarde, reprit Brag, pour faire peau neuve, comme on dit : et pendant ce temps-là, Stubbs, faites en sorte que le repas soit prêt.

— Dans cinq minutes, Monsieur, répondit Stubbs.

En traversant le corridor, Brag demanda à l'aubergiste : Quel est donc le camarade qui est là dans la salle ?

— Je n'en ai pas le moindre soupçon, lui fut-il répondu. Il est arrivé au milieu de l'orage, il y a environ une demi-heure, sur un vigoureux cheval, en ce moment à l'écurie, et qui paraît avoir fourni une course passablement rapide. Ce gentleman a commandé un bon feu et quelques côtelettes, en disant qu'il resterait ici une heure ou deux.

— Pas de domestique ? dit Brag.

— Non.

— Pas de bagages ?

— Non, répondit Stubbs.

— Il n'a pas mauvaise mine, ajouta le fabricant de chandelles ; nul danger de se compromettre, eh ? — bien mis, bien monté — eh, vous comprenez ! *Straight up, right down, — eh, no mistake*. Aucun risque de rencontrer en lui un voleur de grand chemin, pas vrai ?

—Oh non, Monsieur, répondit Stubbs. Jamais cette pensée ne m'est venue à l'esprit. Il a jeté un coup d'œil sur vos chevaux de chasse à l'écurie, et il a questionné Jim pour savoir à qui ils appartenaient.

— Qu'a-t-il répondu ? dit Jack.

— A un gentleman de Londres, répondit Stubbs.

— A merveille, à merveille, reprit Jack ; inutile de dire au premier venu la vérité. Et il les a beaucoup admirés, n'est-ce pas ?

— Effectivement.

— Allons, tout est pour le mieux, *and no mistake*, ajouta Brag, enchanté d'avoir, sans s'en douter, produit sur l'esprit de sa *modeste connaissance* un effet favorable à ses vaniteuses prétentions.

— J'irai jeter un coup d'œil sur son bidet, avant de descendre à la salle, et nous ne tarderons pas à nous entendre, eh ?

Stubbs s'inclina, et Brag alla changer de vêtements.

Pendant qu'il procédait à cette opération, l'aubergiste mit toute la diligence possible à ajouter un couteau et une fourchette sur la table déjà préparée pour le premier occupant, et l'étranger, de son côté, profita de l'occasion pour s'informer de ce que pouvait être le curieux petit gentleman à la jaquette verte et à la culotte blanche. En réponse à la question relative à cet intéressant sujet, il apprit de son hôte qu'autant que celui-ci pouvait le savoir, c'était, à ce qu'il croyait, un riche gentleman de la cité, habitué à suivre toutes les chasses qui avaient lieu dans les environs de Londres ; qu'il envoyait toujours ses chevaux dans l'auberge, et qu'il était le propriétaire de ceux que Monsieur avait tant admirés ; et, enfin, qu'il le considérait comme un homme de bon goût, lié avec la meilleure compagnie. L'étranger parut recevoir avec beaucoup de satisfaction ces renseignements ; — ce qui fit supposer à Stubbs qu'il se trouvait très honoré d'avoir pour convive un homme aussi distingué que Brag, et qu'il se félicitait d'avoir

montré tant de courtoisie et de politesse envers un gentleman
de l'importance de notre héros.

Les questions de l'étranger et les réponses de l'aubergiste
venaient à peine de finir, lorsque le fringant Cockney fit sa
réapparition.

— Allons ! Stubbs, s'écria-t-il en se frottant les mains, à
son entrée dans la petite salle sablée ; alerte ! mon garçon,
montez les côtelettes. — Réveillons-nous, — preste comme
la parole ! — *Straight up, right down, and no mistake.*

— Elles seront prêtes dans dix minutes, répondit l'aubergiste, en quittant l'appartement.

— Voilà comme je les mène, dit Brag; — je crains bien
qu'on ne vous ait fai' attendre trop longtemps; ils s'inquiétent
peu des étrangers. — Tout est affaire d'habitude, Monsieur,
— ils me connaissent, — ils savent que je ne paye pas avec
de belles paroles, — avec moi toujours argent comptant, et
sans marchander, — c'est comme ça que je les tiens en haleine. — Arrivez-vous de la ville aujourd'hui ?

— Non, dit l'étranger, je parcourais le pays en me prome-
nant ; je suis allé plus loin que je n'en avais l'intention, et j'ai
été surpris par l'orage.

— Ah ! reprit Brag, comme pour faire preuve de son tact
d'interprétation, relativement aux paroles de son compagnon;
alors, vous n'allez pas plus loin ?

— Non, répliqua sa nouvelle connaissance, j'étais sorti
simplement pour prendre l'air.

— Pour chasser les toiles d'araignées, comme dirait mon
ami lord Tom Towzle, reprit Brag, en se regardant dans la
misérable petite glace qui surmontait le manteau de la cheminée, en rajustant son col de chemise, et en roulant dans
ses doigts gros et courts les boucles de ses cheveux dont il
était aussi vain qu'un paon de sa queue; puis il ajouta : Je n'ai
jamais fait plus rude besogne qu'aujourd'hui ; en voulant
montrer à lord Wagly comment il fallait s'y prendre pour
franchir une double haie, j'ai passé par-dessus les oreilles de
mon bidet. Assurément c'était trop pour ma pauvre petite
bête, et je n'ai eu que ce que je méritais. Mais je me suis retrouvé en selle en moins d'une minute, — juste aussi vîte
que la reine Elisabeth. A propos, vous pouvez vous flatter

d'avoir là un bel animal dans l'écurie ! — Attisez donc un peu
le feu, — hein, — ou bien passez-moi les pincettes, — eh,
— je *calcule*, comme diraient les yankees, que ce doit être un
fameux bidet, — pas vrai ?

— Oui, dit l'étranger, c'est une bonne bête de service ; je
pèse un assez bon poids et il me faut quelque chose de solide pour me porter. Vous avez aussi deux beaux chevaux
dans les stalles : je vous assure que je les ai beaucoup admirés avant votre arrivée.

— En effet, répondit Brag, ce sont deux bidets soignés, je
m'en flatte. Je n'en avais pas encore possédé une paire qui
me convint autant que ceux-là. J'en ai, — laissez-moi voir,
— huit, — non, neuf, — pour le moins ; quatre en Leices-
tershire, deux ici, et le reste à Londres, — bien nourris,
c'est mon système. Je dis que le sport est le sport, — et qu'il
ne faut jamais maltraiter ces bons animaux ; — si vous leur
faites quelquefois rompre les reins, au moins ne leur brisez
pas le cœur. J'ai assez de fortune pour faire face à ces dépenses, sans me gêner : en effet, comme j'ai l'habitude de le
dire à Towzle, à quoi bon de gros revenus si on ne les dépense pas ? — Eh ! que le diable emporte ce fichu drôle !
ses côtelettes ne sont pas encore prêtes, — il peut bien se
flatter que je vas lui laver le bonnet d'importance, *and no
mistake.*

Tout en parlant ainsi, Brag saisit le cordon de la sonnette,
et le tira avec tant de violence qu'il lui resta à la main, entraînant dans sa chute un nuage de poussière, juste au moment où la porte s'ouvrait, et offrait à la vue des convives
Stubbs avec les côtelettes, et, derrière ses talons, sa fille portant un plat de pommes de terre, et un plateau sur lequel
étaient disposées des feuilles de vigne en faïence bleue, rem-
plies, l'une de cornichons verts, et l'autre de cerneaux.

Rachel avait dix-sept ans; elle était espiègle et jolie, et
possédait deux yeux noirs pleins de vivacité. Il était clair que
Brag les connaissait déjà, et que Rachel n'ignorait pas non
plus leur pouvoir ; or, pendant que Stubbs rangeait en ordre
et avec soin couteaux, plats et fourchettes, notre Nemrod prenait à la sournoise le coude de la fraîche et aimable Rachel,
comme elle allongeait le bras vers son père pour lui donner

les légumes qu'il allait placer sur la table. L'étranger vit l'adroite manœuvre, mais il n'eut pas l'air de l'avoir remarquée.

— Jolie fille ! dit Brag, dès que le père et l'enfant se furent retirés, — rusée comme une petite chatte. Mon Dieu, que de choses bizarres on voit en ce monde ! n'importe où l'on aille, c'est partout de même ! On n'a qu'à regarder une jeune fille, ou même une femme un peu plus mûre, et les voilà prises ! Je ne sais en vérité comment cela se fait, mais par Job ! (c'est ainsi que Jack appelait toujours le Dieu du tonnerre) (1), il n'est pas facile de comprendre le *sexe femelle* : c'est qu'alors, je le suppose du moins, il y a quelque chose de propre à l'individu dans la manière de s'y prendre, — eh ! n'est-ce pas votre avis ? — Sur ma parole je m'y perds.

— Je vous avouerai, dit l'étranger, que je n'ai pas l'habitude de généraliser sur un pareil sujet ; mais je pense qu'on n'obtient pas aussi facilement les faveurs d'une femme vraiment digne d'être conquise.

— Ah ! ah ! reprit Brag, vous voulez sans doute parler des collets montés, des bas bleus, des *nobs* (c'est ainsi qu'il prononçait le mot nobles), et d'une foule d'autres choses du même calibre ; je parle, moi, du sexe pris dans ce que j'appelle *collectivement*. Que buvez-vous ? eh ! de l'ale, par Job ! allons, allons, mettez votre tête à la porte, et appelez Stubbs ; vous êtes plus près que moi ; je voudrais bien n'avoir pas brisé la sonnette. Appelez-le, — non, ne bougez pas ; — je vais lui parler. — Holà ! une double canette, — eh ! m'entendez-vous ?

La volubilité et la vanité du petit Cokney amusaient l'étranger et excitaient sa surprise : lorsque Brag se fut rassis, il chercha à le ramener, ce qui n'était pas bien difficile, à son sujet favori, en rappelant un de ces innombrables bons mots de la célèbre Sophie Arnoult : un certain Lovelace-Brag de son temps racontait avec emphase devant elle ses succès auprès d'une demoiselle du rang et de la condition de Rachel Stubbs ; il disait que l'affaire avait eu un grand retentisse-

(1) Il croyait imiter le langage des dandies, qui emploient souvent l'expression, *by Jove !* par Jupiter !

ment dans le voisinage ; elle lui demanda si, par hasard, ce rentissement n'aurait pas été causé par le bruit des sabots de la belle allant au rendez-vous. Brag ne saisit pas l'allusion, et continua son bavardage : à mesure que son intimité avec son compagnon gagnait du terrain, sa familiarité devenait de plus en plus communicative, particulièrement sur le chapitre de ses succès à la *Don Juan*.

La séance de nos deux amis fut considérablement prolongée par le retour du mauvais temps. La pluie, accompagnée de giboulées, tombait par torrents ; et Brag, qui ne pouvait se procurer du vin dans un lieu pareil, prit le parti de combattre le froid par quelque mixture chaude. L'étranger, qui était aussi retenu par l'état de l'atmosphère, parut assez disposé à suivre l'exemple de son compagnon, et ils rapprochèrent leurs chaises du feu, afin d'attendre patiemment que le ciel s'éclaircit ; mais rien n'annonçait que leurs vœux dûssent être exaucés de sitôt.

— J'ai entendu raconter, disait un jour une femme de qualité à l'ambassadeur de Perse, qui était en Angleterre il y a plusieurs années, que dans votre pays on adore le soleil ?

— C'est vrai, Madame, répondit l'ambassadeur, et il est probable que s'il voulait bien se montrer sous votre ciel brumeux, vous n'hésiteriez pas à lui rendre le même culte que nous. — Quoiqu'il en soit de la justesse précise de cette réponse, nous devons convenir que l'espoir de surprendre un seul de ses rayons le jour des aventures de Brag, chez le *Duc de Marlborough*, était plus que douteux ; l'orage battait avec violence contre les fenêtres de l'humble chambre qu'il occupait en compagnie de sa nouvelle connaissance ; mais Jack était bien décidé à prouver que son caractère enjoué ne pouvait se laisser abattre par une contrariété de cette nature.

— Gai, toujours de bonne humeur, dit Brag, — eh ! que voulez-vous, — la vie n'est pas assez longue pour la passer dans la tristesse ; brouillard ou soleil, peu m'importe, je vas toujours mon train, filant tranquillement mon nœud à travers le pays, *and no mistake;* — comme je vous le disais, il y a un moment, si je me mettais à écrire ma vie et mes aventures, quel fameux livre ça ferait ! assurément il serait impossible de le publier ; — ce serait compromettre un trop grand nombre de douces et délicieuses créatures, — eh ?

— Mais, demanda l'étranger, trouvez-vous qu'il soit aussi facile de faire des conquêtes dans les hautes régions de la société, avec lesquelles, ainsi que vous venez de me le dire, vous entretenez des relations ?

— Certainement, répondit Jack, en vidant son premier verre de punch de la façon de Stubbs ; — c'est partout de même. Je vous accorderai que les femelles de l'aristocratie sont plus étroitement gardées, et que les yeux du monde les observent davantage. Mais, mon cher, lorsqu'elles peuvent se dérober aux regards, — lorsque nous les tenons comme qui dirait en arrêt, — tout va bien alors, *and no mistake;* — enfin, pour conclure, je crois les grandes dames plus amoureuses encore que les simples bourgeoises.

— Et ces femelles, comme vous les appelez, se laissent-elles captiver plus particulièrement par les agréments de la personne, ou bien par la distinction des manières ou la supériorité du mérite ?

— Un peu de tout cela, dit Brag, en passant les doigts épais de l'une de ses grasses petites mains dans les boucles de sa chevelure, tandis que, de l'autre, il caressait le col de sa chemise, selon son habitude ; — il ne s'agit que de savoir s'y prendre, — c'est-à-dire, Monsieur, qu'il faut savoir se rendre agréable, tout en ayant l'air de faire du sentiment, — eh, vous comprenez. Jetons les yeux, par exemple, sur lady Fanny Smartly, l'amazóne la plus jolie qu'on puisse rencontrer un jour d'été ; — eh bien ! — remarquez-moi attentivement pendant que je lui présente le bras pour l'aider à mettre le pied à l'étrier ! Son frère la regarde avec admiration, — le groom s'éloigne avec respect, — alors elle m'adresse un sourire comme si elle voulait me dire : Vous êtes un charmant petit homme, Jack ! Ensuite, dans la soirée, je la retrouve toute langoureuse; on aurait peine à croire qu'elle ait jamais mis hardiment la main sur l'encolure d'un cheval quelconque ; puis elle se met à rire, — je la regarde, — elle rit encore plus fort ; et vous ne sauriez croire comme les choses vont bon train à ce jeu-là, — eh! — *and no mistake.*

— Lady Fanny Smartly ? dit l'étranger, je crois, en effet, l'avoir aperçue quelquefois à cheval dans Londres.

— C'est très-probable, répondit Jack, mais cela ne suffit pas pour la connaître. Maintenant passons à mistriss Dallington — une de mes amies, ainsi que sa sœur : — elles demeurent près de Grosvenor-Square ; — j'y vais presque tous les jours ; elles se ressemblent aussi peu que le jour et la nuit ; — l'une est mordante, vous comprenez, — à emporter la pièce, mais gentille à croquer, *smack smooth, and no mistake ;* — l'autre, au contraire, miss Blanche Englefield, est la douceur et la modestie mêmes ; ce que vous appelez réserve, distinction, amabilité.

— Une beauté à faire fondre le cœur, dit l'étranger.

— Non, répondit Jack en rougissant, pas à faire fondre — non — rien de semblable, — mais — timide, et vous tenant à distance. Au reste, je n'ai pas à m'en plaindre, car avec moi elle est franche et bonne fille. Je rencontre là chaque jour deux hommes qui soupirent pour ces dames, et qui meurent d'envie de les épouser. Je ne voudrais certainement pas abuser de ma position vis-à-vis de mes amis, comme je le disais à lord Tom — un bon diable de mes connaissances intimes, — lord Tom Towzle, non — je ne le voudrais pas — je méprise une pareille action, — mais il y a du mérite à lutter contre la tentation.

— Lord Tom Towzle, observa l'étranger, n'est-il pas fils du duc de Ditchwater ?

— Oui, dit Jack, je vois que vous connaissez plusieurs de ces noms-là. Avez-vous jamais vu lord Tom ? Je l'appelle toujours Tommy, par abréviation ; — c'est un bon enfant dans son genre, — pas plus scrupuleux qu'il ne faut en matière d'argent, — mais un fameux lapin quand il s'agit de galopper à travers champs.

— Connaissez-vous sa tante, Lady Bloomville ? demanda l'étranger.

— Oh ! quel vrai cauchemar ! dit Jack ; — personnage respectable, si l'on veut, — mais vous assommant sans cesse avec ses sermons ; — aussi ne pouvons-nous la souffrir ; et s'il nous arrive parfois d'aller la voir, ce n'est jamais que pour la faire enrager.

— J'avais toujours entendu dire, reprit l'étranger, que c'était une femme extrêmement aimable et d'un caractère fort recommandable. J'espère, toutefois, que vous ne l'avez jamais trouvée d'aussi bonne composition que toutes vos autres amies des classes élevées ?   ·

— Que vous dirai-je ? répondit Brag, en se pinçant le bout du nez, si vous saviez tout ce que je sais, vous ne seriez plus surpris de rien.

— N'a-t-elle pas un frère ? dit l'étranger.

— Qui ? Lady Bloomville ? demanda Brag.

— Oui, répliqua l'étranger.

— Sans doute, lord Ilfracombe, répondit Jack, et un drôle d'original, ma foi.

— Va-t-il beaucoup chez lady Bloomville ? demanda l'étranger.

— Un peu plus souvent que nous ne le voudrions, répliqua Jack ; c'est vraiment un fort triste animal ; — brave homme en son genre, du reste ; — bon enfant, pas fier, — et ne blaguant jamais. Mais, dites donc, savez-vous bien que je ne serais pas fâché de boire encore un coup de cette drogue ; — allons ! rendez vous utile, — voyons, mettez la tête à la porte, et faites-nous monter *ça*. Il n'y a rien de tel que la sociabilité, eh ? *and no mistake.*

L'étranger obéit et appela le garçon. Rachel parut, et Jack commanda un second bol de punch ; mais, en donnant cet ordre, il ne manqua pas, après avoir exprimé toute son admiration pour la jolie servante, de lui en donner une preuve, en joignant le geste à la parole ; puis il reprit sa conversation.

— Le vieux Ilfracombe, dit-il, est un drôle de pistolet, une espèce d'ours, — qui refuse de rester à boire après dîner ; mais, voyez-vous bien, comme je le dis à lord Tom, tout ça, c'est la faute des jeunes gens ; — pas de conversation, — plus rien aujourd'hui ; — les dames montent au salon, et, aussitôt, on vient vous dire : quelqu'un veut-il encore du vin ? ou bien : allons-nous prendre le café ? et, alors, il faut rejoindre les femelles. — Il n'y a plus moyen de faire ce qu'un certain individu appelle la fête de la raison, ou l'épanchement du cœur, et ce que j'appelle, moi, l'épanchement d'un bon bol de punch, — eh !

— Ainsi donc, dit l'étranger, ce lord Ilfracombe est, selon vous, une vraie poule mouillée. — Il ne me fait pas l'effet, toutefois, d'être un trouble-fête.

— Le croyez-vous ? répondit Jack ; c'est qu'alors, je le suppose, vous ne l'avez jamais vu de près, si ce n'est dans une de ces circonstances où les sourires sont à l'ordre du jour. Si vous le connaissiez aussi bien que moi, vous le prendriez pour l'ours le plus mal léché qu'on puisse rencontrer.

— Et lord Tom, comme vous l'appelez, demanda l'étranger, est-il amoureux de l'une de ces dames dont vous m'avez parlé ?

— Pas le moins du monde, dit Jack ; Tommy et moi, ou plutôt, aurais-je dû dire, moi et Tommy nous suivons une marche toute différente;— des abeilles, de vrais papillons, — eh ! — vous m'entendez — butiner toujours — effleurer la coupe des lèvres — *and no mistake*. Non, je pense que ce serait nous faire injure à nous-mêmes que de nous marier. Mais nous rencontrons souvent chez elles deux respectables gentlemen qui ne les quittent pour ainsi dire pas, — vous comprenez ce que je veux dire.

— Parfaitement, répondit l'étranger.

— Et vraiment, continua Brag, ils font peine à voir. — Mais, — cependant — Dieu vous bénisse ! — Allons ! encore un verre de punch — versez, Rachel, — c'est bien — par ici — passez de l'autre côté — n'ayez pas peur, ce gentleman ne vous mangera pas.

Rachel fit ce dont on la priait, mais il était parfaitement clair, à l'expression de sa jolie physionomie, que Jack n'était pas aussi bien dans son esprit que dans sa propre estime.

— Si vous aviez comme moi, poursuivit Brag, la facilité de fréquenter la meilleure compagnie — là — ce que j'appelle la fine crème de la société, vous seriez dans le secret ; mais, à moins d'y être admis, on ne peut savoir ce qui s'y passe, — eh !

— Je suis persuadé que vous avez raison, dit l'étranger. Je crois que lord Ilfracombe a un fils, n'est-ce pas ?

— Certainement, dit Brag, lord Dawlish, — et un fameux luron même; il a épousé une miss Linton, fille d'un gen-

tilhomme campagnard de son voisinage. Je connais toute
l'histoire par lord Tom. Elle ne ressemble pas mal à une
poupée à la porte d'un magasin de jouets d'enfants, — avec
ses yeux de cire qui clignotent — eh! vous comprenez —
affaire d'argent, — le père a vendu l'enfant pour acheter le
titre, et il a fait là un joli troc, ma foi! Ils vivent comme chien
et chat. Je ne la puis souffrir — une vraie médecine — eh!
ne voulez-vous plus de ce liquide?

— Pas encore, répondit l'étranger, — et lord Dawlish se
mêle-t-il quelquefois à vos plaisirs de chasse?

— Voyons d'abord, s'il vous plaît, répliqua Jack, avant
d'aller plus loin, il me semble que vous devriez me dire pourquoi vous m'adressez cette question. Vivant comme je le fais
avec ces personnes, qui ont la main gantée, je ne trouve pas
bien que vous me fassiez jaser sur leur compte; n'auriez-vous
pas quelque intérêt à connaître les détails que vous me demandez? J'aime à croire que vous ne vous en offenserez pas,
mais je pense que vous devez appartenir à la classe mercan-
tile, et que, voyageant pour votre propre compte, vous ne
seriez peut-être pas fâché de savoir où vous pourriez sans
crainte placer votre confiance, — eh? toutefois, je ne crois
pas devoir compromettre mes amis; me comprenez-vous,
vieux renard; — eh! *all right, and no mistake;* — n'êtes-
vous pas de mon avis?

— Certainement, dit l'étranger, mais j'ignorais que lord
Dawlish fût de vos amis.

— Bah! toute la clique en est, répondit Brag, et tout ce
que je puis vous dire, c'est qu'ils savent une chose, — ils savent que j'ai la bourse bien garnie, eh! — et que je suis un
bon vivant, *and no mistake.*

— C'est bien, dit l'étranger, je vous suis obligé pour ce
mélange de confiance que vous mettez en moi, et de réserve
qui règle, quant à ce qui concerne vos amis, la limite de vos
confidences; — mais, pour ce qui est du vieux Ilfracombe,
je suppose que c'est un bon homme qui va droit son chemin.

— Ouf! dit Jack, c'est pas mal s'y prendre, — six d'un
côté, et une demi-douzaine de l'autre, — eh! mon vieux —
connu — assez causé — à bon chat bon rat!

En ce moment la conversation fut interrompue par l'entrée

de Stubbs, annonçant que le groo n de M. Brag venait d'arriver de Londres sur l'impériale de la diligence qui l'avait déposé à l'angle du chemin de traverse.

— Faites-le entrer, dit Brag, d'un air de dignité excessive.

Le drôle fit son apparition ; l'eau ruisselait sur sa personne, comme les larmes sur le visage de Niobé.

— Eh bien ! pourquoi arrivez-vous si tard ? demanda Brag.

— Pas pu arriver plus tôt, dit le garçon.

— C'est bien, dit le maître, allez demander un morceau à manger, et voyez ensuite à l'écurie.

— Fait excuse, mais je voudrais bien dire un mot à Monsieur au sujet des chevaux, répondit le groom.

— Parlez, dit Jack, débitez votre chapelet ; — l'étranger ne vous fait pas peur, je suppose.

— Non, Monsieur, dit le groom, je n'ai peur de personne ; mais je crois ne pas devoir vous faire ici la commission dont on m'a chargé.

— Parle, reprit Jack, en élevant son verre à moitié plein au-dessus de sa tête, — parle donc, comme dit l'autre au théâtre.

— Monsieur Figgs, dit le garçon, désire savoir si vous voulez garder les chevaux plus longtemps, parce qu'il sera absent de chez lui toute la semaine;—ou bien si un seul pourra vous arranger, parce qu'il a une occasion de louer l'autre à quelqu'un qui paye argent comptant ; et, dans le cas où vous les garderiez tous les deux, il désirerait bien recevoir son compte par le courrier de ce soir.

— Ha ! ha ! ha ! s'écria Brag, ses joues devenant blanches comme la craie, ses cheveux paraissant se défriser, et toute sa contenance lui donnant l'air d'un voleur pris la main dans le sac, — voilà qui est fameux ! — quel toupet ! ha ! ha ! — quoi ! mes propres chevaux !

— Pas vos chevaux à vous, dit le garçon, ce sont les siens, vous le savez, Monsieur, et...

— Retenez votre langue, Monsieur, dit Brag, je pense que je dois savoir à qui sont ces chevaux un peu mieux que lui ; sortez, et avant de demander à manger, allez vous assurer si les bidets ne manquent de rien ; — j'irai bientôt vous trouver à l'écurie.

Dans le nombre des méchants roquets qui ne valent pas la corde pour les pendre, il n'en existe pas un qui soit aussi vil qu'un stupide vantard. Devant son compagnon, qu'il s'était imaginé, comme nous devons nous le rappeler, n'être qu'un commis de quelque bonne maison d'épicerie, ou voyageant pour ses propres affaires, notre misérable Cockney était agité comme une caille. Il jeta à la dérobée un coup d'œil sur cet homme que, jusque là, il avait traité sans façon, et même avec un certain air de supériorité ; il cherchait à découvrir quelle impression avait pu faire sur lui la découverte de toutes ses sottes prétentions ; mais l'étranger qui avait tout autre chose à penser, et qui paraissait absorbé dans ses réflexions, ne laissa paraître aucune altération ni dans son regard, ni dans ses manières, lorsque le garçon d'écurie mit à nu le caractère méprisable de son compagnon de table. Nous ne tarderons peut-être pas à découvrir pourquoi ce dénoûment ne parut pas l'affecter beaucoup.

— Que les domestiques sont bêtes! dit Jack, lorsqu'il put recouvrer la parole, et en tirant une tranche de citron du fond de son verre, les yeux fixement attachés sur l'objet de son opération, pendant qu'il murmurait cette observation.

Quant à l'opinion de l'étranger sur le caractère des maîtres, il eût été difficile de la connaître, par l'expression de son regard ou le sens de ses paroles.

— Figgs n'est qu'un sot après tout, reprit Brag, lorsqu'il fut un peu plus remis, et je devine où il en voulait venir.

L'étranger, qui se rappelait à peine l'histoire des haras de son compagnon, quoique détaillée avec tant de soin, ne se mit nullement en peine de percer les mystères du loueur de chevaux ; il était parfaitement satisfait de ce qu'il avait appris, et n'en voulait pas savoir davantage.

— Je crois, dit Jack, en rompant un silence qui commençait à devenir pour lui fort embarrassant, et qu'il attribuait, ainsi qu'il arrive à tous les hâbleurs de sa trempe, à la conviction intime où se trouvait l'étranger, que lui, Brag, n'était qu'un effronté menteur ; je pense, dit-il, que ces drôles ne cherchent qu'à vous attirer dans quelque piége, lorsqu'ils ont recours à de semblables ruses : cependant, je me flatte d'être assez connu à Londres, et aussi vrai que je suis lié avec le grand écuyer, je réponds que pas un des chevaux de Figgs n'entrera dans les écuries royales, — car j'ai là quelque influence.

L'étranger daigna à peine lever les yeux, et acheva de vider son premier verre de punch, pendant que Brag finissait son deuxième ; en effet, il n'avait pris ce breuvage que dans l'intention de combattre, au moyen de quelque chose de chaud à l'intérieur, les fâcheux effets de l'atmosphère. Il était clair que le cockney avait été rudement étrillé par suite de la stupidité de son garçon, ainsi qu'il l'appelait, quoique, dans le fait, il ne fût pas à son service ; et il est assez plaisant d'observer combien, malgré le plaisir qu'il éprouvait d'échapper à un examen un peu sérieux de la part de son compagnon, il était vexé que le susdit compagnon ne parût pas prendre plus d'intérêt à ses tentatives pour le faire pénétrer dans des détails plus intimes.

— Le ciel ne semble pas prêt à s'éclaircir, dit l'étranger en se rapprochant de la fenêtre ; je ne sais vraiment pas ce que je dois faire.

— Quant à moi, répondit Brag, je me plante ici pour la nuit, si ce mauvais temps continue.

— Je dois être de retour pour l'heure du dîner, fit observer l'étranger.

— Ah ! dit Brag, alors ceci n'est donc pas votre dîner ?

— Non, répondit l'étranger, je crois que, par le fait, il en est ainsi ; mais, littéralement, non ; j'ai quinze milles à parcourir avant d'arriver chez moi. Ne serait-il pas possible, en cas de nécessité, de se procurer une chaise de poste ?

— Pas ici, répondit Brag, je suis toujours obligé, lorsque j'ai besoin de chevaux, d'envoyer chez George, — à deux milles de cette auberge ; mais, qu'à cela ne tienne, je dirai à *mon garçon* d'y aller rapidement, si cela vous convient. Allez-vous du côté de la ville ?

— Non, dit l'étranger (et il pouvait certainement se considérer comme tel dans le lieu où il se trouvait alors), je suis parti de Londres.

— Oh ! oh ! dit Brag évidemment désireux de connaître

les projets de son compagnon, je vais probablement m'organiser pour passer la nuit ici. J'espère que Rachel fera mon thé, et que je serai confortablement soigné, *and no mistake.* Voyez-vous, j'aime le... comment donc les Français appellent-ils ça ! — le *despipere in poco* (1), comme dit Lord Tom, — ou quelque chose d'approchant ; — ainsi, je reste ici. Je n'ai rien qui m'occupe, pas d'affaires, pas de visites, pas d'engagement, si ce n'est chez ces pauvres dames, — vous ai-je dit leur nom ? — Oui, je vous l'ai dit — Mme Dallington, et sa sœur Blanche. Il faudra bien qu'elles prennent patience — je n'irai parbleu pas me faire tremper jusqu'à la moëlle des os pour leurs beaux yeux, eh !

A ce moment, un équipage, précédé d'un courrier et remarquable par son élégance et sa bonne tenue, s'arrêta devant la porte de la petite auberge. Il était attelé de quatre chevaux vigoureux, pur sang, rongeant leur frein et couverts d'écume. Les individus qui occupaient l'intérieur de la voiture avaient l'air fort animé, et la halte n'avait évidemment pour but que de rafraîchir la bouche des chevaux, qui paraissaient avoir fourni une longue course.

— Dites donc, s'écria Brag, en voici qui arrivent : — quels bidets ! — Avez-vous jamais vu un pareil chic ? — V'là ce qu'on appelle du soigné — *Straight up, right down, and no mistake.* — Sortons donc un peu pour voir ça.

Brag ouvrit la marche, — l'étranger le suivit docilement ; mais à peine celui-ci eut-il été aperçu accompagné de notre cockney, qu'un cri de surprise et de plaisir s'échappa de la calèche.

— Comment ! vous ici ! s'écria la plus jeune de la *partie carrée* (sic) ; qu'avez-vous donc pu y faire?

— Ce que j'ai pu y faire ! répondit l'étranger, assurément vous ne croyez pas qu'un homme soit assez fou pour se rendre à cheval à la réunion des tireurs d'arc, à travers un torrent.

(1) Il voulait probablement rappeler le *Dulce est desipere in loco,* de la 11° ode d'Horace, citation recueillie de la bouche de son noble ami, mais qu'il estropiait selon son habitude, comme toutes celles qu'il ne comprenait pas. (*Le Traducteur.*)

—Mon cher ami, dit une autre dame, êtes-vous bien sûr de ne pas être mouillé ?

— Pas le moins du monde, répondit l'étranger, car j'ai eu la précaution de m'arrêter ici, et j'y ai pris quelques rafraîchissements en très-agréable compagnie. Mais, peut-être, me permettrez-vous, à mon tour, de vous demander pourquoi vous êtes venus de ce côté ?

— En partie, je crois, dit un jeune homme qui paraissait être le fils de l'étranger, parce que nous nous sommes égarés ; — le temps est devenu si affreux que toute l'affaire n'a été qu'un véritable coup manqué; il ne nous est donc plus resté d'autre résolution à prendre que de décamper au plus vite. Mais quoiqu'il en soit, maintenant il faut que vous reveniez avec nous, car un aussi mauvais vent ne peut faire de bien à personne.

— C'est bien ce que je compte faire, dit l'étranger, et je vais me loger avec vous, même au risque de vous gêner. — Harrisson, ne tardez pas à partir pour ramener mon cheval dans le courant de la soirée, ne le pressez pas trop, car je l'ai mené grand train pour arriver ici.

Les dames parurent enchantées de l'acquisition qu'elles venaient de faire, et l'étranger, déjà monté sur le marchepied, ôta son chapeau et fit un profond salut à Brag, qui resta dans un état de surprise et de stupéfaction provenant de ce fait extraordinaire à ses yeux, qu'un homme, vivant réellement dans la société que lui, Brag, ne pouvait aborder que par hasard, pût sérieusement s'arrêter et manger des côtelettes dans une petite auberge, sans y découvrir son rang, et sans même y parler de ses connaissances.

L'équipage s'éloigna en éclaboussant un peu le nez délicat de Brag ; et le valet qui, d'après les ordres de l'étranger, ne devait pas tarder à partir, après avoir jeté un coup d'œil sur notre Nemrod-Cockney, détourna la tête d'un air de dignité que son maître n'aurait certes jamais pris. Ses remarquables bottes à revers étaient tellement mieux entretenues que ne le furent à aucune époque celles de Brag, quoique notre héros passât souvent une partie de la journée à en prendre soin lui-même, lorsqu'il devait s'en servir, que le pauvre diable se vit forcé de baisser pavillon devant le laquais d'un homme qu'il avait traité en inférieur, parce que sa mise était simple, et qu'il n'affectait aucune morgue dans ses manières.

— Dites donc, Monsieur, demanda Brag à ce domestique, comme celui ci se rendait à l'écurie, pourrai-je vous prier de me dire quel est ce gentleman qui vient de monter en voiture, et qui vous a laissé derrière pour ramener son cheval?

— C'est mon lord, répondit Harrisson.

— Et quel lord peut-il être? ajouta Brag.

— Ne connaissez vous donc pas mon lord? dit Harrisson. Je croyais que tout le monde connaissait mylord Ilfracombe. Il y avait aussi dans la voiture ma maîtresse et son fils, lord Dawlish et lady Dawlish, ainsi que lady Bloomville.

En effet, cinq dans l'intérieur! pensa Jack. Et quelle est la jeune personne voilée?

— Lady Fanny Smartly, répondit le domestique, en s'en allant soigner le cheval de son lord.

Jack fut comme pétrifié; il entendait bourdonner ses oreilles, il sentait ses genoux fléchir — L'audacieuse impudence et la folie de sa conduite venaient le frapper comme la décharge d'une pièce de quatre. Il voyait ses prétendus amis que, jusque-là, il n'avait même jamais connus de vue, tous conjurés contre lui pour le perdre dans l'esprit du chef de la famille, qu'il avait conspué en face en le traitant d'être bizarre, d'ours, de trouble-fête et de poule mouillée. Il n'avait plus le pouvoir de remuer, et peut-être serait-il resté cloué à sa place, si le garçon d'écurie de Figgs n'était venu lui demander quel cheval il désirait garder.

Jack, pour un instant, comprit toute l'absurdité de sa conduite, et après avoir donné une réponse à l'homme de Figgs, il rentra dans la maison, où, étant parvenu à se remettre un peu du choc qu'il venait d'éprouver, il sonna pour son thé, — breuvage qui fait les délices du Cockney, et qui lui fut servi au bout d'une demi-heure par un sale drôle aux cheveux roux, Rachel Stubbs étant allée faire une visite à sa tante, pour se soustraire aux grossières impertinences de notre Lovelace.

CHAPITRE III.

Nous devons convenir que la nouvelle de cet éloignement de Rachel ne fit éprouver à Brag que des sensations d'une nature fort peu agréable.

D'un autre côté, il ne pouvait mettre en doute que ce qui venait de se passer entre lui et l'honorable lord, ne dût fournir la matière d'une anecdote assez divertissante dans le cercle de sa seigneurie, d'où l'historiette ne manquerait pas de se répandre dans la sphère de ses propres connaissances, de même que les modes, passant des salons de la duchesse à la mansarde de la grisette, vont ensuite, comme pour prouver une fois de plus que les extrêmes se touchent, se perdre dans l'universalité de celles qui les adoptent.

Quoiqu'il en soit, voilà donc notre Lothario dédaigné — évité — tourné en ridicule par la servante d'une petite auberge qui aurait dû être plus fière qu'un paon d'avoir eu l'honneur d'attirer ses regards ! Brag était réellement mal à son aise ; il se mit à faire sur sa position quelques réflexions qui n'étaient pas toutes couleur de rose, jusqu'à ce qu'enfin le sommeil vint appesantir ses paupières.

Il n'en était pas ainsi de sa mère. Elle avait pesé les paroles prononcées par son fils, et elle commençait à trouver que sa recommandation de prendre un second mari, bien qu'elle fût veuve depuis plusieurs années, n'était pas tout à fait déraisonnable, surtout lorsqu'elle venait à penser que la carrière que son cher Johnny paraissait décidé à parcourir, quel qu'en fût le dénoûment, ne le ramènerait certainement pas aux habitudes tranquilles et régulières du comptoir ; enfin, elle pensait, et l'on est généralement d'accord sur ce point, qu'une femme, seule à la tête d'une maison de commerce, pouvait être facilement dupée.

Il est une remarque assez bizarre à faire ; c'est qu'il arrive assez souvent qu'une idée, à laquelle nous n'avions jamais songé auparavant, s'empare tout à coup de notre esprit, et ne

tarde pas à devenir l'objet de toutes nos préoccupations :
Mme Brag n'avait jamais eu la pensée de se remarier, et, d'un
autre côté, nous ne pouvons nous dispenser d'en faire ici la
remarque, aucune de ses connaissances masculines ne lui
avait fourni le plus léger prétexte d'agiter cette question. Il
était, à ce qu'il paraît, réservé à son fils de mettre le feu à
l'amorce ; car, à dater de ce jour, Mme Brag devint une tout
autre femme. Sa toilette et sa personne furent l'objet des
soins les plus minutieux ; elle passait une partie de son temps
à parcourir les magasins pour y choisir des rubans de diverses couleurs ; elle regardait dans les boutiques lorsqu'elle y
entendait le bruit de plusieurs voix ; en un mot, elle se donnait certains airs de coquetterie qu'elle n'avait jamais songé à
prendre depuis longues années.

Cependant, elle ne s'était décidée sérieusement à fixer ses
irrésolutions dans ces graves conjonctures, que le jour même
où commence cette petite histoire. Johnny l'avait souvent
exhortée à adopter le projet en question ; mais, par respect
pour la mémoire de son défunt mari, elle en avait jusque là
repoussé la pensée ; enfin, elle en avait caressé l'idée avec
plus de complaisance ; et, comme je viens de le dire, elle
songea en dernière analyse à en faire l'application pratique ;
or, dès cet instant, bien convaincue que toutes ses sollicitations auprès de John pour ne plus la tourmenter afin qu'elle
violât la foi conjugale, seraient sans succès, elle prit la résolution de rendre son intérieur plus agréable, et de complaire
en même temps à son cher enfant, dont elle aurait pu dire
avec raison :

« Johnny, je t'aime encore, en dépit de tes fautes. »

Tous ses efforts tendirent donc à arriver heureusement au
but proposé ; car le lecteur ne peut plus ignorer que, bien
qu'elle eût lutté jusqu'au dernier moment contre son peu
d'inclination à entrer dans cette voie, elle avait cependant fini
par surmonter son antipathie.

Nous ne tarderons pas à développer les moyens d'action
qu'elle crut devoir mettre en usage pour le succès de son
plan.

Le volage Cockney, de son côté, se leva de bonne heure le jour où devait avoir lieu la course projetée ; son sang n'était que médiocrement rafraîchi par le repos dont il avait joui dans un sommeil fiévreux, — si, toutefois, un sommeil agité peut être considéré comme une jouissance. Après s'être si ridiculement compromis, il ne pouvait se remettre de son trouble ; ses inquiétudes devenaient d'autant plus vives qu'il commençait à craindre de rencontrer quelques-uns des membres de la noble famille des Ilfracombe, dont la résidence, suivant toute probabilité, devait exister quelque part dans le voisinage, et qu'ils ne seraient sans doute pas fâchés d'apprendre par quels moyens désespérés il parviendrait à se tirer du mauvais pas où il s'était fourré.

Quelle contenance ferait-il si lord Dawlish en personne arrivait sur le terrain, accompagné peut-être de lady Smartly, ou du chef même de la famille ? Chaque parole sortie de sa bouche le jour précédent, avait, sans aucun doute, été répétée ; et si la cravache ou la botte du vicomte indigné n'en faisait pas justice immédiatement, en revanche, pour la description qu'il avait faite de son père et de sa famille, lord Tom lui-même, jusqu'alors sa boussole et son appui, ne manquerait pas de partager l'exécration générale soulevée par son impudence ; d'autant plus que lord Tom avait, à plusieurs reprises, puisé dans la bourse de Jack pour des sommes considérables, et qu'en raison du refus que Jack lui avait fait tout récemment de lui ouvrir un crédit illimité, il ne serait probablement pas fâché de saisir ce prétexte pour rompre tout à fait avec lui.

Cependant, comme le moment approchait, Brag, après avoir déjeuné, commença à reprendre courage : bien décidé à faire aussi bonne contenance que possible, il enfourcha le cheval qu'il avait gardé, et s'avança vers le lieu de l'action, en jetant les yeux, il faut en convenir, dans toutes les directions, avec la crainte de rencontrer son ami de la veille. Mais il en fut quitte pour la peur, et, lorsqu'il arriva à l'auberge où les sportsmen s'étaient donné rendez-vous, il trouva lord Tom et ses compagnons, comme à l'ordinaire, fort gais, pleins d'animation, et chaleureux dans leur accueil. — Il se sentit donc rassuré, et, en moins d'une heure, il avait oublié, ou il avait résolu de ne pas se rappeler le moins du monde toute son impudence en face du noble lord.

La course au clocher eut lieu, suivant les dispositions du programme ; et, lorsqu'elle fut terminée, lord Tom, assisté de Brag, rédigea le rapport des nouvelles du *Sport*, pour le communiquer aux journaux de Londres, dans les termes suivants :

« Le terrain de la course avait été tracé la veille par lord Wagley, lord Tom Towzle et M. Brag, qui avaient choisi en connaisseurs une ligne d'un parcours abrupte, présentant trente-quatre haies et trois fossés, et calculé de manière à faire mieux ressortir la valeur des chevaux et le mérite des cavaliers. Le but d'arrivée avait été fixé entre deux poteaux surmontés de drapeaux et placés au milieu d'un champ appartenant à M. Brag, l'un des arbitres.

CHEVAUX ENGAGÉS.	CAVALIERS.
Washball, à M. Tagrag.	*Le propriétaire.*
Beggarboy, au capitaine Snobb. .	*Le propriétaire.*
Stumpy, à sir Frédéric Flapper. .	*M. Martingale.*
Tommy, à M. Smith.	*Le propriétaire.*
Blunderbuss, au colonel Ball. . .	*M. Flint.*

« Tous se sont élancés avec ardeur. *Tommy* a refusé la seconde haie, et a fait passer son cavalier par dessus ses oreilles ; en tombant à la renverse, il s'est brisé les reins, et il a expiré au bout de quelques minutes. *Washball* n'a pas été plus heureuse en voulant franchir un fossé que son cavalier ignorait être guéable à vingt mètres plus bas : elle s'est démis une épaule, et l'on a été obligé de l'abattre immédiatement après la course. Nous sommes peinés d'ajouter que M. Tagrag, qui la montait, est malheureusement tombé sur le dos, et qu'il s'est froissé grièvement l'échine. Il a été transporté à la *Pleine-Lune*, à Wigglesford, dans un état désespéré.

« Après ces petits accidents, la lutte s'est établie exclusivement entre *Beggarboy* et *Stumpy*, *Blunderbuss*, lancé à fond de train dans un terrain fangeux, d'où ni la cravache ni l'éperon ne purent le tirer, s'étant abattu après avoir parcouru

deux milles : au fait, ses forces étaient épuisées, et il se trouvait réduit à un état d'impuissance absolue.

« De leur côté, *Beggarboy* et *Stumpy* commençaient à en
avoir assez : lorsqu'ils atteignirent le dernier obstacle pour
pénétrer dans le champ du triomphe , *Stumpy*, étant à peine
distancé d'une longueur de tête, tomba dans le fossé. Le capitaine Snobb fit alors manœuvrer avec élégance *Beggarboy*
entre les deux drapeaux. *Stumpy* a été fortement endommagé
par la dernière chute ; ce qui est d'autant plus fâcheux que
c'était un des meilleurs chevaux des environs.

« La course, qui était de dix souverains d'entrée, a été par-
courue avec une incroyable vitesse. La nombreuse réunion
rassemblée en ce lieu a été délicieusement enchantée du
sport, divertissement qui réveille avec tant de force les facultés de l'âme. Les amateurs se sont ensuite rendus
dans un champ derrière la *Pleine-Lune*, pour y assister
au grand tir de pigeons, dont le prix, composé d'une coupe
d'argent avec son couvercle, était disputé par MM. Slack et
Nibbs.

« Le nom de Nibbs suffisait à lui seul pour créer un intérêt
inaccoutumé ; aussi le terrain se trouva-t-il couvert d'amateurs. Les conditions avaient été réglées ainsi : — Vingt-et-un
pigeons seraient tirés à distance de vingt-et-un mètres, — la
charge limitée à deux onces ; les paris arrêtés comme il suit :
trois contre un que le gagnant en abbattrait dix-huit, — et
cinq contre quatre que ce serait Nibbs. Chacun d'eux se présenta avec l'assurance de l'emporter sur son adversaire ;
mais, après que Slack et Nibbs eurent tué douze pigeons de
suite, Nibbs obtint l'avantage, et par conséquent la coupe, en
gagnant cinq points sur son concurrent ; il tua dix-neuf pigeons contre Slack quatorze ; ce qui lui donna aussi le béné-
fice des paris de trois contre un relativement au nombre des
pigeons qui devaient être abattus par le vainqueur. Plusieurs
autres tirs s'organisèrent ensuite, et l'on tua environ cent-
cinquante de ces volatiles.

« Rien ne pourrait surpasser la gaîté et l'animation de
cette scène. Le temps était magnifique, et une partie des
beautés qui avaient honoré la course de leur présence, furent
également témoins des bruyantes acclamations de ce second

sport (1). Une vieille femme, qui se trouvait en dehors de l'enceinte, a reçu toute une charge de plomb dans la figure ; il lui en coûtera probablement la perte d'un œil ; et un imbécile de garçon, qui avait imprudemment tenté d'attraper un des oiseaux, tombé au-delà des limites, a été gravement blessé à la tête et au cou. Le chirurgien de l'endroit lui a immédiatement donné les premiers soins, et on l'a transporté ensuite dans une charrette commode à l'hôpital du Comté. Nous espérons que ces accidents pourront servir de leçon aux autres individus qui seraient tentés de faire de pareilles imprudences.

« A la fin du sport, une admirable collation froide a été servie par Bunks à la *Pleine-Lune* avec tout le raffinement imaginable. Les convives ont passé la soirée de la manière la plus gaie, et des arrangements ont été pris pour renouveler cette réjouissante distraction jeudi prochain ; on s'attend à y voir figurer un bien plus grand nombre de personnes. »

Cette description animée figura tout naturellement dans les principaux journaux du lendemain. Brag ayant réussi à intercaler deux ou trois mots dans le rapport, s'était attribué, par ce moyen, la possession d'un champ, et, par déduction, celle d'une propriété beaucoup plus considérable dans une partie du pays, où il ne possédait même pas autant que dans ce qu'il appelait sa *petite résidence en Surrey* dont il s'était également déclaré propriétaire. Toutefois, un petit événement vint troubler son bonheur ; ce fut, trois jours après la pompeuse publicité donnée à cette fête, la visite du fermier à qui appartenait en réalité le champ : Il venait lui donner à entendre qu'il avait chargé son avoué de poursuivre les délinquants qui avaient labouré sa terre en tous sens, à une époque de l'année où elle n'avait aucun besoin de la charrue ; et qu'en outre, comme il s'était convaincu par les papiers publics, que la responsabilité du fait pesait plus particulièrement sur M. Brag, l'homme de loi avait jugé plus convenable d'intenter d'abord contre lui une action en dommages-intérêts.

(1) *Sport* est un mot qui s'emploie indistinctement, en parlant des courses ou de la chasse.

Cette visite, et l'avis que le visiteur venait de lui communiquer, n'avaient assurément rien d'agréable pour le petit homme, dont l'esprit n'était en aucune manière tranquillisé par la conviction intime que toutes ces difficultés et la responsabilité qui en serait la suite n'avaient d'autre cause que son penchant invincible à se faire passer non-seulement pour le héros de la fête, mais encore pour le propriétaire du terrain où elle avait eu lieu.

Toutefois, la course suivante dans laquelle devait figurer comme acteur M. Brag, fut mise à l'abri des poursuites de la loi, conformément à ce sentiment de prudence que chez les animaux qui ne sont pas vêtus, nous désignons sous le nom d'*instinct*, mais que pour ce qui concerne Johnny, nous appellerons par courtoisie *raison*. Notre héros quitta son quartier général de la *Tête du Duc*, et retourna à Londres par la diligence, le second message de M. Figgs, à l'égard des chevaux, ayant été accompagné d'une demande péremptoire pour qu'ils fussent renvoyés.

Brag regagna donc assez tristement la ville ; car, quelles que fussent sa hardiesse à assumer la responsabilité des faits et ses prétentions en matière de relations intimes, jamais créature humaine ne démontra, par un abattement plus visible, les tortures dont son esprit était agité. Le choc que venait de lui faire éprouver la déclaration du fermier l'avait complétement anéanti. Ainsi le drôle dont l'impertinence, la vanité et l'impudence étaient sans égales, s'était, en quelques minutes, transformé en une misérable victime, pâle et sans énergie. C'est dans cet état non équivoque de découragement qu'il arriva dans la métropole, tout à fait indécis sur l'emploi qu'il ferait de sa journée.

Pendant qu'il est livré à ces incertitudes, reportons, pour un moment, nos regards vers ceux sur la destinée desquels il exerce, sans s'en douter, une influence extraordinaire. Sir Charles Lydiard, dont les sentiments avaient été froissés, et l'amour-propre excité par les observations de Rushton, relativement à l'accueil que recevait Brag chez Mme Dallington, ne pouvait plus se débarrasser des impressions qu'il n'avait ressenties qu'après les avoir fortement combattues. Ceux qui n'ont jamais éprouvé les tortures de la jalousie, — mais puis=

que l'amour est inséparable de ce sentiment, qui ne les a pas éprouvées ? — ne peuvent s'imaginer les tourments qu'un malade une fois infecté de ce mal, vraie jaunisse de l'âme, endure lorsqu'il en est atteint. Le hazard avait voulu que sir Charles n'eût pas encore rencontré Brag depuis sa conversation avec Rushton ; il n'avait en conséquence pas eu l'occasion d'observer la télégraphie dont ils s'étaient entretenus quelque temps auparavant ; mais, en raison de tout ce qui s'était passé, il s'ingéniait à se créer un millier de fantômes et une infinité de chimères, dont l'effet inévitable fut d'augmenter sa froideur et sa réserve habituelles, pendant les deux ou trois visites qu'il fit à la veuve.

Cet accès de refroidissement n'ayant pas échappé à Mme Dallington, qui ne pouvait s'en expliquer la cause, elle eut encore recours au télégraphe, pour le faire remarquer à Blanche. Cette nouvelle correspondance des yeux eut pour effet de donner un nouvel aliment aux doutes et aux appréhensions, et le malheureux Baronnet passa quatre mortelles heures dans le boudoir de la femme qu'il aimait le plus au monde, éprouvant le plus vif désir de se retirer, mais n'osant pas le faire dans la crainte de provoquer une explication.

Sir Charles était d'autant plus embarrassé qu'il n'avait pas vu l'objet de son aversion pendant ses deux dernières visites, et qu'il éprouvait une très-vive anxiété de connaître les motifs d'une absence de sa part plus prolongée que de coutume ; enfin, et par-dessus tout, parce qu'il ne pouvait se décider à s'enquérir de lui. D'autres hommes vinrent se joindre à la conversation, et leur présence le soulagea de l'état de gêne dans lequel le tenait la crainte d'une explication sérieuse, toutes les fois que la disparition momentanée de Blanche réduisait le cercle aux proportions d'un tête-à-tête ; il n'eut pas, toutefois, à subir l'épreuve d'un pareil tourment. Les manières de Mme Dallington, aimable pour tous, n'indiquaient nullement qu'elle voulût paraître plus particulièrement gracieuse pour aucun d'eux ; mais, maintenant que Rushton partageait ses idées personnelles à ce sujet, il se figura que Brag était traité tout différemment par les deux dames. Néanmoins, il ne pouvait se résoudre à s'abaisser au point de mettre le doigt sur la plaie, et d'en chercher le topique ; c'est ainsi qu'ayant eu une séance fiévreuse chez la veuve trois jours après le départ du petit homme, sir Charles la quitta à l'heure de sa toilette du soir, en prétextant un engagement qu'il n'avait pas, afin de décliner l'invitation à dîner que lui firent les deux sœurs, invitation qu'il aurait été trop heureux d'accepter, s'il eût pu commander à ses émotions.

Rushton, qui avait assisté à cette visite, et qui s'était aussi dispensé de passer la soirée, s'employa beaucoup plus activement que son froid et systématique collègue à approfondir les affaires de Brag. En passant dans Grosvenor Street, il rencontra Brag, qui allait faire une visite à sa plaque de porte, et demander s'il n'y avait pas quelques lettres pour lui. Notre aventurier arrivait à l'instant même de l'hôtel du *Duc de Marlborough*, après avoir été déposé par le conducteur de la diligence (dans l'intérieur de laquelle il avait voyagé pour éviter l'homme de loi du fermier) au coin d'une petite ruelle, dans Edgeware Road, afin de ne pas être découvert à sa descente de voiture. A l'aide de ce moyen ingénieux, notre prétendant, une cravache à la main et des éperons à ses bottes, donnait à penser qu'il était rentré en ville sur l'un des neuf chevaux qui ne lui appartenaient pas.

Rushton voulant souhaiter la bien-venue à son ami au débotté, et désireux de s'assurer, autant que possible, si son intention était d'aller faire une visite à Mme Dallington dans la soirée, l'aborda dans la rue.

— Vous voilà de retour, lui dit-il.

— Je mets pied à terre à l'instant même, répondit Brag ; capital sport ! — rien de comparable ! — le tout soigné dans les règles, *and no mistake*. — Deux chevaux tués sur le coup, ainsi qu'un homme, je crois ; cependant, il a été emporté et confié aux soins d'un médecin.

— Beaucoup de monde ? demanda Rushton.

— Toutes sortes de gens, dit Brag ne pouvant dissimuler la vérité à cet égard, quelque dangereuse que l'allusion pût être pour sa propre famille ; quant à moi, je ne suis pas resté à Wigglesford ; j'avais retenu un appartement dans une auberge des environs, où mes chevaux avaient été installés d'avance. — Gîte tranquille, — pas d'embarras ; — gens polis ;

— bonne pâ'e d'hôle et jolie fille, eh ! — vous comprenez.
— *And no mistake.*

— Etiez-vous seul ? demanda Rushton.

— l'as précisément, dit Brag, le vieux Ilfracombe a dîné avec moi ; il allait rejoindre sa famille à une partie de tir à l'arc : le temps étant devenu mauvais, il a consenti à partager mon petit dîner ; — repas modeste, — simplement un potage, du poisson, des côtelettes et un chapon : le reste de la compagnie est venu nous retrouver après dîner ; Dawlih et sa femme, ainsi que Lady Sarah Smartly ; — ils ne sont pas descendus de voiture, — aussi l'ai-je emballé avec eux, et je suis resté pour finir ma soirée à ma manière, et savourer mon bordeaux.

— Allez-vous chez la veuve ce soir ? dit Rushton.

— Non, certainement, répondit Brag, je suis un peu fatigué, et presque engagé ailleurs. Comment est sir Charles ? garçon un peu froid, eh ? ne trouvez-vous pas ?

— Que voulez-vous, dit Rushton, la moindre contrariété le tourmente. C'est bien l'homme le plus délicat et le plus susceptible que je connaisse : une expression, un mot, un regard l'affectent à un point qu'on ne saurait imaginer.

— Fier, eh ? dit Brag ; à distance, eh ?

— Non, répliqua Rushton, il y a de la froideur dans ses démonstrations, j'en conviens, et ceux qui ne le connaissent pas, l'attribuent à un sentiment de hauteur ; mais le fait est que, quelque chaleur qu'il ait pu ressentir dans le cours d'une soirée, il retombe dans son état habituel de frisson le lendemain, et il lui faut alors de nouveaux stimulants pour le dégeler. Il n'est donc pas généralement goûté ; mais, en vérité, sa froideur apparente prend uniquement sa source dans son manque de confiance en lui-même.

— Oh ! c'est de la méfiance, alors ? dit Brag. J'avoue que je ne comprends pas ça ; je croyais, au contraire, que c'était de l'orgueil — mais, ma foi, je ne m'en inquiète pas plus que d'une prise de tabac, *and no mistake.*

Sir Charles étant devenu naturellement, quoique d'une manière imprévue, le sujet de leur conversation, Rushton pensa tout à coup que ce serait une occasion favorable pour sonder avec succès (les eaux de Brag ayant peu de profondeur) les vues et les intentions de son communicatif ami.

— Allons, dit-il, pour être vrai, Brag, je ne pense pas que vous puissiez être bon juge de sir Charles. J'ai souvent avec lui plus d'une discussion sur la manière d'apprécier les diverses nuances du sentiment ; mais quant à vous, Brag, — c'est une autre affaire.

— Je ne vois pas ça, dit Brag. C'est tout un pour moi, vous le savez. Je ne me soucie pas plus du sentiment que d'une coquille de noix, comme je le dis à lord Tom : il faut me prendre tel que je suis, eh ! — *all right up, straight down, and no mistake.* Mais nous sommes parfaitement d'accord lorsque vous dites que je ne lui ressemble pas, et je ne vois pas cependant en quoi ma position peut différer de la vôtre à tous deux.

— Ah ! dit Rushton, c'est précisément dans la différence des rôles que gît cette différence.

— Que voulez-vous dire ? demanda Brag.

— Il a peur de vous, reprit Rushton.

— Peur de moi ! dit Brag, en caressant le col de sa chemise, voilà qui est par trop bon.

— Vous êtes beaucoup trop poli pour la veuve, ajouta Rushton.

— Moi !

— Oui, dit Rushton, et ce qu'il y a de pis, c'est qu'il pense qu'elle est aussi beaucoup trop polie pour vous.

— Sur votre honneur ! dit Brag, dans l'extase du ravissement, — peur de moi ! allons, allons — eh ! — voilà qui est trop bon !

— Pas du tout trop bon, reprit Rushton. Je vous dirai ce qu'il en est — je serai franc avec vous — je vous redoute autant moi-même.

— Vous, Rushton ! dit Brag.

— Oui, et encore plus que sir Charles, répondit Rushton. Voyons, — rappelez-vous — songez à votre manière d'être et d'agir avec Blanche Englefield, — créature timide et réservée avec tout le monde, vous excepté ; elle s'anime et elle trouve, à n'en pas douter, du plaisir à vous entendre.

— Vous ne voulez pas sérieusement insinuer que vous avez

4

peur de moi, dit Brag, quoiqu'il fût au fond pleinement convaincu du sérieux de la conversation, qui, après tout, renfermait plus de crainte réelle que Rushton n'aurait voulu le laisser supposer. J'ai certainement ma manière de m'y prendre, eh ! — je ne sais pas ce que c'est, — ce ne peut être ma personne ; — c'est sans doute, — je le suppose, du moins, — parce que j'ai toujours la langue bien pendue, eh ? — et c'est le diable que la langue dans la tête d'un garçon pas trop maladroit ; — un peu de repartie, et tout le reste, eh ! — du babil, — ne pas s'en faire faute, — voilà la chose.

— C'est clair, dit Rushton.

— Les femmes aiment les parties fines, ajouta Brag — fêtes, — excursions sur l'eau, — déjeuners, et tout le reste. — Alors la bonne humeur leur vient ; et le champagne — et le retour — et le clair de lune — et la musique, et tout ce qui s'en suit.

— Vous n'avez pas encore ouvert votre feu sur ce terrain-là, dit Rushton.

— Question de temps, répondit Brag. Laissez venir l'été, et je vous mettrai au courant de tout cela, eh ! — alors, j'imagine que le mal de cœur pourra vous venir comme à bien d'autres.

— Etes-vous donc si ambitieux en amour? dit Rushton. Ne vous contenterez-vous pas d'une seule conquête? Voulez-vous donc les avoir toutes deux ?

— Ah ! je vous vois venir, répondit Brag, en se pinçant le bout du nez, et en clignant de l'œil ; vous jouez votre jeu ; — elles ne se moquent pas mal de moi ?

— C'est ce qui n'est pas clair, dit Rushton ! Je pense fermement, au contraire, que vous pourriez obtenir l'une d'elles; au surplus, je trouve que si vous n'avez pas de sérieuses intentions de ce côté, vous leur faites injure à l'une et à l'autre, en agissant comme vous le faites.

— Sur votre vie ! dit Jack, — parlez-vous sérieusement ?

— Sans aucun doute, reprit Rushton ; cependant, que ceci reste entièrement entre nous ; mais quel que soit le parti que vous prendrez, permettez-moi de vous dire que la veuve est assurément la plus aimable des deux, et qu'elle possède beaucoup plus de fortune : ainsi, tournez vers elle vos yeux de

basilic, et laissez-moi la silencieuse et mélancolique Blanche.
Adieu! Vous voici à votre porte, — vous êtes chez vous. Faites-moi le plaisir de ne pas oublier ma recommandation, et
montrez autant de gnérosité que vous avez de pouvoir.

Après ces paroles, Rushton quitta son ami, le laissant
complétement bouleversé par ce qu'il venait d'entendre. Il
fallait, en effet, peu de chose pour convaincre notre héros de
son propre mérite auprès de ce qu'il appelait le sexe femelle,
mais il y avait longtemps déjà qu'il était, à cet égard, entièrement de l'opinion que Rushton venait d'exprimer sur son
compte. Cependant, une question se présentait à son esprit :
quelle était celle qu'il conserverait dans cette circonstance,
pour sa part de prise? et quel serait celui des deux amoureux
qu'il immolerait à son triomphe? Lydiard, selon lui, était
trop froid et trop bizarre pour plaire à la veuve ; et Rushton trop violent et trop jaloux pour être jamais un époux
agréable aux yeux de Blanche. L'idée, une fois entrée
dans sa tête, opéra en lui le même effet qu'elle avait produit
dans une circonstance à peu près analogue , sur l'esprit
de sa respectable mère. Il ne lui restait donc plus qu'à se décider à entrer en action. Quant aux moyens auxquels il s'arrêta, le lecteur les connaîtra bientôt; mais, pour l'instant,
nous en garderons le secret.

Il y avait bien une partie de l'affaire qui ne lui paraissait
pas extrêmement claire : aveuglé par sa vanité, notre petit
homme ne comprit pas que Rushton, en avouant des craintes
qui, du reste, ne lui paraissaient pas tout à fait dénuées de
fondement, et, en encourageant ses prétentions, n'avait d'autre but que de le lancer dans quelque fausse démarche, pour
lui faire donner immédiatement son congé définitif. Rushton,
en effet, bien qu'il fût parvenu à éveiller les soupçons de sir
Charles, et que sir Charles eût également réussi à faire naître
les siens, Rushton avait cru découvrir que la veuve était
plus particulièrement le point de mire de l'admiration de
Jack, et il était enchanté de pouvoir le faire renvoyer le jour
même où il tenterait une déclaration en forme ; de telle sorte
que, sans paraître y avoir contribué, il pût être débarrassé de
toute crainte ultérieure, causée par la présence de son odieux
rival ; il espérait qu'alors le fait de ce renvoi avancerait les

affaires de Lydiard et celles de la veuve, tout en lui rendant à lui-même sa tranquillité.

Brag, cependant, était sur le point de se trouver fourré dans une autre petite affaire qui pouvait bien contrarier un peu l'exécution de son plan. Il avait résolu de faire acte de présence dans sa petite résidence en Surrey, afin de s'occuper de choses qu'il jugeait essentielles à ses moyens d'action pour pousser vigoureusement les opérations de la guerre. Il se proposait d'aller ensuite, lorsque la nuit pourrait le protéger de ses ombres, — visiter sa mère qui, avec beaucoup de sagesse, prenait soin de la boutique, autant que son habileté pouvait le lui permettre, en surveillant un ou deux garçons de magasin et un chef de comptoir, lesquels, sans nul doute, n'ayant à compter qu'avec une femme isolée, ne manquaient pas, pour employer l'expression technique de notre époque, de la flouer toutes les fois qu'ils en pouvaient trouver l'occasion.

Comme notre histoire prend du développement, il n'est peut être pas hors de propos de faire observer ici que mistriss Brag avait une fille, sœur de Johnny, et que son père n'avait jamais aimée ; on prétendait que son caractère était mauvais ; à ce sujet, l'un disait une chose, l'autre une autre : toujours est-il certain que le foyer paternel n'en était pas un pour elle. Après avoir reçu une espèce de demi-éducation dans une école de la banlieue, — où elle apprenait l'astronomie, les mathématiques, la couture, le tricot ; à faire du filet, de la frange et des bourses ; l'usage de la sphère, la danse, la géométrie, le dessin, la broderie, la tapisserie, la peinture des fleurs, la botanique, le chant, la géologie, l'histoire naturelle, l'italien, l'espagnol et l'allemand, la harpe, la guitare, le piano, le tambourin et le triangle, ainsi que plusieurs sciences et perfectionnements, trop nombreux pour être énumérés dans le cadre trop étroit d'un prospectus.

Elle avait épousé fort jeune, et clandestinement, un gentleman de l'armée, du nom de Brown, que son service militaire avait appelé dans l'Inde, où son régiment se trouvait depuis plusieurs années. Jack ne parlait que très-rarement de sa sœur ou de lui ; et lorsqu'il le faisait, c'était toujours sous le titre de major qu'il désignait froidement son beau-

— 53 —

frère. Le souvenir du mécontentement de son père, à l'époque de ce mariage, avait été décemment enveloppé dans l'oubli par la bonne mère et par son fils, qui, évidemment, n'avaient adopté cette résolution qu'afin d'éviter tout sujet de conversation sur ce chapitre.

Il existait cependant une personne pour laquelle, dans sa jeunesse, et avant que la folle tendresse de l'auteur de ses jours ne l'eût gâté, il avait éprouvé un sentiment d'intérêt aussi vif qu'il pouvait être susceptible de le ressentir : — ce n'était ni plus ni moins que la sœur du major, miss Brown ; — Anne était son nom de baptême; familièrement, on l'appelait alors Nancy Brown ; ce qui ne résonne peut-être pas d'une manière très-romantique à l'oreille, mais que fait un nom à la chose ?

A l'époque où Brag fit sa connaissance, c'était une ravissante jeune fille de dix-huit ans, belle comme le lys, et fraîche comme la rose. Sa mère était une humble personne qui, — disons-le de suite, — exerçait le modeste état de couturière, et n'avait pour l'aider dans ses travaux d'aiguille que sa propre fille; enfin, nous ajouterons, à moins que nous ne voulions tomber nous-même dans le genre d'erreurs dont Brag se rendait coupable, que le fonctionnaire militaire dont Ketty était devenue amoureuse, et qui avait eu l'honneur de la conduire à l'autel de l'hymenée, sans le consentement de son père, n'avait le rang de major que par l'autorité de Jack qui, en le décorant de cette dignité, se trouvait sans doute suffisamment justifié à ses propres yeux, en ce que la qualification qu'il lui conférait n'était autre chose qu'une abréviation de son titre réel : Brown était sergent-major dans le régiment auquel il appartenait ; mais l'omission d'une moitié de la dénomination officielle n'avait pas tardé à être adoptée par Brag, et, il en faut convenir, avec l'acquiescement complet de son propre père, qui ne pouvait jamais, sans perdre patience, songer à la mésalliance de Ketty par l'acceptation d'un pareil parti.

Lorsque son père mourut, John, comme on pourra s'en convaincre, devint un gentleman si accompli, qu'il oublia complétement Nancy et les promesses ardentes qu'il lui avait faites. Qu'on juge donc de la mortification qui vint accabler ce sot et vaniteux petit animal lorsque sa mère, après l'avoir complimenté sur son retour au logis, plaça dans ses mains une lettre de son infortunée victime.

Il serait impossible de dépeindre la figure et les sentiments de Brag en recevant ce souvenir de celle qui avait été jadis sa chère Anne. Ne connaissant pas au juste le véritable état de la question, sa mère s'imagina que cette lettre pouvait, selon toute probabilité, avoir quelque rapport à sa fille, à laquelle, dans son cœur maternel, elle avait accordé un généreux pardon. Passer brusquement du projet de supplanter sir Charles Lydiard dans les bonnes grâces de Mme Dallington à une lettre de Nancy Brown, de Walworth, c'était, en vérité, faire naufrage dans le genre sublime. Il devint pâle, suivant son habitude, puis le sang lui monta au visage, ses lèvres tremblèrent, et il écarquilla les yeux ; ensuite, sans proférer une parole, il enfonça la lettre, encore cachetée, dans sa poche, où nous la laisserons jusqu'à ce qu'un nouveau chapitre nous fournisse l'espace nécessaire pour en faire la lecture.

CHAPITRE IV.

La lettre que Brag, après en avoir reconnu la suscription, avait cachée si précipitamment, contenait ce qui suit :

Walworth, mardi.

« Cher John,

« J'espère que vous ne serez pas indisposé contre moi parce que je vous écris aujourd'hui. Je pense que je n'ai pas besoin de vous rappeler que c'est l'anniversaire de la naissance de votre pauvre Anne. Pendant trois ou quatre ans après le mariage de Catherine avec Brown, et leur départ pour les Indes, vous n'avez pas manqué de m'adresser une lettre affectueuse ce jour-là ; mais ensuite, vous avez cessé de le faire, et je ne me serais peut-être pas vue dans la nécessité de vous importuner maintenant, si cette époque avait été aussi gaie et aussi fêtée qu'autrefois. Non, mon cher John, l'espérance différée rend le cœur malade ; et, quoique j'aye appris à renoncer à toute attente de vous voir remplir les promesses que vous m'aviez faites avant la mort de votre père, je n'ai oublié ni mon affection pour vous, ni ne veux vous reprocher votre abandon.

« Lorsque nous étions si souvent ensemble, et que vous disiez que vous ne pourriez être heureux sans moi, et que vous me parliez de la crainte que vous inspirait la colère de votre père, colère dont il avait donné des preuves à l'époque du mariage de la pauvre Catherine avec mon frère Georges, vous m'aviez laissé croire que les objections du vieux gentleman étaient les seuls obstacles à notre union. J'ai vécu de cet espoir, — non pas avec le désir qu'il mourût, car je n'étais pas assez criminelle pour former un pareil vœu, — mais j'ai vécu avec la conviction que vous rempliriez vos engagements, et que vous viendriez dégager votre parole aussitôt qu'il aurait plu à Dieu de le rappeler à lui. Il est mort, Johnny, mais vous n'êtes pas revenu à moi, vous ne m'avez même pas écrit. Jour après jour, je vous ai attendu, attentive à chaque coup de marteau frappé à la porte, espérant que ce pourrait être vous ; et, chaque fois que je voyais le facteur s'approcher de notre demeure, mon cœur battait, car je croyais toujours qu'il allait me remettre une lettre de vous.

« Une année s'est écoulée de la sorte ; et alors, comme vous le savez, je vous ai écrit, plutôt parce que j'avais reçu des nouvelles de Georges et de votre sœur, et que je désirais vous les communiquer, sachant que vous ne pouviez pas en avoir autrement, que pour vous ennuyer de mes importunités. Vous avez répondu à cette lettre, mais vous n'êtes pas venu vous-même ; et la lettre que vous m'avez écrite ne contenait pas un seul mot affectueux, ou une allusion à d'autres temps qui ne sont plus, et qui ne reviendront pas. Cependant, je ne vous ai pas adressé une plainte. J'ai appris que vous vous amusiez dans de gaies réunions ; j'ai soupiré

en pensant à la différence de nos positions, et peut-être ai-je
pleuré, John ; mais vous étiez heureux, et vous obteniez des
succès dans le monde : il ne me restait plus qu'à me blâmer
pour avoir, étant jeune fille, eu la folie de croire que vous
m'aimiez assez pour faire de moi votre femme.

« Il y a aujourd'hui même six ans et deux mois que nous
nous sommes vus pour la première fois, et, Dieu le sait,
malgré toutes les peines et tous les tourments que j'ai endu-
rés, il me semble que ça ne date que d'hier. Ce fut pour
obliger votre sœur Catherine que je sortais avec elle, lorsqu'elle voulait rencontrer Georges. Je ne voyais aucun mal
dans leurs rapports ; j'avais bonne opinion de mon frère ; je
le savais bon et aimant ; ses officiers avaient de lui la plus
haute opinion sous le rapport de l'exactitude, de l'activité, de
l'honneur et de la probité ; il aimait votre sœur et il en était
aimé. J'aurais dû comprendre, peut-être, qu'il n'était pas un
parti convenable pour Catherine; mais les jeunes filles de dix-
sept ans, et particulièrement sur un pareil sujet, raisonnent
peu. Je suis bien convaincue cependant de n'avoir rien fait
et de n'avoir jamais été tentée de rien faire pour l'engager à
prendre un parti qui pouvait causer du chagrin à vos parents.

« Ce fut, pour mon propre compte, le même aveuglement
qui me porta à écouter vos protestations. Je n'ai pas honte
d'avouer, John, que je vous aimais avec passion, et je n'aurai
pas honte d'ajouter, bien que, peut-être, vous n'en croirez
rien, que mes impressions d'alors sont encore aussi fortes
que jamais. Je ne vous ai pas revu ici depuis près de trois
ans; peut-être est-ce pour le mieux. Je vous ai aperçu il y
a environ quatre mois, à cheval avec un autre gentleman ;
c'était dans Kent-Road. J'ai pensé que vous m'aviez recon-
nue ; mais, sans doute, je me suis trompée.

« Ce que j'écris à ce sujet me fend le cœur ! mon sort est
décidé ! et jamais un murmure ne dépassera mes lèvres pour
vous causer le moindre ennui. C'est moi qui ai fait la faute :
c'est à moi d'en souffrir ! — Mais il existe une autre créature
à qui, — je puis à peine tenir ma plume pour écrire ces
mots, — à qui je suis attachée par les plus forts liens de la nature et par les saints commandements de Dieu. Je n'oserais

jamais m'adresser à un étranger, mon cœur se briserait avant de lui faire l'aveu de ma misère, — mais à vous, John, je puis en parler. Ma pauvre mère est, je le crois, mourante ; elle garde le lit depuis plusieurs jours, et je n'ai personne pour la veiller que moi-même. La maladie l'a empêchée de travailler, et mes soins assidus auprès d'elle ne m'ont pas permis non plus de faire quelque chose. Ne vous fâchez pas contre moi, John ; ce que je demande n'est pas pour moi. Elle vous bénira pour votre attention, et elle sera reconnaissante du moindre secours que vous lui accorderez. Lorsqu'elle sera rétablie, nous ferons nos efforts pour nous acquitter.

« Si vous aviez besoin de quelque preuve de mon inaltérable attachement, vous pourriez la trouver dans cette requête. Comme je vous l'ai dit, le temps et la réflexion m'ont démontré la folie de vous considérer autrement que comme un ami. C'est donc à ce titre d'ami toujours cher que je vous réclame cette faveur pour la meilleure des mères.

« J'ai placé en tête de cette lettre notre adresse, dans la crainte que, l'ayant oubliée, vous ne sachiez plus où me répondre ; car je pense que vous aurez détruit la dernière marque de souvenir que vous avez reçue de moi par la poste. Nous n'avons pas eu de nouvelles de Georges depuis plus de deux ans, ce qui rend ma pauvre mère fort triste ; mais on nous assure que son régiment ne tardera pas à rentrer en Angleterre. Vous, qui allez tant dans le monde, vous pourriez facilement connaître la vérité à cet égard ; et, quand bien même vous ne vous intéresseriez pas à Georges, vous devez être inquiet sur le sort de Catherine que vous avez tant aimée, et qui, je le sais, vous aimait avec une égale affection.

« Je ne veux pas vous ennuyer plus longtemps. Répondez-moi un mot pour m'apprendre que cette lettre vous est parvenue. Je compterai les minutes jusqu'à ce que votre réponse m'arrive, et, à tout événement, j'espère qu'elle m'apprendra que vous n'êtes pas fâché contre moi. Que Dieu vous bénisse, John — cher John ! soyez assuré de l'attachement affectueux de

« Votre dévouée,

« ANNE BROWN.

« Vous verrez par le cachet de cette lettre combien votre cadeau m'a été précieux, et avec quel bonheur je l'ai conservé. Adieu. »

Voilà ce qu'était la lettre que M. John Brag avait fourrée dans sa poche en présence de sa mère, et qu'il s'était empressé, cinq minutes après, d'en tirer pour la jeter au feu, sans l'avoir décachetée. John, ainsi que l'appelait la pauvre Anne, en avait reconnu l'écriture, et, ayant recours à l'artifice ignoble d'un âme vulgaire, il pensa qu'il ferait bien de se soustraire aux effets de l'appel que pouvait lui adresser une aimable femme, dont il s'était joué, et qu'il avait trahie, en ne lui laissant d'autre consolation que celles qu'elle ne manquerait pas de trouver dans ses sentiments religieux et dans la conscience d'une vertu sans tache.

Oui, Anne, l'humble et modeste Anne, était toujours la candide créature qu'il avait connue, son esprit n'était peut-être pas cultivé avec autant de distinction que celui de beaucoup d'autres dans le monde, ni ses talents aussi variés, mais elle était femme : aussi la bonté, le sentiment du devoir, le dévoûment de l'affection et le désintéressement formaient-ils les points saillants de son caractère. M. John Brag en eût fait probablement une description toute différente, si, par hasard, il eût daigné s'occuper d'elle ; peut-être aussi eût-il affecté des airs de pitié pour la pauvre fille, tout en riant de son amour et de sa crédulité. M. John Brag était un grand parleur, et tout le monde sait ce que cela veut dire. La nature et l'étendue de ses sentiments, ainsi que l'intérêt qu'il portait à celle qu'il avait aimée dans sa jeunesse, peuvent être facilement appréciés par la manière dont il accueillit l'appel fait à son cœur. Il était resté devant sa cheminée juste assez de temps pour voir le papier entièrement consumé par les flammes ; puis il quitta l'appartement, pleinement satisfait d'avoir montré tant de fermeté et de philosophie, en pensant, à ce qu'il paraît, avec l'ami anonyme de lord Monteagle, que le danger est passé dès que la lettre est brûlée.

Ce fut une terrible épreuve pour la malheureuse Anne que d'écrire une pareille lettre à celui qu'elle croyait, dans le fond, lui être encore attaché, quoiqu'il eût été détourné de

l'épouser par des considérations que le père lui avait suggérées, et qui, suivant toute apparence, avaient survécu dans l'esprit du fils. Cette lettre, dès qu'elle l'eût confiée à la poste, devint l'unique objet de ses pensées du matin au soir.
— Sa démarche n'était-elle pas inconvenante, — John n'en concevrait-il pas une fâcheuse opinion, — ne la considérerait-il pas comme une tentative impertinente et mercenaire, — ou bien l'accueillerait-il comme elle le désirait, et, peut-être viendrait-il alors lui apporter lui-même le soulagement qu'elle avait sollicité pour sa pauvre mère ; — ou bien encore, ne se ferait-il pas un plaisir de le lui offrir le jour même où elle en avait fait la demande, le jour de l'anniversaire qu'il avait fêté autrefois en lui donnant le cachet avec lequel elle avait scellé cette lettre ; — enfin, cette circonstance n'allait-elle pas réveiller en lui des sentiments qu'elle était persuadée qu'il n'avait pas pu bannir entièrement de son cœur, mais qui s'étaient assoupis par des raisons que nous avons déjà fait connaître ? — ou bien... !

Mais toutes ses espérances étaient vaines, — toutes ses craintes sans fondement ; — un rude coup avait pour jamais brisé les liens qui les unissaient jadis ; et tandis que la pauvre Anne, en proie à sa douleur, rappelait à son esprit les diverses circonstances du passé, M. John Brag dînait gaiement dans Ship-Tavern, à Greennwich, en joyeuse compagnie avec quelques-uns de ces braves lurons dont la beauté des formes et la vigueur des muscles sont si renommées. En dépit des bateaux à vapeur, vrais Léviathans des mers, dont les roues agitent en tous sens la surface argentée des eaux de la Tamise, fleuve que l'on peut considérer comme une espèce d'océan métropolitain, ils étaient descendus de White Hall, à force de rames, pour venir prendre part à un de ces bons dîners qui ont rendu Greenwich presque aussi célèbre que la magnificence de ses hôpitaux.

Un jour succédait à un autre jour, et, comme le lecteur peut facilement se le figurer, rien n'annonçait à Anne qu'on s'occupât d'elle ou de sa demande. Dans sa pensée, ce silence était associé à l'idée que quelque malheur était survenu à John ; et cette appréhension ajoutait encore à ses chagrins et à son anxiété. Pendant ce temps, la maladie de sa mère ayant fait des progrès, Anne, presque dépourvue des premières nécessités de la vie, se vit forcée d'avoir, à tout hasard, recours à l'assistance d'un médecin.

C'était encore là pour elle une tâche difficile et délicate à remplir; mais il s'agissait d'un devoir, d'une obligation filiale; et qui pourrait douter que l'esprit si juste de cette jeune fille, humble aujourd'hui, ne fût bientôt à la hauteur de la démarche qu'elle avait à faire? Le lecteur peut avoir remarqué l'expression, *humble aujourd'hui*, et je l'ai employée pour qu'il en prît note, parce que, quelque humble que fût, en effet, devenue la position de la mère et de ses enfants, ils avaient connu des jours meilleurs. Le père d'Anne avait eu en héritage de son père, négociant à Bristol, une fortune considérable. Il s'était marié jeune, et, contrairement aux conseils de ses amis, il avait quitté sa ville natale pour entrer dans une nouvelle sphère de spéculations à Londres.

Ceux qui se rappellent l'étonnant aspect des affaires en 1825, et qui souffrent peut-être encore aujourd'hui des suites de ces catastrophes si soudaines et si générales qui affligèrent cette époque, pourront facilement se figurer quelle dut être la fin de la carrière de M. Brown, dans ces temps malheureux de crises commerciales. De pareils désastres devraient bien servir de leçon salutaire aux spéculateurs qui, de nos jours, assaillis de tous côtés par des hommes de professions honorables, et tentés par l'appât trompeur de bénéfices immenses, s'embarquent dans les diverses abominations de tout genre que l'on nomme les chemins de fer, et croient déjà tenir dans la main un bon dividende, alors que le premier rail n'est pas encore posé sur ce sol que l'on va défigurer et détruire, en vue d'un intérêt sordide! — Pendant deux ou trois ans, M. Brown avait occupé une belle maison, sa table était ouverte à ses nombreux amis du commerce, et, dans ce temps, tout ce qu'il possédait était admiré, tout ce qu'il faisait réputé pour sage. La guerre que le triomphe de Waterloo termina si glorieusement, exerçait, à l'époque de la prospérité de M. Brown, toutes ses fureurs; il y avait embargo dans tous les ports, les marchés étaient entièrement fermés à l'importation d'articles généralement demandés, et dont il avait déjà dans ses magasins des quan-

tités considérables. Il lui vint à l'idée d'acheter à tout hasard
et à tous prix ces marchandises recherchées : — C'est ce
qu'il fît ; — et, quoique jeune commerçant et peu connu à
Londres, il entretint dans toutes les parties du royaume de
nombreux agents qui avaient ordre d'acheter toujours, jusqu'à ce qu'enfin il eût entassé caisses sur caisses, ballots sur
ballots, et qu'il fût devenu, en quelque sorte, l'unique déten-
teur de tous ces articles dans le pays. Ayant ainsi dépensé
tous ses capitaux dans la poursuite de son projet, il s'imagina
qu'il pourrait établir le cours des prix selon sa fantaisie. Les
prix montèrent en effet, et il les éleva encore ; enfin, après
une dernière tentative de hausse, il commença à se demander
s'il les avait portés à un taux assez considérable pour atteindre son but, et devenir millionnaire, lorsqu'un ordre émané
du Conseil vint tout à coup, sans qu'on s'y attendît, rouvrir
les ports depuis si longtemps fermés, et la semaine suivante
fut témoin de la ruine irréparable et de la banqueroute de
M. Brown.

Dans la poursuite obstinée de sa malheureuse spéculation,
ses engagements étaient devenus prodigieusement énormes, et
les garanties qui en furent la conséquence sans limites. Le
choc d'un aussi terrible revers fut une épreuve trop rude
pour un esprit de sa trempe ; accablé sous le poids des inquiétudes, des remords et du désespoir, il consomma toutes
ses autres folies par le suicide.

A l'heure de la détresse, on reconnut qu'aucun moyen
d'existence n'avait été ménagé pour la veuve et ses enfants.
Les personnes avec lesquelles il avait été lié à Bristol étaient
peu nombreuses ; et, gravement mécontentes qu'il eût quitté
sa ville natale, elles ne se sentaient nullement disposées à
venir au secours de la veuve ; de plus, elles trouvèrent convenable, sans doute pour sauvegarder leur propre bourse,
d'accuser injustement cette malheureuse femme de s'être
rendue la cause première du changement apporté dans le
genre de vie de son mari, et de la détermination qu'il avait
prise de courir des chances extraordinaires de gain pour
faire face à ses dépenses. Lorsque la ruine eut été constatée aussi complète que possible, une annuité de quarante
livres sterling fut assurée à cette pauvre mère, au moyen

d'une souscription faite parmi les amis de son époux à Londres.

La chute fut aussi soudaine que terrible ; à cette époque, son fils George avait dix-huit ans, et Anne douze environ. Georges avait reçu une bonne éducation dans une école de Clapton, ou d'Hackney, je ne me rappelle pas au juste en ce moment laquelle, et il était devenu un charmant jeune homme. Quant à Anne, trop jeune alors pour comprendre l'étendue de son malheur, son caractère aimant la porta de bonne heure à dévouer tous ses soins à sa mère, à qui leur changement d'existence, si peu appréciable pour sa fille, la rendait encore plus chère.

Georges, au contraire, était d'âge à se rendre parfaitement compte de la gravité de sa position ; aussi éprouva-t-il un cruel sentiment d'amertume lorsque sa mère tenta, mais sans succès, de le faire entrer dans une maison de commerce de la cité. Comme il était doué d'un caractère ferme et résolu, il disparut un jour, sans rien dire à sa mère, ni à sa sœur, et alla s'engager dans un régiment d'infanterie, en garnison en Irlande. Ce ne fut que lorsque son projet eut été mis irrévocablement à exécution, qu'il fit connaître la vérité à sa mère ; il retourna auprès d'elle alors pour recevoir sa bénédiction ; puis, il repartit pour l'île des Emeraudes, n'emportant qu'une espèce d'acquiescement maternel négatif, après avoir déclaré que sa détermination était inébranlable, et avoir fait l'aveu que, quand bien même il pourrait obtenir une place dans le comptoir de n'importe quel marchand, il était bien convaincu que ses dispositions et ses sentiments ne lui permettraient pas d'y rester.

Cette séparation fut extrêmement pénible pour le cœur de cette excellente mère ; mais Georges n'étant plus à sa charge, il s'en suivit une grande économie dans son modeste ménage. Quant à la petite Anne, elle n'était pas encore d'un âge à occasionner de fortes dépenses ; et Mᵐᵉ Brown, qui avait été, avec autant de cruauté que d'injustice, représentée par les connaissances de son défunt mari comme la cause et l'origine de ses folies, possédait toutes les qualités domestiques qu'on peut rencontrer chez une femme, et elle avait été assez bien élevée pour se trouver en état de donner à sa fille une éducation aussi bonne que possible dans les conditions probables de leur existence.

Cependant, il était évident que l'annuité qu'on leur avait assurée, serait insuffisante pour les soutenir, si la pauvre mère ne parvenait à en grossir le chiffre d'une manière quelconque. Elle forma donc la résolution de se retirer dans un des villages qui avoisinent la capitale, et de tirer parti des petits talents qu'elle possédait, afin d'augmenter son revenu. Cette entreprise, avec la bénédiction du ciel, fut couronnée de succès. N'étant troublée dans cette retraite par les importunités d'aucun des amis qu'elle possédait dans la prospérité ; mais se voyant, au contraire, encouragée par les habitants respectables du lieu où elle était allée chercher un refuge, elle se créa, en vendant une quantité de petits articles de sa façon, et par d'autres moyens plus humbles encore, des ressources suffisantes pour pouvoir se trouver heureuse; ce système d'existence lui souriant d'autant plus qu'il lui permettait de conserver auprès d'elle sa fille bien-aimée. A Bristol, ou dans les environs, le nom de Brown, assez commun du reste, aurait pu, en raison des circonstances, attirer sur elle des témoignages de commisération pénibles pour son amour-propre, ou bien quelque expression de blâme également désagréable, et qui n'aurait probablement pas manqué de se répéter de bouche en bouche ; tandis que, dans le voisinage de Londres, il existait peu de personnes, à part celles de son intimité, qui pussent reconnaître en elle une victime de l'ambition ; en effet, dans le village où elle s'était retirée, on la considérait simplement comme une femme remarquablement bonne, polie et bien élevée ; mais qui, selon toute apparence, devait être née dans une situation bien supérieure à celle où elle se trouvait.

Ce fut environ deux ans après que George eut quitté le toit maternel, sous lequel il avait à peine vécu, que commença la liaison de Catherine Brag avec Nancy Brown. Elle prit naissance dans le désir qu'eut Mme Brown de perfectionner chez son enfant certaines branches de l'éducation qu'elle pouvait n'être pas en état de lui enseigner elle-même, ou plutôt, pour dire la vérité, parce que, convaincue qu'il fallait plus d'exactitude ou de sévérité qu'elle ne pouvait sans doute en exercer et en observer chez elle, pour régler les habitudes de travail et fixer l'attention de sa fille, elle résolut de l'envoyer comme demi-pensionnaire à Lavender-Lodge, institution de jeunes demoiselles, où miss Brag avait été reçue, selon toute probabilité, en échange du savon et des chandelles indispensables au service de l'établissement, et où la faveur spéciale d'y être admise comme externe avait été accordée à Anne, par considération pour la conduite exemplaire de la mère et l'estime dont elle jouissait généralement.

La petite Anne ne tarda pas à devenir la favorite des jeunes filles de Lavender-Lodge. Le privilége dont elle jouissait de pouvoir retourner dîner chez elle, et de quitter ses compagnes après les heures d'étude, en avait fait un personnage d'une certaine importance, et un moyen de communication très-favorable à l'introduction en fraude de quelques friandises dans l'établissement, ainsi qu'à la contrebande, pour nous servir du terme technique, des *poulets* glissés à l'adresse de leurs amis du dehors par les grandes demoiselles. Ces actes de complaisance, dont Nancy était trop jeune alors pour bien comprendre l'inconvenance, en firent la Benjamine de toutes les pensionnaires, qui furent unanimes dans leurs bonnes dispositions à la traiter avec une bienveillance toute particulière.

Catherine Brag était une de ses meilleures amies, et, à l'expiration du temps que miss Brag eut encore à passer dans la pension, avant de pouvoir être considérée comme une jeune personne d'une éducation accomplie, Anne atteignait juste sa seizième année. Elle avait tellement gagné dans l'esprit et dans la confiance des supérieures de la maison, que tout faisait supposer qu'elle pourrait bien y rester définitivement pour les assister dans l'exercice de leurs occupations. Une circonstance, cependant, vint détruire ce calcul de probabilités : mistriss Brown, sur la proposition que lui en fit une dame qui lui portait un vif intérêt, ayant formé le projet d'aller s'établir dans le village de Walworth, près de Londres, où cette dame s'engageait à recommander et à écouler avantageusement les divers petits ouvrages, et, particulièrement les produits de l'art mystérieux relatif à la toilette des dames, dans la confection desquels excellait l'industrieuse mère, qui en avait fait une étude toute spéciale, afin d'en tirer parti pour subvenir à ses propres besoins et à ceux de son enfant. La séduction de cette offre, rendue plus attrayante encore par le désir qu'Anne manifesta de contribuer à la dépense commune en travaillant elle-même, décida leur départ.

Ce changement de demeure devait tout naturellement raffermir l'attachement de miss Brag pour son amie ; car il fut effectué à peu près à l'époque où cette jeune personne quitta la pension. Les manières aimables d'Anne lui servirent encore de recommandation dans la société des vieux Brag ; et, quoiqu'elle n'y fût reçue que comme l'humble compagne de la demoiselle de la maison, elle était si gentille et si instruite, qu'ils pensèrent, fortifiés qu'ils étaient déjà dans cette opinion par leur propre fille, qu'il y aurait tout avantage à l'admettre près de celle-ci dans l'intimité.

Pendant que cette union se formait, et précisément à l'époque où John Brag avait déjà commencé à considérer Anne avec des yeux qui témoignaient d'un assez vif intérêt, le frère de cette jeune personne, Georges Brown, vint passer quelque temps chez sa mère, à la faveur d'un congé qui lui avait été accordé, en raison du départ prochain de son régiment pour les Indes. C'était alors un fort joli homme de vingt-deux à vingt-trois ans. Les exercices militaires lui avaient donné de l'aplomb, et sa tournure élégante et mâle contribuait encore à rehausser la noblesse des traits de son beau visage. Sa manière de servir lui avait déjà valu une distinction honorable : peu de temps après son engagement, ses officiers avaient pu remarquer sa régularité, son zèle et son assiduité à accomplir tous les devoirs du métier, et le bruit commençait à se répandre qu'il devait appartenir à une des classes élevées de la société, lorsque son capitaine qui, à ce sujet, avait cherché à obtenir quelques éclaircissements, mais sans pousser loin, toutefois, ses investigations, par égard pour le caractère jusqu'à un certain point réservé du jeune homme, le fit nommer secrétaire du quartier-maître, place qu'il était parfaitement en état de remplir : — Il fut ensuite promptement promu au grade de caporal, et, avant l'expiration de ses quatre premières années de service, il était devenu sergent-major de son régiment, circonstance peut-être sans égale dans l'armée anglaise.

5

Dans un de ces moments qui décident du sort des empires ou de celui des dames, Catherine Brag rencontra Georges Brown ; il ne fallut qu'un seul des regards brillants du jeune secrétaire pour embraser le cœur sensible de l'ex-pensionnaire, et, malheureusement ou heureusement, selon le cas, Georges Brown éprouva les mêmes sentiments. Ce n'était pas chose difficile que de disposer Anne à partager l'opinion de Catherine, relativement au charme des agréments personnels du beau militaire : — un officier encore ! — ce qui couronnait tout ; — car le rang positif du héros en herbe n'avait jamais été bien explicitement défini ; or, pendant que miss Brag imaginait toutes sortes de moyens pour jouir de sa compagnie, en le faisant participer aux divers amusements d'une existence bourgeoise, son frère John, qui était devenu grand ami de Georges pour complaire à sa sœur, tomba bientôt d'accord avec eux dans tous leurs projets de plaisir. Aussi, toutes les fois que la chose était possible, on organisait des parties pour les Exhibitions, les Panoramas, les Wauxhalls, les Lyceums, les Théâtres et autres endroits du domaine public ; ce qui leur permettait, pendant et après, de s'arranger par couple, alternativement, de la manière la plus satisfaisante, et de s'abandonner aux délices indicibles de ces conversations de miel, qu'il serait aussi difficile de répéter, que cruel d'interrompre dans leur cours.

Quelquefois, en sortant du spectacle, Anne ne dissimulait pas le plaisir qu'elle aurait d'aller souper chez les vieux Brag, et comme John Brag, de son côté, avait la rage d'apprendre à faire l'exercice, il voulait à toute force reconduire Georges et sa sœur à Walworth après le souper ; enfin, les choses marchèrent ainsi jusqu'à ce que John fût devenu éperdûment amoureux d'Anne et que Catherine, pour son propre compte, eût décidé qu'elle épouserait Georges.

Catherine croyait avoir une grande influence sur l'esprit de son père, et, d'après ce qu'Anne lui avait dit de son origine, elle ne doutait nullement qu'il ne lui fût facile d'obtenir le consentement paternel à son mariage avec Georges, — affaire qui pressait d'autant plus, que le congé du jeune militaire expirait dans trois semaines, et qu'il devait alors suivre son régiment. Or donc, Catherine, une certaine après-midi, aborda tout gentiment le chapitre des bonnes qualités de M. Georges Brown, dans un tête-à-tête avec son papa, et mit bientôt la conversation sur un pied qui devait vraisemblablement forcer le vieux gentleman à émettre son opinion. Elle ne s'était pas trompée dans un sens, car elle l'entendit, mais à sa grande stupéfaction et avec horreur, déclarer qu'il verrait plutôt sa fille morte à ses pieds que de lui permettre d'épouser ce qu'il appelait un troupier.

La colère du vénérable Brag fit explosion comme la poudre, quoiqu'il fût réellement d'une bonne et excellente nature et aussi exempt de morgue ou d'orgueil qu'aucun fabricant de chandelles au monde ; mais il devint tout à coup furieux, en entendant parler de cette couturière et de son frère — gens admis chez lui uniquement pour complaire au caprice de sa fille, — et osant porter aujourd'hui l'audace de leurs prétentions jusqu'à vouloir entrer dans sa famille ! Cet accès de fureur se termina par une défense formelle de tout rapport entre les parties, injonction à laquelle souscrivit Mme Brag, qui, en accordant son adhésion au *veto*, ne put s'empêcher de penser qu'Anne et son frère étaient bien certainement les deux jeunes gens les plus aimables qu'elle eût encore vus *depuis qu'elle était sur terre*.

Ce fut dans ces conjonctures que l'amitié d'Anne pour Catherine Brag, et son affection pour Georges furent mises à contribution. Elle s'attacha donc à leur ménager des entrevues, où Kate arrivait escortée de John, et où Georges l'accompagnait elle-même. Jusqu'à cette époque, il ne s'était rien passé d'extraordinaire ; mais, lorsque le vieux Brag ferma sa porte aux Brown et remit sa fille entre les mains et sous la surveillance de son frère John, ce fut une tout autre affaire ; et comme John était trop heureux de voir rayonner vers lui les doux sourires de Nancy, il servit gaiement d'écuyer à sa langoureuse sœur dans ces rendez-vous : les choses continuèrent sur ce pied pendant environ quinze jours encore, lorsque Ketty Brag s'enfuit avec le jeune sergent qui, ayant, ainsi que sa fiancée, atteint l'âge de raison, se procura une licence à l'aide de laquelle ils devinrent immédiatement mari et femme — particularité dont la connaissance parvint aux respectables parents de la nouvelle mariée, en ne la

voyant pas descendre pour le déjeuner, et à la suite d'un *non
est inventa*, constaté en voulant exercer une espèce de prise
de corps contre sa personne dans sa chambre à coucher d'où
elle était décampée de très-bonne heure dans la matinée.

A dater de ce jour jusqu'au moment où commence ma
narration, le père et la mère n'avaient plus revu leur enfant ;
M. Brag, comme nous l'avons dit plus haut, était allé rejoindre ses aïeux, et Georges et sa femme étaient encore dans
l'Inde.

Après le *conjungo* et la fuite, Anne, la proscrite, voyait encore John, qui, à l'insu de ses parents, continuait à visiter la
mère et la fille, comme d'habitude. Ces rapports durèrent
pendant quelque temps, ainsi que le lecteur a pu s'en assurer;
leur heureuse et finale conclusion étant seulement différée,
comme le disait Brag lui-même, jusqu'à ce que la mort de son
père le laissât libre d'agir pour son propre compte ; tandis
que le vieux Brag, qui n'avait plus qu'un seul objet sur lequel
il pût reporter toutes ses affections paternelles, donnait à son
fils le conseil de chercher à s'élever au-dessus de sa condition, ou, pour nous servir de son expression pittoresque, *to
look up*, de regarder en haut, au-dessus de lui. Aussi Johnny
devenait-il par degrès moins ardent et infiniment plus poli
pour miss Brown, jusqu'à ce qu'enfin, à la suite de ces gra-
dations étudiées de froideur, qu'un cœur aimant et inquiet
peut seul apprécier, elle ne le vit presque plus, et finit même
par ne plus entendre parler de lui que très-rarement. Après
la mort du vieux fabricant de chandelles, son honorable fils
prit aussitôt un essor plus élevé, et, après s'être perfectionné
à force de leçons particulières et de conseils éclairés, il se
trouva, au moment où il eût pu se mettre à la tête des affaires, tout préparé à abandonner la profession qu'avaient exer-
cée ses aveugles parents pour lui procurer les moyens de
faire figure dans le monde, et il ne tarda pas à devenir cet
être ridicule que le lecteur a déjà vu à l'œuvre.

Les nouvelles que mistriss Brown recevait de temps à autre de Georges étaient extrêmement satisfaisantes ; il avait été
particulièrement remarqué par le major Mopes, secrétaire
militaire de sir Cadwallader Adamthwaite, Commandant en
chef à la Présidence. Ce major, sur la recommandation du

quartier-maître du régiment, l'avait placé dans ses propres bureaux avec les mêmes fonctions qu'il remplissait auprès de ce dernier officier ; et Georges, qui était plein d'ambition, écrivit à sa mère qu'il s'attendait à quelque chose de mieux encore.

Ce que cela pouvait être, mistriss Brown de Walworth ne le comprenait pas exactement ; cependant, son fils paraissait heureux, il parlait affectueusement de sa femme, et il soupirait après l'expiration des dix ou quinze années de son service aux Indes, qui leur permettrait de revenir en Angleterre. Une perspective aussi reculée ne pouvait être que fort triste pour Anne ; elle avait ressenti vivement la perte de Catherine, et chaque mois écoulé, chaque année révolue redoublait ses ennuis, jusqu'à ce qu'enfin elle perdit la seule consolation que lui procuraient les lettres de Georges ; car, à l'époque où elle fit un appel au cœur de John, circonstance rapportée au commencement de ce chapitre, elle n'avait pas, comme elle le disait dans sa lettre, reçu de ses nouvelles depuis plus de deux ans. Un chagrin réel remplissait donc son âme, — la maladie de sa mère, le silence de son frère, la perfidie de son amant, sa propre misère, — c'était là une affreuse combinaison de maux qu'il lui fallait supporter. Un dernier coup pouvait achever de l'accabler, et elle en reçut le choc.

Il y a des moments où les plus sérieuses calamités nous affectent beaucoup moins que certaines épreuves qui, aux yeux d'une infinité de personnes, pourraient sembler n'être que d'une importance relative extrêmement secondaire ; un regard, un froncement de sourcils, un sourire qui ne sont rien par eux-mêmes, acquièrent, lorsque l'esprit est prédisposé à une forte surexcitation, une puissance plus terrible que les plus grands malheurs qui pourraient nous frapper dans d'autres circonstances.

J'ai déjà dit qu'après avoir attendu une réponse à la lettre qu'elle avait écrite à John, — le jour de sa naissance, — lettre scellée avec le cachet donné par son amant, — et arrosée de ses larmes, — elle sentit la nécessité de surmonter ses scrupules, et de combattre toute répugnance à solliciter ce qui pouvait être considéré comme un acte de charité en faveur de sa mère. Elle s'éloigna donc de la modeste habita-

tion où languissait cette mère chérie, qu'elle abandonna momentanément aux soins d'une garde, pour aller trouver un
homme de l'art, bien connu dans le voisinage de Burlington
Gardens, et dont elle avait entendu parler dans les termes les
plus honorables par la personne qui, dans le principe, les
avait engagées à établir leur résidence à Walworth. Anne, en
effet, avait vu ce médecin chez cette dame, morte depuis ; et
elle puisait dans cette particularité une certaine confiance,
relativement à la démarche qu'elle avait à faire auprès de lui
pour le soulagement de sa mère malade ; sentiment qu'elle
n'eût pas éprouvé pour quelqu'un qui lui aurait été complétement étranger.

Suivons donc maintenant cette bonne, douce et affectueuse
fille, pendant que, tremblante et indécise, elle marche à pas
précipités le long des rues encombrées par la foule ; — ses
yeux sont baissés, ou errants à l'aventure, et ses pensées se
concentrent sur l'oreiller où repose la tête de sa mère mourante ; une prière adressée au Ciel agite ses lèvres, et l'espérance, fortifiée et sanctifiée par cet appel muet, embrase
son cœur. Au moment où elle est sur le point d'atteindre la
demeure du digne homme qui devra apporter de puissants
soulagements aux douleurs de sa mère, sa marche est inter-
ceptée, — il y a encombrement, — elle est rudement pres-
sée, — regardée effrontément en face par un homme à la
mine stupidement insolente, espèce de dandy de haute taille,
puant le tabac, et au bras duquel est comme suspendu un
compagnon tout enjoué, tout court, à l'encolure vulgaire, et
véritable type de la caricature d'un petit maître. Le grand
individu continue à la fixer encore quelques instants ; le petit,
voulant imiter cette impertinence et voir de plus près la
beauté qui a attiré l'attention de son ami, se met à procéder
par des opérations manuelles en lui pinçant le bras. La pauvre infortunée se retourne avec indignation pour repousser
l'insulte, et elle aperçoit devant elle, ricanant et grimaçant
comme un singe, — un vrai chef-d'œuvre de perfection, —
Monsieur John Brag en personne !

Un rapprochement de cette nature, dans un pareil moment, était en vérité une bien rude épreuve ; — mais, si elle
se sentit le cœur brisé de se voir ainsi traitée par celui qui,

dans d'autres temps, s'était lié à elle par les serments les plus solennels d'amour et de constance, que ne dut-elle pas éprouver lorsqu'elle vit ce misérable, après avoir remarqué son agitation et sa pâleur, jeter un coup d'œil à son compagnon, et qu'elle l'entendit s'écrier dans le langage élégant de l'école dont il ambitionnait l'honneur de faire partie : « Ho! ho! — par ici mylord — ça ne peut pas prendre — nous nous sommes blousés; » — et enfin, lorsqu'elle le vit serrer le bras de son ami, en l'entraînant, et hausser ensuite les épaules avec une expression moqueuse de désespoir, démonstration suivie, sans doute, d'une version de sa façon sur la nature de l'intimité antérieure qui avait évidemment subsisté entre lui et la prétendue étrangère !

Anne resta quelque temps immobile ; — si elle eût essayé de faire un pas, elle serait tombée ; — sa respiration était comme suspendue, — son sang semblait quitter toutes les parties de son corps pour refluer vers le cœur, — et ses yeux se remplirent de larmes ; — se sentant un peu mieux, elle put continuer sa route et gagner la porte du médecin. — On la lui ouvrit, et elle fut introduite dans un parloir où les patients avaient l'habitude d'attendre : — mais alors il lui devint impossible de comprimer plus longtemps ses émotions; — elle était à peine entrée que des torrents de larmes coulèrent sur ses joues pâles, et ceux qui étaient venus là pour solliciter eux-mêmes du soulagement et demander des conseils, ne pensèrent plus qu'à la secourir dans sa douleur. Aussitôt que le maître de la maison eût été averti de ce qui se passait, il vint dans l'appartement, et, frappé de la violente agitation de la pauvre Anne, il la fit transporter dans une autre pièce, où tous les soins qu'exigeait sa position lui furent prodigués.

Son agitation, cependant, paraissait augmenter, et, au moment où elle se croyait assez remise pour tenter de s'expliquer, elle retomba dans un état si pénible et si alarmant que l'excellent docteur, convaincu qu'elle devait se trouver sous l'influence de quelque surexcitation morale, et que toute tentative pour la calmer serait pour l'instant complétement inutile, la confia aux soins de sa femme de charge, qu'il avait envoyé chercher, en lui recommandant de laisser la jeune

personne parfaitement tranquille, et d'essayer seulement d'a-
paiser ses esprits jusqu'à ce qu'il se fût débarrassé de ceux
de ses malades qui venaient ordinairement s'adresser à lui, à
l'heure de ses consultations.

Or, pendant que tout ceci se passait, M. John Brag et son
ami lord Tom Towzle, qui, ainsi que le lecteur l'aura présumé, était son compagnon dans cette circonstance, compagnon qu'il *Tommyfiait* et *Towzelait* tout à son aise par
derrière, mais qu'il *Mylordait* en face à un degré incommen-
surable de vulgarité, non-seulement pour encenser le jeune
homme, mais encore pour être entendu et remarqué par la
foule qui passait, — ces Messieurs, disons-nous, ainsi que
nous l'avions soupçonné, étaient engagés dans une conversation détaillée des aventures passées de Jack avec Anne ; toutefois, celui-ci aurait tout aussi bien fait de s'éviter la peine de les
raconter, car lord Tom se souciait fort peu que Brag fût pendu
ou non ; l'essentiel pour lui était que le petit homme montât
son cheval *Slapbang* le jeudi suivant, et lui fît gagner le prix.

Les grands événements ont souvent pour cause des inci-
dents de peu d'importance, disent des milliers d'écrivains ;
— nous pouvons facilement en trouver la preuve dans les
résultats de cette dernière aventure, survenue à M. Brag. Les
paroles auraient été impuissantes pour convaincre Anne de sa
perfidie et de son manque de cœur, si cet événement n'était
pas arrivé ; mais c'était aujourd'hui un fait avéré — hors de
doute, — matériellement constaté. La première insulte aurait pu n'être considérée que comme une simple grossièreté,
— peu faite, il est vrai, pour le rendre plus cher à celle qui,
jusqu'alors, n'avait jamais mis en doute son affection ; mais,
se conduire comme il l'avait fait, après avoir découvert son
erreur et reconnu celle qu'il venait d'outrager, c'était plus
qu'il n'en fallait pour décider la question. C'est ainsi que
nous en apprenons davantage en une heure d'une leçon en-
richie de preuves, que nous ne pourrions le faire en parcou-
rant tous les traités écrits ou imprimés dans le courant d'une
année. L'art ou la science, n'importe le nom, a pris un
corps, — vous l'avez sous les yeux, — et la fidélité avec laquelle l'acteur effectue ses démonstrations, permet au specta-
teur de faire lui-même des progrès rapides.

Telle était la situation d'esprit d'Anne : — Elle avait vu ce qu'aucun livre n'aurait pu lui apprendre; elle avait été témoin de ce qu'aucune autre preuve n'aurait pu l'engager à croire. Le coup était sévère, mais peut-être était-il providentiel.

CHAPITRE V.

Après avoir mis en sûreté notre malheureuse jeune fille dans la maison du digne médecin, qu'il nous soit permis de tourner nos regards vers la sémillante veuve et son aimable sœur, qui, toutes deux, pour être vrai, souffraient autant à leur manière que notre amie de Walworth dans sa condition beaucoup plus humble.

Mistriss Dallington, dont l'intelligence était parfaitement nette et le jugement particulièrement sûr, s'était bien rendu compte du véritable état où se trouvaient l'esprit et le cœur de sir Charles Lydiard; — elle savait que ces deux puissances se livraient chez lui une guerre perpétuelle; or, quel que fût le désir de la veuve (j'admets cette supposition en manière d'argument), d'amener leur intimité à heureuse fin, elle venait sans cesse se heurter contre les précautions à l'aide desquelles il était évident que l'ennuyeux Baronnet éclairait sa marche vers l'autel de l'hyménée. Elle avait l'entière conviction que s'il lui eût rendu la justice qu'elle méritait, elle posséderait depuis longtemps, et sans réserve, toute son affection. Mais, d'un autre côté, elle comprenait que si elle l'obtenait après avoir été l'objet d'un examen aussi sévère, ce serait un gage de la constance de son attachement pour le reste de ses jours.

Il faut convenir, cependant, qu'il lui arrivait de temps à autre de penser qu'elle avait été étudiée, examinée et scrutée à fond depuis assez longtemps pour que le moment fût enfin venu où elle devait fournir à son amant l'occasion de prononcer, selon le cas, un *oui* ou un *non* ; mais chaque fois que la crise paraissait devoir amener ce résultat, quelque nouveau doute, quelque nouvelle crainte surgissait inopinément ; la brillante vision s'évanouissait, et mistriss Dallington désappointée se trouvait de nouveau relancée dans les régions incertaines de l'attente.

Blanche, de son côté, s'entendait adresser presque chaque jour des offres sérieuses, par la bouche de Rushton, — si, toutefois, on peut donner ce nom aux plus furieuses protestations d'amour et de dévouement ; mais la *brusquerie* du caractère de ce fougueux amant était telle qu'il y avait tout à parier que la soirée du plus beau jour se terminerait le plus souvent par un orage. Blanche comprenait parfaitement les dispositions d'humeur de l'homme auquel elle avait affaire ; et, quoiqu'elle fût agitée et tourmentée sans relâche par la pétulance extraordinaire de son adorateur, elle n'en résolut pas moins de ne consentir à lui donner sa main, dût son cœur en souffrir, qu'autant qu'elle aurait la certitude de voir son héros parvenu à un degré de calme qui lui permit de devenir un mari sociable. Au fond, Rushton n'était pas plus jaloux de Blanche que Lydiard ne l'était de sa sœur ; mais sa jalousie avait un caractère tout différent ; il souriait, il fronçait les sourcils, il riait, il grondait et faisait mille folies, suivant les inspirations du moment ; tandis que Lydiard se renfermait toujours dans une réserve qui ne laissait rien transpirer au dehors des agitations de son âme : et ces deux amoureux continuaient de la sorte à se rendre aussi malheureux qu'ils rendaient misérable l'existence de celles dont l'attachement pour eux ne pouvait être mis en doute.

Les choses se trouvaient dans cette situation délicate lorsque Brag, encouragé dans toutes ses absurdités par son noble ami lord Tom, qui consentait à flatter sa vanité pour se ménager son assistance en cas de besoin, ou pour amuser ses amis dans l'occasion ; — lorsque Brag, disons-nous, ouvrit son cœur au jeune lord, en employant la forme hypothétique pour lui parler de la veuve et de sa sœur. Il avait été amené naturellement à aborder ce sujet par suite de la conversation qu'il venait d'avoir avec Rushton dans la rue.

— Je ne vois pas trop, dit Jack, pourquoi je ne me lancerais pas aussi bien que tant d'autres dans les hasards du mariage. J'en connais qui passent leur temps à faire la cour aux femmes, et qui semblent toujours rester au même point, sans avancer d'un pas. Voyez, par exemple, sir Charles Lydiard et la veuve, — ils s'embarrassent fort peu l'un de l'autre, et, cependant, on dit qu'ils doivent se marier. Quant à Blanche, elle paraît ne pas faire beaucoup plus de cas de Rushton. Que je sois pendu si, voulant épouser l'une d'elles, j'en aurais pour plus d'une semaine ! Non, non ! — le cœur leur manque, — eh ! vous savez. J'agrafferais l'une ou l'autre en moitié moins de temps, *and no mistake*.

— Avez-vous jamais eu un pareil projet, Jack ? demanda lord Tom, qui, piqué de la froideur avec laquelle la veuve l'avait toujours reçu, ne se trouvait en aucune façon mal disposé à encourager n'importe quelle folie de son tigre, pourvu qu'elle pût produire un esclandre dans la famille.

— Ma foi, dit Jack, je ne puis pas dire que jamais j'en aie eu l'idée ; mais je — sans doute, je puis dire qu'il n'y aurait rien en cela de plus extraordinaire que ce qui m'arrive journellement ; — enfin, puisque vous me le demandez, — je vous dirai que j'ai remarqué quelque chose d'assez singulier dans l'expression des yeux de la veuve.

— Vraiment ! continua lord Tom — et sans compter que ce sont de fort beaux yeux, et qu'en outre, Jack, elle est fort riche ; ainsi, comme on dit dans la cité, il y aurait là quelque chose à faire.

— Hum ! fit Jack, je connais sa fortune à un liard près ; mais je n'ai pas fait entrer ça dans mon calcul.

— Oh ! observa sa seigneurie, je crois qu'alors vous y avez songé un peu sérieusement.

— Pas sérieusement, répondit le tigre, seulement j'ai souvent pensé que sir Charles perdait sa peine et son temps, — qu'il tardait trop à rendre la main, comme nous dirions à Epsom. Ce serait tout de même un bon parti — non pas que je vise à l'argent, — non, pas plus que mon père. A propos, vous ai-je jamais raconté l'histoire de son billet de banque ?

— Pas qu'il m'en souvienne, dit sa seigneurie, quoiqu'elle se la rappelât parfaitement.

— Eh bien ! continua Jack, mon père se promenait un jour

dans le Strand, lorsque, au moment d'arriver à Buckingham-street, un filou lui enleva son portefeuille, rempli de notes, de lettres et autres papiers, qui n'étaient d'aucune utilité pour tout autre que pour le propriétaire, et contenant en outre un billet de banque de cent livres sterling. Que pensez-vous qu'il fit après avoir reconnu qu'on l'avait volé?

— Il se rendit à Bow Street, sans doute, pour prévenir la police, dit lord Tom.

— Non pas.

— Il courut donc à la banque pour signaler le billet.

— Impossible, il n'en avait pas constaté le numéro.

— Il arrêta le voleur alors.

— Non, dit Jack, pas davantage. Du moment qu'il eût reconnu que cette somme lui avait été prise, il revint tranquillement chez lui, et se contenta de la remplacer par une somme égale.

— Probablement pour se la faire voler comme la première, observa lord Tom.

— Rien de semblable, répondit Jack, mais uniquement pour montrer combien il faisait peu de cas de l'argent. C'est de même chez moi, j'en fais fort peu de cas aussi, et je ne le prise qu'autant qu'il peut me servir à payer mes dépenses. En effet, que signifie une guinée au fond d'un coffre? — elle n'a pas plus de valeur qu'un bouton de cuivre dans un sac ; mais encore ne peut-on pas se marier sans *quibus*.

—Alors tâtez de la veuve, dit lord Tom, vous avez mes pleins pouvoirs, — mais ne comptez pas sur moi comme auxiliaire. Vous forcerez ainsi sir Charles à se déclarer, ou bien à s'aller jeter dans la rivière Serpentine; de toute manière, vous provoquerez une crise.

— Eh bien, mylord, puisque vous me parlez de cette affaire, répondit Brag, je serai franc avec vous. Je viens de vous dire que l'argent était bien peu de chose à mes yeux ; cependant, si ce n'était pour l'argent, j'aimerais mieux épouser la sœur.

— A-t-elle été également gracieuse pour vous, demanda lord Tom.

— Que vous dirai-je? ajouta Jack, en souriant et affectant un air modeste, je ne puis pas dire précisément qu'elle m'encourage, mais elle est toujours charmante — d'une humeur gaie — et puis elle rit — et tout le reste : or, j'ai entendu dire par une bonne langue de vieux farceur qui connaît le sexe, que, du jour où vous parvenez à faire rire une femelle, dès ce moment elle est à vous.

— Pourvu toutefois, observa sa seigneurie, qu'elle rie avec vous et non pas de vous ; car, alors, la différence serait assez significative.

— Oh ! Blanche n'est nullement satirique, dit le fabricant de chandelles ; — et, si on me demandait ce que j'en pense, que le diable m'enlève si je pourrais trouver entre elles deux la différence d'une valeur d'épingle.

— Suivez donc mon conseil, lui souffla le malicieux lord, — fâtez-les l'une et l'autre ; manœuvrez de manière à les tenir toutes deux en haleine ; — il n'y a pas de risque qu'elles se prennent pour confidentes, parce qu'étant considérées comme déjà engagées ailleurs, aucune d'elles ne cherchera à convaincre l'autre d'infidélité.

— Ecrirai-je à la veuve, demanda Jack, et faudra-t-il m'adresser verbalement à Blanche ?

— Ecrire, mon garçon ! êtes-vous fou ? dit lord Tom, gardez-vous bien de jamais écrire, — ce serait là une jolie affaire : qui ne sait que les billets s'égarent, — ou bien avec quelle facilité on ouvre un secrétaire, et, dans le cas contraire, comment on le force ? En outre, elles pourraient, si vous adoptiez une aussi étrange manœuvre, comparer les lettres, et alors vous vous seriez fourré dans un joli piége ! non ; sondez-les, — attaquez-les en particulier.

Brag écoutait tous les conseils de son noble ami avec l'entière confiance qu'il avait en sa bonne foi ; et, quoiqu'il entrevît bien des difficultés dans l'application des procédés que lui suggérait sa seigneurie, difficultés qui, en raison de la tournure d'esprit de Jack, n'étaient nullement faciles à surmonter, il n'en pensa pas moins avoir parfaitement compris la teneur de ses instructions, imaginant qu'elles se réduisaient pour lui à se rendre aussi agréable que possible à l'une et à l'autre.

— Emparez-vous de Blanche, continua lord Tom, mettez-y un empressement en apparence désintéressé ; près d'elle soyez toujours dévoué sans affectation ; laissez-la se prendre d'amitié pour vous ; sympathisez avec tous ses sentiments ; tombez d'accord avec toutes ses idées ; mais ne paraissez jamais agir ainsi dans un but déterminé : de cette manière, en moins de quinze jours ou trois semaines, vous obtiendrez sa confiance. Elle sera convaincue que vous l'estimez, que vous savez l'apprécier, et que son bonheur vous intéresse vivement ; alors, elle deviendra affable et familière, et votre conduite respectueuse lui faisant oublier sa réserve, elle commencera à rechercher votre société, sans y apporter aucune contrainte. Elle sentira enfin que vous êtes en quelque sorte, et sans pouvoir s'avouer pourquoi, essentiel à sa félicité. Or, quand vous l'aurez amenée à cet heureux degré d'amabilité, jetez au loin le masque de l'amitié, comme le héros de la tragédie, et déclarez-vous son amant. Et puis —

— Aie ! aie ! interrompit Jack, tout cela est très-bon, mon cher lord, et j'en aurais pour un mois au moins à m'amuser à suivre tout ce que vous me prescrivez là, mais jusqu'où Frank Rushton me laissera-t-il marcher dans cette voie ? Il est aussi fougueux qu'un dragon, et jaloux comme un tigre. Non, non, de quelque manière que je m'y prenne, il me faudra agir franchement, la main haute, *smack smook, and no mistake.*

— Alors, dit lord Tom, si ce sont là vos principes, vous feriez mieux de tirer à brûle-pourpoint sur la veuve, quoiqu'elle ne paraisse guère femme à se laisser emporter d'assaut ; mais votre vivacité dans l'action formera un contraste si frappant avec les stalactites de glace qui pendent autour d'elle, que, selon toute probabilité, vous terminerez la journée par un coup de main.

— Juste selon mon cœur ! s'écria Brag, et par *Job,* j'aurai l'œil sur elle.

— C'est fort bien, dit sa seigneurie, mais quand vous serez installé dans votre maison de ville, ou dans le manoir de ses aïeux, à l'ouest ou au nord, n'importe où, sachez vous rendre agréable ; remplissez d'amis la demeure, et faites-leur mener joyeuse vie.

— Nous vivrons comme des coqs de combat, dit Jack, vous verrez. Je ferai les choses dans le soigné ; et il n'y aura pas dans les domaines de Sa Majesté un luron capable de me damer le pion.

— Que le succès couronne donc vos efforts, Jack ! ajouta sa seigneurie, mais, en attendant, n'oubliez pas jeudi.

— Ponctuel à la minute, répondit Jack ; ma montre est un vrai chronomètre ; vous me trouverez à la barrière, *all right, and no mistake.*

Les amis se quittèrent ainsi, Brag n'ayant pas la plus légère intention de risquer une seconde visite à Wigglesford, ni une seconde tentative de passage sur les terres de l'impertinent fermier qui s'était permis de le poursuivre pour un premier délit de cette nature ; et avec d'autant plus de raison qu'il avait l'intention de mettre à profit les jours suivants pour réduire l'une des deux belles, dont, dans sa petite cervelle, il avait la conviction intime d'être le favori en titre.

Rappelons-nous maintenant que nous avons laissé la pauvre Anne Brown sous la garde de la femme de charge du médecin, et qu'en revenant à elle, après l'agitation qui l'avait privée de sentiment pendant plusieurs heures, elle se trouva la tête reposée dans les bras de cette respectable femme.

Il me faudrait plus d'espace que je n'en puis consacrer à cette rapide narration pour décrire les excellentes qualités du docteur Mead, l'éminent praticien auquel, dans sa détresse et son anxiété, la jeune fille avait pris sur elle de s'adresser pour réclamer des conseils et des secours ; mais il est absolument nécessaire que le lecteur fasse, jusqu'à un certain point, connaissance avec les attributs de son caractère, en dehors de la sphère de sa profession, qu'il paraissait exercer, du reste, plutôt avec le désir d'être utile à ses semblables que par aucun sentiment de cupidité, dans le but d'augmenter sa fortune.

Bien qu'il n'existe aucun document qui prouve qu'il descendît du célèbre médecin du même nom, il ne nous paraît pas tout à fait improbable que la circonstance fortuite d'une similitude patronymique et professionnelle ait pu produire, presque à son insu, une identité de sentiments et de caractère entre eux. Mathieu Mead, le père du fameux docteur, était un non-conformiste en religion ; le père de notre docteur Mead était un ecclésiastique orthodoxe. Si le célèbre

Mead s'était marié jeune, notre Mead était encore garçon ; et quelque penchant qu'il eût pour les beaux-arts, ou quelque respect qu'il éprouvât pour ceux qui les enseignent, ses moyens, quoique parfaitement en rapport avec les exigences de l'entretien d'un équipage et la tenue d'une maison montée sur un pied très-respectable, n'étaient cependant pas assez considérables pour lui permettre de rivaliser avec son homonyme, en qualité de protecteur ou de patron. Néanmoins, il aurait pu accroître ses revenus dans de fortes proportions, s'il n'eût pas cherché dans mainte occasion, et par un sentiment louable d'humanité, à connaître et à découvrir la pauvreté d'un malade, afin de s'abstenir de recevoir de lui les honoraires qu'il n'hésitait pas d'accepter de ses riches clients dont le nombre augmentait sans cesse, en raison de sa renommée qui grandissait chaque jour.

Doux et bienveillant dans ses manières, jamais prétentieux dans la conversation, homme d'esprit et d'intelligence, il paraissait s'attacher autant à guérir les plaies de l'âme que celles du corps ; et son arrivée auprès des malades était accueillie par les pauvres patients plutôt comme un soulagement à leurs souffrances que comme la visite d'un homme de l'art, venant pour remplir les devoirs de sa profession, s'assurer de leur état et prescrire ses ordonnances.

Avec de pareils sentiments et d'aussi nobles dispositions, la bonté de son cœur peinte sur la physionomie, et les sympathies qu'il éprouvait pour les peines et les chagrins de ses semblables toujours exprimées dans le langage le plus doux et le plus harmonieux, il n'est pas surprenant que le docteur Mead soit bientôt parvenu à rassurer la pauvre Anne, dès qu'elle fut assez remise pour pouvoir se rendre compte de sa situation ; mais il ne fut pas médiocrement surpris en apprenant de la bouche de sa femme de charge, qu'elle n'était pas malade et qu'elle était seulement envoyée par une autre personne pour réclamer ses soins.

Il ne put échapper à sa sagacité que l'agitation où il l'avait vue, et qui n'était pas encore entièrement calmée, devait avoir eu pour cause un événement plus imprévu, et d'une date plus récente que la maladie de sa mère : il résolut donc de la questionner à cet égard ; mais un retour du plus fâcheux symptôme s'étant manifesté, l'engagea à renoncer pour le moment à obtenir de plus amples renseignements sur un sujet, dans le fait, complétement étranger à l'objet de sa visite chez lui.

Cet objet, du reste, ne tarda pas à se réaliser ; car l'excellent homme commanda à l'instant sa voiture et prescrivit à la femme de charge qui avait pris soin d'Anne, de l'accompagner chez sa mère et de revenir après l'avoir prévenue qu'il ne tarderait pas à aller lui-même voir la malade, dès qu'il aurait passé chez quelques-uns de ses clients dans le voisinage ; et, en alléguant la nécessité absolue de visiter ceux-ci avant son départ pour Walworth, il donna à entendre pour raison l'inquiétude présumable de Mme Brown relativement à sa fille, s'il retardait le retour de son enfant jusqu'au moment où il pourrait l'accompagner en personne.

Pour quelques praticiens, cette délicatesse, de la part de notre docteur, pourra paraître un peu trop raffinée, le mode le plus simple d'agir dans cette circonstance étant de faire monter la jeune fille dans sa voiture et de partir avec elle pour la résidence de sa mère ; mais Mead avait une toute autre manière de voir. Ses idées étaient particulières sur certaines questions : ainsi, par exemple, en dehors de ce qu'il considérait comme le point capital de son plan de conduite, l'effet d'une visite tout à fait inattendue de la part d'un étranger dans un intérieur aussi humble que celui de Mme Brown, n'avait pas échappé à l'esprit délicat du docteur, et il voulait lui laisser le temps de s'y préparer.

En rentrant chez elle, Anne fut soumise à plus d'un genre d'émotion. L'anxiété que lui causait sa mère, le saisissement qu'elle éprouva en voyant les yeux défaillants de cette mère adorée, fixés — sans une larme, — avec une expression d'espérance et de doute sur sa fille enfin de retour auprès d'elle, — sa respiration pénible et haletante, — toute cette scène lui brisait le cœur. Pénétrée de reconnaissance pour le bienfaiteur qu'elle attendait, elle tâchait de donner à la pauvre malade une idée de l'excessive bonté et des égards de cet excellent homme, pendant que, sans en faire part à sa mère, la preuve toute récente de l'insensibilité cruelle de celui

6

qu'elle avait aimé, et dont elle avait été aimée aussi, venait assiéger son esprit et lui déchirer l'âme.

Qui pourrait douter qu'elle ne fût indignée du traitement qu'elle avait éprouvé ? Et, cependant, pour celui qui connaît la femme, il est facile de comprendre que dans le cœur de celle où l'amour a une fois pénétré, le souvenir qu'elle en conserve peut contribuer à atténuer une offense qui, pour toute autre, ne manquerait pas d'être un véritable sujet de haine.

Ces sentiments nobles et généreux firent porter tout le poids de son indignation, qui aurait dû être dirigée contre ce lâche hypocrite, sur ses connaissances, à la funeste influence desquelles il fallait, selon Anne, attribuer entièrement la cause du changement extraordinaire survenu dans sa conduite ; c'est ainsi qu'elle expliquait également la négligence qu'il avait mise à répondre à sa lettre ; mais ce qui envenimait davantage la blessure qu'il lui avait faite, était l'impossibilité où elle se trouvait, dans les conjonctures présentes, de risquer de compromettre le repos de sa mère, — et son existence peut-être, — en lui révélant ce qui avait eu lieu, et en lui faisant connaître les motifs d'une absence aussi prolongée, par le récit de la violente indisposition dont elle avait été atteinte.

Fidèle à sa promesse, le docteur arriva deux heures tout au plus après le départ d'Anne. Il serait à peine possible de décrire ce qu'elle éprouva lorsqu'il pénétra dans la pièce où sa mère était couchée ; l'espérance avait repris naissance dans son âme, car il existait une créature qui prenait intérêt à leur position. Elle quitta le chevet du lit pour cacher son visage dans ses mains, afin de pouvoir dissimuler les marques de son émotion : mais, ne pouvant maîtriser son agitation, elle se mit à pleurer comme un enfant, et ses larmes contribuèrent à soulager son cœur.

Les questions adressées à Mme Brown par le docteur furent très-bornées. Il ne vit autre chose dans son état de maladie qu'un dépérissement de la constitution, dépérissement causé, à ce qu'il lui sembla, beaucoup moins par des souffrances physiques que par des afflictions morales, et considérablement aggravé par le manque d'air pur ; et, pensait-il aussi, par la privation d'aliments convenables. Il rédigea une ordonnance, plutôt pour la forme et pour satisfaire la malade, qu'avec l'espoir de quelques succès dans les ressources de l'art; et puis, après avoir pris congé d'elle, il fit signe à Anne de le suivre hors de l'appartement.

— Votre mère, lui dit-il, doit changer d'habitation aussitôt qu'elle pourra supporter la fatigue du déplacement. Un changement d'air et de régime lui est absolument nécessaire.

Anne entendit l'arrêt en silence, et les larmes recommencèrent à couler le long de ses joues.

— Je pense, continua le docteur, qu'avec des soins et une alimentation convenable, le transport pourra être effectué dans quatre ou cinq jours.

Anne resta encore silencieuse et tremblante, les yeux baissés vers la terre.

— Il faudrait chercher à la distraire, dit le docteur, elle ne devrait pas refuser de voir ses amis.

— Que le Ciel vienne à notre aide ! s'écria Anne en sanglotant, et incapable de cacher plus longtemps son agitation. — Nous n'avons pas d'amis ! que ferons-nous ? Dieu le sait ! Il faudra la changer de demeure ; vos bienveillants conseils seront suivis, Monsieur ; — je...

— Ma chère demoiselle, dit Mead, vous vous faites injure, et à moi aussi, lorsque vous prétendez que vous n'avez pas d'amis. En moi vous trouverez un ami ; comptez sur la Providence, et ne désespérez jamais ; — les amis surgissent toujours lorsqu'il s'agit de secourir la vertu malheureuse et la piété filiale dans la détresse. Je ne veux pas indélicatement vous presser de questions, mais vous me permettrez d'agir selon mes propres idées. Je suis précisément un ami que votre mère ne peut pas refuser. Je reviendrai demain ; et, je l'espère, sans vous causer beaucoup d'embarras à l'une et à l'autre, je pourrai vous assurer une résidence confortable auprès d'une digne et respectable famille, et dans une exposition favorable. J'arrangerai tout cela ; et, peut-être, pourrai-je avant peu vous expliquer, ainsi qu'à votre mère, pourquoi vous ne m'aurez à cet égard aucune obligation sérieuse. Sur ce point je me tairai pour l'instant ; — vous avez eu déjà bien assez d'agitation et de chagrin. Restez calme et tranquille ;

soutenez le courage de votre mère, — il n'y a pour elle aucune apparence de danger ; à cet égard j'engagerais ma réputation. Faites-lui prendre les médicaments que j'ai prescrits, et demain, vers une heure, je vous reverrai.

Puis, ayant pressé les mains d'Anne reconnaissante, il monta dans sa voiture.

Dans aucune circonstance de la vie la bienveillance de nos semblables n'a d'effet aussi puissant sur nous que lorsque nous en recevons les marques après avoir éprouvé quelque chagrin cruel. Le langage affectueux et consolateur du médecin alla droit au cœur d'Anne. Elle retourna vers sa mère en bénissant le Ciel de lui avoir envoyé un pareil secours à l'heure du découragement et de l'adversité.

La sollicitude du docteur ne s'arrêta pas là, même pour la journée. Dans la soirée, pendant qu'Anne préparait les meilleurs rafraîchissements possibles, avec les faibles moyens de dépense en son pouvoir et son peu d'habileté en cuisine, la femme de charge de l'excellent docteur apportait avec elle quelques fruits délicats et un peu de vin que son maître avait pris la liberté d'envoyer, parce qu'il en connaissait par expérience les qualités bienfaisantes, et qu'il était sûr d'avance que ce vin serait d'un excellent effet pour la malade dans le genre particulier d'affection qui la faisait souffrir. Enfin, elle fut entourée de tous les soins imaginables, soit qu'ils fussent suggérés par les plus tendres sympathies, soit qu'ils fussent empruntés à sa science ; et, comme le disait elle-même Anne, les sentiments qu'inspiraient des intentions si délicatement exprimées, contribuaient puissamment à redonner de la vie à sa pauvre mère dont les souffrances du corps, ainsi que Mead l'avait soupçonné, avaient été cruellement aggravées par les tortures de l'âme.

Anne remerciait avec ferveur la Providence, et son cœur était pénétré de reconnaissance pour l'homme généreux qui, en quelques heures, avait transformé une maison de deuil en un séjour où résidait en ce moment sinon le bonheur, du moins l'espérance. — Mais, pendant qu'elle reposait sa tête sur le même oreiller où dormait tranquillement sa mère, ses pensées se reportèrent sur ce misérable par qui elle avait été insultée et repoussée ensuite comme une connaissance vul-

gaire, au milieu de la rue, dans la matinée de ce jour si fé-
cond en émotions diverses.

Tout ce qui avait eu lieu lui semblait un rêve dans ce moment là même. Préparée comme elle devait l'avoir été, et
comme elle l'avait en effet déclaré dans sa lettre, à renoncer
désormais à toute prétention sur la possession de son cœur,
elle ne pouvait, cependant, se faire à l'idée d'être méprisée
par l'homme pour lequel elle avait eu la faiblesse, non-seulement de ressentir de l'affection, mais encore de lui en faire
l'aveu. Il était plus qu'évident qu'elle n'avait pas mérité un
traitement pareil ; mais le lui infliger précisément après
qu'elle eût imploré, en quelque sorte, sa pitié, c'était un procédé blessant et cruel au delà de toute expression. Qu'elle
était loin, toutefois, de se douter de l'accueil qu'il avait fait à
son cri de détresse, ou de soupçonner comment il avait traité
sa dernière lettre !

Ces pensées, et celles qui lui rappelaient des jours depuis
longtemps écoulés, se confondaient naturellement dans son
esprit avec le souvenir de son frère Georges, dont le silence
prolongé devenait pour elle une autre source d'inquiétude et
de chagrin ; elle ne pouvait oublier non plus, indépendamment de l'attachement qu'elle avait eu pour John, les liens
étroits de leur alliance par le mariage de Georges. Si encore
Georges avait été à la maison, se disait-elle, — mais non,
Georges aussi nous a oubliées. Tous ceux qui nous furent
chers et qui nous ont aimées, se sont éloignés de nous ! et
nous sommes secourues aujourd'hui par la compassion d'un
étranger, compassion à laquelle nous n'avions aucun droit de
la part d'un homme qui n'a eu d'autres rapports avec nous
que ceux qui résultent de son excessive bienveillance.

Dans la matinée, Mme Brown se réveilla après avoir joui
d'un sommeil réparateur ; elle se trouvait beaucoup plus
calme que n'aurait osé l'espérer sa fille, qui l'avait veillée
toute la nuit avec la plus tendre sollicitude. Il n'était que
trop évident que le médecin avait bien jugé le caractère réel
de la maladie, en faisant adopter de suite à la pauvre invalide, comme condition absolue de son rétablissement, un
changement de régime, suivi bientôt de l'éloignement de l'atmosphère délétère d'une petite chambre, dans un faubourg

éclairé au gaz, pour aller respirer un air plus pur. En effet, sa mère paraissait déjà tellement mieux qu'Anne crut devoir lui communiquer l'avis du docteur, en portant à sa connaissance la proposition qu'il avait faite de leur procurer un appartement confortable chez une famille de sa connaissance intime.

Le docteur Mead continua exactement ses visites pendant trois jours, apportant chaque fois avec lui quelque mets convenable à la circonstance, sous le prétexte qu'il était très-inquiet, pour la malade, de la manière dont ses aliments étaient préparés, et qu'il ne pouvait avoir de confiance que dans ceux qu'il faisait apprêter sous sa direction par ses propres domestiques. A la fin de la semaine, il déclara qu'elle était assez forte pour supporter la fatigue du déplacement; et, le dimanche suivant, Mme Brown et sa fille se trouvèrent installées dans un délicieux cottage, entouré de jardins et de champs, à environ quatre milles de la ville, et dont le maître et la maîtresse du logis paraissaient être tout dévoués au digne docteur, et faisaient ce qui dépendait d'eux pour se montrer polis et attentifs envers leurs nouveaux hôtes.

En recouvrant la santé, un sentiment invincible d'embarras s'emparait de l'esprit de Mme Brown, par rapport à sa situation présente. Elle et sa fille menaient une existence douce et confortable, avec la conscience qu'elles étaient hors d'état de pouvoir se procurer ces divers agréments de la vie. Elle éprouvait, en conséquence, une répugnance honorable à abuser de la bonté de son bienfaiteur; et, dans le cas où cette bienveillance n'aurait eu pour but que de les recommander simplement aux propriétaires de leur nouvelle résidence, elle redoutait d'être entraînée dans des dépenses auxquelles elle savait bien ne pouvoir faire face.

Les heures de visite du docteur n'étaient plus les mêmes que celles qu'il avait indiquées avant leur déplacement. Il venait le soir, prenait le thé avec elles, et chaque jour il prolongeait davantage ses séances. — Une semaine s'écoula de la sorte, — et Mme Brown ne se sentait pas encore le courage d'aborder la question délicate qu'elle avait à traiter, et à laquelle les manières de son ami le médecin ne paraissaient pas devoir apporter une solution prochaine; car, tout en la félicitant sur les progrès de son rétablissement, il parlait d'essayer l'emploi de quelque remède nouveau qu'il présumait, d'après la connaissance qu'il avait acquise de sa constitution, pouvoir lui être très-favorable, et qu'il se proposait de lui prescrire dans une ou deux semaines.

Ces dernières paroles avaient à peine dépassé ses lèvres, que les yeux de la mère et de la fille se rencontrèrent, sans que cette particularité pût échapper au docteur, qui ajouta immédiatement : — « Peut-être serez-vous d'avis à cette époque de n'avoir plus besoin de médecines, de n'importe qu'elle nature. »

Cette observation paraissant fournir à Mme Brown une occasion qu'elle devait saisir pour exprimer ses sentiments, elle n'hésita pas à en profiter. Toute difficile que fût l'entrée en matière, elle chercha à faire comprendre au docteur la délicatesse de sa position, et les appréhensions dont elle était tourmentée.

— Ma chère madame, lui dit Mead, je suis enchanté que vous m'ayez procuré une opportunité d'aborder cette question. Ainsi que les dignes habitants de cette maison pourraient vous l'affirmer, s'ils ne l'ont déjà fait, vous n'êtes pas les premiers malades que j'aie recommandés à leurs soins ; et, lorsqu'un pareil événement a lieu, je les considère comme mes hôtes pendant leur séjour ici. Dans votre cas, et pour ce qui me concerne, il existe des circonstances particulières qui diffèrent de celles qui se présentent ordinairement : — Il est assez naturel que vous m'ayez oublié ; mais nous nous étions déjà rencontrés avant l'incident qui m'a fait vous visiter tout récemment.

— Vraiment ! répondit la dame avec un air d'incrédulité.

— Vraiment, reprit le docteur, j'ai dîné chez vous plus d'une fois, Madame ; j'ignorais ce fait lorsque je vous fis ma première visite, mais certaines particularités et diverses coïncidences m'ayant engagé à prendre des informations, j'ai retrouvé en vous, Madame, la veuve de l'homme auquel je puis, sans exagération, attribuer mes succès dans le monde, et la place que j'occupe aujourd'hui dans la société, ainsi que mon rang parmi mes confrères.

— Vous me surprenez extrêmement, dit Mme Brown.

— Il y aujourd'hui plus de vingt-quatre ans, dit le docteur Mead, que je fus recommandé à M. Brown par un de ses amis qui était de ma connaissance, et qui vivait alors à Bristol : en arrivant à Londres, je me trouvai, par suite de cette recommandation, admis dans votre maison, où, comme je l'ai déjà dit, j'ai dîné plus d'une fois. Mais ce ne fut pas par de simples et banales preuves d'hospitalité que M. Brown me témoigna la chaleur et la sincérité de ses bons sentimens pour moi ; dans une circonstance où l'occasion s'était présentée d'elle-même, circonstance qui, selon toute probabilité, décida de mon avenir et me permit de poursuivre mes projets dans ma carrière médicale, une somme d'argent m'était indispensable pour l'accomplissement de mes désirs et je ne la possédais pas. Si M. Brown, à cette époque, n'était pas venu à mon aide, j'aurais dû abandonner l'objet que j'avais en vue, et dont la réalisation me servit, comme je l'ai rapporté déjà, à établir les fondements de ma fortune. J'en ai dit assez, je le pense, pour lever tous vos scrupules relativement à mes procédés envers vous, et il ne me reste plus qu'à me féliciter d'avoir pu saisir l'occasion de vous prouver, ainsi qu'à cette chère jeune personne, que, dans le monde, la reconnaissance n'est pas toujours un vain mot.

— Tout ceci est réellement fort extraordinaire, dit Anne.

— Pendant plusieurs années, continua le docteur Mead, après mon retour du continent, j'ai cherché à découvrir la veuve de mon bienfaiteur, mais ce fut sans succès ; et je considère maintenant comme le plus heureux jour de ma vie, celui où la fille désolée de mon premier ami est venue réclamer mon secours, attirée vers moi par une réputation que son père avait si matériellement contribué à fonder. Maintenant, ajouta-t-il, vous pouvez me regarder avec des sentiments bien différents de ceux qui ont jusqu'à présent occupé votre cœur et votre esprit : — en moi ne voyez plus que le protégé, cherchant autant qu'il est dans son pouvoir, à reporter les effets de sa reconnaissance sur celles qui le méritent à si juste titre.

— Que pourrions-nous vous répondre? dit la pauvre femme dans un état de vive agitation.

— Rien, rien, interrompit Mead ; permettez-moi de continuer mes visites qui, maintenant , n'ont heureusement plus aucun but d'utilité, au point de vue médical. Trouvez bon que je vous engage à rester où vous êtes, et ne me défendez pas, toutes les fois que je le pourrai, de me procurer le plaisir de venir goûter dans votre société et dans celle de votre exemplaire enfant, un repos après lequel j'ai longtemps soupiré en vain, au milieu des tracas et du bruit de la vie de Londres.

Personne ne pourra douter de la ligne de conduite que Mme Brown, dans de telles circonstances, crut devoir adopter, en dépit des doutes qu'elle conservait encore, il faut en convenir, sur la sincérité de la narration du docteur ; car elle considérait les prétendues obligations du digne homme envers son mari et les conséquences qui en étaient résultées, plutôt comme le fruit d'une ingénieuse et charitable invention pour lever leurs scrupules et ménager leur délicatesse, que comme un point d'histoire à l'abri de tout contrôle.

Quant à elle, elle n'avait pas le plus léger souvenir que son nouvel ami eût jamais figuré sur la liste de ses anciens visiteurs ; de même qu'elle ne pouvait se rappeler, parmi ses convives d'autrefois, aucun visage qui offrît quelque ressemblance avec celui du docteur. Un quart de siècle, il est vrai, s'était écoulé depuis l'époque en question, et le pauvre élève en médecine, alors attaché à l'hôpital, était devenu, dans la maturité de l'âge, l'arbitre des destinées mortelles de ses semblables ; mais si le docteur eut été assez peu galant (ce que ne sont jamais les docteurs), pour faire, de son côté, une confession entière, il est certain qu'il aurait avoué qu'il n'avait pas retrouvé dans la veuve mourante qu'il venait de rendre à l'existence, les attraits et les charmes qui, dans sa jeunesse, caractérisaient la beauté de l'aimable femme remplie d'enjouement et de grâce, qu'il avait pu voir à son début dans le monde.

Le pauvre Brown avait, en effet, vers la fin de sa carrière, pratiqué l'hospitalité à l'instar des négociants du Cap ; il passait pour accueillir à sa table les hommes de tous les pays, quels que fussent leur genre de commerce, leur profession ou leur vocation. Il considérait comme une nécessité inhérente aux affaires l'obligation de cimenter la connaissance de ceux qui lui étaient présentés, par beaucoup de politesse et par

les marques d'une noble et généreuse hospitalité. En conséquence, tant qu'il eut ce que l'on pouvait réellement appeler
une maison ouverte, il était moralement impossible à sa
femme, qui n'éprouvait personnellement aucun intérêt dans
ce renouvellement quotidien des convives, de se rappeler leur
visage ou leur nom. Et, malgré cela, elle pouvait à peine se
défendre de ne considérer l'histoire du docteur que comme
une aimable fiction, quoique sa fille, dont l'opinion personnelle sur le compte du docteur était quelque peu plus favorable que celle de sa mère, déclarât que, dans sa conviction, il
était un homme d'un caractère beaucoup trop honorable, trop
naturel et trop sincère pour vouloir chercher à déguiser la
vérité dans aucune circonstance, eût-il même quelque intérêt
à le faire.

Comment ce modèle des médecins continua-t-il à jouer son
rôle, c'est ce que nous apprendrons sans doute par la suite,
si Dieu nous prête vie jusqu'au moment où nous pourrons en
être instruits.

CHAPITRE VI.

Ce fut peu de temps après ce qui vient de se passer, qu'on
fit jouer à M. Brag, et pour le plus grand amusement de ses
connaissances aristocratiques, un tour qui, en dépit du prodigieux effet qu'il produisit, ne se termina pas d'une manière
aussi agréable pour l'acteur que pour les spectateurs.

Notre héros arrivant un jour chez lord Tom Towzle, trouva
sa seigneurie avec quelques-uns de ses dignes amis, élabo-
rant un projet de réponse à un avertissement matrimonial qui
avait paru dans les colonnes du plus fashionable de tous les
journaux, le *Morning-Post*; et l'apparition de Jack, venant
prendre place au milieu de ce conseil, fut accueillie avec

enthousiasme ; — dans le fait, il était précisément l'homme qu'il leur fallait pour bien conduire une pareille affaire.

L'avertissement était ainsi conçu :

« *Mariage.* — Une dame veuve, dans une bonne position de fortune et de respectabilité, étant complétement isolée, par suite de circonstances qu'elle sera heureuse de faire connaître, désire se marier, pourvu qu'elle rencontre un gentleman d'un caractère honorable, et qui soit dans les mêmes intentions. La personne qui fait insérer cet avis n'ignore pas qu'une pareille démarche est peu dans les habitudes de son sexe, et pourrait faire naître des préventions dans l'esprit de quelques lecteurs ; elle n'en est pas moins persuadée, qu'après les plus sincères investigations, sa conduite paraîtra parfaitement justifiable. Adresser les lettres franco, A. Z. par la petite poste, au coin de little Queen street, Holborn : mais, comme il n'entre nullement dans les projets de cette dame de vouloir satisfaire une vaine curiosité, elle ne fournira pas de plus amples détails, sans qu'il y ait entrevue entre les parties. »

— Voilà qui est capital ! dit lord Tom, nous avons vu des centaines d'hommes demander des femmes, mais que ce soit la femme qui fasse une semblable démarche, c'est quelque chose de neuf. Cependant elle est loin d'être sotte, car elle paraît décidée à ne pas s'expliquer avant d'avoir vu son homme. C'est à vous, mon cher Brag, qu'appartient le bonheur de devenir le confident de ses vœux et de ses chagrins. Nous venons justement de terminer une réponse, en fixant un rendez-vous sur le pont de Waterloo, lieu choisi de préférence aux parcs, aux squares et aux jardins, en raison de sa solitude, — avantage qui a réduit sa construction aux proportions d'une spéculation avortée ; ce qui est d'autant plus regrettable qu'on peut le considérer comme un des plus splendides monuments de la capitale.

Jack fut enchanté d'avoir été choisi pour consoler la belle éplorée, ses séductions irrésistibles ayant été unanimement reconnues. Il se trouvait sur son terrain, — aussi fut-il bientôt arrêté que ses trois acolytes resteraient à une distance convenable jusqu'au moment où la conversation aurait pris

une tournure assez significative, et qu'alors ils se montre-
raient à découvert comme complices de cette bonne farce, au
risque de laisser la pauvre aventurière sans sentiment sur la
place.

Il faut convenir que ce système de chasse au mariage, par
l'intermédiaire des colonnes d'un journal, est du nombre de
ceux qui peuvent naturellement exposer sans pitié celle qui
l'adopte aux attaques des mauvais plaisants. Qu'il advienne
quelquefois que ces sortes de négociations se terminent d'une
manière satisfaisante, c'est-à-dire , par l'union des parties,
c'est ce qu'il serait assurément difficile de pouvoir constater ;
mais, à quiconque possède des yeux, des mains, des oreilles
et une langue, ce moyen de procéder devra toujours paraître
un des plus étranges qu'on puisse imaginer.

Jack qui, dans toutes ses folies, avait toujours en vue de
saisir une bonne chance, était bien certainement moins disposé que tout autre à jouer un mauvais tour à l'innocence
sans défense de la belle inconnue, et, par suite d'une idée qui
lui traversa l'esprit, il pensa qu'il ne serait pas impossible
qu'elle fût jolie et riche : idée, toutefois, d'un caractère d'autant plus romanesque, qu'il était présumable qu'une dame,
possédant ces deux avantages, — ou même un seul, — pourvu
que ce fût le dernier, — n'avait pas besoin de recourir à un
avertissement public pour trouver un mari. Néanmoins, il
pouvait résulter de tout cela quelque chose de bon : c'était
de lui fournir une nouvelle scène sur laquelle il pourrait déployer ses talents, et dans un rôle dont l'exécution, comme
acteur, ne manquerait pas de le placer, sans aucun doute, à
quelques degrés plus haut dans l'estime de ses nobles amis
du sport.

La lettre, ainsi qu'on le désirait, fut mise à la poste, le
port payé, l'heure et le jour fixés, et les amis se séparèrent
pour se retrouver quelques minutes avant le moment de l'action ; ils devaient alors disposer leurs forces, d'après le plan
arrêté d'avance ; trois d'entre eux formant un corps d'observation, pendant que Brag ferait ses évolutions d'infanterie
légère ou d'éclaireur, en avant du corps de bataille.

Il doit être parfaitement clair pour le lecteur que, dans
une pareille occasion, Jack n'épargna rien pour se rendre

aussi séduisant que possible; chaque p'i de sa cravatte de couleur était disposé avec tout l'art imaginable, chaque boucle de ses cheveux à sa place la plus étudiée ; et l'ensemble de son costume lui donnait tout l'air d'un jeune premier de comédie, agrément qui, selon lui, devait le rendre irrésistible aux yeux de la veuve.

Enfin, nous voici arrivés au jour tant désiré et à l'heure indiquée. Lord Tom Towzle et ses deux amis furent rejoints par Brag au coin de Pall Mall, et s'avancèrent vers le lieu de l'action, où ils prirent position un peu avant deux heures, — moment fixé pour engager le feu; — puis, s'étant séparés, suivant leur plan d'attaque, M. Brag commença sa promenade d'amateur, sur l'un des côtés du pont, tandis que ses compagnons d'attente marchaient sur le côté opposé, mais à une distance considérable de lui.

C'était chose plaisante à voir que notre héros se dandinant avec affectation, caressant le col de sa chemise, tirant un de ses gants, et puis dessinant des figures avec la badine qu'il tenait à la main, et s'en servant pour frapper sur ses bottes dont le lustre brillant aurait fait envie à MM. Day, Martin et Cie (1). Il avait à peine terminé sa première ronde, lorsque les horloges de Londres commencèrent à sonner deux heures, musique qu'elles continuèrent à faire entendre pendant environ cinq minutes, celle de Saint-Paul les dominant toutes par les éclats retentissants de sa voix souveraine, dont les vibrations allaient, longtemps après, se perdre dans les airs. — Après un second tour, pas une seule belle n'était encore en vue : on aperçut alors une petite fille en pantalon, avec ses cheveux nattés en longues tresses, terminées par des nœuds de rubans; — ce n'était évidemment pas la veuve; elle passa devant lui, et Jack fit sur elle l'essai de l'éloquence de ses yeux ; — puis, vint une grande femme décharnée, suivie d'un chien caniche. Jack la regarda, mais elle n'eut pas l'air d'y faire attention. Enfin apparut une belle grosse dame, en chapeau couleur coquelicot, surmonté de plumes blanches et vertes, les épaules couvertes d'une pelisse nuance lavande, et les pieds chaussés de bottines de buffle teint en

(1) Fameux fabricants de cirages à Londres.

rose. Les amis, qui se tenaient à distance, furent tous d'avis que ce devait être là la bête à lancer. Elle regardait en avant, en arrière, d'un côté et d'un autre, et marchait d'un pas assuré. Elle tira de son sein une grosse montre d'argent, jeta un coup d'œil sur le cadran, puis on la vit agiter sa tête empanachée d'un air d'impatience et d'étonnement, témoignant assez sa surprise de ne pas apercevoir celui à l'appel de qui elle s'était rendue là.

La vision vint frapper les regards de John Brag, écuyer ; et, s'il eût vu tous les démons de la forêt de Hartz se métamorphoser en une lady bien dodue comme celle qui se montrait alors en chair et en os à ses yeux, il n'aurait pas éprouvé plus d'horreur et d'effroi. Par quel accident fatal, par quelle diabolique coïncidence cela pouvait-il se faire ? impossible de l'imaginer. Mais l'objet était devant lui, il s'approchait rapidement, et ce n'était ni plus ni moins que sa respectable mère !

Quoi diable avait pu l'entraîner si loin de chez elle et si merveilleusement parée ? il ne pouvait se l'expliquer. Qu'allait-il faire ? S'il avançait encore quelques pas, il se trouverait en contact et en conversation avec elle ; s'il battait en retraite, il tomberait dans les mains de ses amis, auprès desquels elle le suivrait inévitablement pour l'accoster ; son heureux génie vint à son aide dans ce dilemme inattendu. — Il prit résolument le parti de l'aborder, de faire un tour avec elle et d'amener la conversation sur le sujet qu'il avait à traiter, afin de faire croire à ses compagnons que cette dame était bien l'objet de leur expédition.

Ce projet présentait plusieurs avantages ; car le fait de sa parenté avec cette dame lui permettrait de déployer plus d'aisance et de familiarité dans ses manières pendant qu'il s'entretiendrait avec elle, ce qui persuaderait à ses camarades qu'il remplissait son rôle avec succès ; pendant ce temps, il espérait pouvoir conduire sa mère au-delà du pont, avant qu'ils pussent se rapprocher afin de jouer leur partie dans cette scène de mystification pour leur victime, car il était convenu qu'ils n'avanceraient pas que Brag ne leur eût donné le signal qui devait leur annoncer que le moment de l'explosion était arrivé.

L'ingénieux acteur, toutefois, avait compté sans son hôte. Lorsque lui et sa mère furent en présence, l'expression de celle-ci ne parut rien moins qu'agréable. Elle avait, en effet, l'air d'être aussi mortifiée et ennuyée de cette rencontre qu'il l'était lui-même, et pour le même motif; or, avec tout son désir de garder la paix avec elle et de s'en débarrasser au plus vite, il ne pouvait dissimuler l'anxiété avec laquelle il vit arriver auprès de lui la belle chercheuse de mari, avec laquelle, aussi longtemps qu'elle resterait en place, il lui serait impossible de commencer son rôle.

— Eh bien, John, dit la dame, qui aurait jamais pensé que nous nous serions rencontrés ici aujourd'hui? C'est à peine, en vérité, si je me souviens depuis quand nous nous sommes vus.

— J'ai été quelque temps éloigné de la ville, répondit Brag, en agissant, pour produire de l'effet sur ses amis, avec une politesse et des manières recherchées.

— Ah! reprit Mme Brag, vous étiez sans doute dans votre petite habitation en Surrey. Je suppose que vous en arrivez, — n'est-il pas vrai, Johnny?

— Non, pas précisément, dit Jack; puis-je vous demander, à mon tour, où vous allez maintenant?

— Nulle part particulièrement, répliqua la dame. Mais que je ne vous arrête pas; je suis sortie simplement pour faire une visite et je puis la faire sans vous.

— Je vous reconduirai jusqu'au guichet de sortie, dit Jack, en s'abstenant avec soin de tout geste et de tout mouvement qui eût pu ressembler le moins du monde au signal convenu pour réclamer la coopération de ses amis.

— Ne faites pas la moindre attention à moi, lui dit la mère, l'air est si agréable et si pur ici, que je ferai, je crois, un tour ou deux sur le pont avant de me retirer.

— Ma chère mère, observa Brag, vous y attraperez la mort par un froid pareil : laissez-moi vous persuader de partir au plus tôt.

— J'aime le grand air, répondit la mère ; mais quels sont ces hommes que j'aperçois là-bas? les connaissez-vous?

— Ces hommes, dit Brag, quoi, ces trois hommes? — Non, — je ne les connais nullement.

— Alors, c'est très-bien ; — au revoir, John, dit la dame, maintenant je ne veux plus vous retarder ; il est tout au plus deux heures et quart, et je n'ai pas besoin d'être chez mon amie avant trois ; ainsi, partez, — adieu, mon cher.

La chose devenait embarrassante : — Cette fantaisie que manifestait Mme Brag de vouloir se promener sur le pont de Waterloo, parut à Jack on ne peut plus extraordinaire, et aussi inopportune que possible. Il ne pouvait la quitter sans dire à ses amis pourquoi il ne leur avait pas fait de signal, et sans leur raconter le sujet de la conversation qu'il n'était que trop évident qu'il avait eue avec elle ; de même qu'il ne pouvait aller les rejoindre sans contredire la déclaration qu'il venait de faire à sa mère qu'il ne les connaissait pas du tout. Il se décida à prendre un parti.

— Eh bien donc, ma mère, lui dit-il, si vous avez réellement l'intention de vous promener quelques instants, je ne vois pas trop pourquoi je ne vous tiendrais pas compagnie.

— Vraiment, dit Mme Brag, je crois que vous me ferez marcher de surprise en surprise ! vous promener avec moi !
— Mais il y a plus de trois ans que vous n'en avez fait autant. Comment ! nous ne sommes plus sortis ensemble depuis le jour que vous m'avez accompagnée pour dîner à Blackwall, à l'hôtel de l'Artichaut, où vous m'avez renfermée dans un cabinet, parce que, disiez-vous, je n'étais pas faite pour être vue par la société qui s'y trouvait. Non, non, — allez à vos affaires et laissez-moi aux miennes.

— J'attends quelqu'un, dit Jack.

— Oh ! c'est cela, s'écria Mme Brag, il faut alors qu'il y ait quelque anguille sous roche.

— Je sais que vous n'aimez pas à déranger les gens, mère, dit Brag, et je suis ici pour une bonne farce : je vous mettrai de moitié dans la plaisanterie. J'attends à chaque minute une imbécile de femme qui est assez sotte pour demander un mari dans les petites affiches, — hé ! vous comprenez ? Nous avons répondu, franco, à sa demande, en fixant ce pont comme lieu de rendez-vous : l'heure est passée, et j'imagine qu'elle ne tardera pas à venir. Maintenant, si vous restez, peut-être ne tombera-t-elle pas dans le piége.

— Un mari dans les petites affiches ! s'écria Mme Brag,

et qu'avez-vous à faire là dedans? Serait-ce donc vous qui auriez fait la réponse?

— Aussi promptement qu'avec un sifflet, répondit Jack, en agitant sa badine, avec un mouvement de tête qui exprimait toute la bonne opinion qu'il avait de lui-même. *Smack smooth, and no mistake* — he!

— Quoi! et c'est ici que vous lui avez donné rendez-vous? dit la dame.

— Ici même, à deux heures, répondit Brag, à l'adorable A. Z. de la boutique faisant le coin de Little Queen street, Holborn.

— Et c'est vous, c'est vous qui l'avez fait! articula la mère d'une voix étranglée.

— C'est moi, dit Brag.

— Eh bien, alors, tout ce que je puis dire, John, s'écria Mme Brag, c'est que vous devriez avoir honte de vous-même! Si vous étiez à la place d'une pauvre veuve délaissée, comment pourriez-vous supporter l'isolement et l'abandon, après avoir été habituée à trouver le bonheur et un appui dans la société d'un compagnon, d'un ami?

— Je ne vois pas pourquoi je devrais avoir honte, répondit Jack. S'il y a des gens assez fous pour insérer de pareilles réclames dans les papiers publics, ils méritent tout ce qui peut en résulter de fâcheux pour eux.

— Comment avez-vous pu dépister l'affaire? C'est ce que je ne comprends pas, ajouta Mme Brag.

— Dépister quoi? demanda Jack.

— Mais ce que je sais, continua Mme Brag, c'est que la lettre n'était pas de votre écriture.

— Comment diable pouvez-vous le savoir? interrompit Jack.

— Eh quoi! pensez-vous donc qu'il me soit si difficile de reconnaître vos petites pattes de mouche, lorsque je les reçois? répondit la mère.

— Je pense que cela vous est facile, dit le fils; mais comment se fait-il que vous ayez lu la lettre à l'A. Z, chez le marchand d'huile et de comestibles?

— Comme si vous ne le saviez pas, répondit la mère. Croyez-vous donc que je sois assez aveugle pour ne pas voir à travers vos malices? Non, non: mais, ainsi que je l'ai déjà dit, je ne comprends pas comment vous avez pu dénicher l'af-

7

faire ; cependant, lorsque vous y êtes parvenu, je pense que vous auriez eu quelque chose de mieux à imaginer que de mystifier votre mère.

— Je n'y suis plus, dit Jack ; car, que peut-il y avoir de commun entre vous ou vos affaires, et notre plaisanterie ?

— Allez ! s'écria la mère en fureur ; allez ! ce qu'il peut y avoir de commun ? Ah ! je le vois, vous commencez à rougir de votre rôle d'espion, et vous avez l'air d'ignorer ce que peut être A. Z. de la boutique aux comestibles, ainsi que vous l'appelez.

— Que je sois pendu si je m'en doute ! dit Jack.

— Alors donc, soyez pendu comme je le désire ! répliqua la mère, car vous savez aussi bien que moi que je suis cette personne.

— Vous ! s'écria Jack, vous, l'A. Z, de la boutique aux comestibles ! A ce moment, il se crut arrivé au comble de ses misères, — mais il se trompait. Après la découverte aussi fâcheuse qu'inattendue qu'il venait de faire, et qui constatait que l'objet de son divertissement et de ses plaisanteries, livré aux sarcasmes de ses amis les plus marquants, était sa mère, la marche qu'il avait à suivre se trouvait toute tracée ; les excuses et la conciliation furent les armes à l'aide desquelles il espéra réussir ; et, après avoir calmé sa colère, il comptait l'éloigner du terrain le plus promptement possible ; moyen qu'il regardait comme parfaitement praticable, maintenant qu'elle devait être convaincue, en dépit de sa mauvaise humeur, qu'il n'y avait plus pour elle de nécessité à rester là plus longtemps.

— Ma chère mère, dit Brag, je suis vraiment et sérieusement peiné de ce qui arrive. Si j'avais pu imaginer qu'il fût possible... mais j'ai — réellement ! Oh! tout ceci est bien désagréable !

Son discours était parvenu à cette période de ses protestations lorsque, ennuyés de voir durer la scène aussi longtemps, autant que satisfaits que Brag eût si admirablement joué son rôle dans cette farce, ses trois amis s'élancèrent vers lui, et se rapprochèrent de l'infortunée créature, en formant, en quelque sorte, une espèce de croissant à son arrière-garde.

— Allons, Jack ! dit lord Tom, arrivez ; en voilà bien assez de cette plaisanterie. — N'est-il pas extrêmement agréable, Madame ? — N'est-ce pas que c'est un charmant petit homme ?

— Eh quoi ! s'écria Mme Brag, vous connaissez ces Messieurs ! Comment, petit menteur, avez-vous pu me dire que vous ne les connaissiez pas ?

— Si je l'ai dit..., murmura Jack.

— Si vous l'avez dit ! continua Mme Brag. — Ne savez-vous donc pas que vous l'avez fait : et ils ne sont ni plus ni moins que les complices de ce mauvais tour, — les témoins de votre impudence !

— De grâce, Madame, dit un des dandies, ne vous mettez pas si fort en colère, nous ne voulons pas vous manger ! Nous avions simplement le désir de nous procurer le bonheur de vous voir, parce que, comme nous avons tous, plus ou moins, l'envie de prendre femme, nous avons cru, tout comme vous, qu'il nous était aussi permis de rechercher l'occasion de voir la marchandise, avant que d'en faire l'acquisition.

— Oh ! Johnny, Johnny ! dit Mme Brag en levant son parasol à bandes blanches, en signe de menace : — Vous auriez mieux fait de rester à la boutique, et d'y continuer votre métier près de moi ; s'il en eût été ainsi, vous n'auriez pas entraîné votre pauvre mère à faire ce que vous êtes le premier à tourner en ridicule. Je saurai le fin mot, — je découvrirai tout : mon idée est que vous aurez tiré les vers du nez à Jim Salmon, ou à quelque autre garçon du magasin, pour faire cette précieuse découverte, afin d'amuser vos beaux amis aux dépens de votre mère. »

— Sa mère ! s'écria lord Tom Towzle, comment ! Madame serait ?...

— Eh quoi ! dit un de ses amis.

— Serait-il possible ! ajouta un autre.

— C'est ce qu'elle dit, observa Brag.

— Je vais vous conter la chose en peu de mots, moi, reprit Mme Brag, autour de qui s'étaient rassemblés quatre ou cinq des individus qui, sur les deux douzaines d'habitués environ, passaient journellement sur ce pont : — Il est mon fils, — et, non content de laisser d'excellentes affaires aller

à la dérive, pendant qu'il fait ses farces, il abandonne sa
mère à une existence triste et malheureuse, — voilà l'homme !

— De grâce, Madame, demanda lord Tom, à quelle
branche de commerce appartenez-vous ?

— Je travaille dans la cire et le suif, répondit Mme Brag,
y compris le blanc de baleine et les autres huiles, les cier-
ges, les bougies, la cire à cacheter de toute couleur et de
toute qualité.

— Elle est folle, la pauvre femme, dit Jack, se croire ma
mère ! a-t-on jamais vu ! — rentrez chez vous, Madame,
allez, et ne vous exposez pas ainsi, en faisant insérer de pareilles notes dans les journaux.

— Comment, Jack ! dit lord Tom Towzle, est-ce que l'A. Z,
de la boutique aux comestibles, au coin de Little Queen
street Holborn, serait votre maman ?

— Du moins, c'est ce qu'elle prétend, répondit Jack.

— C'est ce qu'elle prétend ! s'écria la matrone indignée;
— il paraît que ce n'est pas ce dont vous paraissez être fier :
— mais, Messieurs, voici l'adresse de la boutique, — je ne
sors jamais sans en avoir un paquet dans ma poche; — ainsi
voyez, et jugez qui a raison maintenant. Oh ! si son pauvre
père pouvait sortir de la tombe dans le cimetière de Crip-
plegate, et voir à quoi son cher fils, si gâté, occupe ses loisirs !

— Il y rentrerait probablement plus vîte qu'il n'en serait
sorti, dit lord Tom.

— Pour mon compte, dit la veuve, en regardant en face
le noble jeune homme qui venait de lui parler, je commence
à croire que vous ne valez pas beaucoup mieux que lui,
cependant...

Dans ce moment on entendit ces mots proférés par deux
hommes de la police : « Allons ! circulez, circulez, et mettez
fin à une conversation qui a l'air de s'échauffer un peu trop. »

— Circulez ! dit Mme Brag, qui était alors parvenue au
dernier paroxisme de la rage, les joues enflammées et les
yeux comme des tisons ardents. Oui, Messieurs de la police, je circulerai, et je m'éloignerai aussi : mais vous feriez
mieux d'arrêter ce mauvais garnement de fils, ce petit inso-
lent de Cokney, et de l'écrouer à la maison d'arrêt pour ce
qu'il vient de faire.

— Retournez chez vous, pauvre femme, dit Brag, en essayant sur elle le langage de la pitié ; retournez chez vous, et tâchez de vous calmer : je ne tarderai pas à aller vous voir. J'ai entendu dire que les remèdes doux sont généralement les meilleurs ; eh ! le système palliatif, comme l'appelle le docteur Dulcimer. Croyez-moi donc, rentrez chez vous.

— Ne faites pas l'imbécile, Jack ! s'écria Mme Brag, vous vous en repentirez un jour. Tous ces beaux amis d'à présent, qui se servent de vous pour faire des farces qui les amusent, vous quitteront dès que le malheur viendra vous assiéger, comme les rats fuient une maison qui s'écroule : et, peut-être, ne seraient-ils pas tous de vos amis en ce moment, s'ils savaient que votre maison à Londres ne consiste qu'en une plaque de cuivre de quelques pouces, et votre petite habitation en Surrey tout bonnement en un second étage, au-dessus de l'atelier d'un charpentier. Retirez-vous donc, retirez-vous, Jack, car si vous n'avez pas plus de sentiments par respect de vous-même, je ne puis m'empêcher d'en avoir pour vous.

Cette mère indignée s'éloigna rapidement, et, après s'être ouvert, avec quelque difficulté, un passage à travers l'un des tourniquets qui ferment le pont, elle s'élança de la rue Wellington dans le Strand ; et lord Tom Towzle se mit alors à se signaler, à la grande satisfaction des curieux, en imitant, du ton le plus aigu de sa voix, le chant du coq lorsqu'il sort victorieux d'un combat ; talent qui a été, plus d'une fois, accueilli avec de frénétiques applaudissements au théâtre de Wesminster, sans que l'autorité ait pu l'empêcher.

— Eh bien ! maintenant, dit l'un des trois amis de Jack, qu'elle est donc cette vieille sorcière? Pourquoi insiste-t-elle à vouloir passer pour votre mère ? est-ce parce qu'elle porte le même nom ? ou bien...

Jack se trouvait encore dans un terrible embarras! car, renier sa mère, et la faire passer pour en avoir imposé, était une action trop forte, même pour son impudence.

— Ma foi ! balbutia notre héros, je crois, s'il faut dire la vérité, que c'est bien ma mère.

— S'il faut dire la vérité ! interrompit lord Tom, comment, Jack ! bien qu'il puisse y avoir quelque chose de raisonnable, au milieu des misères du siècle, dans le proverbe

qui dit : « Celui-là agit toujours sagement qui reconnaît son
père ; » il ne l'est pas moins, assurément, de reconnaître
sa mère ; car, à cet égard, le doute est moins possible encore.

— Quoi ! dit Jack, qui commençait généralement ses phrases par ce mot,— quoi ! ma mère, voyez-vous,— et ce n'était
en ce moment ni le sentiment, ni la tendresse, ni même
l'affection qui lui faisait faire un pas en arrière, ou qui lui
déliait une langue sur laquelle était prêt à glisser quelque
impudent mensonge ; — c'était l'instinct, — qui ne valait pas
mieux chez lui peut-être, si ce n'est moins que chez le singe ;
mais il en avait assez pour comprendre que ses efforts seraient paralysés, s'il cherchait à embrouiller la question de
parenté qui existait entre lui et l'infortunée A. Z. de la boutique aux comestibles, au coin de Little Queen street, Holborn.
— Quoi ! dit-il encore, — je suis fâché que nous ayons fait
si mauvaise chasse, — parce que je crois que c'est entièrement ma faute. — Je l'ai poussée à cette folie ; et vraiment,
une fois lancée, plus moyen de l'arrêter;— alors... Brag venait
de tomber dans son propre piége ; son impudence, cette fois,
lui fit défaut, car il s'avouait le fils de cette intrépide chas-
seuse aux maris, veuve du fabricant de chandelles.

— Mais, Jack, demanda lord Tom, qu'a donc voulu dire
votre aimable mère, en parlant de la plaque de cuivre, de la
boutique du charpentier, de la maison de ville et de la maison
des champs?

— Oh ! tout cela, répondit Jack, n'était que l'effet de la
colère. Lorsqu'une femme se fâche, elle débite tout ce qui
lui passe par la tête, n'importe quoi. Je regrette que tout
cela ait eu lieu, parce qu'elle s'est mise en spectacle, et n'a
pas fait là une battue dans les régles, *smack smooth, and no
mistake.*

— Assurément non, reprit lord Tom, cependant n'y pensez
plus ; la vieille dame vous pardonnera. Il faut aller la voir,
et arranger l'affaire. Supposez que nous y aillions tous en
corps pour vous excuser, lui expliquer toutes les circonstances de l'affaire, et la convaincre qu'au fait vous ignoriez
complétement qu'elle fût l'auteur de l'avertissement? Eh!
qu'en pensez-vous ?

Cette proposition vint rallumer le feu de la fièvre qui dévorait Jack ; l'idée que lord Tom Towzle et ses deux *nobs* (1) amis, ainsi qu'il les appelait, se dirigeraient en masse à travers le magasin, pour aller gagner l'arrière-boutique dont nous avons déjà parlé, sous une rangée de chandelles de bois, balancées au gré du zéphir, cette idée était horrible pour lui.

— Non, non, répondit Brag, pas le moins du monde. J'ai toujours remarqué qu'une femme se calme plus vite lorsqu'on la laisse seule. — Ma mère, dit Brag, en prenant une nouvelle inflexion de voix, qu'il crut plus convenable à la circonstance, ma mère est une femme de ce que vous appelez *forte trempe*, — esprit élevé — famille ancienne — aussi fière que Lucifer. Elle est, en ce moment, très-courroucée ; mais lorsqu'elle sera moins agitée, j'irai à elle, — je lui ferai patte de velours, — je l'adoucirai, eh ! je remettrai les choses dans leur état le plus confortable.

— *And no mistake*, Jack, ajouta lord Tom, voilà qui est bien ; ce que je désire maintenant, c'est que vos nerfs ne soient pas trop ébranlés pour la course de demain. Slapbang est toujours le favori ; et monter un cheval qui remporte ordinairement le prix, n'est pas chose à dédaigner.

— Moi nerveux ! dit Jack, qui, selon son habitude, commençait à reprendre son aplomb. — Qui donc pourrait avoir ébranlé mes nerfs ? une femme de mauvaise humeur ? non, non : je connais trop bien les femelles pour m'inquiéter beaucoup d'un nuage passager ; et, quant au scandale, comme disent les Français, je ne m'en fiche pas mal non plus. Ma mère, ainsi que je l'ai déjà donné à entendre, appartient à une excellente famille, mais comment aurais-je pu l'empêcher de faire la folie d'épouser un fabricant de chandelles ?

Cette manière d'arranger les choses mit messieurs les rieurs, les amis de Jack, tout à fait de son côté. Comme les chats, Jack essayait toujours de retomber sur les pattes ; cependant, cette fois, la chute était lourde. Quoi qu'il en soit, tous furent d'accord qu'il avait parfaitement raison, et qu'il avait agi avec toute la modération et le discernement possi-

(1) *Nobs* pour *nobles*, dans le jargon de Jack.

bles ; et, lorsqu'ils le quittèrent, ils prirent rendez-vous pour
le lendemain avec leur cordialité habituelle.

Quant à Johnny, ses sentiments de vanité avaient essuyé
un rude assaut : cette scène du pont était de nature à ne jamais sortir de sa mémoire : le chapeau coquelicot ; le parasol à bandes ; les plumes blanches et vertes ; les bottines de
buffle ; le motif de la rencontre ; le sujet de la conversation ;
le dénoûment ; le mystère de la plaque de cuivre et l'histoire de la villa ; mais, par-dessus tout, l'exhibition de l'a-
dresse de la boutique, et la découverte qu'il était bien le fils
de l'A. Z. de la boutique aux comestibles ; — il y avait là,
assurément, de quoi égayer ses amis à ses dépens ; — car,
quelle pourrait être la matière de leur conversation après le
dîner chez Crackford, où le conclave serait privé de sa présence ? et par quel sobriquet n'allait-il pas être désigné désormais dans les annales contemporaines de cette illustre société !

Il devenait clair que sa carrière, dans ce genre de vie, commençait à tirer à sa fin. Deux expédients praticables pour
sortir de là se présentèrent naturellement à son imagination,
mais tous deux dépendaient du sort : — le mariage ou la
corde. — Il eut bientôt pris son parti, et, convaincu que ses
secrets, relativement à la boutique, à la plaque de cuivre et
à la villa, déposés maintenant, comme ils l'avaient été de
force, entre les mains de ses amis, ne devraient plus être des
secrets dans quelques heures, il arrêta, dans sa cervelle, qu'il
n'avait plus de temps à perdre pour travailler la veuve ; mais,
comme le lecteur n'aura pas eu de peine à le comprendre
déjà, il n'avait jamais eu, quoi qu'il en pût advenir, l'intention de monter Slapbang sur les terres prohibées et si bien
gardées de Wigglesford. — La soirée et le jour suivant furent donc consacrés à la grande entreprise qui était le rêve
de sa vie.

Dans l'exécution de cette affaire, l'infirmité de son caractère fut mise complétement à nu. Persuadé que Franck
Rushton ne doutait nullement de ses succès dans les bonnes
grâces des deux sœurs, Mᵐᵉ Dallington et miss Englefield, et
également convaincu de la sagesse des conseils de lord Tom,
relativement à la marche à suivre, il résolut d'agir d'abord

d'après la théorie de l'un, et d'adopter ensuite la pratique recommandée par l'autre : c'est-à-dire d'attaquer les deux sœurs l'une après l'autre, mais de ne se compromettre avec aucune d'elles par lettre ; or, il était bien évident, pour l'esprit le plus borné (si ce n'est celui de Johnny), que deux sœurs, ou même deux femmes, étrangères par les liens du sang, mais vivant sous le même toit, et dans la situation où Mme Dallington et Blanche se trouvaient placées, ne pourraient, raisonnablement, recevoir une déclaration et une demande sérieuse, ou même quelque chose qui y eût rapport, sans que l'une le communiquât aussitôt à l'autre. La vanité et la sottise de Johnny, au moment de se lancer dans de nouvelles folies, l'empêchèrent d'être frappé de cette vérité. Plein de sécurité dans sa propre influence sur le cœur de ces deux belles créatures, et intimement convaincu qu'il ne pouvait se tromper sur la nature du caractère des *femelles* en général, il conclut, d'après la doctrine professée par lord Tom, que ces dames, étant réellement engagées déjà vis-à-vis d'autres hommes, ne voudraient pas se compromettre en se confiant leur passion pour lui : cela le décida donc à lâcher au plus tôt ses deux coups sur elles ; réservant, toutefois, à celle qui n'était pas mariée, l'honneur d'essuyer son premier feu.

Mais, après avoir repassé toute l'affaire dans son esprit, il résolut de changer son premier plan d'attaque, en s'adressant à la veuve en personne, — et par lettre à sa sœur ; — car, en dépit de l'amicale recommandation de lord Tom pour le détourner d'écrire, Jack ne se sentait pas de force à aborder le sujet auprès de la tendre et délicate Blanche, sous la forme du dialogue ; il avait, en outre, en raison de son expérience bien constatée en matière d'avances pratiques, une très-vive appréhension de l'entendre pousser des cris, ou de la voir tomber en syncope ; ce qui pourrait alarmer la famille, ouvrir les yeux de la veuve sur son impudente fourberie, et faire échouer tous ses grands projets.

En conséquence, dans le courant de la soirée du jour où eut lieu la fatale aventure d'A. Z, — l'alpha et l'oméga de sa ruine, — il alla s'installer dans sa retraite favorite, d'où, pour la réalisation du plan qu'il avait conçu et définitivement arrêté, il adressa à miss Englefield une lettre dans laquelle il déclarait, non pas, il en faut convenir, dans les termes les plus directs et les plus explicites, mais avec un ton et un langage dont aucune femme n'aurait pu méconnaître le sens, son dévoûment sans bornes à sa personne, et sa profonde admiration pour ses qualités ; il faisait, en outre, allusion, en aussi bon anglais que possible pour lui, aux marques d'encouragement qu'il croyait avoir reçues, et il espérait trouver son pardon dans l'indulgence et la bonté de la dame si, à cet égard, il avait pu s'abuser ; il donnait aussi à entendre que M. Rushton lui-même avait cru remarquer cette préférence dont lui Brag était si fier.

Avant de se mettre au lit, il expédia cette lettre de sa petite résidence en Surrey ; mais lorsqu'il eut secoué les pavots du sommeil agité dans lequel il avait passé la nuit, il commença à se repentir amèrement de sa démarche de la veille, alors qu'il était encore en quelque sorte sous l'influence d'un accès de désespoir.

Cependant, comme c'était chose faite, il résolut d'attaquer le sanglier *au ferme*, et d'aller jusqu'au bout avec la jeune fille; ce qui, après tout, pourrait bien devenir un *hallali* dans les règles, dans le cas où il échouerait avec la veuve.

Ainsi donc, aussitôt que la décence lui permit de se présenter, Brag se dirigea vers l'hôtel de Mme Dallington pour faire sa visite ; mais alors, la résolution vint encore à lui manquer. Cependant il chercha à se raffermir afin d'essayer d'une manière décisive ses chances de fortune, et, tout en s'acheminant, il répétait sa leçon, ou, comme on le dirait des oiseaux, il cherchait à se rappeler toutes les notes les plus douces à l'aide desquelles il engagerait l'action, s'il avait le bonheur de la trouver seule. A mesure qu'il avançait, ses esprits s'exaltèrent, jusqu'à ce qu'enfin il se trouva parfaitement content de lui-même. — Le voilà à la porte, — il fait résonner le marteau, dont le retentissement lui paraît presque égal à celui du tonnerre ; —

« Le bruit qu'il a produit le glace d'épouvante ; »

son courage, comme celui d'Acres, dans la comédie, commence à lui glisser dans la main ; et la terreur qu'il ressent, lorsque le domestique lui dit que sa maîtresse est visible, ne saurait être exprimée. Le moment de la crise était donc arrivé : mais puisqu'il fallait en passer par là, peut-être valait-il mieux que ce fût avant que les révélations indiscrètes de sa mère, sur l'événement du pont, fussent connues dans ce que Jack avait l'habitude d'appeler le *West-End*, ou extrémité ouest de la ville. Il monta l'escalier, le gosier un peu desséché et les mains un peu froides ; mais lorsque la porte du boudoir fut ouverte, et qu'il aperçut sa charmante hôtesse seule, cette vue lui devint fatale.

— Comment ! mon cher monsieur Brag, vous voilà de retour ! lui dit Mme Dallington en lui présentant la main. — Où donc êtes-vous allé ? — Vous renfermer, sans doute, quelque part à la campagne ? Je soupçonne fort que vous avez, dans votre petite résidence en Surrey, un sujet d'attraction qui nous est inconnu à nous autres habitants de la ville.

L'allusion n'était pas plaisante. Brag, l'audacieux, l'intrépide assassin des cœurs, — prit place dans un fauteuil opposé au sopha où la veuve était assise, occupée à écrire sur une table placée devant elle ; et il se persuada que, par une communication télégraphique, ou par tout autre moyen, le séduisant objet de ses vœux et de son ambition avait dû recevoir quelques renseignements sur l'affaire du pont. C'est qu'aussi la conscience,

« Lorsqu'elle est timorée, enlève le courage. »

— Non, répondit Brag, en faisant un effort pour se remettre. Je suis resté dans le comté d'Herefort toute la semaine qui vient de s'écouler.

— Je vous assure que vous nous avez manqué, dit la dame, qui, heureusement ou malheureusement, comme on voudra l'entendre pour Brag, se trouvait, par des raisons à elle connues, on ne peut mieux disposée à encourager ses civilités.
— Vous ne pouvez vous figurer, ajouta-t-elle, combien nous nous sommes ennuyées sans vous. Mon opinion est que votre ami lord Tom est la cause de votre éloignement de la ville. Il aime tant ses meutes et les courses au clocher ! et puis, n'êtes-vous pas son premier ministre ? Enfin, il ne peut vivre sans vous.

— Oh ! répondit Brag d'un air reconnaissant et niais à la fois, vous me flattez ; je vous assure que je ne fais ces sortes de choses que par occasion ; mais — je — ce n'est pas mon goût — ça oblige Tom — et — mais — je conçois...

— Comment ! dit la veuve, désavoueriez-vous votre goût pour la chasse, vous qui êtes l'âme de ce genre de plaisir, au dire de sir Charles Lydiard ?

— Sir Charles Lydiard est bien poli, répondit Brag, qui commençait à comprendre que l'on ne tarderait pas à aborder le sujet qui l'intéressait. — Je ne crois pas que, pour son compte, il soit bien amateur de la chasse — de n'importe quelle espèce, ajouta-t-il d'un ton de voix à peine intelligible.

— C'est une étrange créature, n'est-ce pas ? dit Mᵐᵉ Dallington, — une bonne nature d'homme, — mais si froid dans ses manières qu'il doit se faire, je suis sûre, plus d'un ennemi.

— Quoi ! répondit Brag, en regardant à ses pieds et brossant son chapeau, je ne sais pas ce qu'il peut être avec les femelles, — il est certainement — un peu — eh ! un peu...

— Oh ! reprit Mᵐᵉ Dallington, ne craignez rien, je ne répéterai pas un mot de ce que vous direz sur son compte. Je suis parfaitement de votre avis ; les femmes, monsieur Brag, — et la veuve accompagnait ces paroles du regard, — aiment les hommes d'un esprit vif et agréable. Le temps des maux de cœur et des soupirs est loin de nous ; la société est en progrès, et la timidité n'est plus considérée de nos jours que comme une preuve de stupidité. Je crois que dans ce siècle il faut marcher à grande vitesse, et, pour mon compte, j'aime qu'on aille lestement en besogne, autant, du moins, que les convenances le permettent.

C'était là un assez vigoureux encouragement pour un aspirant pressé d'en finir, et qui devait monter Slapbang à travers champs le lendemain ; — mais Brag était Brag, ni plus ni moins.

— Oui, dit-il, ça doit être très-agréable, mais je ne crois pas cependant que je consente jamais à abandonner les chevaux pour la vapeur.

Cette soudaine et fausse interprétation d'un sens figuré dont notre héros faisait l'application d'une idée purement matérielle, désappointa évidemment la veuve, qui, pour dire la vérité, n'avait jamais paru, seule ou en compagnie, aussi cordiale dans ses manières avec M. Brag, que dans cette circonstance toute particulière, où elle jugeait important qu'il en fût ainsi, pour seconder ses vues. La première occasion qu'elle lui fournissait de s'autoriser un peu de la déclaration qu'elle venait de faire de son goût avoué, et en termes aussi clairs, il ne l'avait ni comprise, ni saisie, — et il s'était montré sottement prosaïque.

— J'ai cependant une grande quantité d'actions dans les chemins de fer, ajouta-t-il.

Quoique cette nouvelle niaiserie lui donnât le coup de grâce, il faut convenir, néanmoins, qu'elle justifiait pleinement sa préférence pour la voie épistolaire sur les communications verbales en matière de sentiment.

Mᵐᵉ Dallington jeta sur lui un regard qu'heureusement il ne remarqua pas ; et, comme notre aimable veuve ne faisait que jouer ici un rôle qu'elle s'était imposé à dessein, le silence qui suivit les paroles de Jack ne fut pas de longue durée.

— Je suis étonnée, reprit-elle, en fixant ses yeux avec intérêt sur Brag ; — je suis étonnée que vous ne soyez pas encore marié, M. Brag.

Cette merveilleuse question lui ôta presque la respiration : sa langue lui parut alors trop épaisse pour sa bouche ; il se crispait les doigs, — il sentait ses oreilles en feu et son nez devenir froid.

— Ah ! ah ! dit-il, et il se remit à brosser son chapeau.

— Aimable, galant, dévoué au sexe comme vous l'êtes, j'aurais pensé, dit la malicieuse veuve, que vous n'aviez qu'à parler pour être obéi. Je ne comprends pas du tout comment il se fait que vous n'ayez pas encore jeté le mouchoir.

Brag, qui ne comprenait pas le moins du monde pourquoi il aurait exécuté une pareille évolution, se contenta de s'incliner.

— J'ai été mariée, continua Mᵐᵉ Dallington, et, quoique je n'aie pas tardé à devenir veuve, je suis convaincue que là où se rencontrnet une réciprocité d'affection, une conformité de goûts et de la sympathie dans les sentiments, aucune situation dans la vie ne peut-être préférable à celle que l'o:

ne saurait exprimer d'une manière plus concise et plus em-
phatique que par le mot — mariage.

— Je pense que ça doit être excessivement agréable, dit
Brag, d'un air excessivement sot.

— Voyez, par exemple, Frank Rushton, dit Mme Dallington, ce jeune homme dont l'esprit est si agréable et l'éducation achevée, et qui paraît extrêmement attaché à ma sœur ;
— eh bien ! vous le voyez, ils ne se marient pas. — Je crois,
en vérité, que tous tant que vous êtes, vous autres hommes
du monde, aux manières séduisantes, vous faites tout ce qui
est en votre pouvoir pour tourner la tête aux pauvres filles,
sans avoir aucune idée sérieuse de vouloir les rendre heureuses un jour !

Cet aveu volontaire de certains faits et d'opinions aussi si-
gnificatives, exprimé par Mme Dallington dans les termes les
plus agréables et avec la plus apparente franchise, quoiqu'il
fortifiât dans l'esprit de Brag sa confiance aux sentiments
d'intérêt qu'il croyait s'être créés dans la famille, cet aveu le
jeta dans un tel trouble, que, avec l'occasion dans la main,
occasion après laquelle il avait si ardemment soupiré, il demeura muet et entièrement à la merci de son idole.

— Quant à Blanche, continua la veuve, comme j'ai la plus
entière foi dans cet axiôme de philosophie qui établit que
l'amour naît des contrastes, je suis persuadée que, tendre,
timide et réservée comme est Blanche, elle doit avoir de l'a-
mour par-dessus la tête et les oreilles pour Frank ; mais je
ne crois pas, pour cela, qu'elle songe le moins du monde à
l'épouser. Certainement elle est bien en droit de faire, à cet
égard, ce qui lui convient; sa fortune est considérable ; elle est
maîtresse d'elle-même et elle serait, je le crois, une admirable femme dans les mains de celui qui saurait l'apprécier.
Toutefois, je dois avouer que je ne sais rien de positif sur ses
projets ou ses intentions ; nous ne nous faisons pas de confidences ; chacune de nous agit comme bon lui semble. Je ne
la tourmente jamais de mes conseils, et, sans nul doute, elle
ne se croit pas, de son côté, autorisée à m'en donner non
plus.

— J'en suis sûr, dit Brag, vous feriez aimer le mariage à
n'importe qui, — je suis — sûr — vous vous étonnez que

miss Englefield n'épouse pas M. Rushton ; j'ai — souvent —
pensé, — en vérité, — que — vous, — je vous demande
pardon, — je veux dire sir Charles, — eh ! — *and no mistake.*

— Oh ! répondit la veuve, je vous entends parfaitement ;
sir Charles est une excellente créature ; — mais, quant à l'a-
mour, je ne crois pas qu'il s'en soit jamais occupé. Assurément il ne juge pas comme nous tout le mérite d'un caractère vif et enjoué.

— Je pensais, dit Brag, aussi pâle qu'un spectre, en froi-
sant entre ses mains son magnifique chapeau, et dans un état
de paroxisme qui tenait à la fois de l'espérance et de la
crainte, que vous, — en vérité, — ne devriez pas permettre,
— eh ! — que — c'est un si singulier homme, — eh !

— Mon cher M. Brag, répliqua Mᵐᵉ Dallington, il existe
des secrets dans toutes les familles.

Brag tomba complétement d'accord sur ce point ; car,
aussitôt, il crut voir défiler devant ses yeux le chapeau coquelicot, le parasol rayé, les bottines de buffle, la plaque de
cuivre, les plumes blanches et vertes, et une tribu de visions
plus horribles que toute la fantasmagorie des démons de
Fuseli, lorsqu'ils viennent de dévorer, pour leur souper, la
moitié d'un porc bouilli.

— Il y a des personnes avec lesquelles nous nous familia-
risons par suite de rapports habituels, continua Mᵐᵉ Dallington, mais qui ne touchent pas pour cela notre cœur.

— Est-ce que M. Rushton, murmura Jack, serait de ce
nombre ?

— Blanche n'est pas ici, et je ne puis répondre pour elle,
répliqua Mᵐᵉ Dallington ; — j'aurais dû, quoique vous ne
m'ayez pas demandé de ses nouvelles, vous dire qu'elle est
absente depuis deux jours, et qu'elle ne reviendra que demain. Mais, en réalité, ce n'était pas à ce qui la concerne
particulièrement que je voulais faire allusion.

Ceci était de nature à faire ouvrir les yeux à une taupe.
Aussi Brag, à l'instant, demeura-t-il convaincu que Mᵐᵉ Dallington ne pouvait rien savoir de sa téméraire épître à Blanche ; et il fut, plus que jamais, assuré de tenir la veuve dans
ses filets.

— Ce qui la concerne, balbutia John, — vous ne — c'est — réellement...

— Vous êtes on ne peut plus aimable, dit Mme Dallington, je vois combien vous manquez de confiance en votre propre mérite, et à quel point vous vous doutez peu de vos forces.

— Oui, répondit Brag avec trouble, et tout à fait étourdi, — oui, suis-je donc — c'est — puis-je — me fais-je bien comprendre ? — Cela n'est-il pas, — eh ! — si — mais...

Sir Charles Lydiard, dit à haute voix un domestique, en ouvrant la porte pour annoncer le digne Baronnet, qui entra dans la chambre avec sa sérénité habituelle de maintien ; puis, après avoir pressé la main de la dame, il ne tarda pas à apercevoir — l'objet de son aversion ! Le regard qu'il fixa alors sur Mme Dallington, exprimait tous ses sentiments à ce sujet, et il ne fut pas perdu pour Brag, qui, s'étant empressé de ramasser son chapeau, ses gants et sa badine, salua, laissant l'adorable veuve en tête-à-tête avec le Baronnet ; mais il emportait avec lui la certitude du triomphe, accompagnée, il est vrai, du repentir amer d'avoir si imprudemment ouvert son cœur à la sœur, qui était un parti beaucoup moins avantageux.

On ne vit jamais, assurément, un type plus complet du caractère de ces *fanfarons de bonnes fortunes*, que notre misérable petit héros dans le rôle qu'il vient de jouer. La balle était à ses pieds, — le jeu dans ses mains, — et, malgré tout cela, le meurtrier des cœurs, l'assassin des réputations ne sait quelle contenance faire devant la bienveillance encourageante de sa libérale hôtesse, et il se dérobe lâchement à la vue de l'homme qu'il considère comme un rival vaincu, en riant de l'avoir ainsi mis aux prises avec sa maîtresse, avant de réaliser un plan dont nous ne tarderons pas à entendre parler.

CHAPITRE VII.

Il y a des gens qui, dédaignant les conseils, se croient plus sages que ceux qui leur en donnent, et se ruent avec audace *in medias res*, où

« Les anges n'oseraient aborder qu'en tremblant. »

M. Brag, à qui ne manquait certainement pas cette espèce de qualité intellectuelle qu'on nomme la ruse, était, cependant, comme toute sa conduite l'a surabondamment prouvé, favorisé par la nature d'une dose plus forte encore de fatuité ; or, dès qu'il fut assuré des sentiments de la veuve à son égard, et qu'il se fut persuadé que son rôle, dorénavant, se bornerait, en quelque sorte, à *demander pour avoir*, il résolut d'adopter envers elle le moyen contre lequel s'était si énergiquement prononcé son ami lord Tom, et qui, certainement, devenait terriblement hazardeux, par la raison qu'il l'avait déjà employé la veille auprès de sa sœur.

Nous ne nous arrêterons pas à rappeler ici la définition d'un gentilhomme irlandais au sujet d'une bouteille d'eau de soude effervescente, mais on pourrait, jusqu'à un certain point, l'appliquer au caractère de notre héros. Quoiqu'il eût obtenu de Mme Dallington tout ce qui pouvait contribuer à justifier ses plus chères prétentions, il se reconnut, dès qu'il se trouva livré à ses réflexions dans sa petite solitude en Surrey, peu propre à conduire l'opération en personne, c'est-à-dire, à enlever le cœur de la belle par un coup de main ; — à moins, toutefois, qu'on ne veuille considérer comme tel l'effet d'une tentative épistolaire. — Or donc, en dépit des conseils de son habile Mentor, il se mit à faire sa cour à la séduisante veuve, dans une lettre dont il serait superflu

8

d'infliger une répétition au lecteur, mais qui contenait une déclaration et une demande formelle.

Ainsi, M. Brag avait brûlé ses vaisseaux, et il ne lui restait plus qu'à attendre le résultat de cette détermination héroïque. Il faut convenir, toutefois, que son système nerveux était dans un grand état d'agitation, mais cet heureux contentement de lui-même, qui, lorsqu'il ne lui était pas nécessaire de recourir à de violents efforts, le tenait ordinairement en haleine, maintenait dans ces conjonctures son courage à la hauteur des circonstances. La lettre était lancée, et, comme il n'était plus possible d'empêcher qu'elle n'arrivât à son adresse, le parti le plus sage pour lui, maintenant qu'il n'y avait pas d'autre remède, c'était de se cramponner à l'espoir d'un dénoûment favorable.

La veuve, de son côté, en agissant comme on l'a vu, avait eu pour but de provoquer cette déclaration ; elle comptait jouer au Baronnet, dans cette occasion, un bon tour, qui, en le mettant au pied du mur, le forcerait à s'expliquer ; — mais, assurément, elle ne s'attendait pas à rencontrer Blanche sur le même terrain. Ce qu'il en advint fut une scène d'un prodigieux effet.

Blanche arrivait justement de son excursion de deux jours passés à la campagne. A peine entrée dans la maison, elle s'empressa de se rendre dans le boudoir de sa sœur qu'elle trouva occupée à lire, avec des marques évidentes d'étonnement et d'animation, l'aveu de l'amour de M. Brag.

— Ma chère Blanche, s'écria Mme Dallington, vous arrivez précisément à temps pour me complimenter sur ma conquête. J'ai reçu une offre de mariage !

— Quoi ! dit Blanche, de sir Charles ?

— Non, répondit sa sœur, d'un ton qui dénotait assez toute l'envie qu'elle en aurait eue : — Je pense qu'il ne vous sera pas difficile de deviner, puisque vous connaissez l'original.

— Les destins nous sont propices, dit Blanche, moi aussi, j'ai été assez heureuse pour mériter les hommages d'un amant, qui déclare que le bonheur de sa vie et le prix qu'il attachera à sa propre existence dépendront entièrement de ma réponse.

— En vérité ! s'écria de nouveau Mme Dallington, mais mon adorateur emploie exactement le même langage. Oui ! — lisez : — le bonheur de ma vie et le prix attaché à mon existence dépendront de votre réponse.

— C'est curieux, dit Blanche, puis-je vous demander quel peut être ce tendre cygne ?

— Devinez, dit Mme Dallington.

— Je ne puis, répondit sa sœur.

— Comment ! vous ne devinez pas ? notre charmant petit ami Brag ! dit Mme Dallington. J'étais bien sûre que notre connaissance finirait par là : je suis étonnée que cela ne vous ait pas frappée.

— C'est qu'en vérité, répondit Blanche, la raison pour laquelle mes soupçons n'ont pas pris cette direction est assez bonne ; il m'a adressé la même proposition.

— Quand l'avez-vous reçue ? demanda la veuve.

— Hier, répliqua Blanche, elle m'a été envoyée à la campagne.

— Je suppose alors que c'est une circulaire, dit la veuve.

— Non, non, dit Blanche, la mienne est l'original, la vôtre n'est que la copie.

— Que peut vouloir cet homme ? pensa Mme Dallington. Croit-il donc posséder tellement l'art de fasciner, que, semblable au serpent à sonnettes, il n'ait qu'à nous regarder pour nous faire tomber dans sa bouche ? Encore s'il n'eût fixé son choix que sur moi...

— Ah ! interrompit miss Englefield, c'est exactement cela, s'il eût concentré sur vous seule toutes ses attentions, le cas eût été différent, et comme c'est...

— Non, non, interrompit à son tour la veuve, ne vous méprenez pas sur le sens de mes paroles, ma chère Blanche. Je vous assure que je ne suis ni envieuse, ni jalouse, et que je vous fais bien volontiers le sacrifice de sa galanterie et de ses affections ; — seulement permettez-moi de vous faire observer que c'est moi qui l'ai poussé à former le projet qu'il vient de mettre à exécution, en profitant de votre absence pour le décider à risquer une déclaration.

— Et dans quel but ? demanda Blanche.

— L'homme, répondit la veuve, est une bête d'imitation ; or, chacun sait quelle peut être la force de l'exemple.

— Mais voudriez-vous donc que la personne que vous estimeriez imitât M. Brag ? demanda Blanche.

— Quant à celui auquel vous faites sans doute allusion en ce moment, je dis oui, répondit la veuve. Il me semble, Blanche, que notre existence est pleine d'ennuis et de contrariétés ; la vôtre, parce que vous n'encouragez pas assez votre amant avoué ; la mienne, parce que l'homme qui a su gagner mon affection, je ne rougis pas d'en faire l'aveu, ne veut pas se déclarer. Une idée m'a frappée : j'ai pensé que je pourrais faire tourner à notre profit la merveilleuse assurance de notre petit ami, et rappeler ainsi nos deux Messieurs au sentiment vrai de leur devoir, en excitant sir Charles à se décider, et Rushton à devenir plus calme, et par conséquent plus convenable.

— Je confesse, dit Blanche, que je ne comprends pas très-exactement le système à l'aide duquel vous comptez atteindre ce but si désirable.

— Acceptons chacune le petit homme, dit la veuve ; la fausseté naturelle de sa position devra infailliblement mettre à découvert, non-seulement ses projets, mais encore, et voilà ce qu'il y aura de plus piquant, donner la mesure de ses orgueilleuses et plaisantes conceptions. Ce résultat, qui aura lieu sans nul doute, n'est cependant qu'un objet secondaire à mes yeux. La connaissance du fait fera voir à nos capricieux amants qu'il existe des hommes qui, au lieu d'hésiter à faire la demande d'une femme, sont tout disposés à en rechercher deux en même temps ; et de plus, ma chère Blanche, la certitude que nous sommes chaque jour exposées à de pareilles tentatives, provoquera nos étranges amis à entreprendre quelque démarche décisive. Vous devez accepter Brag.

— Moi ! s'écria Blanche, accepter l'antidote de tout ce qui peut avoir quelque analogie avec une affection quelconque !

— Pourquoi pas, ma chère ? dit Mme Dallington, je vous assure qu'il est fort gentil, le petit homme ; il frise ses moustaches, il porte des bagues et une chaîne, il fume le cigare, il monte des chevaux de course, et il vit avec lord Tom Towzle. Que vous faut-il donc? vous devez l'accepter.

— Jamais ! s'écria Blanche.

— Il le faut, ma chère fille, répliqua Mme Dallington, et j'en ferai autant ; — oui, à nous deux. — Il est vraiment trop joli pour être monopolisé par une seule de nous. Il faut lui écrire.

Un billet doux, sans doute ? demanda Blanche.

— Exactement, dit Mme Dallington. Devenons amoureuses folles du tigre de lord Tom : vous verrez alors à quel point Rushton se montrera odieusement jaloux, et sir Charles... Oh ! n'importe, — écrivez, écrivez, écrivez ! C'est moi qui dicterai.

— Ecrire quoi, ma chère sœur? demanda miss Englefield.

— Une acceptation polie de ses offres, dit Mme Dallington, conçue en termes humbles, comme pourrait la faire toute jeune fille aux prétentions modestes.

— Je vous suis bien obligée, dit Blanche, mais réellement...

— Réellement, interrompit Mme Dallington, vous me permettrez d'être le meilleur juge de ce qui peut convenir à ma cadette ; ainsi, asseyez-vous pour écrire ; — je vais dicter.

— Mais que dira le monde? dit Blanche.

— Quel monde, ma chère? répondit Mme Dallington ; — le monde de M. Brag — ou bien le monde en général ? Ce que le premier pourra dire, ne signifiera rien pour nous ; et, quant à ce que nous jugerons convenable de faire, ça ne signifiera pas plus pour l'autre. Croyez-moi, soyez persuadée que je ne vous compromettrai pas, quelles que puissent être mes intentions à l'égard de votre épouvantail d'amoureux.

— Mon amoureux ! s'écria Blanche, devenant toute cramoisie à cette seule idée. — Dites donc le vôtre aussi.

— Le nôtre, dit la veuve. Voyons, asseyez-vous ; et, croyez-moi, il y a quelquefois de la charité à être cruelle ; ainsi, écrivez.

Blanche, sans pouvoir, en quelque sorte, opposer la moindre résistance, se plaça devant cette même table où M. Brag avait trouvé Mme Dallington établie la veille, et ayant machinalement disposé tout ce qu'il lui fallait pour écrire, elle regarda sa sœur avec un air qui semblait exprimer qu'ignorant ce qu'elle allait dire, elle attendait les paroles qu'elle devait coucher sur le papier. — Etes-vous prête à commencer? dit la veuve.

— Oui, répondit Blanche, toute prête à suivre respectueusement vos instructions.

— Maintenant donc, dit Mme Dallington, écrivez : — Je sais à peine comment répondre à votre flatteuse lettre...

— Je suis bien sûre que je vais m'en acquitter tout de travers, dit Blanche en écrivant.

— J'ai depuis longtemps lutté...

— Depuis longtemps lutté! répéta Blanche, et contre quoi?

— Continuez, dit Mme Dallington, — contre mes sentiments, — mais la manière dont M. Rushton, que vous avez vu souvent ici, se conduit envers moi...

— Que voulez-vous me faire dire, ma sœur? demanda Blanche, en hésitant. — Vous seule le savez, — je l'aime, et...

— N'importe! dit la veuve, allez toujours ; — sa conduite envers moi est telle, que je ne puis supporter ses procédés plus longtemps.

— Ma chère sœur, dit Blanche, vous vous moquez de moi; voulez-vous donc que je me compromette?

— Pourquoi pensez-vous cela, ma chère? répondit Mme Dallington ; ne m'avez-vous pas dit cent fois qu'il vous tourmentait à la mort?

— Oui, dit Blanche; mais ce que je dis à vous, et ce que j'écris à cet homme!...

— Eh bien donc! reprit la veuve, au lieu de *il me tourmente*, mettez : *il me vexe*...

— Ça vaut mieux, dit Blanche, en continuant d'écrire.

... à ce point, poursuivit Mme Dallington, que tout homme sur la terre serait préférable à mes yeux.

— Non, dit Blanche, en secouant la tête avec une animation particulière, et jetant sa plume de côté ; quant à cela, je ne l'écrirai jamais!

— Quel enfantillage! reprit Mme Dallington ; — nous ne faisons, ma chère sœur, que tendre un piége à un sot, et...

— N'importe! répondit Blanche.

— N'importe! sans doute, dit la veuve. Ecrivez donc, — allons! — continuez, — ce sera mon tour tout à l'heure. Dites-lui que vous espérez qu'il viendra ce soir ; — de mon côté, je lui adresserai une réponse également tendre, et je lui donnerai également un rendez-vous. Que signifie ce que l'on peut écrire à un pareil homme, et dans une circonstance comme celle-ci ?

— Mais, ma chère amie, dit Blanche, quelle opinion se formera-t-il de nous, s'il pense que nous sommes toutes deux amoureuses de lui ?

— Il est parfaitement clair que c'est déjà ce qu'il pense, répondit Mme Dallington ; or donc, ceci ne changera rien à l'affaire. — Voyons, — faites-moi place, — laissez-moi écrire : tout ce qu'il vous reste à faire maintenant, c'est d'attendre le résultat de notre invitation et d'être froide comme glace devant Rushton la première fois que vous le verrez. Croyez-moi, petite innocente, de l'amusement, et, si je ne me trompe, des maris, voilà ce que nous vaudra l'exécution de ce projet qui, je le dirai avec modestie, est admirable dans ce sens qu'il mystifiera trois hommes à la fois ; — et — ce qu'il y a de plus merveilleux, — pour leur plus grand bien à tous.

— Je crois que vous trouvez du plaisir à tourmenter, dit Blanche, qui était occupée à cacheter son billet, pendant que sa sœur écrivait rapidement le sien dans ce style élégant et inintelligible qui caractérise généralement la correspondance des dames, lorsque, à leur surprise et à leur grande confusion, la porte du boudoir s'ouvrit, et elles entendirent annoncer sir Charles Lydiard et M. Rushton.

— Cachez votre lettre, dit Blanche.

— Moi ! dit Mme Dallington, assez haut pour être entendue de sir Charles, comptez sur ma fidélité.

— Par Jupiter ! murmura tout bas Rushton à l'oreille de Lydiard, elles étaient occupées à écrire des lettres, et elles cherchent à les cacher !

— C'est ce que j'ai remarqué, répondit froidement sir Charles.

— Pardon, Mesdames, dit Rushton, en s'avançant vers Blanche, mais il paraît que vous êtes très-sérieusement occupées, et peut-être y a-t-il de l'indiscrétion à vous déranger ?

Blanche s'inclina avec quelque trouble, et acheva de cacheter sa lettre.

— Qu'avez-vous donc, sir Charles ? demanda Mme Dallington, vous n'avez pas l'air d'être dans votre assiette ordinaire, vous paraissez tout abattu !

— Vous vous trompez, Madame, je ne suis ni dans l'une ni dans l'autre de ces deux situations, répondit Lydiard ; seulement je me demandais si je ne ferais pas bien de ne pas vous troubler au milieu de vos occupations épistolaires.

— C'est parfaitement juste, sir Charles, dit Mᵐᵉ Dallington. Lorsqu'on porte la discrétion jusqu'à ne pas chercher à pénétrer dans les affaires de ses voisins, cela prouve un grand calme d'esprit.

— Miss Englefield, dit Rushton, paraît partager la même opinion. Je confesse que je ne suis pas d'un caractère à supporter de pareilles choses ; et les billets pliés comme ceux que j'aperçois, je les ai en horreur, lorsqu'ils ne me sont pas adressés à moi-même.

— Sur ma parole, dit Lydiard, ce doit être un sujet très-intéressant. Je crois ne vous avoir jamais vue aussi animée qu'en écrivant ce billet ; et je crains d'avoir été cause que vous l'ayez terminé si brusquement.

Pendant ce dialogue, Rushton cherchait à entraîner Blanche dans une conversation relative à ce qu'elle écrivait, mais elle évita de répondre à ses questions, et, soutenue dans le plan qu'elle avait adopté par la conduite de sa sœur envers sir Charles, elle tempéra si complètement le caractère ardent de son pétulent amoureux, qu'il traversa la chambre et alla se jeter sur le sopha.

Mᵐᵉ Dallington, après avoir cacheté sa lettre, tira le cordon de la sonnette, et ordonna au domestique de la porter immédiatement à son adresse.

— Maintenant, dit sir Charles, je vous ai devinée ; vous vouliez m'éprouver, et, après tout, ce billet doit m'être destiné.

— Comme vous vous fiez peu à moi, sir Charles, répondit Mᵐᵉ Dallington, je vous laisserai le soin de découvrir la vérité.

— Je suis certain, reprit le baronnet avec un degré d'animation qui ne lui était pas habituel, que ce ne peut être pour un autre que pour moi, et je vais retourner à mon hôtel pour le recevoir.

— Allez, dit la veuve, et faites moi grâce de vos soupçons.

Après ces paroles, prononcées d'un air extrêmement piqué, la dame quitta l'appartement par une porte, pendant que sir Charles, convaincu qu'elle venait de prendre une détermination à son égard, sortit par la porte opposée, laissant les deux amants en tête-à-tête. Au moment où sa sœur se retirait, Blanche se leva pour la suivre.

— Blanche, dit Rushton, restez un moment, je vous en prie.

— Non, monsieur Rushton, dit miss Englefield, je suis trop fâchée contre vous pour rester.

— Assurément, dit Rushton, vous ne pouvez être indisposée contre moi à cause de ma jalousie, — une jalousie qui ne provient que d'un excès d'amour.

— Aucun homme, répondit Blanche, ne peut avoir une affection réelle pour celle dont il met constamment en doute la sincérité. J'ai pardonné vingt fois ces accès de folie, et, toujours, avec le désir et l'espoir que le temps vous démontrerait votre erreur ; mais non,— chaque réconciliation a toujours été, dix minutes après, suivie d'une nouvelle querelle.

— Rappelez-vous, Blanche, dit Rushton, les événements de ce jour qui a précédé votre départ de Londres. — Vous étiez-là, — l'admiration de tous, — parlant avec bonté et amabilité à chaque personne, excepté moi, dont vous ne paraissiez même pas remarquer la présence.

— J'en conviens, monsieur, reprit Blanche, mais si j'ai été froide ou même de mauvaise humeur, vous ne devriez pas en être si grandement surpris, pour peu que vous vouliez bien vous rappeler de quel ton vous m'avez parlé pour m'être assise auprès de M. Brag, la dernière fois qu'il est venu ici, et pour l'avoir écouté raconter quelques-unes de ses folies ou de ses aventures.

— Par le ciel ! s'écria Rushton, combien je hais cet individu, — et son assurance et sa vanité ! mais c'est votre faute et celle de votre sœur. Le soir qu'il chuchotait à vos oreilles ses diaboliques non-sens, dont vous paraissiez vous amuser beaucoup, je perdais, de mon côté, mon argent à l'écarté avec lady Reybrook, par suite du trouble et de l'affliction où me jetait votre conduite, et vous ne faisiez que rire de ma sottise et de mon agitation.

— C'est vrai, dit Blanche, mais je n'étais pas la seule à rire.

— Non, non, effectivement, dit Rushton, et je sais qu'il existe certaines trempes de caractères qui supportent facilement ce genre d'irritation, — mais je confesse qu'il n'en est pas ainsi du mien. Je demande peut-être trop ; probablement je suis romanesque ; mais je dis et je répéterai que, quelque aimable que je puisse souhaiter ma femme, je ne désire pas précisément qu'elle se montre toujours également agréable et grâcieuse pour tout le monde.

— Réellement, M. Rushton, dit Blanche, ces idées sont injustifiables et ne peuvent être tolérées. J'avoue qu'il m'en coûterait de rompre des relations qui, lorsque vous êtes raisonnable, me rendent heureuse ; mais une pareille conduite mérite assurément la perte de mon estime. Je ne puis sourire ou soupirer, marcher ou m'asseoir, parler ou me taire, entrer ou sortir, que vous n'attribuiez quelque motif blâmable à mes actions. M'apporte-t-on une lettre, — sans nul doute elle est d'un rival ; si je danse avec quelqu'un, vous êtes ou fâché, ou bien au désespoir ; suis-je polie pour M. Brag, reçu chez ma sœur, aussitôt je vous vois, ne sachant plus ce que vous faites, réduire mon éventail en poussière pour vous venger. Oh ! M. Rushton, M. Rushton, une pareille conduite chez un amant n'est que le prélude de la tyrannie d'un mari.

— Tyrannie ! dit Rushton, redevenu soudainement doux et soumis. — Pouvez-vous, Blanche, employer un pareil mot ?

— Je crains, continua Blanche, que nos cœurs ne soient pas faits l'un pour l'autre : nous ferions mieux d'être d'accord sur un point, — de nous quitter.

— Voilà donc le mot lâché ! s'écria Rushton, voilà la vérité qui se fait jour. Vous venez de vous prononcer ; c'est de la haine ; — vous me repoussez loin de vous. Je savais que vous aviez formé un nouvel attachement. Oui, oui, — nous nous quitterons, miss Englefield. Il existe une femme dans le monde, Dieu merci, qui a de moi une meilleure opinion que vous : dans la bonté de son cœur je pourrai trouver un soulagement à mes peines.

— Oh ! dit Blanche, je connais parfaitement le nom de cette dame ; allez, monsieur, — laissez-moi ; et que ce soit aujourd'hui notre dernière entrevue.

Blanche prononça ces paroles avec tant de fermeté, qu'elle commença à craindre que Rushton ne la prit au mot ; et la réponse de Rushton ne fut pas de nature à la rassurer.

— Soit ! dit-il, je surmonterai ce sentiment, — je saurai mieux placer mon amour. Mais, madame, j'insiste sur un point, — dites-moi quel est l'homme qui m'a supplanté dans votre affection.

— Pourquoi le ferais-je ? dit Blanche en souriant.

— Pourquoi ? s'écria Rushton, — parce qu'il aura, pour le moins, joué sa vie sur une carte. Nommez-le moi, je vous le demande : dites-moi où je pourrai le trouver, et si...

— M. Rushton, dit Blanche, je vous souhaite le bonjour. Lorsque vous aurez recouvré la raison et que vous pourrez vous conduire plus décemment, je vous expliquerai ma conduite. Dans l'état d'exaltation où vous êtes, je dois vous quitter.

Après ces paroles, la belle créature sortit de l'appartement, laissant cette victime furieuse de l'amour et de la jalousie, livrée à l'agonie du désespoir.

A peine avait-elle disparu que Rushton se leva furieux. Dans la lutte des passions qui l'agitaient, sa rage avait atteint son plus haut paroxisme ; il s'empara brusquement de son chapeau, s'élança dans l'escalier et quitta la maison, en jurant, de manière à se faire entendre, qu'il n'y remettrait jamais les pieds.

Il était évident que le projet de ces dames avait réussi au point de mettre en fermentation la masse des affections et des sentiments des deux gentlemen ; car, pendant que cette scène se passait chez la veuve, sir Charles Lydiard, de son côté, s'était rendu à son hôtel, où il n'avait trouvé aucun billet de la dame ; arrivé chez lui, il attendit beaucoup plus de temps qu'il n'en fallait au domestique de sa belle pour remplir la commission qu'elle lui avait donnée. Alors, la tête toute bouleversée, il monta à cheval et se dirigea vers la campagne, bien décidé à rompre, dès le lendemain, avec la coquette consommée qui, ainsi qu'il l'avait soupçonné de longue date, n'avait eu d'autre but que de se jouer de lui pour son propre amusement. Dans cette conjoncture critique, nous devons les quitter, autant pour introduire le lecteur auprès de nouveaux visages, que pour lui donner des nouvelles de la pauvre mère convalescente, de sa dévouée fille et de notre philanthrope médecin.

Ce digne homme avait continué à prodiguer les attentions les plus délicates à la veuve Brown et à sa fille; ses visites devinrent régulières chaque jour; et la satisfaction qu'il éprouvait de voir l'une revenir à la santé, et l'autre à l'espérance, n'échappa pas à l'observation de ces deux dames. La sollicitude qu'il témoignait pour leur bien-être, le plaisir qu'il éprouvait à leur ménager des petites surprises, en leur faisant faire des excursions dans le voisinage de leur nouvelle résidence, afin, disait-il, de compléter le rétablissement de la malade, étaient la preuve d'un sentiment qu'il ne cherchait plus à dissimuler. En un mot, Mead ne paraissait, en aucune manière, disposé à déguiser la nature de ses intentions auprès de ses nouvelles connaissances. Il était de toute évidence qu'il avait conçu un attachement qui, d'après son caractère personnel et ses principes, promettait d'être durable.

Mead avait observé attentivement la conduite d'Anne pendant la maladie de sa mère; il avait été témoin des tortures de son cœur; et il en avait conclu qu'elle possédait toutes les qualités désirables dans une femme. Ses relations avec elle avaient commencé dans des circonstances qui excitaient chez lui une sympathie profonde pour tout ce qui pouvait intéresser son avenir et son bonheur. Mead était un de ces hommes modestes et sans ambition qui, dans le cours d'un siècle, atteignent à une situation éminente sans avoir eu recours à une présomptueuse assurance, et sans avoir été poussé par la faveur ou le népotisme. Les succès ne l'avaient pas gâté; et, tout en s'élevant au premier rang dans sa profession, il était resté aimable, affectueux et sans prétention, comme au temps où il gravissait laborieusement les degrés qui devaient le conduire à la renommée.

Ce n'était pas que le docteur Mead fût disposé à nourrir ces préventions défavorables aux classes élevées, que les continuels efforts des classes inférieures cherchent à propager; mais il sentait qu'il était d'une absolue nécessité qu'il se rencontrât une espèce d'égalité de condition entre les parties contractantes, pour assurer le bonheur dans le mariage. L' fille d'un négociant, quoique privée de fortune, ne lui paraissait pas devoir constituer une infériorité ou une supériorité telle, entre elle et le fils d'un curé de campagne, qu'elle pût rendre sérieuse l'inégalité de leur position, si, toutefois, elle existait : en outre, il se persuadait qu'il avait reconnu chez Anne des qualités et des sentiments faits pour adoucir les misères d'ici-bas, et capables d'embellir l'existence de son partner dans la vie. Il n'y avait rien de romanesque ou de passionné dans cette manière de voir : et ce genre d'amour aurait été fort peu du goût d'une jeune fille à imagination exaltée. — C'était le résultat de l'estime, fondée sur la conviction ; le cours de cette affaire fut si peu marqué par ces agitations violentes auxquelles étaient continuellement exposés deux êtres du caractère de miss Englefield et de M. Rushton, que, lorsque le docteur fit sa demande, elle parut n'être que la conséquence naturelle de leurs rapports journaliers ; et le consentement d'Anne, sanctionné avec bonheur par sa mère, fut donné par cette aimable fille avec autant de calme et de tranquillité que si ce n'eût pas été pour elle l'événement le plus décisif de sa vie, et celui qu'elle devait considérer comme le plus heureux qui lui fût encore arrivé.

Il se peut que, chez elle, ce calme et cette ignorance apparente de l'importance prodigieuse du mariage au point de vue humain, provinssent, jusqu'à un certain degré, du souvenir qui ne s'efface jamais de la mémoire d'une femme, — le souvenir de son premier amour. Tout indigne que John se fût montré, peut-être conservait-il encore quelque place dans la pensée de celle qu'il avait trahie, et dont, sans pitié, et avec la plus cruelle indifférence, il n'avait pas hésité à briser le cœur ; — aussi, quoique Mead parût satisfait de la conduite d'Anne dans cette circonstance, les effets que les réminiscences du passé avaient pu produire sur l'esprit de la jeune fille, ne furent-ils en aucune façon goûtés par la mère, dont la reconnaissance envers Dieu pour tous les événements qui venaient d'avoir lieu était sans bornes.

Il existait encore un point à éclaircir, et auquel Anne ne pouvait se décider à faire allusion qu'avec beaucoup de défiance et une extrême difficulté ; je veux parler de la position de son frère Georges dans la société, et de son alliance avec le misérable rival du docteur. Ce sujet, intimement lié, comme il l'était, au renouvellement probable de ses relations avec Brag, lorsque Brown serait de retour en Angleterre, et la conscience qu'elle avait de s'être compromise en lui faisant l'aveu de son attachement, formaient deux circonstances qui pesaient d'une manière pénible sur son esprit, et elle voyait la brillante perspective qui s'ouvrait devant elle se charger de nuages que, semblable aux professeurs de Nauscopie (1), fort rares aujourd'hui, elle pouvait apercevoir à une immense distance, avant qu'ils fussent visibles à l'œil nu. Cette fausse situation la plongeait dans de cruelles appréhensions qu'elle ne pouvait combattre, et qui s'emparent de l'esprit et du cœur par une longue anticipation des maux qui nous attendent, quoique dans un avenir encore éloigné, mais qu'il nous semble ne pouvoir éviter.

Nous avons tous éprouvé que les chagrins les plus sérieux, ou les discussions les plus pénibles qu'il nous a fallu supporter, ont souvent tourné, au moment de l'épreuve, d'une manière moins sérieuse et moins pénible que nous ne l'avions imaginé ; or, d'après ce principe, Anne désirait ardemment que le dénoûment, qu'elle n'envisageait qu'avec crainte et anxiété, ne se fît pas longtemps attendre. Sa mère à qui elle voulait faire partager ses inquiétudes au sujet de la découverte, par son futur mari, du rang de son frère dans l'armée, l'assura qu'il n'y avait rien de semblable à appréhender ; que l'homme qui avait choisi pour épouse la fille d'une pauvre femme dans la détresse, ne romprait pas ses engagements avec elle, parce que son frère avait été obligé d'entrer dans l'armée, même avec le grade le plus humble.

Mme Brown était une femme de bon sens, mais quels que fussent le caractère et les dispositions de Mead, il y a, au point de vue du fait, et dans les limites de l'appréciation que peut en faire la société, une grande différence à établir entre les sentiments divers de l'homme dans ses rapports avec les membres des deux sexes de la même famille : ainsi, une jolie

(1) *Nauscopie*, art de découvrir en mer les vaisseaux à d'immenses distances ; à l'aide de l'instrument appelé *Nauscope*, on découvre à 200 lieues. (*Le traducteur.*)

modiste et une sémillante actrice sont des compagnes de fantaisie fort agréables, et il n'y a pas d'homme qui hésitât à conduire l'une ou l'autre, à la face du soleil, dans une des guinguettes qui avoisinent la capitale, afin d'y goûter ensemble les jouissances d'une promenade à Richmond, ou d'un dîner de poissons à Greenwich ; tandis qu'il serait assez difficile d'engager le même cavalier à emmener avec lui, dans un des délicieux Elysées des cockneys de Londres, Jack Twigg, le frère de celle-ci, — ou bien Bil Bot, le vieux tapageur, père de celle-là. Le docteur était tout ce qu'on peut se figurer d'aimable et de bon; mais le fait du silence gardé sur la nature réelle du service de Georges, avec le soin particulier, qui ne lui avait pas échappé, d'éviter tout sujet de conversation à cet égard, pouvait naturellement lui faire éprouver quelque répugnance à accepter pour beau-frère un simple sergent d'infanterie.

Le lecteur est destiné à apprendre bientôt comment le hasard fit connaître à Mead tous les détails de ces faits, et quel fut le résultat de cette découverte sur les événements qui vont suivre : mais, comme ils forment les traits culminants et caractéristiques de notre petite histoire, il est juste de leur consacrer un chapitre particulier.

CHAPITRE VIII.

Quelques jours s'étaient à peine écoulés depuis les arrangements définitifs du mariage d'Anne, lorsque les inquiétudes dont elle était tourmentée pour n'avoir pas raconté explicitement à son futur l'histoire de son frère, furent dissipées d'une façon aussi inattendue qu'inespérée par elle.

Il était nuit lorsque le docteur vint faire une visite au Tusculum ; sa physionomie paraissait évidemment plus animée que de coutume; il semblait être impatient de faire une communication quelconque, mais plus désireux encore de prendre des ménagements convenables pour ne pas causer une trop vive émotion à ses amies ; enfin, pour employer une locution familière , il donnait à entendre qu'il avait *quelque chose à dire*, mais qu'il ne savait par où commencer.

La difficulté qu'il éprouvait provenait de deux sources différentes : la première cause de son embarras était la certitude que ce qu'il allait raconter ne manquerait pas, en dépit de ses précautions oratoires, d'éveiller dans l'esprit des personnes composant son auditoire, une combinaison de sentiments dont il redoutait l'effet sur la constitution de la plus âgée ; et l'autre considération prenait son origine dans cette pensée qu'il allait s'avouer parfaitement au courant de toutes les particularités qui concernaient un des membres de la famille à laquelle il était sur le point de s'allier, quoique son nom eût été à peine prononcé devant lui, et qu'on eût même paru vouloir éviter d'aborder la partie historique qui lui était personnelle.

— J'ai des nouvelles pour vous, Mesdames, dit Mead, après avoir parlé de choses indifférentes ; — nouvelles qui vous surprendront ; mais je n'ajouterai pas un mot avant que vous m'ayez promis de m'entendre avec calme, pendant que je vous ferai mon récit.

— Des nouvelles pour nous ! dit Mᵐᵉ Brown.

— Et qui viennent de loin, répondit le docteur.

Le sang monta aux joues d'Anne. Elle demeura convaincue que les seules nouvelles venant de loin, ne pouvaient concerner que son frère, — dont Mead avait entendu parler, — de ce frère dont elle avait évité de faire connaître la position dans la société. — Il savait donc tout — et non par elle ! Elle se sentit alors humiliée et couverte de confusion ; et elle frémit à l'idée d'avoir pu, par un sentiment d'amour-propre mal compris, et inexplicable dans un caractère comme le sien, — d'avoir pu laisser au hazard le développement de tous les détails relatifs à sa famille. Le hazard seul s'était donc chargé d'en instruire Mead, et de le mettre en possession de ces diverses particularités. Aussi, le résultat inévitable de cette découverte devait-il être, selon Anne, de la faire passer dans l'esprit de Mead pour une jeune fille qui, avec toutes ses bonnes qualités, n'était pas d'une sincérité à l'abri de tout reproche. Mais il arriva que les circonstances de cet événement furent de nature à ne pas donner une pareille couleur à sa conduite, et, qu'au contraire, elles contribuèrent à exciter l'admiration du docteur pour la mère et la fille, en raison de la méfiance et de la modestie qu'elles avaient montrées, en hésitant à parler plus longuement d'un fils et d'un frère aussi recommandable.

— Ces nouvelles sont de votre fils, dit Mead. — On attend son arrivée d'un instant à l'autre.

— Je me doutais qu'il devait être question du pauvre Georges ! s'écria Anne.

— Dieu merci ! ajouta Mᵐᵉ Brown, il est donc encore de ce monde ! trois années se sont écoulées depuis sa dernière lettre.

— Georges, cher Georges ! dit Anne, — mais sa joie était encore couverte de nuages, par le sentiment de sa propre condamnation.

— Quand, mon cher docteur, demanda la mère, pouvons-nous espérer de le revoir ? et comment avez-vous entendu parler de lui ?

— Promettez-moi toutes deux, répondit Mead, d'écouter avec calme ce que j'ai à vous raconter, et je vous le dirai. Vous n'avez aucun sujet d'inquiétude, les nouvelles que je vais vous communiquer sont bonnes — excellentes ! maintenant du calme, — pas d'agitation. — Il est en Angleterre !

Un torrent de pleurs s'échappa des yeux de la mère et de la fille, en apprenant cette nouvelle ; et je ne répondrais pas que les yeux du narrateur lui-même fussent entièrement secs.

— Béni soit le Ciel ! dit en sanglotant Mᵐᵉ Brown. Je reverrai mon enfant, mon cher enfant, encore une fois !

Anne était muette, sans mouvement, et fondait en larmes.

— Et, qui plus est, continua Mead, je l'ai vu, — j'ai conversé avec lui, — et je suis parvenu à lui faire comprendre combien il était important qu'il modérât son impatience, et à le détourner de venir avec moi ; — demain vous le presserez dans vos bras.

Le bonheur d'Anne eût été aussi complet que celui de sa

9

mère, sans le reproche qu'elle croyait avoir à se faire ; elle aurait donné le monde entier pour en savoir davantage sur son compte, — sur sa femme, — sur ses affaires ; mais elle avait la langue liée.

— Se porte-t-il bien ? demanda la mère, et sa femme est-elle avec lui ?

— Elle l'accompagne, dit Mead, et je l'ai vue également.

Une nouvelle angoisse pénétra dans le cœur d'Anne : cette femme était la sœur de l'homme auquel elle avait été fiancée elle-même ! La mère et la fille échangèrent un regard ; — il était plein d'expression, mais incompréhensible pour Mead.

— Je présume qu'elle doit être bien changée, dit Mme Brown, mais il vous serait difficile de pouvoir le juger, ne l'ayant pas connue avant son départ.

— C'est une délicieuse créature, répondit Mead, et, remarquant un changement soudain dans la contenance d'Anne, il ajouta : — sans qu'elle doive pour cela exciter la jalousie de personne.

Anne rougit : elle se sentait sur un sol miné, en pensant que la chose la plus naturelle qu'eût pu faire Georges, après avoir trouvé le docteur, avait été de lui parler du frère de sa femme ; et elle commença à se tourmenter à l'idée que toute l'histoire de l'affaire Brag avait dû être déroulée devant son futur, et que celui-ci cherchait alors quelques détours pour aborder le récit des détails qui allaient mettre fin à leur intimité.

— Je n'ai jamais vu une expression de physionomie plus agréable, continua Mead, ses manières sont d'une rare distinction : et rien dans le fait, si ce n'est un commerce constant avec la meilleure société, ne peut donner cette aisance et cette grâce qui lui sont inhérentes, et dont le plus grand charme est l'absence totale de tout effort ou d'affectation quelconque.

Anne entendit et ne put s'empêcher de répéter silencieusement ces paroles, *commerce constant avec la meilleure société*, et aussitôt sa pensée, prompte comme l'éclair, passa en revue l'arrière-boutique, les chandelles pendues en guise d'enseigne, le vieux Brag défunt et sa veuve encore vivante. Le résultat de ces rapides réminiscences fut que Mead voulait procéder avec une certaine ironie, entièrement opposée à son caractère naturellement bon et aimable, afin d'abandonner tous ses projets d'alliance, indigné qu'il était d'avoir été pris pour dupe, et dégoûté de la liaison qu'il venait de former depuis si peu de temps.

— Effectivement, dit Mᵐᵉ Brown, — et Anne aurait donné des mondes pour l'empêcher de parler, — elle fut toujours une fille vive et spirituelle ; aussi, n'ai-je pas de peine à croire qu'elle a dû gagner beaucoup.

— D'après quelques dessins que j'ai vus d'elle, ajouta Mead, et qui consistent en points de vues de différentes parties de l'Inde, ils dénotent un talent de premier ordre ; et, au dire de votre fils, elle s'est considérablement perfectionnée pendant son séjour en Italie, où les arts sont généralement cultivés avec intelligence : son père, a-t-il ajouté, lui était tout dévoué, et, d'après le désir que lui en avait témoigné sa fille, il consentit à rester trois années sur le continent, avant l'époque où il reçut sa nomination.

Elles ne savaient trop à quelle idée s'arrêter. De deux choses l'une : le docteur Mead était atteint subitement d'un accès de folie, ou bien leur cher Georges avait gagné l'infection de la famille Brag, et en avait imposé au docteur de la plus indigne manière.

— Je n'ai jamais entendu dire que ma belle-fille eût été sur le continent, fit observer Mᵐᵉ Brown.

— Elle n'a jamais pu y aller, ajouta Anne.

— Tout ce que je sais, dit Mead, c'est qu'un gentleman a fait demander à me voir aujourd'hui vers une heure. Il avait envoyé sa carte, et en lisant le nom, je fus frappé de l'idée que ce devait être votre Georges, dont je vous avais entendu parler par hasard. J'avais remarqué que cela vous arrivait rarement, et, comme il y a des secrets dans toutes les familles, je craignais, quoique vous n'ayez jamais rien laissé supposer, qu'il n'existât entre vous quelque désaccord, dont je ne devais nullement me mêler ; toutefois, la ressemblance du nom me fortifia dans l'opinion que ce devait être lui. Je le reçus de suite, de préférence aux malades qui attendaient. Il me dit qu'aussitôt arrivé à Londres avec sa femme, il s'était rendu à Walworth, où on l'adressa à moi, comme pouvant lui donner sur vous tous les renseignements possibles. Notre conversation devint de plus en plus intéressante ; et, je le dirai avec orgueil, il parut agréablement surpris en apprenant la nature de mes engagements avec ma chère Anne, et il insista pour m'accompagner, afin de venir vous serrer dans ses bras. Je le lui ai positivement refusé, et alors il m'a fait promettre, en manière de compensation, d'aller le trouver, aussitôt que je serais débarrassé de mes occupations, à l'hôtel Mivart, où il avait retenu des appartements pour lui et pour sa femme. Je m'y suis rendu, et comme je vous l'ai dit, j'ai été enchanté de l'un et de l'autre.

— Hôtel Mivart (1) ! — pris des appartements ! — encore un regard d'échangé !

— Vous a-t-il dit, demanda Mme Brown, s'il avait des enfants ?

— Un fils, je crois, répondit Mead, mais il sera ici dans la matinée. Je ne suis pas sûr que votre belle-fille l'accompagne ; elle est d'une santé délicate, et le voyage de Falmouth, où ils ont débarqué, ainsi que les quinze jours de mauvais temps qu'ils ont passés dans les auberges du canal, après une longue traversée, ont horriblement fatigué une personne qui, comme elle, a été habituée à toutes les douceurs de la vie.

Encore un coup d'œil entre la mère et la fille, — et un de plus de la part d'Anne, en regardant Mead, pour s'assurer s'il n'y avait pas quelque altération dans son maintien, car tout ce qu'il disait était parfaitement inintelligible pour elle.

— A-t-elle, demanda Anne, particulièrement inquiète de découvrir jusqu'où auraient pu s'étendre les communications de sa belle-sœur, relativement à l'engagement de son frère avec elle-même, a-t-elle dit quelque chose de son frère ?

— Son frère, dit Mead ; non, ma chère Anne ; Georges, votre frère et mon futur beau-frère, je l'espère (Anne rougit encore), m'a dit qu'elle était fille unique.

— Il vous l'a dit ? reprit Mme Brown.

— Fille unique ! reprit Anne ; et elles se trouvèrent toutes deux plus déconcertées que jamais. Anne, cependant, à qui

(1) Le plus somptueux et le plus aristocratique des hôtels de Londres.

la position de son frère redonnait un peu de confiance, s'aventura à demander si Georges avait obtenu quelque avancement depuis qu'elles n'en avaient entendu parler.

— Quant à cette question, répondit Mead, je ne pourrais y répondre d'une manière satisfaisante. Sa carte portait le nom de Brown, écrit à la main. Comme je vous l'ai déjà dit, ma chère Anne, le nom seul était assez pour moi.

Ce petit entretien tendit considérablement à calmer les doutes et les inquiétudes de la pauvre Anne. Quoiqu'il fut arrivé, il était clair que ni Georges, ni Kate n'avaient abordé le sujet de son premier engagement ; aussi, commença-t-elle à prendre courage et à se sentir plus à l'aise qu'elle ne l'avait été pendant la première partie de la conversation.

Le bonheur de Mme Brown, à l'idée de revoir son fils, était un peu tempéré par la mystification qu'accusait le récit de Mead sur sa femme et sur lui ; et il lui tardait de se retirer dans son appartement, afin de s'entretenir de toutes ces circonstances avec sa fille. Sa confiance dans la véracité de Georges lui faisait suspecter l'exactitude des rapports du docteur, et, de plus, elle s'imaginait que ce monsieur Brown, dont on venait de s'entretenir, ne pouvait être qu'un habile chevalier d'industrie qui se proposait d'exploiter le docteur ou quelque autre personne, en se prétendant un des membres de la famille à laquelle ce digne homme était sur le point de s'allier.

Pendant tout le temps que dura ce dialogue, Georges et sa femme furent, comme on peut bien le croire, l'unique sujet dont on s'occupa, sans que les doutes ou les soupçons des dames fussent le moins du monde calmés ou diminués lorsqu'elles entendirent Mead raconter que, pendant sa visite à Brown, il avait vu un des plus fashionnables carrossiers de Londres venir prendre les ordres de Mme Brown, au sujet d'une voiture qu'il allait commencer et qui devait être achevée dans le plus bref délai.

Enfin, le trio se sépara pour la nuit, le docteur enchanté d'avoir trouvé dans son beau-frère un gentleman aussi aimable et aussi distingué, mais étonné, plus que jamais, qu'il eût laissé vivre sa mère et sa sœur dans le triste état où elles végétaient à Walworth, et où, sans l'accident qui avait

conduit Anne près de lui, elles se trouveraient encore aujour-
d'hui, selon toute probabilité, dans la même détresse ; puis,
rapprochant ce fait de l'échange, entre la mère et la fille,
des coups-d'œil qu'il avait enfin remarqués, il pensa qu'il
devait exister dans cette affaire quelque chose de mystérieux
qu'il ne serait pas fâché d'éclaircir.

— Ma chère Anne, dit Mme Brown, en se jetant dans un
des fauteuils de sa chambre à coucher, que peut signifier
tout ceci ? heureuse comme je le suis de l'espoir de revoir
bientôt mon enfant, je me trouve cependant étonnée et con-
fondue de tout ce que Mead nous a dit. Que peut-il être arrivé à Georges pour l'engager à parler et à agir comme il
paraît l'avoir fait ce matin ? »

— Pour moi, répondit miss Brown, je ne puis le comprendre. Mais je suis encore plus surprise de ce qu'il n'a pas
dit à Robert, que de ce qu'il lui a dit. Il peut avoir gagné
de l'argent ; il peut être en état de vivre dans un hôtel coû-
teux ; et il peut, enfin, gratifier Kate d'une voiture : mais il
était naturel de croire que son premier soin aurait été de
s'informer de son beau-frère. Or, il est évident qu'il n'a pas
dit un mot de Jack ; car, s'il l'avait fait, et avant qu'il eût
tout raconté, il est probable — (ici sa voix s'altéra un peu)
que mon nom aurait été également mentionné.

— Ma chère enfant, dit Mme Brown, comment Georges
pourrait-il supporter toutes les dépenses de luxe dont parle
Mead ? en outre, sachant comme nous les connaissons, la
tendresse de son affection et la générosité de son cœur,
pensez-vous qu'ayant acquis une aussi grande fortune que
celle qu'il paraît posséder, il nous aurait oubliées ? Non, non !
soyez-en sûre, il y a en tout ceci quelque erreur. Georges
n'aurait jamais laissé sa mère et sa sœur travailler pour
vivre, s'il avait eu les moyens de les mettre à leur aise.

— Et puis, dit Anne, en analysant tous les détails de la
conversation de Robert avec ce M. Brown, il ne paraît pas
qu'ils renferment un seul mot concernant les affaires de la
famille. M. Brown est venu à Walworth, et il a été adressé à
Robert par Mme Hutchins ; mais, à l'exception d'une simple
information sur l'état de notre santé, on ne voit pas qu'il ait
fait la moindre allusion à rien de ce qui est arrivé, soit

avant, soit après son départ, ou bien pendant son absence. Mon opinion est, comme la vôtre, que c'est quelqu'un qui, dans un but quelconque, a jugé convenable de prendre le nom et la qualité de Georges, quoique, certainement, il soit très-difficile d'établir à ce sujet aucune espèce de conjecture.

— J'aimerais mieux qu'il en fût ainsi, dit Mme Brown, plutôt que d'apprendre que mon fils, autrefois si honorable, et dont le cœur était si haut placé, est descendu aujourd'hui au rôle méprisable d'un homme qui veut en imposer par de pareils mensonges que ceux qu'il paraîtrait avoir débités ; si, toutefois, c'est lui.

— Et puis encore, reprit Anne, dont l'énergie et l'éloquence augmentaient à mesure qu'elle parlait, Kate n'a jamais pu dessiner ; les esquisses qu'elle rapportait de l'école avaient été faites par le professeur : et, quant au continent, elle n'a jamais été même aussi loin que Calais.

— Il me semble, Anne, dit la matrone, que ce n'est qu'un tissu de faussetés depuis le commencement jusqu'à la fin.

Mme Brown et sa fille continuèrent ainsi à formuler leur acte de condamnation, jusqu'à ce que la pendule ayant sonné minuit, elles considérèrent qu'il était temps d'aller se reposer, afin de pouvoir réfléchir encore, chacune de son côté, à toute cette affaire.

La matinée arriva, — le déjeuner fut mangé : — le docteur sortit, comme de coutume, pour se rendre en ville, et les dames commencèrent à compter les minutes jusqu'à ce que Georges, ou la personne qui avait pris son nom, se fît annoncer. Enfin, l'heureux moment approche ; encore quelques minutes, et la vieille dame presse son fils contre son cœur, pendant que la jeune fille enlace ses bras autour du cou de son frère. C'était bien Georges — plus de doute ! et, quoique ses traits eussent durci un peu avec le temps, et que son teint bruni eût subi l'influence du climat, il n'était cependant pas aussi changé qu'elles l'auraient cru.

— Eh bien ! ma chère mère, dit Georges, aussitôt qu'il put se remettre un peu de son émotion, quelle reconnaissance ne devons-nous pas à la Providence ! Quant à Anne, je suis enchanté de son choix : je ne désirais plus que de la voir bien mariée pour être complétement heureux.

— Et comment est votre femme, Georges? demanda sa mère, notre docteur dit qu'elle est d'une santé délicate.

— En effet, je suis peiné de le dire, c'est une pauvre invalide, répondit Georges. J'espère cependant que l'air natal, tout défavorable qu'il soit aux étrangers, pourra la rétablir. Elle aurait bien voulu m'accompagner aujourd'hui, mais elle n'est réellement pas assez forte pour supporter la plus petite excursion.

— Nous avons à peine entendu parler de Brag depuis votre départ, dit Mme Brown, désirant, autant que possible, passer légèrement sur les détails de son infâme conduite, par égard pour les sentiments de son irréprochable sœur.

— Je me réjouis de l'apprendre, répondit Georges, je compte bien n'avoir jamais le malheur de le rencontrer.

— Mais je suppose, dit Anne, qui était toujours disposée à s'interposer comme conciliatrice, que vous le verrez à cause de ma belle-sœur?

— Je n'imagine pas, répliqua Brown, que votre belle-sœur soit jamais obligée de subir sa présence. Au fait, continua-t-il, je pense que, lorsqu'elle sera assez forte, nous irons très-probablement sur le continent; à moins, toutefois, que je ne reste un mois ou deux en Angleterre pour la chasse.

En ce moment les deux dames échangèrent un coup-d'œil du même caractère que ceux de la soirée précédente.

— Il est certain, continua-t-il, que, quels qu'aient pu être les misères ou les malheurs que j'ai éprouvés depuis notre séparation, ma carrière a été l'une des plus extraordinaires et des plus heureuses dont on ait entendu parler. Je ne sais pas en quoi j'ai pu mériter tant de bonheur.

— Quel rang avez-vous aujourd'hui dans l'armée, Georges? demanda sa mère.

— L'armée! dit son fils, mais vous savez que j'ai quitté l'armée.

— Vous l'avez quittée! s'écria la vieille dame, plus convaincue que jamais qu'il y avait quelque chose de louche, d'une manière ou d'une autre. Comment alors pouvez-vous vivre?

— Comment? — mais comme doit vivre tout homme qui a de la fortune, répondit Georges — avec mes revenus.

— Mon cher Georges, dit Anne, de quoi nous parlez-vous là ?

— De rien que vous ne sachiez déjà, répliqua-t-il.

— Nous ne savons rien, mon cher garçon, dit Mme Brown, si ce n'est que vous avez été employé dans les bureaux du secrétaire de sir Cadwallader Adamthwaite.

— Comment donc ! ma chère mère, dit Georges, mais je ne vous ai jamais envoyé des valeurs sans vous mettre au courant de toutes mes affaires.

— Des valeurs ! dit Mme Brown.

— En fait de lettres, mon cher frère, dit Anne, nous n'avons pas reçu une ligne de vous depuis près de trois ans, et, au milieu de nos misères, votre silence a été pour nous la douleur la plus cruelle de toutes.

— Vos misères ! s'écria Georges, — comment est-il possible ? — Trois ans ! — Il y a eu là scélératesse et vol ! car, du moment où ma fortune a changé, je vous ai régulièrement envoyé autant que mes moyens me le permettaient ; et, quoique surpris de ne jamais recevoir de vos nouvelles par l'intermédiaire de l'agent que j'employais pour vous adresser mes lettres, et pour recevoir tout ce que vous voudriez bien confier à ses soins, j'étais persuadé, d'après ses réponses, que votre silence était purement volontaire ; aussi, rassuré par lui sur l'état de votre santé, je me contentais d'accomplir un devoir et de suivre les inspirations de mon cœur, sans plus attendre désormais une réponse ou un accusé de réception. La vérité sera aisément constatée. J'ai découvert, à mon arrivée, que cet agent avait fait faillite, et qu'il est mort depuis ; je n'ai pas eu assez de temps pour prendre connaissance de ses affaires, mais je crains de perdre avec lui une somme de quatre ou cinq mille livres sterling (125,000 fr.)

Ici les deux dames se fixèrent encore. Anne se rappela avoir lu dans un livre les merveilles de l'arbre de la pagode lorsqu'on le secouait ; mais il lui sembla alors que Georges devait en avoir cueilli tous les fruits.

— Trois ans ! dit Georges, — alors vous ne savez rien des principaux événements de ma vie, — du changement complet de ma position.

— Je vois que vous êtes en deuil, Georges, dit Anne, ne sachant comment en demander le motif.

— Oui, dit Georges, et c'est avec douleur que je vous apprendrai que je porte le deuil de mon beau-père, le cœur le plus généreux, l'homme le plus noble qui ait jamais existé.

— En deuil aujourd'hui, pour le pauvre Monsieur Brag ! dit sa mère.

— Brag ! dit Georges, — ce nom seul me fait mal.

— Oh ! Georges, dit Anne, songez à Kate !

— Kate ! s'écria Georges, devenant pâle comme la mort. — oh ! ma chère Anne, il doit y avoir plus de trois ans que vous n'avez reçu de mes nouvelles. — Elle n'est plus là misérable femme !

— Elle n'est plus ! dit Anne, comment ! n'est-elle pas à l'hôtel ?

— Dans sa tombe ! répondit Georges, une tombe qui s'est fermée sur une vie de débauche et de honte.

— Alors vous êtes remarié ? dit Anne.

En réponse à cette question, il paraît plus convenable d'adopter le langage de la narration, d'autant plus qu'une foule de circonstances ont eu lieu pendant la période du silence involontaire de Georges envers sa mère, circonstances qu'il lui serait difficile de décrire ou d'expliquer lui-même.

Le lecteur a suivi la carrière de M. Georges Brown jusqu'au moment où il a été attaché au secrétariat militaire de sir Cadwallader Adamthwaite. Sa bonne volonté, son activité dans le service et son assiduité furent si remarquables, que le général, qui était un des hommes les meilleurs du monde, voulut connaître les détails de son histoire ; et, reconnaissant en lui, sous tous les rapports, l'étoffe d'un vrai gentleman, il résolut de lui faire obtenir une commission dans l'armée. C'est ce qui eut lieu ; alors, il nomma Georges à la dignité de sous-secrétaire militaire, et M. le sous-secrétaire militaire fit, dès ce moment, en quelque sorte, partie de la famille du général.

Ce fut pendant l'année ou les quatorze mois d'épreuves qui précédèrent l'avancement de son mari, que Mme Georges Brown, née Brag, commença à manifester des symptômes très-prononcés d'un certain penchant que la soif même produite par l'influence d'un climat chaud ne saurait justifier chez un membre du *beau sexe*, comme aurait dit son frère. Georges, dans plus d'une occasion, en revenant du quartier-général, la trouva dans un état que les auteurs, qui ne peuvent dépeindre ce qu'ils éprouvent, considèrent comme beaucoup plus facile à imaginer qu'à décrire. Il est très-rare, lorsque ce vice existe chez une femme, qu'il soit le seul auquel elle s'abandonne. Le caractère de Mme Brown, abrutie par une intempérance habituelle, devint violent et acariâtre ; et, comme elle ne pouvait supporter les reproches, elle trouvait tout naturel de taxer son mari de cruauté et de barbarie, uniquement parce qu'il lui représentait combien une pareille conduite était honteuse pour elle, et devait lui être préjudiciable à lui-même. Cependant, la femme la plus dépravée trouve parfois des admirateurs ; et c'est ce qui ne manqua pas d'arriver à Mme Brown, tout avilie qu'elle fût. Elle cherchait à faire valoir comme justification, pour expliquer l'irrégularité de sa conduite, la déception qui avait été pratiquée à son égard par Georges, relativement à la position réelle qu'elle allait occuper dans le monde ; et, comme le rang de son mari l'excluait naturellement de la bonne société où, disait-elle, elle avait eu l'habitude de vivre, elle ajoutait que, revenue depuis longtemps de ses rêves d'amour de jeune fille, elle se repentait amèrement de la folie qu'elle avait faite. Enfin, elle devint indifférente à tout, si ce n'est à la jouissance de ses plus mauvais penchants.

Ce genre de vie ne pouvait durer longtemps. Il ne serait ni agréable ni utile d'entrer dans les particularités de cette misérable existence. Après quelques mois d'excès, elle mourut, laissant Georges veuf, et plaint par ses camarades beaucoup plus pour tout ce qu'il avait eu à souffrir, que pour la perte qu'il venait de faire. Il avait raconté tous ces détails dans ses lettres à sa mère, et, dans l'une d'elles, il donnait connaissance de la mort de sa femme ; mais, avec sa bonté d'âme et la tendresse de ses sentiments, il avait évité de faire mention des circonstances malheureuses dans lesquelles elle était morte.

Si Georges et Kate avaient pris le temps de réfléchir au parti qu'ils allaient embrasser, au lieu de se laisser aveugler par leur amour de jeunes gens, ils n'auraient pressenti que malheurs dans cette union. Kate s'était évidemment figuré que Georges était officier ; et la question de savoir si son rang lui permettrait de vivre avec des personnes de la condition de celles qu'elle avait eu l'habitude de visiter ou de recevoir, n'était jamais entrée dans son esprit. Elle commença à comprendre pour la première fois les difficultés de sa position, lorsqu'elle s'embarqua à bord du bâtiment qui devait les transporter dans l'Inde ; mais encore, dans cette circonstance, la supériorité de ses manières lui attira-t-elle des attentions et des commodités d'installation auxquelles elle n'avait aucun droit ; enfin, du moment qu'ils furent lancés dans leur propre sphère, et qu'elle eût reconnu la folie qu'elle avait faite, son caractère devint chaque jour plus irascible ; son orgueil se trouvait humilié de ne pouvoir parler aux femmes des officiers avec lesquelles elle était renfermée à bord, ou s'asseoir devant elles ; et sa vanité ne fut pas moins froissée qu'on eût bien voulu lui permettre de se tenir dans l'antichambre du salon, pour y regarder danser, lorsque les officiers donnaient un bal.

Que ce fût humiliant et pénible, personne ne peut le nier ; mais elle aurait dû songer à tous ces désagréments avant de se marier, si, toutefois, elle était à même de pouvoir apprécier la valeur relative des rangs dans le service ; il n'entre pas, du reste, dans ma tâche de raisonner sur la sagesse ou la convenance de ses premiers actes dans la vie. Sa ruine et sa chute peuvent être justement considérées comme le résultat de sa désobéissance filiale ; et sa destinée ajoute une nouvelle preuve à toutes celles déjà connues, du mauvais succès des mariages qui se font contre le gré des parents.

Le jour où l'enseigne Brown fit sa première apparition dans le salon de sir Cadwallader Adamthwaite, fut une ère importante de sa vie ; et, lorsqu'il se vit chaudement accueilli par le général, et présenté, pro formâ, à sa fille, qui, du reste, le connaissait parfaitement de vue, il ne put se défendre d'éprouver un sentiment de regret, en pensant que son infortunée femme, pendant la période qu'il reconnaissait n'avoir été pour elle qu'un temps d'épreuves, ne s'était pas conduite de manière à les surmonter toutes, et à pouvoir jouir de la satisfaction de se trouver placée, par suite de l'avancement de son mari, dans la société dont son étourderie de jeune fille l'avait momentanément exclue.

L'acte de bonté de sir Cadwallader fut considéré comme une justice rendue au mérite de l'enseigne Brown ; il causa une satisfaction générale, et fut universellement approuvé ; aussi Georges fut-il accueilli à la table des officiers avec les marques les moins équivoques d'amitié et d'estime. Ses fonctions spéciales ne lui permettaient pas de faire le service au régiment, et il employait ses soirées à partager tous les plaisirs que pouvait offrir la maison hospitalière du général.

Le lecteur prévoit sans doute déjà quels purent être les conséquences de cette introduction de l'enseigne dans la famille du général, et je crois qu'il ne se trouverait pas flatté de me voir mettre en doute sa perspicacité à cet égard. Il a très-probablement deviné juste ; mais, comme il existe des circonstances qui rendent cet événement un peu différent de beaucoup d'autres de même nature, je dois lui en raconter tous les détails.

Hélène Adamthwaite, la fille du général, était adorée par son père. Sa mère était morte jeune ; — sir Cadwallader avait reçu d'elle, indépendamment des preuves les plus fortes de constance et d'affection, l'immense fortune qu'il possédait, et qui lui permettait de supporter en *prince* le haut rang auquel l'avait élevé sa brillante conduite dans l'exercice de sa noble profession. Il reporta sur Hélène, — sa chère et gentille Ellen, — l'amour et le dévoûment qu'il avait eus pour sa pauvre mère : et quoique Ellen, qui possédait toutes les bonnes qualités qu'un père peut désirer chez son enfant, connût parfaitement son influence sur lui, elle était la moins exigeante et la plus aimable des filles.

Lorsqu'on offrit à sir Cadwallader le Commandement en chef et le second siége dans le Conseil de la Présidence à laquelle il était attaché, il accepta, d'après ce principe chevaleresque du plus grand soldat, je ne dirai pas de l'époque, mais du pays où nous vivons, — qu'étant sujet du roi, il devait exécuter ses ordres dans les fonctions les moins importantes comme dans les postes les plus élevés ; et, quoique possesseur d'une fortune qui rendait fort insignifiants ses appointements militaires, il abandonna sans hésiter toutes ses aises domestiques pour le plus négatif des pouvoirs, — le commandement d'une armée orientale.

Tant qu'il fut investi de ce poste éminent, ses constants efforts parurent avoir pour but de rendre heureux tout ce qui l'entourait. Il n'y avait alors rien, dans l'état du pays, qui obligeât à recourir aux mesures sévères de la discipline ; et la routine du service, quoique fort compliquée, n'exigeait pas la vigilance et l'activité que réclame la guerre. Cet état de choses rendant donc le service plus facile, il en profita pour lui-même ; .et son plus grand bonheur consistait à voir ceux qui lui étaient subordonnés jouir, comme lui, des agréments de la paix. Il ne grondait jamais en voyant des soldats en *mufti* ou en *veste blanche*, et il désirait que chacun se mit à son aise pour venir dîner; en un mot, c'était bien la meilleure créature qui eût jamais fondu sous un soleil indien.

Il était clair qu'il avait conçu un vif attachement pour Brown. Le major Mopes, dont la contenance glaciale ne laissait jamais apparaître l'ombre d'un sourire, mais dont sir Cadwallader faisait le plus grand cas, d'autant plus qu'il lui évitait toute la peine, non-seulement d'écrire, mais même de penser, avait parlé dans les termes les plus flatteurs de Georges, et s'était étendu sur le mérite de la détermination prise par ce jeune homme d'entrer dans l'armée, afin d'éviter, par cette décision, d'être à charge à sa mère, qui avait occupé dans la société une position bien différente de celle où elle se trouvait alors. Cette recommandation engagea sir Cadwallader à s'assurer du fait ; il trouva en Brown un garçon instruit, bien élevé, intelligent; en un mot, un vrai gentleman. Cette prévention favorable, une fois établie, alla jusqu'à faire obtenir à ce jeune homme une commission; s'étendit plus loin encore, et, enfin, pour rendre en une simple phrase les dispositions du général à son égard, nous ajouterons que *Georges lui plut*, et qu'il le prit en affection.

Que de fois n'arrive-t-il pas que de semblables préventions s'emparent de nous, et combien il est rare qu'elles ne soient pas justifiées par les événements ! — et qu'il serait difficile souvent de pouvoir se rendre compte des sympathies qui les ont fait naître ! Du moment que sir Cadwallader eût appris l'histoire de Georges, et qu'il eût acquis la preuve de son mérite et de sa capacité, il résolut de lui être utile ; — or, pour remplir ce but, il voulut commencer par lui rendre sa place dans la société comme gentleman, qualité qu'il avait déclaré lui reconnaître, lorsqu'il n'était encore que commis de son secrétaire. Cette déclaration, il l'avait faite un jour en causant avec sa fille, et tout en fumant son chilum, pendant qu'ils respiraient ensemble l'air frais à une des fenêtres de la verhandah.

Ellen Adamthwaite, qui voyait Georges presque chaque jour, par hazard ou autrement, ne pouvait naturellement se défendre de prendre à son sort le même intérêt que son père; d'autant plus que l'histoire de l'inconduite et de la mort de sa femme était un fait de notoriété dans la famille, le major Mopes revenant sans cesse sur les circonstances de l'enlèvement qui avait eu lieu en Angleterre, — et ne manquant jamais d'ajouter combien il était pénible qu'on n'eût pu réussir à rappeler au sentiment de sa propre dignité une personne qui s'était présentée d'abord sous des dehors fort recommandables.

Lorsque Georges fut devenu gentleman, de par l'autorité royale, et qu'Ellen vit qu'elle pouvait le regarder, et même lui parler sans manquer au décorum, elle comprit plus que jamais ce qu'avait eu de pénible la position de ce jeune officier pendant qu'il remplissait les obligations du service que lui avait imposées son affection filiale ; elle regrettait, comme il le faisait lui-même, que ce fût probablement l'effet de cette position inférieure qui avait entraîné Mme Brown à l'oubli de tous les devoirs — moraux, religieux et sociaux , qu'elle avait si outrageusement violés.

Rien n'excite plus facilement l'intérêt dans le cœur de la femme que certaines particularités romanesques de la vie réelle. Georges, devant son avancement à son excellent père, qui s'était attaché à lui, se trouve admis dans sa société ; fils d'un négociant ruiné, il avait reçu l'éducation d'un gentleman, et il avait été élevé dans l'espérance d'hériter de la fortune de son père. Il entre dans l'armée comme simple soldat, pour soulager sa mère du fardeau de son entretien, et il s'enfuit avec une jeune fille qui est devenue éperdûment amoureuse de lui. Dans sa vie passée voilà donc une combinaison d'événements assez extraordinaires pour éveiller des sentiments d'une certaine nature à son égard ; aussi, quelques jours s'étaient à peine écoulés depuis son admission dans la maison du général, qu'Ellen se surprenait déjà fixant à la dérobée ses regards sur la noble et intelligente physionomie du jeune militaire plus souvent que sur tout autre objet dans le salon de son père.

Il y avait une mâle modestie dans les manières de Georges, — la conscience de ce qu'il pourrait être, de ce qu'il avait été, et, de plus, de ce qu'il était, se faisait remarquer dans son maintien, et lui conciliait toutes les sympathies. Sir Cadwallader ne perdait aucune occasion de le mettre en évidence. Il semblait, en vérité, ne s'attacher qu'à le faire paraître dans le monde sous le jour le plus favorable, afin, comme on peut le penser, de justifier la partialité qu'il avait montrée à son égard , et la bonne opinion qu'il continuait à entretenir de lui.

A Londres, la société est si nombreuse que, pour cent ou deux cents personnes qui y médisent, afin de paraître plus sages, et se communiquent du regard et du geste la nouvelle d'une intrigue lorsqu'elle devient trop évidente, il y en a huit cents autres qui n'y font pas la moindre attention ; bien plus, et quoiqu'on en puisse dire, elles évitent même , autant que possible, de s'occuper des personnages en question. Il n'en est pas de même dans le cercle étroit d'une Présidence Indienne ; les plus petits événements de cette nature produisent au quartier général une sensation universelle ; toutes les plus mauvaises passions de l'espèce humaine sont concentrées dans une petite communauté de cette espèce ; l'envie et la jalousie s'y déguisent sous les dehors de l'amitié et de l'estime ; aussi, quelque misérable, dont la haine aura été engendrée et nourrie par le souvenir d'une négligence, ou même d'un simple oubli à son égard, croira-t-il qu'il est de son devoir envers un aussi excellent homme que le général en chef, de lui raconter ce que l'on dit de sa fille et de M. un tel, dont il arrive qu'elle préfère la société à celle des autres individus composant le cercle des amis de son père.

Deux mois n'avaient pas encore passé sur la tête de Georges dans son nouvel emploi que déjà toute la tribu était en mouvement.

— Assurément, dit l'un, sir Cadwallader est un homme bien extraordinaire ; il est impossible qu'il ne sache pas ce qui se passe. — Peut-être ne veut-il pas y mettre obstacle, dit un autre. — Bah ! s'écrie un troisième, laisser sa fille épouser un homme sorti des rangs !

— Chut ! dit un quatrième, — moins nous en dirons à ce sujet, et mieux ce sera : ne sort-il pas des rangs lui-même ? — Il a été fouetté à Chatham pour avoir volé un dindon, dit un cinquième.—Silence ! dit un sixième, voilà Son Excellence qui vient. La garde sort, — le tambour bat, — on présente les armes, — et Son Excellence est aussitôt entourée par le petit groupe, alors en plein exercice de respectueuses civilités, tandis qu'un instant auparavant il exerçait ses facultés histo-riques et biographiques,en commentant la folie de la conduite de Son Excellence, et en devisant sur l'obscurité de sa nais-sance.

Il est certain qu'Ellen et Georges offraient dans leurs caractères respectifs des points de contact qui excitaient chez eux des sympathies réciproques.

En causant avec lui, elle ne déguisait pas l'estime et la considération que lui inspiraient les bonnes qualités dont il faisait preuve dans toutes les occasions ; de son côté, il la regardait comme un être supérieur, et il éprouvait pour elle cette espèce d'admiration que les sages prétendent n'être pas compatible avec la tendresse. Toute l'économie de l'amour, cependant, est si compliquée, si embrouillée, si mystérieuse, et accompagnée de tant de dangers qu'il n'existe pas de règle certaine pour établir à ce sujet un système complet et qui soit sans exception.

Une ou deux fois Georges se figura que les yeux de miss Adamthwaite en disaient plus que ses paroles ; mais, quoi-qu'il n'eût pas encore assez réfléchi pour se bien pénétrer que, de toutes les filles dans le monde, miss Ellen était la dernière femme dont il devrait encourager l'affection, un mot échappé de la bouche d'un de ses amis de l'état-major suffit pour le rappeler soudainement au sentiment vrai de sa position. Il s'accusa alors d'égoïsme pour avoir tant recherché sa société, et il prit le parti de se priver du bonheur qu'il éprouvait dans sa conversation : — Il décida en conséquence qu'il se mêlerait davantage aux plaisirs des autres réunions, qu'il accepterait aussi souvent que possible des invitations à dîner chez ses amis, qu'il aurait soin de se retirer immédiatement après avoir rempli ses devoirs chez le général, et qu'il éviterait d'assister au *tiffin* (1), et de se promener, comme à l'ordinaire, une heure ou deux avec Ellen sous la Vérandah : en un mot, il ne voulait pas troubler son repos en donnant lieu à des remarques qui, bien que sans fondement, pourraient blesser ses sentiments, ou faire injure à sa réputation.

Ce ne fut qu'au moment où il prit ces résolutions qu'il connut le véritable état de son cœur, et il découvrit seulement alors qu'il n'était plus maître de ses impressions. Le lendemain, lorsqu'on vint annoncer que le tiffin était servi, sir Cadwallader le força de rester et d'y prendre part ; — il engagea sa fille à user de son autorité pour l'y contraindre ; — ensuite, d'après les ordres de Son Excellence, ils jouèrent ensemble une partie d'échecs ; — et puis, on annonça quelques visites ; — Georges, naturellement, ne pouvait pas se retirer : et puis — et puis — il s'en suivit que le jour même qui succéda à celui où il avait décidé de modifier toutes ses habitudes, se passa précisément comme les trente ou quarante autres jours qui l'avaient précédé.

Il existe un axiôme généralement reçu « que l'abstinence est moins difficile que la modération; » or, il se trouva parfaitement justifié par la conduite de Georges ; car, ayant échoué dans son projet philosophique de diminuer par degrés son bonheur, il en vint à la résolution de l'abandonner tout à fait.

Le plan médité par Georges, et qu'il voulait exécuter avec résolution, était de nature à faire honneur à son cœur, mais il exigeait le concours d'un complice, et cette circonstance en augmentait la difficulté. Aussitôt qu'il eût reconnu

(1) *Tiffin*, mot dérivé de *tiff*, boisson ; exprime ici l'heure où l'on se réunit pour prendre le thé. (*Le traducteur.*)

l'état de son propre cœur, il interrogea avec plus d'attention, on pourrait dire avec plus d'amour, l'expression de physionomie de la chère enfant à laquelle il était tout dévoué. Le résultat de ses observations dut le convaincre, — car le fait était palpable ; — en effet, les regards et les actions qu'il n'avait jusque-là attribués qu'à l'amitié, ou qu'il n'avait même considérés que comme une déférence aux désirs de son père, prirent à ses yeux, maintenant qu'une pensée d'amour lui était entré dans l'esprit, un caractère tout différent. Quelle que fût la robe qu'il avait trouvée de son goût, Ellen la portait constamment ; la fleur qu'il avait admirée était toujours sur son cœur ; les morceaux qu'il aimait à entendre, elle les chantait de préférence ; et les opinions qu'il avait une fois exprimées, elle les adoptait comme siennes propres.

Oh ! que ceux qui n'ont jamais ressenti la tendre et douloureuse anxiété d'un état pareil, sont peu capables d'apprécier les sentiments de Georges, pendant la semaine qui suivit la découverte de sa véritable position ! Il avait, à n'en plus pouvoir douter, gagné l'affection de la fille de son bienfaiteur ; — mais ce n'était pas un sentiment de vanité qui lui avait fait découvrir cette vérité ; ce fut la parole échappée de la bouche d'un ami, qui donna cette direction à ses pensées. La fascination s'était donc emparée de lui, — il était sûr d'être aimé ! Nous ne tarderons pas à apprendre quelle fut, sur sa conduite, l'influence de cette impression.

CHAPITRE IX.

Parmi ses amis, celui sur lequel Georges fixa ses vues pour l'aider à échapper à la perpétration de ce qu'il considérait comme un crime damnable d'ingratitude, fut le chirurgien de son propre régiment, — homme de bon sens et de beaucoup de pénétration, mais généralement taciturne, excepté dans les cas de conversation générale. — Après une mûre délibération, Georges se rendit près de lui, et le pria de lui prêter une sérieuse attention, en lui disant qu'il avait besoin de son aide immédiatement.

— Quoi ! — un duel ? — dit le docteur Short.

— Non, mon cher docteur, répondit Georges, je suis malade, sérieusement malade. J'ai continuellement mal dans le côté. Je ne dois pas rester plus longtemps ici. Il faut que je résigne mes fonctions de sous-secrétaire, et que je retourne en Europe pour rétablir ma santé. J'ai donc besoin d'un certificat de maladie.

— Ouf ! dit Short, — je comprends ; — de quel côté est le mal ? — gauche ou droit ?

— Très-grave du côté droit, répondit Georges. Je ne puis élever mon bras perpendiculairement sans éprouver une douleur atroce.

— Vraiment ! dit le docteur. Mais ne savez-vous pas ce qu'Abernethy dit à ce sujet à la vieille femme qui se plaignait auprès de lui d'éprouver le même mal — eh ?...

— Je vous assure, docteur, que le mien n'est point un sujet de plaisanterie, dit Georges.

— Voyons votre langue. Bah ! propre comme un sifflet, et rouge comme une betterave ! Ça ne peut pas prendre — eh ! pas moyen de se moquer ainsi des gens ; — il n'y a pas de maladie de foie ; je ne puis donc faire ce dont vous avez besoin, ou plutôt ce dont vous n'avez pas besoin. Est-ce sir Cadwallader qui vous a envoyé vers moi ?

— Non, en vérité, répondit Georges. Ame qui vive ne sait que je suis venu vous trouver.

— Pourquoi vouliez vous en faire un secret, eh ? demanda Short ; tout homme a un foie, et tout foie peut devenir malade. A quoi bon le mystère ?

— Je n'y mets pas de mystère, dit Georges.

— Ça ne peut pas passer, monsieur le sous-secrétaire, reprit Short : un chirurgien doit avoir l'œil de l'aigle, le cœur du lion et la main d'une femme. Je ne puis pas dire que je possède toutes ces qualités, mais vous me permettrez au moins d'avoir d'assez bons yeux pour voir ce qui se passe pas plus loin que chez mes voisins.

— J'ignore ce que vous pourriez vous faire un mérite d'y découvrir, dit Georges. Je n'ai pas de déguisement, — je désire être franc avec vous.

— Ah ! reprit Short, nous y voilà. Vous allez m'avouer que vous n'avez rien de semblable, mais que, cependant, vous désirez que je vous donne un certificat de maladie ; — n'est-ce pas là ce que vous voulez de moi ?

— Mon cher docteur, répondit Georges, je crois que vous devez savoir quelque chose de mes sentiments, car bien certainement vous avez deviné mes intentions. Je ne suis pas malade, physiquement du moins : mais je ne pourrai éviter de le devenir de corps, d'esprit, dans ma réputation et dans ma conscience, si vous me refusez un certificat qui me permette de m'embarquer pour l'Angleterre.

— C'est bien, dit Short; en vous confiant à moi, vous êtes aussi en sûreté que l'enfant sur le sein de sa mère ; — mais, dites-moi, — c'est donc le diable que ces yeux bleus entourés de cils noirs ! — n'est-il pas vrai ? — Eh ! délicieuse créature ! Allons, pas de balivernes, ou bien vous n'aurez pas de certificat. Vous n'avez pas trop mauvaise grâce, en vérité, de venir me trouver avec l'air mystérieux d'un conspirateur de tragédie; tout le monde ici, à l'exception de vous deux, et peut-être aussi de sir Cad, ne connaît-il pas toute l'histoire?

— Quelle histoire ? dit Georges, — jamais un seul mot n'a passé mes lèvres.

— Non : mais beaucoup de mots ont passé par les lèvres d'autres personnes, dit Short. Quant à vos propres paroles, c'est ce qu'on appelle du superflu, — les yeux ne parlent-ils pas assez, hein ?

— Ce que vous dites-là, docteur, répondit Georges, me tourmente beaucoup.

— Beaucoup, reprit le docteur, — je comprends : — un homme est, en effet, bien malheureux parce qu'il a gagné l'affection d'une charmante et aimable jeune fille qui possède cent cinquante mille livres sterling : — c'est là une vraie calamité! Pauvre monsieur le sous-secrétaire , vous ne sauriez croire à quel point je vous plains !

— Docteur, la plaisanterie est ici hors de propos, dit Georges. Il est inutile, je le vois, d'avoir recours au déguisement avec vous ; vous avez vu ou entendu ce que je n'aurais jamais soupçonné qu'on pût même avoir remarqué. Mais si j'avais besoin de votre assistance en venant ici, elle m'est devenue mille fois plus nécessaire maintenant.

— Ah ! dit Short, et pourquoi ?

— Pourquoi ! s'écria Georges : — vous vous êtes si soudainement et si profondément enfoncé dans cette discussion ; vous y mettez tant d'assurance, et j'ai une telle confiance en vous, que...

— Vous serez assez bon, peut-être, de vouloir bien me dire ce que je sais déjà, interrompit Short.

— Il ne s'agit pas de ce que vous savez déjà, dit Georges, mais de la ferme résolution que je veux prendre. Le géneral, au début de ma carrière, m'a protégé : il a épousé mes intérêts, il m'a rendu ma place dans le monde, et m'a fait ce que je suis. Il m'admet dans sa famille, et je lui prouverais ma reconnaissance pour tant de bontés en...

— En permettant à sa fille de vous aimer ! dit Short. Comment pouvez-vous l'empêcher ?

— S'il en est ainsi, répondit Georges, il est de mon devoir d'abandonner immédiatement la place.

— Assurément ! dit Short, — et d'ajouter à toutes les autres marques de votre reconnaissance pour les bontés du général, l'abandon de sa fille dont vous briseriez le cœur.

— Ne parlez pas ainsi, docteur, dit le sous-secrétaire, c'est moi qui...

— Bah ! dit Short. Pas d'enfantillage : restez où vous êtes, — je ne vous donnerai pas de certificat.

— Alors je m'en passerai, répondit Georges. Des affaires particulières en Angleterre...

— Très particulières, en vérité, dit Short. Mais, croyez-moi, restez où vous êtes.

— Mon cher ami, répliqua Georges, c'est impossible. Ce que vous venez de me dire, ajouté à une remarque faite par un de mes camarades, et que le hasard m'a permis d'entendre, rend mon départ impérieusement nécessaire. C'est la seule faveur que je me sois risqué à vous demander, ou à qui que ce soit depuis mon séjour ici. Accordez-moi le certificat afin que je puisse le montrer à sir Cadwallader, et m'éloigner de la seule place dans le monde où je redoute de vivre.

— Oh! dit Short, en se pinçant le bout du nez, — c'est réciproque, je le vois. — Ouf!

— Je n'ai pas dit...

— C'est précisément ce que vous venez de faire entendre, reprit Short. Comment savez-vous que sir Cad vous laissera aller?

— S'il pouvait, répondit Georges (ce que je ne voudrais pas pour l'univers entier), se douter seulement de ce qui se passe dans cette chambre, il n'hésiterait pas à...

— Eh quoi! interrompit Short, vous imaginez-vous donc qu'il ignore ce qui se passe dans votre cœur, et dans celui de miss Ellen?

— Ce qui *se passe* dans *nos cœurs!* demanda Georges.

— *Nos* cœurs! dit Short, oui, — c'est bien cela : — *nos* cœurs! Le glorieux *nous* en littérature n'a pas plus de puissance que le *nos* qui vous concerne tous deux. Que voulez-vous! Vous avez l'un pour l'autre de l'amour par-dessus la tête et les oreilles, et vous ne pouvez vous empêcher de le laisser voir partout où vous êtes. Je connais ces symptômes, monsieur le sous-secrétaire, — j'ai éprouvé ce mal moi-même, et sir Cad a été aussi un praticien émérite en ce genre : — croyez vous donc qu'il soit aveugle!

— Je sais qu'il résume en sa personne tout ce qu'il y a de bon et d'aimable, répondit Georges.

— Bien! alors, peut-être sa bonté et son amabilité l'engageront-elles un jour à vous désirer pour gendre, dit Short.

— Impossible! dit Georges, — moi qui lui dois tout ce que je suis...

— Bah! reprit Short, — je ne vois pas ce que cela peut y faire ; — mais je crois que vous emploieriez beaucoup mieux votre temps à lui parler à *elle* de votre cœur, qu'à moi de votre foie. — Quant au général, voyez ce qu'il vous dira, — ou, si cela ne vous plaît pas, je le ferai pour vous.

— Docteur! interrompit Georges, en jetant sur lui un regard furieux.

— Je le ferai, continua Short, — c'est-à-dire que je dirai officiellement à Son Excellence que vous vous êtes adressé à moi pour obtenir un certificat de maladie ; et, si vous voulez bien m'accorder votre confiance, je le ferai de la manière la plus convenable à vos intérêts. Si sir Cad n'est pas content, vous serez sûr d'obtenir son autorisation. Une douleur dans le côté ne présente rien d'apparent au dehors ; — je ne pourrai donc affirmer qu'elle existe ou qu'elle n'existe pas chez vous. S'il met des objections à votre départ, c'est que vous vous trouverez en parfaite santé : mais s'il fronce le sourcil et qu'il exprime le désir que vous partiez, — avant quinze jours vous serez embarqué pour Cheltenham.

— J'étais bien sûr, dit Georges, de trouver en vous un ami.

— C'est parce que je suis votre ami, reprit le docteur, que je veux que vous restiez. Vous avez ici des ennemis aussi bien que des amis. Votre départ serait un triomphe pour quelques demi-douzaines de gaillards qui, depuis deux ans, rôdent autour de miss Ellen, et qui n'ont pas obtenu d'elle un sourire pour leurs peines. Non, non : regardez-moi bien, monsieur le sous-secrétaire ; — mettez l'affaire entre mes mains, vous aurez votre certificat lorsque je le croirai nécessaire, et pas avant.

Georges, il faut en convenir, fut surpris au-delà de toute idée de l'évidente notoriété d'un attachement qu'il croyait ignorer lui-même quelques jours auparavant. On dit généralement que les spectateurs jugent mieux de l'action que les acteurs eux-mêmes, et nous trouvons ici la preuve de la justesse de cette opinion : néanmoins, comme le fait paraissait être devenu le sujet particulier de toutes les conversations, Georges, ainsi que nous l'avons vu, se fortifia de plus en plus dans la détermination de faire cesser le scandale, en ayant recours aux bons offices de son ami Short.

S'il n'eût pas été retenu à son poste par la loi militaire, sa retraite aurait pu s'opérer sans peine ; mais il était de toute nécessité, pour mettre son plan à exécution, que l'homme même auquel il eût désiré plus particulièrement cacher les motifs réels de son départ, voulût bien consentir à le dispenser de son service, et lui permettre de se retirer. Dans cet état de choses, il ne lui restait plus qu'à se confier au docteur, dont il essaya d'accélérer les démarches en lui faisant entrevoir le danger de tout délai.

Georges ne tarda pas à découvrir qu'il n'avait mis aucun retard à agir. A dîner, le jour suivant, sir Cadwallader laissa percer qu'il n'ignorait pas l'intention de Georges, relativement à la demande d'un certificat ; et, en termes généraux, il censura la conduite des Commandants en chef qui, avec la connivence des officiers de santé, se rendent complices d'un fait que, après tout, et quelque forte que soit l'expression, l'on ne pouvait considérer que comme un acte insigne de mauvaise foi prémédité.

— On ne voit que tripotages partout, ajouta Son Excellence. On ne sait jamais sur qui compter. Un farceur veut-il s'affranchir des obligations du métier, il se fait l'ami du docteur, et il nous arrive aussitôt avec un certificat de maladie : — quel est le siége du mal ? — le foie, sans aucun doute ; et comme dit Short, qui peut voir une douleur dans le côté ?

Personne ne parlait, parce que personne ne comprenait exactement ce que pouvait signifier l'observation gratuite de Son Excellence, à l'exception de Georges qui se mit à rougir considérablement, — conséquence assez naturelle à la suite d'une pareille apostrophe adressée par le Commandant général. Ellen ignorait à qui pouvait se rapporter le compliment, et elle voulut s'assurer si quelqu'un des convives, par l'expression de sa physionomie, ne trahirait pas la vérité. Son regard s'arrêta sur Georges ; leurs yeux se rencontrèrent ; ils devinrent subitement embarrassés l'un et l'autre ; mais sir Cadwallader, dont la vue était perçante, remarqua la manœuvre, et son plan de conduite fut aussitôt arrêté.

La soirée se passa aussi agréablement que les soirées précédentes ; cependant Ellen remarqua une différence assez sensible dans les manières de Georges à son égard : elle ne pouvait s'en expliquer la cause; mais, néanmoins, il lui vint à l'idée que l'attitude de Brown envers elle pourrait bien avoir quelque connexité avec l'observation hypothétique de son père pendant le dîner. Les invités se retirèrent sans emporter les regrets de nos amoureux, car, sans qu'ils s'en doutassent, tel était en réalité le caractère de leur situation. La réunion se trouva alors réduite au trio, composé de sir Cadwallader, d'Ellen et du sous-secrétaire militaire qui, habituellement, se retirait le dernier.

— Maintenant, dit sir Cadwallader après une courte pause, je suppose, M. Brown, que vous avez compris la force de ma petite observation à dîner, au sujet des certificats de maladie, — eh? J'espère que vous l'avez sentie ; — elle allait expressément à votre adresse.

— Monsieur ! balbutia Georges, pressentant l'explosion de mécontentement qui allait, sans nul doute, suivre cet avis.

— Oui, Monsieur, continua Son Excellence, j'ai appris que vous étiez allé demander à Short un de ces tristes témoignages de mauvaise santé, que démentent chez vous un foie aussi solide qu'un roc et la constitution d'un hercule.

— Je puis affirmer à Votre Excellence que je suis incapable de déception en quoi que ce soit, dit Georges : — j'ai...

— J'ignore ce que vous entendez par déception, M. Brown, dit sir Cadwallader ; vous êtes en bonne santé, et vous voulez faire déclarer par le docteur que vous êtes malade, afin de quitter votre service, et d'abandonner ceux qui vous veulent du bien.

— Ellen, qui commençait à se trouver fort embarrassée, et qui croyait sa présence à une pareille scène à peu près inutile, se leva pour se retirer.

— Restez, Mademoiselle, dit le général, — attendez pour entendre ce que ce gentleman peut avoir à répondre pour sa défense.

— Réellement, papa, dit Ellen.

— Réellement, Mademoiselle, reprit le général, — rappelez-vous que je suis ici Commandant en chef ; obéissez donc à mes ordres, et asseyez-vous, Mademoiselle. — Quant à vous, M. Brown, si vous vouliez un congé, pourquoi ne vous êtes-vous pas adressé directement à moi ? Je hais les détours, — entendez-vous ?

— Il m'est impossible, répondit Georges, d'atténuer ou d'expliquer mes torts. Ils vous sont connus maintenant, Monsieur ; — il ne peut donc plus exister d'opposition à mon départ.

— Pourquoi cela, Monsieur? demanda Son Excellence.

— Vous avez exposé dans son véritable jour l'ingratitude de ma conduite, dit Georges : Je ne puis, — en vérité, rester plus longtemps près de vous.

— Supposez, Monsieur, que je vous pardonne, dit le général.

— Mes services, Monsieur, dit Georges d'une voix altérée, sont de peu d'importance, je...

— C'est là une question d'appréciation, dit le général. Mais supposez que je puisse me passer de vous, — regardez cette jeune lady, croyez-vous qu'elle puisse, elle, supporter cette séparation ?

— Oh, mon père ! dit Ellen, qui s'était assise froide, pâle et tremblante, pendant cette conversation. — Je désire ne pas intervenir dans ce débat.

— Vous ne voulez pas, dit sir Cadwallader — pas intervenir ? — Vous le voudriez bien, Mademoiselle, avec l'aide de Dieu ! Elly, — n'ai-je pas été jeune moi-même — eh ? Non, non, vous ne sauriez me tromper, toute rusée que vous soyez ; — vous aimez ce garçon, et il vous aime.

— Mon père ! dit Ellen.

Georges n'articula pas un mot, mais il parut aussi terrifié que si on lui eût annoncé la fin du monde.

— Ne cherchez pas à me contredire, continua le général : où est le mal ? — et qui a tort dans tout ceci ? Lorsque j'appris l'histoire de Georges, je résolus de lui rendre sa place dans la société. Je l'ai introduit dans ma maison, — dans ma famille ; — et vous êtes devenus amoureux l'un de l'autre : — c'est là *mon* affaire. Et pourquoi m'étonnerais-je de ce qui arrive ? Lorsque j'ai connu pour la première fois votre mère, — la meilleure des femmes et des épouses ! — qu'étais-je ? — un simple subalterne, — le second fils d'un épicier de Gloucester. Et qu'était sa mère, Georges ? — Sa mère était une riche héritière ! — Elle partagea l'amour qu'elle m'avait inspiré, et je ne tardai pas à devenir possesseur de sa fortune ; ce qui me mit à même d'acquérir des grades élevés dans ma profession : sans cette circonstance, au lieu d'être Commandant en chef, titré et couvert de décorations, peut-être ne serais-je aujourd'hui qu'un vieux lieutenant à tête grise, ou tout au plus qu'un capitaine de soixante-deux ans, faisant chaque jour son étape, clopin-clopant, jusqu'à ce que ses jambes lui refusent le service. Que m'a laissé cette excellente femme à qui je dois tout, avec la protection de la

Providence? — une fille — cette enfant de mon cœur — le plus cher — l'unique objet de mes affections ! — la moitié d'un de vos regards me dit assez que vous m'avez compris. »

Ellen s'assit les yeux fixés sur son père; la figure de Georges était baignée de larmes : — et quel diamant peut briller d'un plus bel éclat qu'une larme de soldat dans une situation aussi touchante !

— Votre conduite, Monsieur, dit le général, vous fait le plus grand honneur. Je l'apprécie au plus haut degré. Mais cela ne suffit pas ; — partir, vous ne pouvez le faire. Si mon Elly, ici présente, est assez folle pour sympathiser avec les prédilections de son père, et si elle préfère donner son cœur à un enseigne qui n'a pas un shilling, qu'y a-t-il à faire?

— Je vais vous le dire, M. Brown, — afin de réaliser religieusement tous ses désirs, en souvenir de sa bien-aimée mère, et pour éviter qu'elle ne fasse un sot mariage avec quelqu'un qui ne serait pas à moitié aussi digne d'elle...

— Mon cher père ! dit Ellen.

— Silence, silence ! ma fille chérie, dit sir Cadwallader, — ne faites pas la coquette, — ne cherchez pas à me tromper. Georges, venez ici : — je parle sérieusement — prenez sa main, mon bon, mon excellent garçon ! Vous qui avez été si bon fils, vous ne pourrez manquer d'être bon mari. C'est ma ferme conviction.

— Mais, Monsieur, dit miss Adamthwaite, en se levant, je...

— Oh ! dit le général, vous ne l'aimez pas ! Oh ! alors c'est une affaire différente : maintenant je ne m'y connais plus, mais nous trouverons une fin à tout ceci.

— Je n'ai pas dit..., murmura Ellen; — puis, en fondant en larmes, elle entoura le cou de son père, et laissa retomber sa tête sur son épaule.

— Approchez, Georges, dit sir Cadwallader — venez près de moi ! — recevez-la de mes mains ! Je sais ce qu'elle veut dire : — elle est à vous ! — Je n'ai que cette chère enfant ! continua le général, qui paraissait prêt à traduire aussi son émotion par des larmes. — Je n'ai d'autres intérêts à sauvegarder que les siens, et ils sont intimement liés aux miens : je suis persuadé que j'ai adopté le meilleur plan pour atteindre mon but. Je hais les beaux discours, — je ne veux pas de remerciments ; — ainsi, mes chers enfants, que Dieu vous bénisse ! j'ai fini, — une syllabe de plus prononcée par moi gâterait tout : parlez maintenant de vos propres affaires ; que ces larmes soient les dernières que je vous verrai répandre, et demain, les babillards, les faiseurs de caquetages et les débiteurs de scandales auront tous le plaisir d'entendre comment le vieux général a eu la folie de donner sa fille unique à un subalterne sans le sou ! bonsoir ! mes enfants, bonsoir !

Après ces paroles, sir Cadwallader se retira, en laissant ensemble ces amoureux fiancés. Ils doutaient qu'ils fussent bien éveillés, et ils étaient tentés de considérer comme un rêve ce qu'ils venaient d'entendre. Georges contemplait atten- tivement la jeune fille qui rougissait, et semblait hésiter à vouloir sanctionner les intentions de son père; mais leurs yeux se rencontrèrent , — et tous les doutes s'évanoui- rent. Les paroles seraient impuissantes pour exprimer leurs sentiments ; — il la prit dans ses bras, et la pressa sur son cœur palpitant d'émotion : — dans ce moment, le major Mopes, premier secrétaire militaire de sir Cadwallader Adam- thwaite, et le capitaine Narcisse Fripps, premier aide-de- camp de Son Excellence, passèrent sous la Verhandha , les portes et les fenêtres du salon de Son Excellence se trouvant entièrement ouvertes.

Cette exhibition de la mutuelle tendresse des deux jeunes gens, était, il faut l'admettre, de nature à créer une vive sen- sation. Mais elle produisit, toutefois, un effet d'un caractère différent dans l'esprit de ces Messieurs. Le major Mopes, qui avait la plus haute opinion de Georges, et dont la recomman- dation avait grandement contribué à inspirer au général l'in- térêt dont il avait été l'objet, fut frappé d'horreur. L'idée que c'était lui qui avait introduit Brown dans la famille de sir Cadwallader, dont il cherchait aujourd'hui, d'une manière si manifeste, à détruire le bonheur domestique, lui remplit l'âme de regrets et d'indignation ; tout ce qu'il désirait, c'é- tait que son compagnon, le capitaine Fripps, n'eût pas vu la scène qui venait de frapper ses propres regards. Il sentait que si le secret n'était connu que de lui seul, Georges pour- rait encore être sauvé ; qu'un appel à ses sentiments d'hon- neur l'engagerait immédiatement à s'éloigner de la dange-

reuse atmosphère dans laquelle il vivait, — car il était loin
de penser que Georges eût déjà pris cette décision une semaine auparavant.

L'aide-de-camp, cependant, avait tout vu ; et il fut, comme
le major, tellement stupéfait, quoique par des motifs différents, qu'il ne dit pas un mot. A l'extrémité de la Verhandha, ces deux officiers se quittèrent pour aller se coucher.
Pendant la nuit, le major Mopes n'eut l'esprit occupé qu'à
chercher le meilleur expédient pour sauver Georges et Ellen,
et étouffer l'affaire ; tandis que le capitaine ruminait, dans son
cœur et dans sa tête, le moyen le plus efficace pour instruire
le général de ce qui se passait, mais de manière à retirer
pour lui-même tout le parti possible de la circonstance, en
perdant sans retard son heureux rival dans l'estime du Commandant en chef. Pour atteindre ce but, l'ingénieux gentleman, au lieu d'aller au lit, comme il en avait eu d'abord l'intention, retourna au quartier pour y trouver son ami intime,
l'enseigne Honeyman (qu'il venait de quitter), afin de l'instruire de sa découverte ; ainsi, en faisant lui-même tout le
tort en son pouvoir au caractère et à la réputation d'Ellen, il
voulait se donner ostensiblement auprès du père, par la
communication du fait, l'air de n'avoir agi que dans l'intention de la mettre à l'abri de toute injure.

Honeyman, qui était le compagnon inséparable de Fripps,
tomba entièrement d'accord avec son ami sur la marche à
suivre pour culbuter Brown ; en conséquence, il fut arrêté
que le capitaine, pour première démarche dans la matinée,
irait faire un rapport confidentiel à Son Excellence sur ce qui
s'était passé.

Pendant ce temps, nos amoureux, dont le baiser d'adieu
formait l'objet des complots de ces deux vaillants héros, s'en-
tretenaient ensemble, et sans défiance, du bonheur qui était
venu, en quelque sorte, les surprendre à un tel point, qu'ils
ne pouvaient encore considérer tout ce qui avait eu lieu dans
le cours de cette soirée, que comme une brillante, mais éphé-
mère vision. Le vieux général fut le seul des habitants de la
maison qui dormît profondément. Il alla se reposer avec la
conscience d'avoir fait deux heureux, — en réalisant ses intentions de pourvoir Georges, et en donnant à Ellen l'homme

auquel elle s'était insensiblement attachée par l'affection la plus forte. — Il était surtout enchanté d'avoir pu, par la découverte de leur secret, leur épargner à l'un et à l'autre l'embarras de lui en faire l'aveu ; ajoutons à cela sa juste appréciation de l'anxiété qu'éprouvait Georges de se voir forcé de quitter le seul endroit de la terre qui lui fût cher, — d'abandonner tous les avantages qu'il rencontrait, afin de préserver du courroux de son père et de la malice de ses *amis*, la femme qui enchaînait son cœur ; — ou, en mettant tout au pire, pour ne pas exposer sa fille à toutes les misères qui pourraient être le cortége de son union avec un homme n'ayant pour toute fortune que sa demi-solde d'Enseigne, si, toutefois, dans de semblables conjonctures, il lui devenait possible de l'obtenir ; aussi, pourra-t-on facilement comprendre la douce satisfaction que ressentit sir Cadwallader, après avoir pris si généreusement son parti.

Le canon avait à peine annoncé le lever de l'aurore, que le capitaine Narcisse Fripps était debout et en mouvement ; il n'y avait pas de temps à perdre. C'était son tour de monter à cheval avec le général, avant le déjeuner ; l'occasion devait être favorable ; le succès ne pouvait être mis en question. Se débarrasser de Georges était l'objet principal qu'il avait en vue ; car la jalousie du capitaine pour cet intrus (c'est ainsi qu'il le considérait), n'était pas tant excitée par ses succès auprès de la jeune personne, que par l'estime particulière que lui témoignait le père de cette jeune lady ; or, lorsque la jalousie s'empare une fois de notre esprit, elle ne laisse plus de place aux autres passions qu'autant qu'elles peuvent servir à nos projets, et nous faciliter les moyens d'assouvir notre vengeance.

Lavater a dit : « Celui qui, étant le maître de choisir le moment le plus favorable pour écraser son ennemi, dédaigne avec magnanimité de le saisir, est né pour devenir un héros. » Le capitaine Narcisse Fripps, à quelque héroïque action qu'il eût été destiné dans d'autres temps, ne fournissait pas, assurément, dans cette circonstance, et d'après le système du grand phrénologiste, la preuve de ses succès futurs ; car, quoique Georges ne fût ni son ennemi particulier, ni celui d'aucun autre homme, il résolut qu'avant deux heures il

l'aurait irrévocablement ruiné dans l'estime de sir Cadwallader.

Le capitaine était un beau blond, à l'air maladif, toujours
extrêmement bien mis, ses cheveux régulièrement bouclés
sur les tempes et sur le front. Il portait plusieurs bagues aux
doigts et plusieurs chaînes au cou ; ses habits le serraient
comme dans un étau. Sa voix était traînante et il bégayait un
peu. Lorsqu'il parlait, il frappait l'air de ses mains pendantes,
ce qui lui donnait assez l'expression physionomique d'un
Kangaroo ; et, lorsqu'il voulait se rendre particulièrement
aimable, il tapait agréablement sur le bras de son interlocu-
teur, affectant toujours d'être particulièrement surpris de
tout ce qu'on lui disait ; enfin, personne ne pouvait le comprendre. Il passait pour être très-beau, — évidemment il se
croyait lui-même un Adonis, et il était quelque peu soupçonné d'aider la nature pour embellir son visage, en lui donnant une teinte artificielle.

Il s'était trouvé blessé, outre mesure, d'avoir été traité
avec tant d'indifférence par une jeune lady du rang d'Ellen,
et de l'avoir vue encourager si promptement les sentiments
d'un homme aussi inférieur à lui par le rang que par la naissance (car les Fripps dataient leur noblesse des temps les
plus reculés et la faisaient remonter au fameux Narcisse).
Cependant, ses attentions personnelles auprès de miss Adamthwaite, n'avaient jamais consisté qu'à lui chanter quelques
romances, en s'accompagnant sur la guitare, ou à lui faire
une patience aux cartes, ou bien à lui peindre un bouquet de
roses sur sa boîte à ouvrage. Si elle avait, parfois, la fantaisie
de travailler à ces petits riens indescriptibles auxquels les
dames de nos jours appliquent toute leur attention, aussitôt
il enfilait son aiguille. Ce fut donc l'outrage qui résultait des
faits, plutôt que la jalousie de l'amour, qui le poussait à
perdre Georges. Son sort, toutefois, était arrêté dans le livre
des destins, et lorsque les chevaux furent à la porte, le capitaine Fripps sentit son cœur battre avec anxiété. Reste donc
tranquille, petit trembleur, dit-il, en passant sa main sur sa
poitrine ; puis, ayant enjambé son coursier, il se mit lente-
ment en marche avec le Commandant en chef, pour faire
leur excursion habituelle du matin.

Il faut convenir que pour faire, à cheval, une communication confidentielle, il n'est pas tout à fait indifférent que l'allure soit celle du pas, du trot, de l'amble, du petit ou du grand
galop. Or donc, lorsque le capitaine vit le général décidé à
adopter la pénultième allure de toutes celles que nous venons
d'énumérer, il comprit que la difficulté d'aborder le sujet serait insurmontable. En effet, sir Cadwallader n'avait pas un
goût particulier pour la société de son aide-de-camp, et préférait, lorsque les circonstances le permettaient, la compagnie du major Mopes qui, le jour en question, était resté
pour combattre, dans le cas où la chose serait encore possible,
les mauvais effets du projet de confidence que le capitaine
était venu tout exprès pour réaliser.

Après une course d'un mille environ, sir Cadwallader proposa au capitaine de mettre pied à terre et de gagner une
hauteur de l'autre côté d'une *Nullah* guéable (1), afin d'avoir
une vue de la ville, d'un monticule d'où miss Adamthwaite
en avait fait le dessin, mais que le général n'avait pas encore
visité. Cette circonstance fut plus favorable pour Narcisse
qu'il n'aurait pu l'espérer ; le lieu, — le sujet, — tout, naturellement, tendait à le rapprocher du but qu'il s'était proposé. Le *petit trembleur* ne devait donc pas rester longtemps
tranquille ; car, enchanté de la convenance de l'opportunité,
M. le capitaine résolut d'en profiter sans perdre un moment.

— Étiez-vous ici avec Ellen lorsqu'elle dessina ce point de
vue ? dit sir Cadwallader.

— Oh ! vraiment non, général, répondit Fripps. Je ne sors
jamais pour accompagner les dames qui vont dessiner dans la
campagne ; je ne penserais même pas à faire pareille chose.

— Je ne vois pas quel mal il pourrait exister à le faire, dit
Son Excellence. En Italie, Ellen passait la plus grande partie
de son temps à dessiner d'après nature, et il eut été assez
ennuyeux pour elle de n'être jamais accompagnée.

— Oh ! chère Italie ! dit Narcisse en soupirant et en ren-
versant ses yeux, — le climat y est si charmant !

— Le climat ne fait pas grand chose à l'affaire, dit sir
Cadwallader.

(1) *Nullah*, mot indien, qui signifie *rivière*.

11

— Non, assurément, reprit le capitaine, mais — je suis si réservé que je ne me permets jamais de trop présumer de la bonté des chères ladies. Et, s'il faut tout dire, j'avouerai que je remarque quelquefois chez les autres des choses qui me choquent, non-seulement à cause de mes propres sentiments en matière de délicatesse, mais aussi en raison de l'honneur et de la tranquillité de ceux que j'estime, lorsque la chose les concerne.

— Honneur et tranquillité ! dit le général, — quoi diable l'honneur et la tranquillité ont-ils de commun avec une peinture à l'aquarelle ?

— Oh ! mon Dieu, non, général, dit le capitaine, en frappant l'air de sa main. Je n'ai pas prétendu cela ; mais — il n'en est peut-être pas de même pour les artistes.

— Il me semble, si vous faites allusion à Ellen, dit sir Cadwallader, que ces deux expressions doivent sérieusement la concerner.

— Vraiment ! général, dit Fripps, je ne sais que répondre ; mais j'ai à vous confier quelque chose que vous ne devez pas ignorer.

— Alors dépêchez-vous, Fripps, dit sir Cadwallader.

— Oh ! je ne pourrais vous raconter tout en une fois, répondit le capitaine, je sais que vous serez mécontent ; — mais je suis sûr, d'un autre côté, qu'il est de mon devoir de vous le dire : et, cependant, je ne sais comment je pourrai jamais vous apprendre pareille chose !

— Comment ! tramerait-on quelque complot, ou bien y aurait-il quelque projet de mutinerie ? demanda le général.

— Oh ! non, monsieur, dit Fripps, ce n'est rien qui concerne le public ; c'est — oh ! je ne puis vous le dire.

— Eh bien ! ajouta le général, je tiens peu à le savoir de suite ; seulement, puisque vous avez commencé, vous feriez aussi bien de continuer.

— Oh ! c'est si fi ! fi ! sir Cadwallader, dit Narcisse.

— Si quoi ? demanda Son Excellence.

— Si mal, Monsieur, répondit l'aide-de-camp.

— De qui voulez vous parler ? demanda encore Son Excellence.

— C'est ce que j'ai presque peur de dire, continua Fripps.

Je n'ai jamais été aussi frappé d'horreur dans ma vie ! — Je déclare que deux heures après je n'avais pas encore pu me remettre.

— Après quoi ? dit le général : expliquez-vous.

— Je ne sais comment commencer, dit Fripps, en se tordant les mains,

« Comme une pauvre veuve, au désespoir livrée,
Devant son cher *baby* tristement éplorée. »

— Est-ce quelque chose qui regarde ma fille ? demanda sir Cadwallader, qui ignorait qu'aucune scène eût eu lieu, mais qui avait remarqué depuis longtemps l'aversion de son aide-de-camp pour Georges.

— Tenez, général ! — vous êtes un homme si extraordinaire, dit Fripps, que vous paraissez, en vérité, tout savoir comme par intuition.

— Eh bien ! dit Son Excellence, qu'a-t-elle donc pu faire ?

— Je sais que je ne serai jamais capable de vous l'expliquer complétement, répondit Fripps ; mais — je — pense que je puis mentionner que l'on considère — je — que M. Brown est — un peu trop libre — et extraordinaire — et...

— Ouf ! dit le général, n'est-ce que cela ? Mais si je ne trouve pas mauvais, et si Ellen ne le trouve pas non plus, qu'il ait pour elle des attentions particulières, je ne vois pas ce qu'on pourrait sérieusement blâmer en cela, capitaine Fripps.

— Non, Monsieur, dit le capitaine ; mais je suis sûr que vous ne pouvez deviner. Ce n'est pas la faute de miss Ellen, — j'en suis certain : — mais — vous n'avez pas d'idée. Oh ! sur ma parole, — ce M. Brown, — je vous en parle, vous savez, en confidence, Monsieur, — c'est un homme si grossier.

— Grossier ! dit sir Cadwallader, — le pensez-vous ? autant...

— Ah ! nous y voilà, reprit Fripps, se redressant et gesticulant beaucoup, — je ne puis — c'est quelque chose de si fi ! fi ! — et il faut pourtant que vous le sachiez : mais, je le déclare, je ne sais comment vous le dire.

— Quand cela est-il arrivé? demanda sir Cadwallader.

— Je n'ai pas voulu perdre un instant à vous le raconter, dit Fripps, ce que j'ai vu est arrivé la nuit dernière.

— Oh! dit le général — (tout doute sur la conduite honorable de Georges étant évanoui, en apprenant la date de l'événement qui avait froissé la délicatesse du scrupuleux Narcisse), — était-ce donc très-mal ce que vous avez vu?

— Je n'ai jamais fait assurément pareille chose en ma vie, sir Cadwallader, dit Fripps, et, sur mon honneur, je suis fâché d'en avoir été témoin : cela m'a tout bouleversé.

— Vous ne les avez pas surpris, je suppose, dit sir Cadwallader, dans un de ces moments que les faiseurs de romans appellent une situation intéressante ; n'est-il pas vrai, capitaine Fripps ?

— Tenez, général, vous êtes un homme réellement si extraordinaire, dit Fripps, que je ne puis, sur ma parole, comprendre comment vous avez pu deviner ; c'est exactement cela : aussi, dès que j'eus fait cette découverte, je me suis dit, — bien! si jamais — ô Dieu! — penser qu'un homme que Son Excellence a élevé à la position qu'il occupe ? — penser que...

— En voilà assez, capitaine, dit le général, je ne doute pas de la bonté de vos intentions, et je vous remercie de l'intérêt particulier que vous prenez à Ellen : — maintenant jetons un coup d'œil sur l'horizon qui se découvre à nous.

— Ma foi ! se dit Fripps à lui-même, si j'ai jamais vu un homme semblable ! — penser qu'un grand, dégoûtant et grossier personnage comme ce Brown, — ah! si jamais je...

— Je crois qu'Ellen a parfaitement rendu cette scène, dit le général, en protégeant sa vue avec ses mains, pour admirer le magnifique panorama qui se déroulait à leurs yeux.

— Comment, Monsieur? dit Fripps, en passant ses doigts dans les boucles de sa chevelure.

— Ce point de vue, répliqua le général, — le Bungalow que l'on aperçoit dans le premier plan est d'un bel effet ; elle en a tiré un excellent parti. Il est assez singulier qu'ayant parcouru si souvent la route de Mulligapatemy, je ne l'aye pas remarqué plus tôt.

Fripps regarda Son Excellence avec surprise, et commença

presque à se repentir de n'avoir pas été lui-même plus aimable avec miss Ellen, dont la fortune bien connue aurait applani pour Narcisse toutes les objections terrestres, eussent-elles été soulevées par la dame en personne.

— Ainsi donc, dit sir Cadwallader, en revenant au sujet de la conversation, vous avez surpris ma fille et mon sous-secrétaire militaire dans une situation intéressante, — n'est-il pas vrai ?

— Sur ma parole, général, il n'y a eu aucune intention de ma part, dit Fripps, je venais de prendre du capillaire d'Hoffman, de l'eau et un biscuit à la cuiller avec l'enseigne Honeyman, dans son quartier, où nous avions chanté, au clair de lune, quelques petits duos siciliens avec accompagnement de guitare ; et le temps s'écoula si vite, qu'il était près de onze heures que nous ne songions pas encore à nous quitter. Lorsque je revins chez moi, en arrivant à la grille, je rencontrai le major Mopes, et nous traversâmes ensemble la Verhandah, et là — j'ai réellement — je vous assure que c'est la première fois que j'ai vu pareille chose, — mais là — là — oh ! comment décrire cette scène ?

— Vous aurez probablement vu M. Brown embrasser ma fille, dit le général. — Cela suffit, capitaine Fripps, nous arrangerons l'affaire de ce gentleman après déjeuner. Maintenant, partons, et reprenons nos chevaux, afin de terminer notre promenade.

Il faut convenir que le capitaine Fripps ne fut pas médiocrement désappointé de l'accueil fait par le général à son rapport sur l'inconvenance manifeste de la scène qu'il avait découverte. Mais il n'ignorait pas qu'il avait affaire à un homme peu causeur de son naturel, et d'une décision aussi prompte qu'énergique dans l'action ; il entretint donc encore l'espérance de voir l'objet de son antipathie, M. le sous-secrétaire militaire, chassé sans la moindre cérémonie dans le courant de la matinée.

Dans ce même intervalle de temps, le bon major Mopes avait agi d'une manière bien opposée : il avait vu Georges, et s'était entretenu avec lui ; celui-ci, nous en faisons l'aveu, énorgueilli par la merveilleuse bonne fortune qui était venue le trouver, éprouva d'abord quelque plaisir à laisser l'esprit du major faire fausse route ; il mit, en effet, beaucoup d'adresse à éviter, dans son langage, de lui laisser deviner la vérité, jusqu'à ce qu'enfin il vit, par les manières et la contenance de son digne ami, qu'il ne convenait pas de pousser la plaisanterie plus loin. Or donc, après avoir tout expliqué, de manière à ne plus lui laisser aucun doute, il présenta le secrétaire en chef à Ellen, sa fiancée, et la satisfaction ainsi que la joie du major furent complètes.

Le déjeuner fut une assez rude épreuve pour les principaux acteurs de cette scène de famille. Ellen, sans aucun doute, avait été instruite par Georges de la découverte de leur baiser d'adieu, découverte faite par les deux officiers de l'état-major. — Mais Mopes espérait encore que Narcisse, généralement occupé de sa propre personne, pourrait avoir vu trouble dans cette circonstance.

Toutefois, le moment de la crise approchait. Le général entra dans la salle à manger ; les curries, le riz, les canards de Bombay, les poissons rouges de Java, les œufs, le jambon d'Europe, le hump et les kabobs étaient disposés entre des raisins, des fraises, des mangues et des bananes. Le délicieux parfum du café embaumait l'atmosphère, et le thé encore bouillant allait bientôt pétiller dans les tasses. Ellen prit place, les yeux baissés, après avoir reçu de Son Excellence un bon nombre de baisers paternels ; et le capitaine Narcisse Fripps, après l'échange d'une poignée de main avec Georges, se mit à l'extrémité de la table, exactement en face du brave Mopes, major et secrétaire en chef.

A mesure que le repas tirait vers sa fin, Fripps ne pouvait s'empêcher d'observer que certains coups d'œil s'échangeaient entre les quatre autres convives, et particulièrement chaque fois que la physionomie du major prenait subitement une expression qui ressemblait à un sourire, mais à un sourire d'un caractère singulier, et tel qu'il ne se rappelait pas l'avoir jamais vu en faire de semblable auparavant. Le général regardait Georges ; Georges regardait Ellen ; et Ellen, affectant de réprimer l'effet de ses yeux intelligents avec un sérieux à moitié comique, devenait d'un rouge cramoisi.

Le capitaine Narcisse Fripps commençait à se trouver excessivement embarrassé. Il était clair que ses compagnons de table avaient formé entre eux un complot ; et qu'il était, lui, d'un commun accord, *leur jouet*. On parlait peu, et personne ne paraissait disposé à rompre le silence. Narcisse n'avait nullement mis en doute que le général ne voulût saisir le premier moment favorable, après son retour, pour faire des remontrances à sa fille sur l'horrible inconvenance de sa conduite ; mais il avait peine à concilier cette idée avec un fait d'une signification un peu différente, je veux parler de la place que Brown occupait auprès d'Ellen à table, et de la liberté qu'il avait conservée de causer familièrement avec elle, peu ou beaucoup, suivant son caprice ; tandis qu'Ellen, de son côté, accusait assez l'existence de leur intimité, autant du moins, qu'il est possible au langage des yeux de rendre, dans une certaine mesure, cette vérité palpable.

Une réflexion vint frapper le capitaine : il pensa que, d'après le principe généralement admis dans un certain monde, de passer l'éponge sur ces sortes de choses, et de s'abstenir d'en parler, il était probable que le général ne voulait pas, en public, paraître instruit de ce qu'il lui avait communiqué, et qu'alors, au lieu de faire jeter à la porte le sous-secrétaire militaire, il avait sans doute l'intention de lui donner un emploi détaché, qui aurait pour effet de l'éloigner de la sphère actuelle de ses opérations, et de manière à faire passer cette nomination comme une preuve de l'intérêt que sir Cad continuait à lui porter, plutôt que comme une mesure employée pour le séparer de sa fille. Le charmant Narcisse caressait cette idée : or, parfaitement convaincu que l'embarras dans lequel ils se trouvaient tous, ne pouvait provenir que de la sollicitude de son chef pour la *tranquillité* et *l'honneur* de sa propre famille, et rapprochant ce fait de l'absence de toute remarque de la part du général touchant la question, il résolut d'agir d'après le même système, de régler sa conduite sur celle de sir Cadwallader, et de saisir la première occasion pour lui soumettre un projet qu'il se proposait de lui faire adopter, relativement à la marche à suivre dans cette circonstance.

Nous devons reconnaître que le capitaine Fripps était fort peu goûté au quartier-général. En effet, le major, en parlant de lui, avait l'habitude de l'appeler par dérision

Molly (1) Fripps ; et il le faisait d'un ton à la fois grave et solennel ; Georges savait très-bien, du reste, qu'il affectait toujours de le traiter avec dédain. Toutefois, la contrainte que *Molly* Fripps avait remarquée pendant le déjeuner n'aurait pas suffi pour le déconcerter, mais le caractère des événemens de la matinée le tourmentait excessivement ; car, quoi qu'on eût peu parlé, les regards avaient eu une expression si singulière, que le capitaine ne fut jamais plus enchanté que lorsque le repas se trouva terminé par le départ d'Ellen.

La sortie de la jeune lady fut suivie de près par celle du major et de Georges, et l'aide-de-camp se retrouva de nouveau seul avec le général.

— Eh bien ! capitaine, dit sir Cadwallader, je pense que vous trouvez ma conduite bien étrange.

— Non, sur mon honneur ; non, Monsieur, dit Fripps : je sais l'apprécier ; — elle est si prudente — et si sage — qu'elle est digne en tous points de Votre Excellence.

— Je suis content que vous l'approuviez, dit le général : mais qui vous a raconté les détails de mes procédés depuis notre retour ?

— Oh ! personne, répondit le capitaine ; je ne voudrais parler de cela à qui que ce soit pour rien au monde.

— Comment alors avez-vous acquis la connaissance de ce que j'ai fait, et de ce que j'ai l'intention de faire ? demanda Son Excellence.

— Je conclus, dit Fripps, que Votre Excellence entend ne rien dire aux parties intéressées de ce que je lui ai appris, mais qu'elle veut se débarrasser de M. Brown d'une façon ou d'une autre, et de manière à prévenir un éclat ?

— Prévenir l'éclat d'une affaire connue de deux ou trois personnes ! s'écria le général.

— Je proteste, dit Fripps, que cela ne passera jamais mes lèvres : j'ai trop d'égards pour miss Adamthwaite pour commettre une indiscrétion de cette nature. Il serait très-fâcheux, je le sais, qu'un pareil bruit se répandît ; mais mon devoir envers vous ainsi que mon estime pour elle suffiraient pour me rendre silencieux comme la tombe sur un tel sujet.

_____

(1) *Molly* veut dire *Marion* ou *Manette*.

Il est inutile, capitaine Fripps, dit sir Cadwallader, de vous retenir sur mon compte ou sur le sien.

— Je sais, en effet, Monsieur, dit Fripps, combien vous avez été bienveillant pour M. Brown ; et l'ingratitude est un vice si odieux ! — Quoi ! s'aviser d'embrasser une jeune lady, et votre fille encore !

— Connaissez-vous, dit le général, cette vieille chanson que j'avais l'habitude de roucouler quand j'étais sous-lieutenant ? —

> « Ma mère ayant su que Colin
> M'avait embrassée en cachette,
> Lui dit : si tu le veux, demain
> Tu seras l'époux de Lisette.
>
> Or, le lendemain, avec moi
> Il se mariait à l'église ;
> Et le curé payé, ma foi,
> Il put m'embrasser à sa guise. »

— Oh ! Dieu, non, dit Fripps, en frémissant, gesticulant, et s'inclinant avec politesse, je n'ai, de ma vie, entendu pareille chanson.

— Eh bien ! maintenant que vous savez le sens qu'elle renferme, dit le général, elle pourra vous éclairer. Or donc, que diriez-vous si Ellen Adamthwaite et Georges — allaient en faire autant ?

— Quoi ! s'écria le capitaine. — vous ne voulez pas dire, Monsieur, — que...

— C'est précisément ce que je veux dire, répliqua sir Cadwallader.

— Quoi ! cette délicate et belle créature..., dit Fripps, en se parlant à lui-même.

— Oui, capitaine Fripps, dit le général, elle est très-vraisemblablement sur le point de devenir Mᵐᵉ Brown.

— Ainsi donc la découverte que j'ai faite...

— N'avait pas, après tout, une grande importance, interrompit le général. Votre bonté à nous témoigner à elle et à moi tout votre intérêt, n'en est pas moins également admirable ; seulement si vous n'étiez pas retourné au quartier de votre ami, M. Honeyman, pour lui raconter ce que vous aviez vu, avant de m'en parler à moi, nous vous en aurions eu probablement plus d'obligation encore.

— Oh ! je déclare, sir Cadwallader, que je lui en ai parlé uniquement parce que je...

— Parce que vous étiez sûr de le trouver prêt à vous écouter, dit le général, et que vous n'étiez pas aussi certain de trouver, à cette heure, quelque autre personne à qui vous pourriez faire la même confidence

— Oh Dieu ! Dieu ! je ne pourrai p'us regarder miss Adamthwaite en face, dit le capitaine. Je conviens que je l'ai fait ; — comment avez-vous pu l'apprendre, Monsieur ? — Mon Dieu ! quel animal d'hypocrite doit être cet Honeyman de m'avoir trahi de la sorte !

— Nous ne pousserons pas plus loin la conversation sur ce sujet, dit le général. Je reconnais qu'il serait peu agréable pour vous de vous rencontrer avec ma fille et avec son mari, après ce qui vient de se passer ; ainsi, vous avez mon autorisation entière pour résigner vos fonctions d'aide-de-camp, et rejoindre votre régiment. Je suis un homme franc, un peu cru, comme vous savez, et avare de paroles.

— Oh, cher Monsieur Cadwallader! dit Fripps, ne me forcez pas à vous quitter. Tout pourra s'arranger, et je...

— Je vous souhaite le bonjour, capitaine Fripps, dit le général. Ma fille me charge de vous éviter la peine de prendre congé d'elle ; et, selon toute probabilité, elle ne rentrera pas que vous ne soyez parti. Le nom de Brown figurera à l'ordre du jour comme mon aide de-camp cette après-midi, et puisqu'on ne veut aujourd'hui m'en accorder qu'un, vous vous trouverez forcé de prendre le *pas de route ;* ainsi donc, bon voyage. Après ces paroles, Son Excellence quitta l'appartement, en murmurant avec humeur entre ses dents : — Mais ne comptez plus être désormais attaché à mon état-major.

— Ah ! si jamais ! se dit Narcisse, — mon Dieu, — tout ceci est vraiment bien désagréable ! J'avoue que j'arracherais volontiers les yeux de cet animal d'Honeyman, pour m'avoir joué un si mauvais tour. J'irai le trouver, — lui reprocher sa conduite : — mais, bien certainement, nous arrangerons cela avant mon départ, car je suis sûr qu'il n'a eu aucune intention de m'offenser.

Et Fripps s'en allait en se parl int ainsi à lui-même, lorsque, à son grand effroi, un des domestiques de sir Cadwallader vint lui offrir les compliments de Son Excellence, — qui désirait savoir quand il serait *prêt à partir*. Cette question devenait concluante. Les circonstances délicates qui se rattachaient aux événements accomplis depuis 24 heures, — la position critique dans laquelle il s'était placé par son bavardage, et les intentions si palpables que devait lui prêter sa conduite ; tout contribuait et conspirait à lui faire prendre le parti de remplir immédiatement les intentions de Son Excellence, en s'éloignant sans le moindre délai Son domestique reçut donc l'ordre de faire tous les préparatifs du départ ; et le capitaine se rendit de sa personne auprès d'Honeyman pour lui adresser des reproches et lui faire ses adieux. Leur querelle fut, comme il l'avait prévu, bientôt apaisée ; et, de la porte de son cher ami, après avoir pris sa part d'une collation de sandwiches de volaille, d'une tarte aux framboises, de gouttes de sucre d'orge, humectées d'un peu de limonade, Fripps se mit en route pour aller rejoindre son régiment à Bombay.

C'est chose remarquable combien nous sommes quelquefois affectés de la perte d'une personne qui nous était même indifférente, mais que nous avions l'habitude de voir chaque jour dans l'intimité. Ellen, qui n'avait jamais accordé à Narcisse plus d'attention qu'à aucun autre officier de terre ou de mer au service de Sa Majesté, et qui, selon toute probabilité humaine, lui en avait même beaucoup moins accordé qu'à tout autre, ne put cependant jeter les yeux sur sa place vacante à table, sans éprouver un sentiment de regret, sentiment augmenté probablement par l'idée qu'elle avait été la cause de son renvoi, quoique ce fût innocemment et même sans s'en douter. Ce qu'il y a de certain, c'est qu'elle était fort abattue, et que Georges s'en aperçut. Les symptômes qu'il venait d'observer le mirent mal à son aise, mais son anxiété fut fortement calmée, lorsqu'il eut la certitude que son ami était bien parti, et qu'il vit Ellen, dès que son Georges eut pris place à dîner, recouvrer autant de sérénité qu'il pouvait le désirer, après un événement qui, sans aucun doute, devait former le principal objet de toutes les conversations aux autres tables de la Présidence.

Nous n'accorderons pas l'espace qui serait nécessaire à cet épisode de notre histoire, s'il nous fallait raconter tout ce qui se passa au quartier-général jusqu'au jour fixé pour le mariage de Georges et d'Ellen. Lorsque le résultat matrimonial de leurs rapports journaliers fut annoncé comme une chose décidée et immanquable, l'opinion publique des quarante ou cinquante dames ou gentlemen qui formaient la société de l'endroit, se déclara unanimement en faveur de Georges. C'était, disait-on, un homme de manières fort distinguées, et aussi aimable qu'instruit; et l'on ajoutait que le général avait fait preuve de jugement en rendant justice à son mérite, et en ne consultant que le bonheur de son enfant. Enfin l'heureux jour du mariage arrivé, ils allèrent, après la cérémonie, passer leur lune de miel dans le site pittoresque du Bungalow qui formait l'effet principal du dernier paysage dessiné par Ellen dans l'Inde Orientale.

Le bonheur de ce couple fortuné, — car il était réel, — ne devait cependant pas durer longtemps sans être troublé par un cruel chagrin : une attaque de paralysie soudaine leur enleva, trois mois après leur mariage, leur père bien-aimé, ce père si bon, si généreux et si dévoué à leurs intérêts et à leur avenir. Cet événement dut naturellement les décider à retourner en Angleterre, et engagea Georges à quitter définitivement le service. Etant devenu officier à un âge trop avancé pour pouvoir, en temps de paix, et même à prix d'argent, parvenir à des grades élevés, il céda aux sollicitations de son Ellen, qui avait assez de la vie militaire comme fille d'un soldat, pour ne pas désirer de n'en point faire un plus long apprentissage. Ses goûts, — ses habitudes, — lui faisaient envier une existence tranquille et retirée ; aussi, l'avantage d'être entièrement libre, et de ne pas se trouver forcée, par suite d'un ordre officiel, de passer encore dix ou douze années dans un cantonnement des Indes Orientales, ou dans une caserne de l'occident indien, lui parut-il trop séduisant pour n'être pas accepté par elle avec joie. La confiance de sir Cadwallader en Georges était si entière qu'à la mort du vieux gentleman, il se trouva possesseur réel et personnel d'une fortune d'environ sept mille livres sterling de revenus (180,000 fr. de rentes).

Telle était la position de Georges lorsqu'il retourna en Angleterre, et l'on peut facilement s'imaginer à quel point la reconnaissance de sa mère et de sa sœur envers la Providence fut profonde, lorsqu'elles apprirent de la bouche de ce fils et de ce frère chéri, tous les détails de ce qui lui était arrivé.

CHAPITRE X.

Maintenant que nous avons rendu au lecteur un compte exact des événements heureux survenus à M. Brown, il devient nécessaire de parler un peu de notre héros Jack, et des mesures qu'il jugea convenable d'adopter dans les circonstances délicates et embarrassantes où il se trouvait, c'est-à-dire après avoir été accepté par deux femmes charmantes dans le courant d'une même journée.

Pendant quelques instants, — lorsqu'il eut reçu le second billet, — celui de Blanche, — le petit homme fut fort intrigué du parti qu'il prendrait. Il n'avait pas le moindre soupçon que ces déclarations pussent être le résultat d'une plaisanterie ; tout l'embarras consistait donc pour lui à s'arrêter à une résolution définitive. Ressemblant au héros de Gay, il sentait qu'il devait dire *un petit mot* à chacune de ses esclaves ; car il se trouvait forcé d'articuler un oui ou un non, — pour la veuve ou pour la jeune fille : cette question était assez délicate, même pour Jack, qui avait déjà défrisé la moitié de ses cheveux avant d'avoir pu arriver à une conclusion. Enfin, il se détermina à reculer jusqu'au soir la solution de cette difficulté ; mais, en attendant, il se mit à la recherche de sir Charles Lydiard, afin de s'assurer, s'il était possible, de l'opinion de ce digne Baronnet sur le mérite de la veuve ; il voulait connaître aussi l'étendue du mécontentement et des désirs de vengeance que pourrait éprouver ce gentleman, si *lui*, Jack, s'avisait de vouloir marcher sur ses brisées, en jetant son dévolu sur *elle*.

Dans ce but, notre héros commença à faire ce qu'il appelait sa *randonnée* des clubs ; mais, pour être vrai, nous dirons que cette fameuse randonnée se bornait simplement à une visite faite à la porte de ces établissements aristocratiques ; — car Jack n'avait pas encore acquis le droit de franchir le seuil d'aucun d'eux. Néanmoins, il rôdait assez fréquemment dans leurs environs, et, en demandant après quelque personnage qu'il savait absent de Londres, ou ne plus appartenir à ce genre de réunion, il croyait avancer ses affaires ; or donc, ayant répété ce jour-là, et toujours infructueusement, la même manœuvre, mais, selon lui, avec un succès complet, il rencontra enfin sir Charles, et le rejoignit comme il se dirigeait vers Grosvenor Street.

Dans un de ces recueils instructifs et amusants qui traitent de l'histoire naturelle, et où nous trouvons relatés quelques traits particuliers au caractère de divers animaux, on parle d'une oie qui avait conçu un vif attachement pour un chien de terre-neuve, appartenant au même maître ; elle tombait dans l'inquiétude et la tristesse dès qu'elle était privée de sa société. Neptune appréciait la valeur de ces tendres sentiments, et il les partageait même jusqu'à un certain point ; or, toutes les fois qu'ils se trouvaient ensemble dans la basse-cour, *lui*, mangeant sa pitance, et *elle*, le regardant avec affection, ou *vice versâ*, tout était pour le mieux ; et, lorsque Neptune prenait l'air dans les rues du village, ou sur la route, ou bien lorsqu'il lui arrivait d'aller se baigner dans l'étang voisin, mère l'oie ne manquait jamais de l'accompagner ; mais il advenait alors, qu'après avoir enduré quelque temps le gracieux balancement de sa marche, et le charme de ses sons nazillards, Neptune, dès qu'il apercevait quelque dogue ou roquet de distinction, s'empressait, invariablement, de prendre une allure plus vive, et de disparaître à l'angle d'une rue, ou en franchissant quelque barrière, comme s'il eût voulu témoigner son dégoût pour une pareille liaison. Sir Charles Lydiard éprouva le même sentiment que le chien Neptune, lorsque l'oie Brag vint l'accoster : cependant, comme il était impossible au digne Baronnet, à moins d'avoir recours à quelque expédient grossier, et complétement opposé à son caractère et à ses habitudes, de tourner brusquement le dos à notre aventurier, il écouta avec patience le commencement d'une conversation dont la fin l'impressionna vivement, et excita dans son cœur généreux la plus tendre sympathie pour l'injure faite à son ami.

Comme le lecteur ne tardera pas à connaître les détails de cet important dialogue, nous ne l'ennuierons pas en lui en donnant ici une répétition anticipée et superflue : on comprendra aisément la gravité de la conversation lorsqu'on saura, qu'arrivé à la porte de son hôtel, Lydiard invita Brag à entrer, et qu'ils restèrent à causer dans son salon pendant plus d'une heure.

L'impression demeurée dans l'esprit de Jack, après ce qu'il avait entendu de la bouche de *son ami* sir Charles, fut que la perte de la veuve ne briserait pas plus le cœur du Baronnet que ce gentleman ne briserait la tête de Jack ; il devint alors, comme le lecteur peut se le figurer, tout fier et tout énorgueilli d'une découverte qui le fortifiait davantage dans ses intentions primitives à l'égard de cette dame.

Jack paraissait voler dans les airs en descendant Bond Street ; il avait l'intention d'aller chez quelque autre de ses connaissances pour lui faire, sans nul doute, une nouvelle confidence ; cependant, les destins en avaient décidé autrement, car, en tournant le coin de Hanover Square, il se trouva face à face avec Rushton ! — rencontre qui lui fut d'autant plus agréable qu'il avait résolu de laisser ce fougueux gentleman tranquille possesseur de l'élégante Blanche. Rushton, dont *l'affection* pour Jack était, pour le moins, aussi prononcée que celle de sir Charles Lydiard, fit un effort désespéré pour lui échapper, non-seulement parce que, d'après ses principes, il voulait l'éviter, mais encore parce qu'il se trouvait sous l'impression d'une idée qui, quelque ridicule qu'elle pût paraître au premier aspect, lui faisait envisager le petit homme comme l'être pour lequel Blanche avait changé à son égard ; il redoutait qu'à la suite d'une conversation un peu prolongée, sa vivacité ne le fît s'écarter du système de prudence qu'il avait résolu d'adopter jusqu'au moment où ses soupçons seraient entièrement confirmés, et ne lui fît administrer un peu trop prématurément à Jack la cor-

— 176 —

rection qu'il lui réservait, le cas échéant. La rencontre, cependant, devint inévitable.

— Vous voilà, je présume, en route pour visiter ces dames, dit Rushton.

— Non, répondit Jack, pas avant ce soir ; je suppose que nous nous y rencontrerons.

— Peut-être non, dit Rushton, à qui les manières et l'air de Jack parurent encore plus impertinents et plus vulgaires que de coutume; et il continua son chemin. Mais Jack retournant sur ses pas, marcha à son côté.

— Etranges créatures que les femelles ! dit Jack, en secouant la tête, et souriant avec affectation.

— Elles le sont, en effet ! dit Rushton , car l'idée de l'affection de Blanche pour cette espèce de chien de meute vint, en ce moment, traverser son esprit.

— Ma foi, Rushton ! dit Jack — (Rushton frémit d'indignation en entendant ce ton de familiarité), nous marchons de surprise en surprise ! — vous êtes un homme heureux avec une créature comme Blanche Englefield, qui est bien la vôtre.

— C'est là un sujet délicat, dit Rushton, et nous ferions mieux de ne pas l'aborder. Je sais que vous êtes un admirable plaisant, — mais les plaisanteries , et particulièrement celles qui sont sérieuses, ne tournent pas toujours bien.

— Je sais ce que vous voulez dire, reprit Jack : — Mais on vous fera changer de langage avant peu, *smach, smooth, and no mistake.*

— J'aime à croire que vous m'avez compris, dit Rusthon ; et je répéterai que, s'il en est ainsi, il est inutile d'ajouter que je suis peu disposé, sur ce sujet, à supporter la plaisanterie ; si vous ne m'avez pas compris, ce n'est ni le moment, ni le lieu convenables pour vous donner une explication plus complète.

— Ne vous mettez pas en colère, dit Jack, vous n'avez jamais été dans une plus grande erreur.

— Sur quel point? demande Rushton.

— A l'égard de Blanche, répondit Brag.

— Réellement, Monsieur, dit Rushton, vous marchez sur un terrain brûlant. Vous m'avez attiré dans une conversation que je mettais le plus grand soin à éviter dans le présent état des choses ; mais vous m'avez amené à un point auquel je ne puis plus m'arrêter. Vous venez, de la manière la plus familière, de faire allusion à une jeune personne, qui, dans mon opinion, a été extrêmement polie à votre égard ; et, dans les circonstances où je me trouve placé, je veux et je dois connaître le caractère de votre intimité avec elle.

— Je n'en suis pas surpris, répondit Jack, mais cela me prouve seulement une chose : c'est que les esprits les plus forts ne sont pas les moins faciles à intriguer. Vous saurez tout ce qu'il en est avant demain — eh !... êtes-vous éveillé maintenant ?

— Eveillé ! — Je le suis, dit Rushton, ou plutôt, je crois rêver. Voudriez-vous dire, par hasard, que votre connaissance avec miss Englefield, que vous appelez Blanche avec si peu de cérémonie, est sur le point d'avoir un dénouement favorable ?

— Mon cher M. Rushton, dit Brag, vous n'avez rien à craindre, — du moins pour ce qui me concerne. Il y a plus d'une monture dans les stalles. — Eh !... êtes-vous bien éveillé maintenant ? Non, eh bien ! je veux vous tirer d'inquiétude ; — je hais la cruauté, — je ne l'emploie jamais, même lorsqu'il s'agit de dompter un animal, si ce n'est lorsqu'il faut lui donner un peu d'action. Non, non, si quelqu'un dans la maison a des sujets de jalousie, ce n'est pas vous. Cela vous va-t-il, voyons ?

— Comment ! dit Rushton, me feriez-vous entendre que mistriss Dallington...

— Silence ! dit Brag, brûlant de proclamer son merveilleux succès ; — grave comme un Hollandais ! — cinquante contre un à qui est le vainqueur de la veuve.

— Vous plaisantez, dit Rushton.

— Non pas, répondit Jack — affaire arrangée, *snug*, *smack smooth, and no mistake*. Je sais que vous n'êtes pas comme sir Charles ; son compte est réglé ; c'est en confidence que je vous le dis, — mais c'est comme ça : — la chose est ce que les Français appellent une *funny affair* (affaire faite).

— Certainement cela ne peut pas être ! dit Rushton.

12

Comment ! après toutes les déclarations qu'elle a faites devant moi, — et les regrets qu'elle exprimait parce que la
froideur des manières de mon ami ne lui permettait pas de
s'abandonner au sentiment d'affection qu'elle éprouvait pour
lui : après...

— Que Dieu vous bénisse ! dit Brag, il n'y a pas à compter
sur les femelles ; — de vraies girouettes, — eh !...

— Je n'y puis rien comprendre, dit Rushton : même...

— Eh bien, le croyez-vous enfin ? dit Brag.

— Vous le dites, M. Brag, répondit Rushton, cela doit être.

— Je ferai plus, reprit Jack, nous sommes deux dans la
même barque, et bientôt nous naviguerons dans les mêmes
eaux, bientôt nous serons alliés.

— Eh bien ! dit Rusthon, d'un ton qui n'exprimait pas les
sentiments réels que cette déclaration excitait en lui, qu'il en
soit donc ainsi !

— Maintenant, dit Jack, il s'agit de garder le secret : lorsqu'une femelle est en jeu, l'homme doit être aussi silencieux
qu'un cheval mort. Je vous ferai lire sa lettre, — et, cela va
sans dire, il n'en faut parler à qui que ce soit.

En disant ces paroles, il prit son portefeuille, et en retira
avec un soin tout particulier l'heureux billet de la veuve.
Rushton aurait voulu le tenir dans ses mains, tant il lui tardait de se convaincre par lui-même de la véracité de son
compagnon, mais Jack ne voulut pas s'en dessaisir. Rushton
en reconnut parfaitement l'écriture, et en lut assez pour ne
plus douter non-seulement que ce fût un document véritable,
mais encore pour être certain que c'était bien identiquement
la même lettre qu'il avait vu expédier devant lui, et en présence de sir Charles Lydiard ; fait qui, en détruisant ses sujets d'inquiétude relativement à l'action de Brag dans ses
propres affaires, fut à l'instant lié dans sa pensée avec cette
circonstance que Blanche avait aussi expédié en même temps
un odieux billet à trois plis à une personne quelconque. Combien est subtil le travail d'un esprit jaloux ! — une contrariété est-elle apaisée, qu'une autre ne tarde pas à la suivre :
et un doute n'est écarté que pour faire place aussitôt à un
autre doute.

— Vous voyez ce qu'elle dit, reprit Brag. Que pensez-vous maintenant de sir Charles — eh? il n'a pas été éveillé, lui ! ceci, je le pense, va l'achever. Je vous aurais bien montré autre chose, mais je sais que, certainement, vous pensiez que je courais après Blanche — et vous vous imaginiez peut-être qu'elle — eh ?...

— Je n'imagine rien, dit Rushton. — Blanche est la sincérité et la candeur mêmes. — (Ouf ! se dit intérieurement Jack, qui mourrait d'envie de la démasquer aussi, mais qui ne l'osait pas). — Quant à Mme Dallington, continua Franck, — que de fois n'ai-je pas fait observer à Lydiard qu'il n'y faisait pas assez attention, et qu'il prenait les choses avec trop de calme ! mais je n'ai pu jamais en tirer que des reproches, parce que, disait-il, j'étais trop prompt et trop exigeant dans mes jugements sur le compte des femmes en général. Je savais ce qui arriverait.

— Est-ce depuis ma liaison avec elle? demanda Brag.

— Longtemps avant, répondit Rushton. Mais quant à Blanche, continua-t-il, en se rappelant le billet aux trois coins pliés, — douce et aimable comme je la connais, je ne répondrais pas cependant qu'elle ne me trompât pas quelquefois aussi.

— Cela ne m'étonnerait pas non plus, dit Jack d'un air malin.

— Vous parlez d'un ton singulier d'assurance pour un homme qui doute, dit Rushton.

— Allons, au revoir ! dit Jack. J'espère que vous n'attachez pas trop d'importance à mes paroles : mais il me semble que nous ferions mieux de bâcler un double mariage le même jour — eh? — Madame Dallington Brag, comme ce nom résonnera bien ! je pense qu'il y aura de quoi foudroyer lord Tom : en tout cas, motus! comme on dit. Suivez mon conseil, et tout ça marchera comme sur des roulettes, *smack smooth, right up, straight down, and no mistake !*

Après ces paroles, Brag quitta son compagnon ébahi au bout d'Harley Street, où les avait conduits ce long dialogue, et il traversa New-Road pour se rendre dans une écurie, où l'on soignait deux ou trois de *ses* chevaux qui n'étaient pas à *lui*.

Les sentiments de Rushton étaient dans un état d'excitation

considérable par suite de l'étrange confidence que venait de lui faire son compagnon : l'indignation qu'il ressentait ne pouvait se calmer assurément à l'idée de la lâcheté d'un fat, qui, par vanité, n'avait pas hésité à sacrifier le caractère de celle qui lui avait fait l'aveu de sa tendresse ; et ses sympathies étaient en même temps sérieusement éveillées au sujet de sir Charles Lydiard. Ainsi qu'il l'avait longtemps soupçonné, son ami avait donc été la dupe d'une femme sans cœur ; ce fait ne pouvait plus maintenant être révoqué en doute ; or, Rushthon considéra qu'il était de son devoir envers sir Charles, pour qui il professait des sentiments sincères de respect et d'estime, quoique leurs caractères fussent opposés, de l'instruire de ce que Brag lui avait appris, — ou plutôt, il voulait lui faire part des preuves positives qu'il avait eues, pour ainsi dire, entre les mains, afin de lui éviter l'inutile mortification de recevoir de la veuve son congé en forme ; il voulait aussi le soustraire sans délai à ce système d'hypocrisie et de déception dont il n'était plus possible de nier l'évidence, bien qu'il fût très-difficile de s'en rendre compte.

Ces considérations relatives à sir Charles Lydiard, l'amenèrent naturellement à faire quelques réflexions sur ce qui le concernait lui-même. L'aimable Blanche était sœur de la femme qui s'était conduite avec tant de coquetterie et de duplicité, — non-seulement elle était sa sœur, mais encore sa compagne de tous les instants — et très-probablement aussi sa confidente ! La dernière impertinence sortie du cerveau creux de Brag pesait de tout son poids dans le travail des inquiètes préoccupations de Rushton, et le portait à conclure qu'il ne devait indubitablement pas exister une grande différence entre la conduite et le caractère des deux sœurs. Mais qu'auraient pu être cependant les insinuations ou les affirmations d'un pareil individu ? Rien assurément, — si elles n'eussent été corroborées par des preuves aussi péremptoires que celles qu'il avait produites sur l'inconstance de la veuve.

Les pensées de Rushton se concentrèrent donc sur la position de sir Charles Lydiard. En y réfléchissant davantage, il se fortifia de plus en plus dans son intention primitive de raconter tout ce qu'il savait au digne baronnet, — intention qu'il était d'autant plus porté à exécuter qu'il espérait que de l'échange de leurs idées, il pourrait résulter quelque chose d'utile à leurs intérêts réciproques.

En conséquence, Rushton se dirigea vers l'hôtel où résidait sir Charles ; il le trouva chez lui, et seul. En entrant dans la pièce où il était assis, il fut particulièrement frappé du changement remarquable de ses manières, et de l'espèce d'air affectueux avec lequel il l'accueillait. Rushton fut convaincu qu'il connaissait la triste vérité. Il prit un siége ; mais la difficulté qu'il éprouvait naturellement à aborder la question, était encore augmentée par l'agitation qu'il remarquait chez le baronnet. Ils eurent bientôt épuisé quelques lieux communs, relatifs aux chevaux, aux promenades et aux dîners. Enfin Rushton demanda à son ami s'il irait le soir chez mistriss Dallington.

— Je pense que j'irai dans la soirée, dit sir Charles d'une voix altérée ; — puis suivit une pause.

— Avez-vous entendu parler de ces dames aujourd'hui ? demanda Rushton.

— Non, répondit Lydiard, en regardant son ami avec intérêt, — et vous ?

— Pas davantage, dit Rushton ; — puis, après une nouvelle pause, il ajouta : Quelles singulières créatures que les femmes !

— En effet, Rushton, dit sir Charles. A propos, auriez-vous, par hazard, aperçu cet odieux individu, M. Brag, dans vos courses de ce matin ?

— Oui, répondit Rushton, d'un ton plus sérieux que le sujet ne paraissait l'exiger, et en tenant ses yeux fixés sur l'infortunée victime qu'il avait devant lui.

— Il est très-bien avec les femmes, reprit sir Charles, fait qui me frappe comme une preuve des plus fortes de l'impossibilité de comprendre la nature de leur esprit et de leurs goûts.

— C'est une remarque curieuse, dit Rushton, qu'un être aussi vain et aussi vulgaire ait le pouvoir d'engager des femmes d'un esprit cultivé, d'une éducation et d'une naissance distinguées, à compromettre, en favorisant ses prétentions, tous les droits qu'elles possèdent au respect et à l'estime publics.

— Permettez, Rushton, ce drôle vous aurait-il fait quelque communication? demanda sir Charles.

— A quel sujet ? dit Rushton.

— Sur un sujet très-tendre et fort important, répliqua le Baronnet ; et si vous n'étiez pas venu me trouver, j'avais le projet de chercher à vous découvrir avant dîner pour vous en parler.

— En effet, il m'a raconté quelque chose, dit Rushton, — et ce quelque chose est, comme vous le dites, fort important.

— Vous a-t-il montré une lettre ? demanda sir Charles.

— Oui, répliqua Rushton.

— Ainsi donc, nous pouvons en parler sans plus de déguisement, dit sir Charles ; — n'en avez-vous pas été frappé comme d'un coup de foudre ?

— Cela m'a seulement confirmé dans ma première opinion, — que nous ne savons rien de la femme, dit Rushton.

— Vous m'aviez souvent assuré, dit sir Charles, que vous aviez cru surprendre des signes d'intelligence entre elles, mais comme j'ai l'habitude de prendre les choses avec beaucoup plus de calme que vous, j'avouerai que je ne considérais ce que vous aviez remarqué que comme un simple badinage que se permet quelquefois une jolie femme.

— Ah ! sir Charles, dit Rushton, c'est précisément ce calme dont vous vous vantez qui a fait tout le mal.

— Je ne comprends pas bien votre raisonnement, dit sir Charles. Vous verrez que je finirai par rendre ma jeune veuve entièrement soumise, et plus particulièrement après l'aventure de ce bavard de Brag.

— Après ! dit Rushton, — de grâce, mon cher sir Charles, que peuvent signifier vos paroles ? Vous épouseriez mistriss Dallington, après le scandale de ses mensonges, de sa coquetterie, de ses perfidies et de ses déceptions, dont ce drôle a eu la bonne fortune de pouvoir profiter, et que sa vanité lui fait publier à chaque coin de rue ?

— Mon cher ami, pourquoi pas ? dit le Baronnet. Je suis profondément peiné de tous les résultats que vous venez d'énumérer, et je conviens avec vous qu'il est surprenant qu'ils aient eu lieu : cela me paraît tenir du merveilleux ! — mais, quelles que soient mes sympathies pour vous, je ne vois pas pourquoi elles seraient un obstacle à mon mariage avec mistriss Dallington.

— Avez-vous lu la lettre que Brag a reçue ? demanda Rushton.

— Oui, répliqua sir Charles, je l'ai lue deux fois de suite, — et, je vous assure qu'elle m'a frappé d'étonnement et de dégoût.

— Mon cher sir Charles, s'écria Rushton stupéfait, votre calme vous aurait-il donc rendu fou ? est-ce bien là une phrase capable d'exprimer l'horreur que doit inspirer une aussi monstrueuse infidélité ?

— Que puis-je vous dire de plus, Rushton ? répondit sir Charles. Vous devez éprouver bien vivement l'effet d'un coup aussi sévère, particulièrement avec votre ardente imagination et votre excessive sensibilité ; mais, quant à moi, je ne puis que remercier mon étoile pour m'avoir conservée fidèle ma belle veuve.

— Votre belle veuve ! s'écria Rushton : — Comment ! après qu'elle a accepté Brag !

— Accepté Brag ! dit le Baronnet, ouvrant ses yeux d'une grandeur démesurée, — non, non, — ceci serait un peu trop fort pour une plaisanterie !

— Je vous dis qu'elle l'a accepté, continua Rushton, en frappant de ses deux mains sur la table.

— Dans votre position, Franck, dit sir Charles, on ne peut guère supposer que vous ayez envie de plaisanter : — mais, quelles qu'aient pu être les imprudences de la douce et modeste miss Englefield, mistriss Dallington a, j'ose m'en flatter, trop de bon sens pour se laisser entraîner dans une pareille absurdité.

— Comment ! mais vous m'avez dit que vous avez vu la lettre, dit Rushton.

— Assurément, répliqua sir Charles, mais bien certainement pas une lettre d'elle.

— Et de qui donc ? s'écria Franck.

— Mais une lettre de Blanche, répondit sir Charles.

— Une lettre ! et à qui ? dit Rushton, en se levant brusquement.

— A Brag , son amant qu'elle accepte , répliqua sir Charles.

— Son amant ! s'écria, ou plutôt hurla Rushton en fureur. Mon cher ami, que voulez-vous dire ? —que signifie tout ceci ?

— Je veux simplement dire, répondit sir Charles, que monsieur Brag a été assez bon pour me montrer la lettre en question, lettre écrite par miss Blanche Englefield, qui accepte sa main, et j'ajouterai que je l'ai lue deux fois.

— Nous sommes donc arrivés à la fin du monde, Lydiard ! s'écria Rushton. Blanche fausse ! — Blanche ! — oh ! aurais-je donc été trompé ! — et pourquoi m'aurait-elle pris pour dupe ?

— Je n'en sais réellement rien, dit sir Charles, d'un ton de voix qui contrastait singulièrement avec les exclamations convulsives de son ami, et paraissant même, jusqu'à un certain point, témoigner l'indifférence qu'il éprouvait à ce sujet.

— Mais comment pouvez-vous supporter cela, sir Charles? dit Rushton. Ces femmes sont réellement plus mauvaises que les femmes ne le sont en général. Il m'a fait voir une lettre de la veuve, — de votre veuve ! sir Charles, — conçue exactement dans les mêmes termes.

— Comment ! — pour l'accepter ? dit sir Charles.

— Sur mon honneur et sur ma vie, oui ! dit Rushton. Comment expliquer une action pareille ? Cette jeune fille tant aimée, si douce et si calme, — ah ! j'en deviendrai fou, — fou à lier ! — que je suis malheureux !

— Un moment, Rushton, dit sir Charles : suivez mon conseil, reprenez votre place, devenez plus calme et consolez-vous.

— Me consoler !

— Oui, consolez-vous, continua le Baronnet. Je commence à voir clair dans tout ceci. Tant qu'il n'y avait qu'une lettre et qu'une trahison, tout était possible, quoique invraisemblable ; les deux lettres expliquent l'affaire : — c'est une farce.

— Une farce, mon cher sir Charles ! dit Rushton, — non, non : il est impossible d'admettre que cette belle créature ait pu s'abaisser au point d'écrire à un pareil drôle, la chose n'est pas vraisemblable.

— Mon cher ami, j'ai vu et j'ai lu la lettre, dit sir Charles, et je répète que ce n'est qu'une farce. Comment supposer que deux femmes qui vivent dans les conditions où se trouvent Blanche et sa sœur, aient pu accepter le même homme dans la même journée ? sans aucun doute, ce misérable petit animal les aura persécutées de ses attentinos insupportables, et elles auront voulu préluder par cette extravagante plaisanterie à son renvoi définitif.

— Mais pourquoi écrire ? dit Rushton, pourquoi...

— Pour mieux accomplir leur dessein, continua le baronnet : vous vous en rapportez à leurs lettres — et moi, à leurs cœurs. Ces singes de petits fats peuvent bien, j'en conviens, réussir quelquefois ; c'est un fait trop constant pour pouvoir le nier ; mais, dans cette circonstance, le cas est tout à fait différent, telle est mon opinion ; et je puis vous assurer que le chevalier petit-maître dans les mains des femmes de Windsor, se trouvait dans une situation bien plus enviable que notre petit coureur au clocher ne l'est en ce moment dans celles d'une veuve et d'une jeune fille.

— Le croyez-vous réellement ? dit Rushton, sa rage commençant à se modérer un peu.

— Le croire ! répliqua sir Charles, — consultez seulement le simple sens commun, un moment de réflexion vous en convaincra.

— Sur ma vie ! je commence à le penser aussi, dit Rushton. Mais il y a une chose qui me paraît absolument nécessaire, non-seulement pour nous assurer de leurs bonnes intentions, mais encore pour venger notre propre caractère et les tourmenter à leur tour. — Je veux dire que les billets eûssent-ils été écrits dans le but d'attraper M. Brag et de le couvrir de ridicule, nous devons, nous, les considérer comme sérieux, et agir d'après les informations que nous a communiquées leur adorable petit singe.

— J'irai ce soir comme de coutume chez Mᵐᵉ Dallington, dit sir Charles ; je verrai la tournure que prendront les choses, et j'agirai en conséquence.

— Oui, mais n'allons pas ajouter foi trop facilement à ce que nous verrons, dit Franck.

— Quoi ! encore jaloux — encore dans le doute ? dit le baronnet.

— Non, pas précisément, dit Rushton ; j'irai aussi, et, pendant que vous aborderez la question, j'aurai soin de bien observer leurs yeux.

— Encore le télégraphe ! dit sir Charles.

— Oui, c'est un bon moyen de lire et de comprendre le langage du cœur, dit Rushton.

— Abandonnez-moi le maniement de l'affaire, dit sir Charles : je puis agir avec plus de calme et de modération que bien d'autres. Comptez sur moi, ma veuve ne se tirera pas de là sans quelque peine.

— Ne la tourmentez pas trop, dit Rushton.

— Une femme en pleurs est remarquablement intéressante, dit le baronnet.

— J'aime mieux les voir le sourire sur les lèvres, dit Rushton, et j'espère que vous...

— Nous irons ensemble ce soir, dit le baronnet. Examinez comment je me conduirai avec Mme Dallington, et si vous ne voulez pas imiter mon exemple, profitez au moins de l'expérience.

— J'avoue, dit Rushton, que cela ne me satisfait nullement ; cependant tout ce que vous dites...

— Est exactement tout ce qu'il y a à dire sur ce sujet, interrompit sir Charles. Ainsi, je suis maintenant à votre disposition pour une promenade à pied ou à cheval jusqu'au moment où il faudra penser à notre toilette ; et, si vous n'avez rien de mieux à faire après, je vous engage à venir manger une côtelette en tête-à-tête chez Crocky ; nous pourrons causer là tout à notre aise de nos projets pour la soirée, et trouver quelque moyen d'exterminer complétement John Brag, écuyer.

— Lui donner de la botte au derrière et lui loger du plomb dans la cervelle, dit Rushton, c'est ce que je prendrai humblement la liberté de proposer.

— Oh Dieu, non ! dit sir Charles ; il ne faut pas avoir recours à une pareille extrémité ; — nous devons, au contraire, le laisser vivre pour nous divertir encore dans quelque autre occasion ; s'il n'y avait pas de temps en temps dans la société quelques *tigres* et quelques *lions*, elle serait ennuyeuse et triste. Je me flatte, du reste, que vous me verrez aujourd'hui chez Mme Dallington sous un tout nouveau jour.

Ce fut après avoir pris ces arrangements que les deux amis allèrent faire un tour de promenade, Rushton se trouvant beaucoup moins à son aise que le baronnet, qui avait parfaitement jugé le caractère de l'affaire, et qui voulait prendre sa revanche d'une manière complète, et d'après son propre plan.

Il serait difficile d'imaginer quels purent être les sentiments de Brag pendant les quelques heures qui précédèrent le moment de sa visite décisive sur le même théâtre. M. Ducros peut bien monter deux, et même trois chevaux à la fois ; et quelque autre surprenant artiste est également capable de danser en même temps sur deux cordes tendues ; mais manœuvrer avec deux dames dans les circonstances où Brag s'était placé, semble être une tâche d'Hercule en comparaison. Un homme moins infatué de sa personne aurait vu clair dans le tour qu'elles lui avaient si justement joué ; ou, s'il eût pu croire à un résultat possible, il se serait excusé d'accepter l'invitation de ces dames, chacune lui donnant rendez-vous dans la même soirée ; mais Jack considérait, comme un fait acquis, qu'il les avait réduites toutes les deux, et que, comme les femelles sont en général de malignes *critures* (1), chacune d'elles ne manquerait pas de jouer son jeu de manière à ne pas éveiller les soupçons de l'autre.

Comme le moment approchait, Johnny mît un soin tout particulier à préparer sa toilette. Il n'y eut jamais rien de si brillant et de si requinqué que ce que notre fringant cockney appelait son joli costume *de mise en scène*. A neuf heures, il était prêt à jouer son rôle.

Les événements, néanmoins, ainsi que nous allons le voir, conspirèrent pour reculer l'instant de son apparition chez la veuve, où sir Charles et Rushton arrivèrent avant lui. Il fut convenu, cependant, pour le succès de leur complot, que Rushton ne paraîtrait pas dans le salon en même temps que son ami ; il donna alors une excuse au domestique, en allé-

---

(1) *Critures*, prononciation particulière à Jack pour *créatures*.

guant la nécessité d'écrire une lettre avant de monter pour
se faire annoncer, et le pria de mettre de la lumière dans la
bibliothèque pour qu'il pût exécuter son projet. Sir Charles
alla droit au salon, où il trouva les dames seules, attendant
évidemment l'arrivée de Brag, et n'ayant nulle intention de
rendre qui que ce soit témoin de la représentation qu'elles
allaient se donner. Mais leur surprise, en apercevant sir
Charles, fit bientôt place à un sentiment d'une toute autre
nature, car elles le trouvèrent plus froid, plus sombre et
plus réservé qu'il ne l'était d'habitude.

— Soyez-en sûre, murmura à voix basse Mᵐᵉ Dallington à
l'oreille de sa sœur, *monsieur Brag a bavardé.* — Mon cher
sir Charles, dit-elle au baronnet, vous paraissez bien abattu.

— Il y a des circonstances dans la vie qui nous affectent
à un tel degré, Madame, qu'il devient impossible de dissimuler les sentiments qu'elles nous font éprouver.

— A quoi voulez-vous faire allusion, sir Charles? demanda Mᵐᵉ Dallington, réellement intriguée, en remarquant
ce qu'elle ne pouvait considérer que comme un heureux résultat de sa manœuvre.

— Je veux dire, madame, qu'une femme qui permet à un
amant de lui accorder des attentions d'une nature non équivoque, — qui encourage ces attentions, — bien plus, qui va
jusqu'à lui laisser croire qu'elle a de l'affection pour lui, et
qui, ensuite, le trahit pour accepter un rival, cette femme
porte au cœur de son amant un choc dont il ne peut déguiser
les angoisses.

— Soyez bien persuadé, dit Mᵐᵉ Dallington, que vous n'a-
vez aucun sujet de grief semblable à celui dont vous venez de
parler.

— Madame, dit le baronnet, — je ne parle pas pour moi-
même : non, non, — mon anxiété et mon chagrin sont exci-
tés par mes sympathies pour mon pauvre ami Rushton. Oh!
miss Englefield, que n'éprouverez-vous pas lorsque vous con-
naîtrez la situation d'esprit où vous l'avez réduit? Il a tout
découvert. Il sait sur qui vous avez reporté vos affections, et
il est, je le crois, sérieusement devenu → fou!

— Fou! dit Blanche.

— Oui, dit sir Charles, ses sentiments, vous le savez, sont

ardents, ses passions violentes. Je considère sa conduite cette après-midi comme un commencement de folie.

— En pareille circonstance, sir Charles, dit miss Dallington, vous ne seriez probablement pas aussi violemment affecté ?

— Certainement non , madame, répliqua sir Charles ; mais je puis l'être profondément pour un ami qui se trouve dans cette situation. En suivant mon conseil, je l'espère, il pourra se remettre rapidement de cet état alarmant. J'en ai trouvé le moyen et je me réjouis de le lui avoir fait adopter.

— Que peut-il être, sir Charles ? demanda Blanche, les yeux remplis de larmes.

— Très-simple, et, dans mon opinion, il n'a rien de désagréable, dit sir Charles. Il existe une certaine miss Harrington, belle et aimable jeune fille qui l'aime ouvertement,

— Julia Harrington, je crois, c'est ainsi qu'on la nomme.

— Oui, murmura Blanche, je sais, — je l'ai vue...

— Eh bien ! d'après ce qu'il m'a communiqué sur votre conduite, reprit le baronnet, il m'a paru que, puisque vous aviez jugé convenable de le repousser d'une manière assez décidée pour accepter un autre gentleman, — pardonnez-moi si je suis dans l'erreur, — mais si vous l'avez fait, il m'a semblé, dis-je, que le seul parti raisonnable qu'il eût à adopter maintenant, consistait à reporter toute sa tendresse sur une jeune personne dont les sympathies lui sont assurées, et pour laquelle j'ai découvert qu'il avait conservé des sentiments assez élevés pour ne pas hésiter à leur donner une signification plus tendre.

— Et, demanda Blanche, a-t-il adopté votre avis , s'est-il rendu auprès d'elle à votre suggestion ?

— Pas tout à fait, dit sir Charles ; j'ai été obligé de le conduire dans mon tilbury jusqu'à la porte du père ; et, quoiqu'il ait résisté d'abord, j'ai réussi à lui faire accepter une invitation à dîner avec la famille, où je conclus qu'il doit être en ce moment occupé à déguster son bordeaux, et à se rendre aussi agréable que possible à la fille de la maison.

— Que vais-je devenir ? se dit Blanche à elle-même, — mais pas assez mentalement, néanmoins, pour que son observation échappât à l'oreille attentive du digne baronnet, dont le caractère et la disposition d'esprit avaient subi une modification sensible, en remarquant le succès qu'obtenait son stratagème.

— Je pense, sir Charles, dit mistriss Dallington, croyant que sa démarche personnelle auprès de Brag ne lui était pas encore connue, — que vous pourriez employer votre temps d'une manière un peu plus utile qu'à séparer deux cœurs unis l'un à l'autre.

— Deux cœurs unis ! dit sir Charles, l'acceptation d'un rival est, en effet, une très-forte preuve d'amour. Non, — laissez-le épouser celle dont il est aimé ; mais, quant à moi, mistriss Dallington, je me contenterai d'attendre quelque temps encore pour goûter le bonheur dont ne tardera pas à jouir, j'aime à le croire, mon ami. — J'espère, madame, trouver un jour, comme Rushton, une femme qui voudra bien m'aimer sincèrement, et avec fidélité. Mon mérite, je le sais, est peu de chose ; mais j'ai au moins celui d'être franc et honnête. Je conviens que ce ne sont pas là des qualités aussi brillantes que celles de M. Brag, à qui je sais que vous avez montré une préférence marquée ; j'ai l'honneur de vous en faire mon compliment avec autant de plaisir que je m'en félicite moi-même. Je vous souhaite le bonsoir, Ladies.

Après ces paroles, sir Charles quitta l'appartement, laissant Mᵐᵉ Dallington et miss Englefield dans un véritable état de stupeur et d'étonnement. L'unique but de leur plaisanterie, le lecteur ne l'ignore pas, était de bafouer Brag, et de prouver à leurs amants tout leur mépris pour un prétendant dont ils étaient, l'un et l'autre, jaloux ; mais, quelque mauvaise opinion qu'elles eussent de l'homme, si l'on peut lui donner ce nom, elle n'allait pas jusqu'à leur faire supposer la possibilité qu'il montrât leurs lettres à ses rivaux.

Leur propre agitation et l'attitude qu'avait conservée sir Charles pendant cette conversation, ne leur avaient pas permis de fournir la moindre explication, et elles se regardèrent pendant deux ou trois minutes sans se dire un mot, convaincues que le courroux de sir Charles était réel, ainsi que l'histoire qu'il leur avait rapportée ; car, quoiqu'une partie du but que s'étaient proposé Mᵐᵉ Dallington et sa sœur, fût de stimuler les sentiments de leurs amoureux tourtereaux, ce n'était assurément pas leur intention, ni à l'une, ni à l'autre, de faire de sir Charles un vieux garçon, ou de forcer Rushton à épouser miss Harrington.

— Allons ! dit Mme Dallington, l'affaire commence à prendre une assez mauvaise tournure. J'admets cependant que l'agitation de sir Charles me plaît ; c'est bien là ce que je m'étais promis d'obtenir ; — mais que j'étais loin de m'attendre à une aussi horrible infamie de la part de M. Brag ! — quant à *vous*, Blanche...

— Je suis à jamais perdue ! dit Blanche. Oh ! ma sœur, ma sœur ! — pourquoi me suis-je laissée entraîner à vous écouter ? si Rushton épouse cette miss Harrington, que deviendrai-je ?

— Voyez donc quelle inconséquence ! dit Mme Dallington, — pendant que vous le possédiez tout à vous, vous n'aviez pas un moment de tranquillité, toujours en querelles, en reproches, passant votre temps alternativement à accuser, ou à vous défendre.

— C'est vrai, dit miss Englefield, mais qu'était-ce que ces querelles ? Je connais son cœur, — je connais ses bonnes qualités, — je pouvais remarquer ses imperfections ; — mais mon plus grand malheur aujourd'hui, c'est que je l'aime sincèrement.

Miss Blanche Englefield s'attendait peu à ce que cette déclaration non équivoque de l'état de son cœur et de ses sentiments serait clairement et distinctement entendue par M. Franck Rushton en personne ; car, au lieu de dîner chez le général Harrington, comme sir Charles l'avait assuré, il était entré dans le boudoir, où il n'y avait pas encore de lumière ; et, pendant que son ami racontait les événements de la matinée, il se garda bien d'interrompre le cours d'une narration qui devait former le point capital de leur plan. Il s'était donc jeté tranquillement dans un moelleux fauteuil, placé à un des angles de la chambre, où il resta comme *perdu*, n'osant pas faire encore son apparition, dans la crainte, sans nul doute, de détruire l'authenticité de l'histoire de sir Charles, et puis aussi parce qu'il était honteux de laisser supposer, en se présentant à ces dames, immédiatement après le départ du digne baronnet, et dans des circonstances aussi délicates, qu'il avait entendu la déclaration qui venait de lui causer un si indicible plaisir.

— Eh bien ! dit Mme Dallington, ceci, à tout événement, nous assure au moins d'une chose : c'est que si trop d'ardeur d'un côté, ou trop de froideur de l'autre nous a fait quelquefois suspecter la fidélité ou l'affection de ces Messieurs, il est clairement établi maintenant qu'ils nous sont tous les deux sincèrement attachés.

— Quelle consolation cette vérité peut-elle m'apporter ? dit Blanche, — et comment pourrai-je expier le tort d'avoir, à votre suggestion, répondu à l'impertinent billet de cet odieux et stupide Brag ? Que doit penser de moi Franck — de lui avoir préféré une pareille brute !

— Bien ! Mais certainement, Blanche, dit mistriss Dallington, le dévouement de Rushton pour vous n'a pas pu être tout à fait exclusif. Je l'ai entendu jurer qu'il mourrait si vous le repoussiez ; au lieu de cela, il songe à conclure un autre mariage immédiatement après que vous avez paru vouloir vous débarrasser de lui. S'il eût préféré se tuer, assurément vous n'auriez pu l'en empêcher.

— Oh ! sœur, sœur, dit Blanche, de grâce ne parlez pas ainsi : — Rushton se tuer pour moi !

— Oui, il entrait dans son système, dit Mme Dallington, de vous causer mille agitations et mille alarmes pour vous forcer à l'aimer. La conduite de sir Charles avec moi a été bien différente. Il est de notre devoir maintenant de dissimuler nos sentiments, quelque forts qu'ils puissent être ; notre honneur exige ce sacrifice.

— L'honneur ! ma chère sœur, dit Blanche, l'honneur consiste à ne tromper personne. Quant à Rushton, vous seriez enchantée aujourd'hui de trouver sir Charles aussi jaloux de vous que vous l'avez vu souvent jaloux de moi. Il y a longtemps que miss Harrington lui est attachée, et maintenant, par cette sotte plaisanterie, ainsi qu'on doit appeler ce que nous avons fait, je l'ai forcé à partager cette affection. S'il pouvait connaître les angoisses que j'éprouve en ce moment, il serait à même d'apprécier mon estime et mes sentiments pour lui.

Les larmes qui suivirent ces paroles ne permirent pas à

Rushton d'en entendre davantage. L'apparence du rôle méprisable qu'il semblait jouer en écoutant aux portes, et la certitude du succès que le plan formé par sir Charles avait obtenu lui firent mettre de côté toute considération. Quittant donc brusquement sa retraite, il s'élança dans le salon, et, en un instant, il fut aux pieds de sa bien-aimée Blanche.

— Me voici, dit Rushton, en voilà bien assez !

— Pitié ! — Monsieur Rushton! pardonnez-moi ! dit Blanche.

— Eh quoi ! dit Franck, avez-vous cru, avez-vous pu croire un seul instant que je me serais *décidé* à faire ce que Lydiard vous a dit de moi ? Non, non, Blanche, me voici à vos pieds, — votre esclave à jamais : mon cœur — ma main — ma vie tout est à votre disposition !

— Ainsi, dit Mme Dallington, c'est sir Charles Lydiard qui a conduit si habilement toute cette affaire ?

— Oui, répondit Rushton, il a su deviner le but de votre plaisanterie que j'ai eu, moi, la sottise de prendre au sérieux.

— Et comment avez-vous fait cette découverte ? demanda mistriss Dallington.

— Votre double victime, répondit Rushton, était si fière de son triomphe, que, pour relever le courage de Lydiard, il lui montra le tendre billet de Blanche ; et afin de me prouver que Lydiard était dupe, il me fit voir le vôtre.

— Vit-on jamais sur terre un pareil misérable ! dit Mme Dallington.

— Vous savez qu'il doit venir ici ce soir, dit Rushton.

— Il ne sera pas reçu, dit Mme Dallington.

— Oh! oui, de toute manière, recevez-le, dit Rushton. Tout sujet d'inquiétude est maintenant banni de nos cœurs ; laissez-nous célébrer l'heureux dénouement de toutes nos incertitudes par un sacrifice.

— Comme vous voudrez, dit la belle veuve. Et où est sir Charles? — Est-il parti ?

— Non, répliqua Rushton, il est dans la bibliothèque, j'en réponds. Son plan n'a pas encore reçu la moitié de son exécution, mais mon ami peut s'éviter la peine maintenant de le poursuivre plus loin.

— Je le puis, en effet, dit le digne baronnet, en entrant dans

13

le salon par le boudoir, où il croyait trouver encore Rushton retranché, et la mystification allant son train.

— Elles savent tout, dit Rushton.

— Je n'ai jamais mis en doute, dit sir Charles, la nature de leur démarche auprès de notre formidable rival, mais je conviendrai que nous méritions cette leçon, en échange de nos doutes à l'égard de celles que nous aimons avec tant de tendresse. J'admettrai que j'ai été jaloux par un excès d'estime, et que Franck l'a été par un excès d'amour. Il est temps de mettre fin à toutes ces petites escarmouches, et si ma chère Mme Dallington veut bien se contenter d'un cœur tel que celui que j'ai à lui offrir, il lui appartient tout entier et sans partage.

— Voilà une singulière manière de faire les choses, dit Mme Dallington. Je suis enlevée tout à fait par surprise ; cependant, sir Charles, je ne vois pas trop à quoi me servirait de dissimuler le sentiment d'affection qui, j'en conviendrai, existe chez moi ; —ainsi donc,—nous en reparlerons demain.

— Ma chère sœur, dit Blanche, je commence à être encore une fois très-fâchée contre vous.

— C'était bon lorsque vous aviez la crainte de perdre Rushton, dit Mme Dallington ; mais je n'en ai jamais été fort inquiète, parce que je n'accordais pas une confiance bien entière à l'histoire de sir Charles au sujet de Julia Harrington, tandis que vous, qui vous trouviez beaucoup plus intéressée, et qui, par cette raison, étiez beaucoup moins capable de vous former une opinion juste à cet égard, vous l'acceptiez comme vraie ; en tous cas, cela n'eût servi qu'à prouver une chose : c'est que si votre amant, dans l'espace de deux heures, avait pu se décider à nouer une nouvelle intrigue de cœur, il devenait évident qu'il était peu digne qu'on s'occupât de lui davantage.

— Franchement, dit sir Charles, je dois avouer que je suis plus heureux en ce moment que je ne l'ai été depuis deux mois.

Il était environ dix heures et demie, lorsqu'on entendit ouvrir la porte du salon, et annoncer à haute voix M. Brag ! L'effet prodigieux occasionné par son arrivée fut plus grand que le héros de la soirée n'eût pu l'imaginer. Or, voici

quelle était la cause de son apparition tardive :—il avait pensé
que les *femelles*, manœuvrant chacune pour son propre
compte, non-seulement chercheraient à se ménager l'occasion d'un tête-à-tête séparé, mais encore que *sa* veuve, qui
avait la haute main, arrangerait les choses de manière à ce
qu'aucun visiteur ne vînt les déranger. Cependant, en approchant de la maison, il avait reconnu la voiture de sir Charles
à la porte, et il en avait été singulièrement contrarié. Il s'é-
tait alors retiré pendant plus d'une heure, pensant que cet
ours de baronnet, qui avait sans doute été prié à dîner, ne
tarderait pas à se retirer. En revenant pour la seconde fois
dans un délai aussi prolongé que pouvaient le permettre les
habitudes régulières de Mme Dallington, il avait retrouvé l'é-
ternelle voiture de sir Charles, stationnant à la même place.
Toutefois, et afin de prouver la vivacité de ses sentiments, il
avait résolu, à tout hasard, de faire sa visite, quelque désagréable que pût être pour lui la présence d'un visage étranger.

Il avait en conséquence saisi le marteau, dont le bruit
éclatant comme celui du tonnerre, retentit dans toute la maison, et la porte s'était ouverte. C'est alors qu'après avoir
gravi les degrés de l'escalier, — qui lui semblèrent être un
véritable passage à travers le purgatoire pour gagner le paradis, — il se trouva debout au milieu du cercle.

Il serait difficile de décrire les différentes émotions produites par sa présence. — L'indignation des femmes et le
souverain mépris des hommes étaient décuplés par la vani-
teuse, révoltante et immorale exhibition qu'il avait faite des
lettres de Mme Dallington et de sa sœur. Cependant, et quoiqu'ils n'eussent pas eu le temps de se préparer à adopter aucun plan de conduite à son égard, les deux heureux couples
parurent simultanément disposés à le traiter avec une espèce
d'aisance et de naturel qui devait éloigner de lui le soupçon
que toute l'affaire était connue, et qui lui laisserait le champ
libre pour donner carrière aux admirables talents qu'il
croyait posséder dans la conduite des *opérations de la guerre*,
talents auxquels il aurait évidemment recours pour conserver
sa position vis-à-vis de ses deux esclaves.

— Vous arrivez bien tard, M. Brag, dit Rushton.

— Oui, répondit Brag, j'ai dîné avec quelques enragés qui

ne pensaient qu'à boire. Sur ma parole ! il nous a fallu vider quatre ou cinq bouteilles après dîner, avant qu'on apportât le café. — Voilà ce qu'on peut appeler de vrais gouffres, *and no mistake.*

Le temps auquel ce récit se rapporte avait été employé par notre héros à parcourir les rues du voisinage, jusqu'au départ si inutilement désiré de l'équipage du baronnet ; mais il était loin de s'imaginer ce qui venait de se passer dans cet appartement, pendant qu'il faisait ses pérégrinations.

— Je dois m'excuser auprès de vous, reprit Brag, en s'adressant à la veuve, avec un regard qui fut parfaitement compris par les trois autres personnes ; — mais lord Tom avait deux ou trois jeunes camarades à dîner, — et il m'avait prié de faire les honneurs et d'être son *croupier* dans la soirée. Je ne pouvais pas dire non, car *Tommy* est tout à fait bon enfant, *and no mistake*, quoiqu'il ne soit pas du goût de tout le monde.

— Je croyais lord *Tom*, ainsi que vous l'appelez, à Douvres, observa sir Charles.

— Il est venu en ville cette après-midi, et il repartira demain, répondit Jack, sans paraître le moins du monde confus ou embarrassé.

Sir Charles murmura alors à l'oreille de Mme Dallington quelques mots qui semblaient contredire la véracité de Jack. Pendant ce petit entretien, Jack rapprocha sa chaise de Blanche, et, avec un regard qui faillit détruire la sérénité de tous nos personnages, il lui dit à voix basse : j'étais déterminé à venir ce soir, quoiqu'il pût arriver.

— J'apprécie votre bonté, dit miss Englefield.

— J'ai trouvé, reprit Brag, de ce ton mystérieux que tous les membres de la race des *Brag* emploient ordinairement pour adresser des riens aux jolies femmes, dans l'espoir qu'on peut les tromper à peu de frais, que vous étiez un peu trop dure pour Rushton. Ce que vous en dites dans votre billet est par trop sévère ; mettez-le à l'épreuve, et ne faites pas attention à son caractère. — J'avais une fois un poulain, le plus joli petit animal qu'on puisse imaginer, — mais d'un caractère excessivement difficile : eh bien ! loin de lui faire sentir la cravache, et de le maltraiter, je jouai avec lui, je le flattai de la main, je lui mis un simple filet, au lieu d'un mors à gourmette, — et bientôt il devint aussi doux qu'un agneau.

Comment ! dit Blanche, du même ton de voix, — c'est vous qui me recommandez la patience, et qui me conseillez le pardon ! — Je ne m'y serais certes pas attendue.

— Sur mon honneur ! dit Jack, vous savez que je ne puis rien vouloir qui ne soit *right up, straight down, and no mistake*. J'aime beaucoup Rushton, et je dois avouer que vous ne lui faites pas assez beau jeu. Je veux dire enfin que c'est là l'unique cause de votre brouille.

— Ne parlez-vous pas de moi ? interrompit Rushton.

— Je ne dis rien que vous ne puissiez entendre, répondit Brag. Quant à vous, mon cher, continua-t-il, en quittant son siége, et s'appuyant sur la chaise de Rushton, — vous n'êtes pas comme notre pauvre ami le baronnet, dans la pièce voisine, — hé ! hé ! hé ! — eh ?...

— Non, dit Rushton, car il paraît plus amoureux que jamais.

— Etrange aveuglement ! continua Jack. Mais, dites-moi, Rushton, — maintenant que Blanche est allée les rejoindre, — sur ma vie! il faut que je vous en fasse mon compliment ; — elle est vraiment charmante ; et puis si douce — et si gentille ! — Enlevez-moi donc ça d'un tour de main, — suivez mon conseil, — jetez le grappin là-dessus, — battez le fer pendant qu'il est chaud : bâclez-moi cette affaire, — signez — scellez — du noir sur du blanc, *and no mistake*.

— C'est bien ce que je compte faire, dit Rushton.

— Blanche, ma mère, dit Mme Dallington, si vous êtes en voix, chantez-nous un de vos jolis morceaux de Rossini.

— En voix ? dit Blanche, je n'en ai pas, et me sens d'ailleurs peu disposée à chanter.

— De grâce, dit Brag, en prenant affectueusement sa main, — ravissez-moi par vos doux chants ; demain je vous expliquerai ce que j'avais l'intention de vous dire en venant ici.

Blanche lui tourna le dos en frémissant, — émotion qu'il prit sans doute pour une marque de sa tendresse ; — et elle se mit au piano, où Brag remarqua avec délices que Rushton la suivait. Il était évident pour les conspirateurs que Brag attri-

buait la demande faite à sa sœur par Mme Dallington, au désir
qu'elle avait de s'entretenir quelques instants seule avec lui ;
car il était assez initié aux habitudes du monde pour ne pas
ignorer que le moment où une jeune personne commence à
chanter, devient ordinairement le signal général de toutes les
conversations particulières ; à ce point que des personnes qui
ont été jusque-là silencieuses comme la tombe, se mettent à
jaser et à faire du sentiment, aussitôt que le bruit de la musique rend plus faciles les causeries intimes. Or donc, afin de
favoriser la louable intention de Brag, sir Charles quitta
Mme Dallington pour céder sa place au prétendant, et rejoignit l'heureux couple qui était au piano.

L'amorce avait pris feu, — la place laissée vacante par le
baronnet fut aussitôt occupée par Brag, qui, en un moment,
se trouva aussi rapproché que possible de Mme Dallington. La
symphonie était heureusement longue et bruyante.

— Comment pourrai-je assez vous remercier, dit Brag,
pour votre aimable lettre ? Elle comble mes vœux : — c'est
donc une affaire bâclée, *all done, snug and comfortable*. Quelle
bonne histoire j'aurais à vous compter à ce sujet ! — mais,
chut ! pour l'instant. Comment pouvez-vous agir ainsi avec
ce très-digne sir Charles ? Sur ma vie, c'est par trop de mé-
chanceté : — Il vous croit passionnément amoureuse de lui
en ce moment, — je le sais ; — et je sais plus encore, —
c'est qu'il est passionnément amoureux de vous : néanmoins,
qu'il parte, ou qu'il reste, comme bon lui semblera maintenant. Ah ! ma chère Mme Dallington, ma reconnaissance sera
éternelle ; — tout ira bien, — et par le ciel ! je jure...:

— Sir Charles ! sir Charles ! s'écria Mme Dallington, je
vous en prie, quittez ces musiciens, laissez-les seuls. M. Brag
devient si furieusement tendre que je ne sais plus que faire
de lui. Je me vois donc forcée d'avoir recours à vous pour
faire cesser les particularités un peu trop expressives de notre tête-à-tête, et rétablir l'ordre dans notre petit coin.

— Diable ! dit Brag, un peu plus haut qu'il ne l'eût voulu;
— que prétendez-vous faire là ?

— Qu'y a-t-il donc ? dit le baronnet ; il me semble que
notre ami s'échauffe un peu.

— Pas précisément, sir Charles, répondit Brag. Je disais

simplement que, dans l'état où en sont les choses, ce ne peut plus être qu'une question d'arrangements à prendre — à mon avis, du moins. Je puis me tromper, — mais j'aime la candeur et la franchise en tout, *and no mistake*.

Ce sentiment, exprimé à haute voix, parvint aux oreilles de la belle syrène et de son cygne; la dame cessa de jouer, et tous deux se mirent à rire aux éclats.

— Bien, dit Brag, qui commençait à être de très-mauvaise humeur, — voilà qui est poli, surtout en considérant où nous en sommes.

Cette remarque jeta Mme Dallington et sir Charles dans un accès de gaîté aussi bruyante que celle de l'autre couple.

— Je ne puis m'empêcher de rire de vous, Lydiard, dit Rushton.

— Ni moi de vous, Rushton, dit le baronnet.

— Bien ! voilà une excellente plaisanterie, assurément, dit Brag ; mais, pour mon compte, j'avouerai que je ne vois pas trop ce qu'il peut y avoir de si plaisant à vous moquer ainsi l'un de l'autre.

— A cette nouvelle boutade, les quatre membres coalisés recommencèrent à rire dix fois plus fort qu'auparavant.

— J'ignore, dit Brag, pourquoi vous riez tous de si bon cœur.

— Hélas ! M. Brag, dit Blanche, en jetant sur lui un de ses plus gracieux regards, c'est de vous que nous rions tous.

— De moi ! dit Brag.

— Oui, monsieur Brag, dit à son tour la veuve, lorsqu'un homme s'avise sottement d'écrire en partie double à deux sœurs à la fois, et qu'ensuite il va montrer leurs réponses précisément à ceux auxquels le cœur de ces dames est engagé, ne pensez-vous pas, comme nous, que, dès que la chose est découverte, on doit trouver cet homme passablement ridicule ?

Les éclats de rire qui suivirent ces paroles furent si bruyans qu'on put à peine entendre la voix du domestique lorsqu'il vint annoncer que le souper était servi. — Ce repas du soir était particulièrement du goût de l'aimable veuve, et elle ne manquait jamais d'y inviter ses intimes.

— Comment donc ! dit Brag, auriez-vous voulu me mystifier ? — Ah ! c'est par trop mal.

— Pas du tout, monsieur Brag, répondit la maîtresse de la maison. Si ma conduite, ou celle de ma sœur, avait été de nature à encourager vos prétentions, nous aurions pu vous excuser de vous être adressé à nous ; mais lorsque vous entreprenez de nous faire à chacune, le même jour, une proposition identique, la pitié que nous aurions pu nous trouver disposées à ressentir pour votre aveuglement, devait alors se changer en un sentiment — que le souper qui nous attend ne me donne pas le temps de vous expliquer. Venez, sir Charles, donnez-moi votre bras ; M. Rushton, prenez soin de Blanche. Nous passons à la salle à manger, M. Brag, bonsoir.

— Bonsoir, M. Brag, dit Blanche, en faisant gravement un salut poli au petit homme anéanti sur place.

— Bonsoir, M. Brag, dit sir Charles, en le saluant avec cérémonie.

— Brag, bonne nuit ! dit Rushton, en lui adressant familièrement un signe de tête.

Alors nos quatre fortunés amans descendirent gaîment l'escalier pour se rendre à la salle du banquet, laissant M. Brag froid comme le marbre, et blanc comme sa chemise, le dos tourné au feu, et appuyé contre la cheminée, son corps aussi immobile que s'il eût été sans vie. Ce qui venait de lui arriver était pour lui un cataclysme semblable à la fin du monde. Ses yeux restaient attentivement fixés sur le parquet, l'ébène, l'ivoire, le Sèvres et le Dresde, les glaces et les tables Louis XIV — toutes choses qu'une heure auparavant il avait considérées comme siennes propres ; et il serait resté là probablement jusqu'au jour, si l'un des valets de pied, plus attentif ou plus compatissant que les autres, n'était venu lui demander s'il désirait qu'on fit approcher un cabriolet, en raison du mauvais temps et de la pluie.

Tout ce qui venait d'arriver n'était donc que trop vrai ! — et la question qui lui était adressée lui faisant mieux comprendre encore la réalité de l'affreux cauchemar, il sortit de sa rêverie ; puis, après avoir décliné l'offre du domestique, il prit son chapeau, descendit l'escalier pour gagner le vestibule, et passa devant la porte de la bibliothèque où le souper était servi ; là, il entendit le bruit des assiettes et les éclats de rire qui, sans aucun doute, retentissaient à ses dépens ; et, du seuil même de son paradis perdu, il se trouva au milieu d'un épais brouillard, exposé à un vent violent qui lui chassait au visage une pluie glaciale dont sa mince chaussure était toute pénétrée ; enfin, sa situation le rendait aussi malheureux en ce moment par les souffrances physiques que par les tortures morales.

CHAPITRE XI.

Après cette désastreuse retraite, dont le caractère pourrait être assez bien défini par les paroles que M. Kane ô Hara a placées dans la bouche d'Apollon, lorsque, chassé de séjour céleste, ce Dieu appelle son expulsion des régions supérieures et sa dégringolade ici-bas *une petite culbute passablement décente*, on serait naturellement porté à croire que notre sémillant ami, Jack, ne dût pas se trouver tout à fait dans son assiette ordinaire.

Pendant qu'il s'efforçait d'opposer des obstacles à la pluie battante que le vent lui chassait dans les yeux, de nouveaux jets de lumière parurent pénétrer dans son esprit ; car, en se rappelant toutes les circonstances de ses procédés avec les dames, *bagatelles légères comme l'air*, il ne put s'empêcher de s'avouer qu'il s'était rendu souverainement ridicule.

Il commençait donc à se douter que les amoureux, aussi bien que leurs belles, n'avaient fait que s'amuser à ses dépens ; et l'idée que chacune d'elles eût pu l'accepter en même temps, lui parut, au milieu de cette pluie diluvienne, une sottise qui ne pouvait être comparée qu'à la folie qu'il avait faite lui-même en s'adressant à toutes deux à la fois.

Néanmoins, qu'il nous soit permis de faire remarquer ici, comme un sujet fort curieux d'histoire naturelle, les effets extraordinaires produits sur notre aventurier par le misérable état de sa position présente : on pourrait croire qu'un pareil éclat et la honte d'une aussi cruelle mystification l'auraient guéri pour toujours de ses prétentions absurdes ; — mais il n'en fut rien. A peine le soleil eut-il commencé à éclairer de ses premiers rayons l'aube matinale, que l'abattement de Jack avait cessé, et que ses dispositions naturellement vaniteuses se trouvèrent stimulées plutôt qu'affaiblies, par le désir qu'il ressentit alors de prouver combien peu il s'affectait de son dernier désastre, et à quel point il était en état de pouvoir désormais mieux conduire ses affaires, maintenant qu'il avait rompu les chaînes dont il s'était jusqu'à ce jour volontairement imposé le joug.

Toutefois, le résultat de ses réflexions lui suggéra l'idée qu'il serait plus sage et plus prudent de choisir un autre théâtre pour rentrer dans sa sphère d'activité ; car, outre que cette détermination lui promettait des chances plus probables de succès, il parviendrait ainsi à s'éloigner pour l'instant de la ville qui renfermait les dames et leurs soupirants, et il éviterait, pendant quelques semaines, le désagrément assez sensible pour lui, de rencontrer, ensemble ou séparément, ses anciennes connaissances.

En songeant à trouver un refuge, il se rappela que lord Tom, ainsi que le lui avait dit avec vérité sir Charles, se trouvait à Douvres ; or, comme cette circonstance lui assurait un ami, et probablement aussi un introducteur dans la société de cette ville, il se détermina à y aller rejoindre le noble lord. Alors, d'après son système, souvent appliqué, de chercher à figurer parmi les élégants de haute volée, il fit déposer son porte-manteau et ses bagages dans un hôtel voisin de la maison où figurait *sa plaque ;* hôtel qui lui servit de retraite pour la nuit, et à la porte duquel la voiture de Douvres devait le prendre le lendemain matin pour le transporter à Briklayer's Arms; ce qui lui donnait l'assurance que, 48 heures après son arrivée sur la côte, il figurerait, sous le titre de *M. Brag, de l'hôtel Pompkin, pour Douvres,* sur la liste des *départs fashionables* annoncés par les gazettes du monde élégant à Londres. Il lui eût été plus commode, sans doute, de coucher dans son logement de Kennington, et de donner quelques menues pièces de monnaie pour faire transporter son bagage de sa *petite résidence en Surrey* à la diligence, —

mais non : — car alors il aurait été obligé de payer l'insertion qui flattait sa vanité, tandis que, par suite de l'arrange-
ment qu'il adoptait, il l'obtiendrait sans frais, et pourrait
briller pendant quelques heures à l'hôtel pour beaucoup moins
d'argent que ne lui coûterait le prix de la susdite insertion,
s'il agissait différemment.

A une époque antérieure, peu de temps après la mort de
son père, Jack avait cherché à se faire de la popularité parmi
les malades de Chellenham, et, pour atteindre ce but, il avait
contribué à un ou deux actes de charité publique, et à deux
ou trois souscriptions pour venir en aide à quelques malheureux. Dans ces occasions il transmettait son offrande à
l'imprimeur des *Nouvelles du jour*, avec la recommandation de
déduire, du chiffre de sa souscription personnelle, le montant de l'insertion de sa libéralité dans cet *estimable journal* :
— c'est-à-dire, une livre sterling pour la souscription, dont
il fallait retrancher vingt shellings pour l'annonce de sa charité dans trois numéros successifs. — La balance, en faveur
des pauvres, d'après ces habiles dispositions, se traduisait naturellement par le chiffre zéro.

On pourrait trouver le parallèle de cette ostentation de
vertu dans une anecdote vraie ou fausse (c'est ce que je ne saurais garantir), que l'on raconte d'un prédicateur dissident assez
célèbre : Ayant eu l'occasion de visiter une famille réduite
à un état horrible de pauvreté, il trouva le père de quatre
jeunes enfants affamés entièrement nu dans son lit, le besoin
l'ayant forcé de vendre ses derniers effets. La vue d'une semblable misère ne pouvait manquer d'émouvoir un homme
aussi exemplaire ; il pria donc les enfants de quitter la chambre, et, se dépouillant aussitôt de sa chemise, il en couvrit
généreusement la nudité du pauvre patient. Cela fait, les enfants furent rappelés, et reçurent de leurs parents l'ordre
d'aller sur leurs genoux remercier le pieux ministre, qui s'é-
tait privé de sa propre chemise pour soulager leur père. Ils
s'empressèrent d'obéir, et les larmes de la reconnaissance
inondèrent leurs yeux ; ils firent plus encore : tous les quatre
allèrent — l'un à l'est, l'autre à l'ouest, celui-ci au sud et celui-là au nord — en chantant les louanges du pasteur ; et
lorsqu'il quitta la maison qu'il avait réjouie par sa présence,

les femmes, se tenant sur le seuil de leurs portes, s'inclinè-
rent avec respect devant lui, en élevant dans leurs bras les
petits enfants qu'elles portaient, afin qu'il les bénît ; enfin,
dès que leurs maris revinrent du travail, elles leur racontè-
rent le fait, qui fut répété de bouche en bouche, et ne tarda
pas à devenir un *bruit public*, et à exciter ainsi l'admiration
générale. Mais qu'auraient-ils dit ou pensé ces braves gens,
s'ils avaient su que le saint personnage qui venait de conqué-
rir leur amour et leur reconnaissance, avait eu la précaution,
avant de sortir de chez lui, de mettre la chemise ainsi sacri-
fiée par-dessus celle qu'il portait, afin d'obtenir, par ce stratagème, le résultat qu'il s'en était promis.

Ce serait peut-être faire un mauvais compliment à l'une
des deux parties que d'établir une comparaison entre feu ce
digne Révérend et Jack Brag ; mais, si l'histoire est vraie, il
faut convenir qu'il serait assez difficile de faire un choix
entre eux. Jack, toutefois, avait fini par découvrir qu'il ne
parviendrait pas, en dépit de toutes ses réclames pour mettre
en relief sa nature charitable, à toucher le cœur d'une jeune
dame non mariée, dont la fortune était considérable, et qui
en faisait le plus noble usage pour soulager les misères de
ses semblables. Ses tentatives ayant donc échoué de ce côté,
il avait quitté Cheltenham dans un état d'abattement presque
aussi grand qu'à son récent départ de Londres ; — seulement, dans cette circonstance, il avait abandonné le terrain
de son plein gré ; tandis que, dans son dernier échec, sa retraite avait été, sans nul doute, beaucoup moins honorable :
et il aurait pu se dire, à ce sujet, comme le personnage
d'une de nos anciennes ballades :

« Qu'elle en aimât un autre, eh ! morbleu, que m'importe !
Mais était-ce un motif pour me mettre à la porte ? »

Le voyage de Londres à Douvres n'est pas un de ceux
dont la description exige de longs détails ; et, cependant, il
existe à peine, aux environs de la capitale, une route qui
présente à l'œil une évidence plus manifeste de la richesse et
de l'importance de la métropole britannique. De magnifiques
échappées de vue laissent apercevoir la majestueuse Tamise,

portant journellement sur son vaste sein une innombrable quantité de navires ; mais ce qui frappe le plus le voyageur étranger lorsqu'il a dépassé Milton, c'est cette immense étendue d'Upper-Hope, d'une si merveilleuse beauté, et qui excite à un si haut degré l'intérêt et l'admiration des visiteurs. Les plaines verdoyantes, les haies vives, les houblonnières en pleine floraison qui croissent en grappes plus gracieuses que celles mêmes de la vigne tant vantée, présentent un délicieux contraste avec ce désert inculte de la *belle France*, que l'on vient peut-être de quitter (1) ; tandis que, dans les limites les plus étendues du comfort, les aubergistes de Rochester, de Sittingbourne et de Cantorbéry offrent tout ce qu'il est possible de désirer, à ceux, du moins, que leur bourse met à même de pouvoir en profiter.

Parmi les changements de la mode, il en est peu qui semblent aussi bien justifiés que ceux qui font que Douvres, (*clavis et repagulum totius regni*, ainsi que l'appelle Mathieu Paris), est devenu de nos jours le rendez-vous de la meilleure société. Cette ville, en effet, renferme une immense variété de sujets d'attraction, et, tant que l'Angleterre sera en paix avec la France, les relations qui ont lieu entre les deux pays continueront à y entretenir une incessante activité, et à y produire un échange quotidien de visiteurs, pour la plus grande animation et le plaisir de ceux qui auront eu le bon esprit d'y fixer leur résidence pendant la belle saison.

« Il n'y a pas de promontoire, de ville ou de port dans la chrétienté, qui, par la nature de sa situation, puisse procurer plus de jouissances à ses amis, et d'ennuis à ses ennemis que cette bonne ville de Douvres. Il n'y a pas de lieu aussi favorablement situé pour recevoir ou expédier des messages de toute nature sur les événements qui se passent en Europe; pas de ville aussi favorisée, soit pour y entretenir des intelligences navales, soit pour y attirer les nationaux par la voie de terre, de manière à en faire une cité grande, riche et populeuse; il n'y a pas non plus, dans toute la circonférence

---

(1) Il faut convenir que le trajet de Paris à Calais laisse dans l'esprit peu de souvenirs capables de faire bien apprécier les richesses et les beautés pittoresques de notre sol privilégié. (*Le traducteur.*)

de notre fameuse île, un port qui, par rapport à sa sécurité
et à ses moyens de défense, ou en raison de son commerce
et de ses relations, puisse être aussi convenable, aussi important, je dirai même d'une aussi absolue nécessité que celui de Douvres. »

Voilà ce que disait sir Raleigh dans son rapport à la reine
Elisabeth; et si ce digne homme, à qui l'on n'a pas épargné
l'outrage, revenait à la vie et revoyait sa ville favorite telle
qu'elle est de nos jours, il serait heureux de reconnaître que
ses successeurs dans ce monde transitoire ont su y faire lar-
gement l'application de ses idées et de son système. La géné-
ration actuelle en continue avec un admirable zèle les embel-
lissements, sous le patronage de l'illustre lord Warden. Les
travaux exécutés dans le port ne témoignent pas seuls de son
état florissant; des squares, des jardins, des rues, des crois-
sants, des parades, des esplanades et des terrasses s'élevant
de la plage, forment un délicieux contraste avec la physionomie affairée de la foule qui s'agite sur la jetée, et la gaîté lon-
donnienne de Smargate accompagnée de toutes les attractions
des tréteaux de Polichinelle.

Jack Brag, écuyer, arriva dans ce lieu de délices à sept
heures moins un quart; et, après avoir été déposé, sur sa
demande, au coin d'une petite ruelle très-rapprochée d'un
des meilleurs hôtels de la ville, il fit signe d'approcher à un
petit malheureux couvert d'une jaquette en lambeaux et d'un
vieux pantalon goudronné, et il lui ordonna de porter sa
malle et sa valise dans une des plus modestes auberges des
environs, à l'enseigne charmante *des Trois-Maquereaux, hôtel*
dans lequel il résolut d'occuper un appartement *supérieur*,
— afin d'y jouir d'un air plus pur.

Ce que l'on se propose en mécanique, c'est la plus grande
puissance possible dans le plus petit espace possible; atteindre
un pareil résultat était l'objet actuel de l'ambititon de Jack;
c'est-à-dire produire le plus grand effet possible avec le moins
de frais possible. — Car Jack, au début de ses fiévreux efforts pour se lancer dans la bonne société, avait fait tant de
folles dépenses, qu'il était devenu prudent pour lui, sinon
absolument nécessaire de *serrer les cordons de sa bourse*. Quelques-uns de ses plus grands amis étaient devenus ses plus

sérieux créanciers; et lord Tom Towzle, comme on l'a déjà laissé entrevoir, avait fréquemment profité de cette rage de Jack à vouloir obliger ; mais, ayant cru découvrir, en deux ou trois circonstances, que le réservoir était à sec, ou bien que la pompe se refusait à fonctionner, Sa Seigneurie avait cessé depuis peu de faire appel à l'obligeance de son gai compagnon. En même temps aussi elle avait témoigné beaucoup moins d'empressement à jouir de son agréable compagnie. Jack, de son côté, avait résolu, s'il ne parvenait pas à retirer le principal de son argent des mains de cette Seigneurie sans le sou, d'en toucher au moins l'intérêt en monnaie d'introduction dans le grand monde. Aussi, comme le vieil homme de Sinbad, se proposa-t-il de saisir la première occasion d'enfourcher Sa Seigneurie. C'est ce qu'il fit le lendemain matin.

Après une nuit pendant laquelle il n'avait pas été bercé des rêves les plus doux, Jack quitta son lit, fit sa toilette et descendit de son aire, bien décidé à joindre lord Tom à l'heure de son déjeûner. Or donc, ayant découvert une sortie de derrière à la taverne qu'il avait choisie pour refuge, il se rendit par cette voie à l'hôtel du Ship, où il supposait (et il ne se trompait pas), qu'il rencontrerait son noble ami. En effet, il l'y trouva, au moment où il allait se mettre à table ; mais, il faut bien le dire, ce ne fut pas sans causer à celui-ci une surprise fort peu agréable.

— Eh bien! Brag, lui dit Sa Seigneurie, — quoi donc vous amène dans ce pays? Qu'avez-vous fait de la veuve ? — Lydiard s'est-il brûlé la cervelle ? — ou bien, après l'avoir expédié vous-même, avez-vous pris la clef des champs ?

— Rien de tout cela, répondit Brag ; — non, — j'ai abandonné la partie, — rompu avec tous ces gens-là, smack, smooth, and no mistake. Lydiard peut bien la prendre et la porter sur ses épaules, si bon lui semble. — C'est un peu trop rusé pour moi ; — et puis, je n'aime pas ces femmes qui viennent se jeter à votre cou, — eh ! — vous entendez. Je ne fais aucun cas du gibier qui ne se fait pas chasser un peu.

— Ah ! séducteur sans pitié, dit lord Tom, vous l'avez donc abandonnée — laissée dans les larmes !

« Cherchant celui qu'elle aime, et de feux dévorée,
Didon, de rue en rue, erre désespérée (1) ;
Ainsi, quand le berger, qui veille dans la nuit,
Lance à la biche un trait que le hasard conduit,
Par la douleur brisée elle court incertaine,
Cherchant les bois, les prés, ou la claire fontaine;
Mais c'est en vain : le dard, de ses efforts vainqueur,
S'enfonce dans son flanc, s'envenime à son cœur. »

— Eh bien donc ! qu'il y reste ! dit Jack. — C'est tout ce que j'y vois ; — l'essentiel est que j'en sois débarrassé. — J'ai eu assez de cette baraque-là et de tous ceux qui l'habitent; — les vieux merles ne se laissent pas piper si facilement, — eh ? — Non, non, — j'en sais trop long maintenant au sujet des femelles pour ne pas me tenir aujourd'hui sur mes gardes.

— Allons ! dit lord Tom, asseyez-vous et mangez : mon opinion est que la faim ne guérit aucun mal ; fortifiez donc votre cœur en remplissant votre estomac ; et maintenant que —

La victoire est à nous, songeons à déjeûner.

Brag n'avait pas besoin d'une invitation plus pressante pour faire dignement honneur au repas substantiel placé devant lui, et la manière dont il s'en acquitta, prouva jusqu'à l'évidence qu'il s'inquiétait fort peu de la perte de la *dame de ses pensées*, et que son indifférence était naturelle et sincère.

— Le monde entier semble s'être donné rendez-vous ici, dit lord Tom. — On n'y trouve plus une maison à louer, — et l'on y rencontre des personnes de connaissance par douzaines. Combien de temps comptez-vous y rester?

— C'est ce dont je m'embarrasse fort peu, dit Jack. — J'y resterai aussi longtemps que je m'y trouverai bien. J'ai quinze invitations pour différents endroits des environs : — pas possible de me partager par morceaux, — j'irai partout où je pourrai aller. Ce poisson est remarquablement bon — eh ! — tout frais sorti de l'eau, *and no mistake*.

— Comment est votre mère, Jack ? demanda lord Tom.

(1)   « From street to street the raving Dido roves. »

— Sais pas, répondit Brag, pas revue depuis le jour du pont.

— Ainsi vous ignorez si elle vous a pardonné ? dit lord Tom.

— Oh ! elle me ressemble, dit Jack, elle n'a pas de rancune. Je pense, du reste, que les choses sont pour le quart d'heure *all right, up, and straight down, and no mistake.* Mais, en parlant de ça, n'y aurait-il pas ici, par hasard, quelques femelles qui songent au *matrimonion ?*

— J'y suis depuis si peu de temps, répondit lord Tom, que je ne saurais rien vous en dire ; mais, dans l'après-midi, la musique doit jouer sur la parade, et nous irons faire un tour de ce côté. Vous pensez donc encore au mariage ?

— Oui, dit Jack, si je trouve chaussure à mon pied. Je vous demanderai une autre tasse de thé, mylord, continua-t-il. A propos,— en parlant d'amourettes,— voyez donc ceci ; — bien tapé, ma foi ! — lisez-moi ça, et ensuite je pense que vous ne serez pas étonné que j'aie rompu avec la veuve.

En disant ces paroles, le délicat gentleman lança la lettre d'acceptation de Mme Dallington à travers la table, afin que Sa Seigneurie pût la parcourir pour sa plus grande édification.

— Eh bien ! dit lord Tom, que vous faut-il donc ? Voici bien son consentement, ou du diable si j'y comprends quelque chose. D'après cela, je ne m'explique pas quel prétexte vous avez pu prendre pour la planter là !

— Je vous le dirai, mylord, répondit Jack ; j'ai rompu tout net : ce que j'ai vu à la dernière soirée a dû mettre fin à tout. Aussi ai-je pris sans façon mon chapeau, et me suis-je retiré. — Je n'ai même pas voulu rester à souper ; —un congé en forme !

— Qu'avez-vous donc vu ? demanda lord Tom.

— Motus ! dit Jack. Cela ne doit pas passer mes lèvres. Lorsqu'il s'agit des femelles, l'honneur avant tout, c'est mon système. Je sais que vous ne voudriez pas m'en faire dire davantage : la chose est faite maintenant, et il n'y a plus à y revenir. Mais si jamais je me marie, croyez-le bien, ni Mme Dallington, ni miss Englefield ne visiteront ma femme, je vous en donne mon billet : — *entree* nous, comment disent les Français, *and no mistake.*

14

— De toute manière, observa lord Tom, je suis fâché de ce que j'apprends ; car, quoique, pour un motif quelconque, je ne sois pas un des favoris de la maison, je n'en ai pas moins eu le mérite de vous présenter chez ces dames, et je regrette que leur connaissance ne vous ait pas été plus agréable. Je pense qu'elles vont s'entendre maintenant avec leurs anciens soupirants.

— Peut-être oui, — dit Brag, en se pinçant le nez, — peut-être non : mais ce n'est pas là mon affaire. Tout ce que je puis affirmer, c'est que ces dames ne valent pas beaucoup mieux l'une que l'autre, et je pourrais même vous faire voir — mais, comme je le disais il y a un instant, — l'honneur ! voilà la chose, *and no mistake.*

— Je crois, Jack, dit lord Tom, que vous avez plus d'un méfait de cette nature à vous reprocher : qu'est devenue l'infortunée victime de vos succès, que nous rencontrâmes un jour dans Regent's Street ?

— Je veux être pendu si j'en sais plus long que vous à ce sujet, dit Jack. Pauvre fille ! j'y pense bien quelquefois encore ; mais ça ne pourrait pas me convenir aujourd'hui comme femme ; — autrement, — je ne dis pas ; — c'est un assez joli petit morceau dans son genre.

— Ne m'avez-vous pas dit, reprit Sa Seigneurie, qu'elle était un peu votre alliée ?

— Oui, mais de loin, — de très-loin, répondit Jack (qui s'étonnait intérieurement qu'il eût pu être jamais assez candide, ou assez ivre pour avouer une alliance semblable, à n'importe quel degré), et il ajouta : son frère, le major, a épousé une de mes parentes.

— Je pense qu'il est très-heureux, observa lord Tom, que son frère le major ne se mette pas en tête de prendre quelques renseignements au sujet de cette affaire.

— Il est à l'étranger, répondit Brag. Et puis, tout est pour le mieux ; — il n'a jamais rien soupçonné, et sa mère ne comprend pas pourquoi j'ai rompu avec elle : — *ça n'était pas de mon rang,* — mais je ne pouvais pas, cependant, me dispenser de leur faire visite ; — telle chose dans un temps, eh ? est toute différente dans un autre temps ; — je n'avais pas envie d'épouser, — vous comprenez, — eh ? — et le reste.

Lord Tom, depuis l'affaire du *rendez-vous sur le pont*, et les révélations que la respectable madame Brag avait jugé convenable de faire dans cette occasion, commençait à concevoir des soupçons plus sérieux sur la parfaite véracité de son ami ; mais, comme il était en quelque sorte forcé, en raison de ses obligations pécuniaires, de le couvrir de sa protection tant qu'ils seraient ensemble, il résolut de garder le secret sur toutes les choses qu'il avait découvertes, et, en même temps, il se promit de s'observer plus attentivement et d'être davantage sur ses gardes dans ses rapports ultérieurs avec Brag ; car la singulière production de la lettre de madame Dallington, combinée avec la manière dont Jack avait exprimé sa propre indignation et son dégoût, eut pour effet de fortifier les doutes de Sa Seigneurie, et la décida à écrire à Londres afin d'obtenir une version correcte sur une rupture qui, dans de semblables circonstances, n'avait pas dû manquer de créer une certaine sensation dans ce que chacun est convenu d'appeler *le monde*, par rapport au cercle de ses propres connaissances. Lord Tom pensait que si Jack était convaincu de ne faire que des romans aux dépens du caractère des hommes et des femmes qu'il lui était permis de fréquenter, il deviendrait absolument nécessaire de se débarrasser d'un pareil drôle, et de le laisser adopter ensuite tel procédé légal qu'il jugerait convenable pour poursuivre le recouvrement des sommes qu'il lui avait empruntées ; Sa Seigneurie n'ignorant pas, du reste, que Brag n'avait prêté cet argent qu'en vue des bons offices que le patronage de son obligé pourrait lui rendre

Après la conversation du déjeûner, mylord et son petit visiteur improvisé commencèrent leurs excursions. Ils se dirigèrent d'abord du côté de l'embarcadère, quoique la fraîcheur de la brise eût éloigné les *femelles* de cette charmante promenade. Pendant leur course, ils rencontrèrent un certain sir James Gunnesburg, vieil officier d'artillerie, de la connaissance de lord Tom, qui engagea de la manière la plus chaleureuse et la plus cordiale Sa Seigneurie à venir dîner chez lui sans cérémonie, si elle n'avait pas pris d'engagement.

Le moment critique approchait, et Jack, qui avait entendu faire l'invitation, attendait avec anxiété la décision que lord

Tom croirait devoir prendre dans cette circonstance ; aussi, son bonheur fut-il grand lorsqu'il entendit son noble patron décliner en hésitant cette offre aimable, parce qu'il était engagé envers *son ami*, nouvellement arrivé pour lui faire une visite de quelques jours. La vérité était que Sa Seigneurie se trouvait peu disposée à accepter l'invitation, et qu'elle cherchait à se tirer d'affaire, sous le prétexte des devoirs de l'hospitalité qu'elle avait à remplir envers son visiteur. Toutefois, le brave officier étant, de son côté, bien décidé à gagner son procès, pria le jeune lord de lui accorder la faveur de le présenter à son compagnon, afin qu'il pût lui exprimer le plaisir qu'il éprouverait également si celui-ci voulait bien lui faire l'honneur, ainsi qu'à lady Gunnesburg, d'accompagner lord Tom.

C'était bien là pour Jack la proposition la plus agréable au monde ; et, quand bien même il n'en eût pas été ainsi, il lui aurait été extrêmement difficile de la refuser. Brag jeta un regard sur Sa Seigneurie, qui ne répondit à cet appel muet par aucune démonstration, négative ou affirmative ; en conséquence, son *petit ami*, après s'être incliné d'une manière assez gauche, assura qu'il serait très-heureux d'accepter : l'affaire étant ainsi réglée, sir James, *sa petite queue flottant au gré du vent*, s'empressa de regagner la maison que sa famille et lui occupaient sur la Parade.

— Ce sera une vraie corvée, dit lord Tom, dès que le vieux bombardier se fût éloigné : ses parties sont diablement ennuyeuses, — lady Gunnesburg est un véritable cauchemar, — et ses deux filles ne font que vous rompre les oreilles à chanter toute la nuit ; ajoutez à cela un fils, espèce de charrette embourbée, et, par-dessus le marché, un cuisinier qui n'est pas fameux. Nous pourrons cependant y trouver matière à rire.

— Des filles ! dit Jack, — riches, — n'est-ce pas ?

— Pauvres comme des souris d'église, et pas du tout jolies, répondit Sa Seigneurie. De plus, elles s'imaginent être des bas-bleus du premier ordre.

— La drôle d'idée elles ont là ! dit Jack.

— Très-drôle, en effet, reprit lord Tom. Elles bavardent...., mais, du reste, vous en pourrez juger. Tout ce que

je désire, c'est que ce ne soit point une simple partie en famille, autrement nous pourrions bien y mourir du spleen.

Brag se trouva au comble du bonheur d'avoir fait une nouvelle connaissance, et maintenant qu'il croyait pouvoir compter sur les bonnes dispositions de son ami, il commença
à regretter de ne s'être pas rendu de suite à l'hôtel du
Ship, au lieu d'avoir poussé l'économie au point d'aller se
nicher dans une obscure et misérable taverne, logeant à la
nuit. Ce serait, se dit-il, vraiment plus agréable et plus convenable à la fois, — car je pourrais alors me trouver continuellement avec mon noble ami ! — Mais la grande difficulté du moment était, selon lui, de découvrir un moyen de
retirer sa malle et sa valise des *Trois-Maquereaux*, pour les
faire passer dans le premier hôtel de la ville. Cette opération
demandait à être conduite avec une extrême dextérité ; enfin,
son génie finit par triompher. Étant retourné à son gîte, il fit
approcher un cabriolet, dans lequel il déposa son bagage ;
et, s'étant fait conduire immédiatement à l'hôtel, il paya le
cocher, et le renvoya sans lui permettre d'échanger une syllabe avec aucun des domestiques, des porte-faix, ou des mar-
chands d'huîtres des environs ; ce qui, autrement, aurait pu
les éclairer sur le *lieu d'où il venait*. Combien de mal, hélas !
ne se donnait-il pas chaque jour pour paraître, non-seulement ce qu'il n'était pas, mais encore ce que jamais il ne
pourrait être !

Il fut, toutefois, remarquablement malheureux dans cette
circonstance délicate ; car, quoiqu'il eût manœuvré avec toute
l'habileté que nous venons de décrire, il n'était pas destiné à
s'en tirer avec les honneurs de la guerre. Il était environ
cinq heures de l'après-midi lorsque quelques joyeux amis de
lord Tom descendirent à l'hôtel du *Ship*, d'où ils devaient
partir le lendemain matin pour Calais. Sa Seigneurie venait
de leur présenter notre héros ; la salle du café était remplie
de personnes d'un certain rang, lorsqu'un domestique s'a-
vança vers Jack, qui, dans ce moment, expliquait avec emphase et d'un ton d'autorité les règles à suivre relativement
à un cheval qui devait courir à Doncaster, et il lui dit qu'une
jeune femme désirait lui parler.

— Hallo ! Jack, s'écria lord Tom, — comment ! encore

un de vos vieux tours ! quel Lovelace ! Voilà ce qui s'appelle ne pas perdre de temps. Où est-elle ?

— A la porte, mylord, répondit le domestique.

— J'y vais à l'instant, dit Jack; — vraie parole d'honneur! je ne sais pas ce que cela signifie.

— Par Jupiter! nous allons bien le voir, ajouta Sa Seigneurie ; et aussitôt ses amis, qui commençaient à penser qu'ils pourraient s'amuser aux dépens de Brag, leur nouvelle connaissance, se précipitèrent dehors avec lord Tom, et allèrent se heurter contre une pauvre jeune fille, chaussée en bas de laine noire, coiffée d'un bonnet déchiré, portant une robe toute maculée d'ordures, un sale tablier de ratine verte, et attendant sur l'escalier.

Aussitôt que cette horrible vision frappa les yeux de Brag, il la reconnut ; — c'était la seule et unique servante de la taverne qu'il avait si habilement abandonnée !

— Oh ! Monsieur, lui dit cette fille, — je vous demande bien pardon, — mais la maîtresse a trouvé votre bonnet de nuit et votre peigne dans la mansarde, après votre départ, — et elle m'a ordonné de courir après vous pour vous les rapporter.

— D'où venez-vous, mon enfant? lui demanda lord Tom, d'un air de gravité extrêmement remarquable.

— Des *Trois-Maquereaux*, répondit la fille, où ce petit gentleman en culottes blanches a couché la nuit dernière.

En disant ces paroles, elle produisit les articles en question. — Le bonnet n'avait pas précisément la blancheur du lys, et le peigne, fort sale, du reste, était privé d'une partie de ses dents.

L'expression de la physionomie de Jack, au moment où cette exhibition eut lieu, ne saurait être décrite. Hé quoi ! l'ami de lord Tom Towzle, — le compagnon des dandys et des pairs, — propriétaire de deux objets semblables ! — et ces objets lui revenaient de la mansarde des *Trois-Maquereaux*, où il avait passé la nuit précédente !

Mais la plus rude épreuve lui restait à subir : qu'allait-il faire de ce bonnet et de ce peigne, maintenant qu'ils étaient rentrés en sa possession, — et que, sans s'en douter, pour ainsi dire, il tenait dans sa main ? — les jeter au loin, la

chose était impossible ; nier qu'ils fussent à lui, il ne l'osait
pas ; — car, sur le bonnet, on lisait distinctement les lettres
B, R, A, G, marquées en capitales de soie rouge. Devait-il
quitter le groupe joyeux, et porter lui-même ces intéressants
objets dans sa nouvelle chambre à coucher ? — ou bien, fal-
lait-il les confier à un valet ou à une femme de chambre pour
les y déposer ?

Il eût été difficile pour les spectateurs de cette scène de
comprimer les éclats de rire que ce burlesque incident venait
de provoquer ; d'un autre côté, la présence de Jack dans son
dernier logement, dès lors bien constatée, ne fit que confirmer dans l'esprit de lord Tom cette opinion qu'il avait déjà
conçue, — que Brag (1) était réellement fait pour porter le
nom dont il semblait se plaire à justifier le droit de possession par l'impudence de sa conduite en toutes choses.

Brag pensa, et ce fut sagement pensé, que ce qu'il avait de
mieux à faire, était, d'après son langage, de jouer des jambes
et de détaler au plus vite ; de cette manière, s'il ne pouvait
faire cesser la gaieté excitée par le scandale de son aventure,
il échapperait du moins au tourment d'en entendre l'expression retentissante résonner à ses oreilles. En conséquence, il
monta rapidement à sa chambre, tenant dans sa main cris-
pée le bonnet et le peigne que, du fond de l'âme, il aurait
voulu savoir engloutis entre Calais et Douvres, ou bien n'importe où ; car il comprenait que leur fatale exhibition allait
l'exposer aux sarcasmes des curieux, dont il ne pouvait pas
manquer de devenir la risée.

Si, à l'instant de cette soudaine disparition de Brag, il se
fût rencontré un de ces misérables plaisants dont l'esprit ridicule brille par le calembourg, nul doute que plus d'un méfait eût été commis sous la forme de lazzis et de quolibets
sans fin, relativement à Jack et à sa toilette de nuit ; mais
heureusement la réunion n'était composée que de gens bien-
nés et bien élevés, qui dédaignèrent, dans cette circonstance,
toute mauvaise plaisanterie. Ils se contentèrent de se regarder les uns les autres ; ceux qui portaient de la barbe tor-

(1) BRAG, nom propre, est aussi un substantif qui signifie *hâblerie,
ostentation* ; ou bien, adjectivement, *vaniteux, hâbleur*. (*Le Traduct.*)

daient leurs moustaches, — ceux qui n'en avaient pas se grattaient le front ; et tous, involontairement, se tournèrent vers lord Tom, comme le tournesol vers l'astre du jour, dans l'espoir d'apprendre ce qu'était le petit monsieur en culottes blanches, qui venait de se diriger avec tant de rapidité vers sa chambre à coucher, avec les objets si heureusement revenus de la taverne des *Trois-Maquereaux*.

Lord Tom était homme du monde, comme le lecteur a pu s'en convaincre : la distinction de ses manières ne permettait pas d'admettre qu'il existât aucune espèce d'intimité entre lui et Jack. Il en parla donc comme d'un excellent jockey, léger de poids, et fort entendu dans tous les genres de chasses; de plus, il annonça son intention de l'emmener à Paris, pour étonner les *badauds du Champ-de-Mars*, en remportant tous les prix le dimanche suivant, à la grande mystification du sport de cette charmante ville. Sa Seigneurie accompagna sa narration, relativement à son obséquieux ami, d'une pantomime mimique indescriptible; ce qui contribua à la dégager entièrement de toute responsabilité quant aux manières et aux habitudes du petit homme, et à donner à la liaison existant entre eux un caractère qui n'avait rien de flatteur pour le vulgaire bouffon qu'on venait de voir battre en retraite.

Jack reparut à l'horison vers l'heure de la toilette pour le dîner ; — la côte se trouvait déblayée en ce moment, mais si lord Tom n'eût pas été alors fortement tenté de profiter du talent de Brag sur le turf, seul genre de mérite qu'il lui reconnût, et si, d'un autre côté, il ne s'était pas rappelé qu'il avait contracté envers lui une dette d'honneur, qu'il faudrait acquitter, il lui aurait fait entendre avec infiniment de plaisir qu'il ne devait pas l'accompagner chez le général Gunnesbury, ou bien il l'aurait prié de le laisser envoyer une excuse sous le prétexte d'un malaise subit, — d'un violent mal de tête, — ou de toute autre infirmité de la nature de celles dont la *chair a hérité*, et qui, comme le disait le docteur Short aux Indes, ne se manifeste quelquefois par aucun indice extérieur; mais Jack ne voulait laisser à Sa Seigneurie aucune chance, quelque faible qu'elle fût, de se débarrasser de son engagement.

Il était juste sept heures lorsque lord Tom et son écuyer

sortirent à pied, enveloppés dans leurs manteaux pour se garantir des raffales de vent qui les attendaient en traversant le
pont, et ils poursuivirent leur route le long de la côte, passant d'abord devant les bains de Mme Dutsell, et se dirigeant
ensuite vers la maison hospitalière de l'illustre bombardier
sur la Parade. — Le plus grand silence avait été observé de
part et d'autre relativement à l'épisode du peigne et du bonnet de nuit, lord Tom comprenant que toute allusion à ce sujet ne pouvait être que très-désagréable à son compagnon. Il
jugeait d'ailleurs qu'il serait d'autant plus judicieux de ne pas
toucher cette corde, qu'il avait le projet de se servir de Jack
pour les courses de Paris.

En entrant dans le salon, lord Tom fut frappé d'horreur,
— et Jack fort enchanté, — à la vue d'une réunion nombreuse, au milieu de laquelle figuraient plusieurs personnages
de notre connaissance, et d'autres qui nous sont inconnus.
Toutefois, le cercle ne comprenait pas moins de quatorze individus, qui étaient condamnés à être entassés dans une petite salle à manger, propre à en contenir une dizaine au
plus.

Jack fut présenté à lady Gunnesbury, qui n'entendit pas
prononcer son nom ; et ensuite aux deux jeunes personnes,
— jeunes, par courtoisie, — et auprès desquelles, peu de
temps après la cérémonie de l'introduction, Jack commença à
déployer ses moyens les plus ingénieux de séduction. La manière dont ces grandes filles décharnées le regardaient, rappela tout naturellement à lord Tom, qui observait ses progrès, le mélange de curiosité et de surprise qu'éprouvèrent les
vierges de Broddignagian à la vue de Gulliver. Jack, toutefois,
sans s'inquiéter de rien, marchait droit à son but, et, pendant le
terrible quart d'heure qui précéda le dîner, on n'entendit que
la voix perçante de Jack. Cependant, dès que le dîner fut
annoncé, le cérémonial des préséances eut lieu, et notre héros
se trouva, à l'exception du jeune Gunnesbury qui fermait la
marche, le dernier à quitter le salon, les belles dames ayant
accepté le bras de cavaliers d'un rang moins douteux. Quant
à Jack, il fut placé à table, le dos exposé non-seulement aux
courants d'air qui pénétraient de toutes parts dans l'appartement, mais encore aux coups de soufflet produits par la

porte, chaque fois qu'il était nécessaire de la fermer ou de l'ouvrir.

Le jeune Gunnesbury était placé à sa droite, et, à sa gauche, il avait pour voisin un baron allemand qui ne parlait pas anglais. L'héritier de la maison avait l'esprit caustique et malin, et s'il daignait par fois faire attention à quelques-uns des invités de son père pendant qu'ils étaient à sa table, il ne manquait jamais de leur tourner brutalement le dos s'il les rencontrait quelque part le lendemain. Il conçut, à première vue, une haine profonde pour Jack, pour ses cheveux frisés et ses propos d'écurie ; il ne daigna pas le regarder une seule fois, et encore moins lui adresser la parole pendant tout le repas : la position de Jack n'avait assurément rien de très-enviable.

Il est, je le crains, au-dessus du pouvoir de ma plume de décrire avec exactitude le caractère et la conversation de lady Gunnesbury. La vieille dame qui, il faut le présumer, ne paraissait pas s'apercevoir que bien des hivers déjà avaient passé sur sa tête, était perpétuellement agitée du besoin de parler avec ses voisins et les autres convives, sur n'importe quel sujet en discussion, sans pour cela cesser d'être, de manière même à les importuner, scrupuleusement attentive pour tous ses invités, et particulièrement à table. Ces attentions empressées étaient le résultat du système d'éducation auquel on était soumis à une époque qui est déjà loin de nous ; mais, quant à la rage de causer avec tout le monde et sur n'importe quel objet, c'était la conséquence de la privation totale de l'ouïe, dont elle avait été affligée pendant plusieurs années, infirmité que le temps, ou quelque habile médecin était enfin parvenu à guérir. Il s'en suivait qu'elle était heureuse maintenant de pouvoir prouver non-seulement qu'elle n'était plus sourde, mais encore qu'elle pouvait s'entretenir d'une douzaine de sujets à la fois ; ce qui produisait un effet cacophonique, burlesque et inintelligible dont je désespère de pouvoir donner un aperçu, même idéal. Elle occupait le haut bout de la table, et avait à sa droite le comte de Cunningham, et à sa gauche lord Tom. La comtesse était placée à la droite de sir James Gunnesbury, qui avait à sa gauche Mᵐᵉ Carnaby. Auprès du comte, de l'autre côté de la table, était assise l'aînée des misses Gunnesbury, et entre celle-ci et sa sœur se trouvait sir Henry Rockly. Enfin, auprès de la plus jeune on avait placé le baron allemand, qui avait pour voisin, entre lui et le fils de la maison, M. Brag.

Chacun en place et le potage enlevé, la conversation commença à devenir générale, mais non pas universelle ; ceux qui se connaissaient causèrent d'abord entre eux : le comte avec Maria, — la comtesse avec sir James, — lady Gunnesbury avec lord Tom, — Rockly avec Elisa, — Paddle avec Mme Carnaby, — et Carnaby avec le jeune Gunnesbury. — Mais, quant à Brag et au baron, ils furent littéralement frappés de mutisme. Qu'auraient-ils pu se dire, ne pouvant se comprendre ? Brag croyait pouvoir se flatter, d'après la manière dont il s'en était tiré dans le salon et l'accueil qui avait été fait à ses avances, que, s'il eût été placé à table auprès d'une des jeunes personnes, il aurait bien conduit sa barque, *and no mistake ;* mais bloqué comme il était, entre deux hommes, dont l'un ne pouvait, et l'autre ne voulait pas lui adresser une syllabe, sa situation n'était nullement faite pour lui paraître le moins du monde agréable.

Lorsque le babillement général, qui devait ressembler un peu à celui de la tour de Babel, fut parvenu à son apogée, lady Gunnesbury commença à paraître dans tout son lustre : il fallait qu'elle plaçât un mot dans chaque dialogue, — et qu'elle pût prendre part aux discussions de chaque tête-à-tête. C'est ainsi qu'elle continua sans interruption à produire la plus bizarre et la plus assourdissante confusion qu'on puisse imaginer ; mais, toute réflexion faite, nous reconnaissons qu'il nous serait impossible d'en donner une idée même approximative. Aussi bien les phrases incohérentes, les coq-à-l'âne continuels qui en étaient la conséquence forcée, pourraient-ils n'être pas trop du goût du plus grand nombre de nos lecteurs.

Nous nous contenterons donc de dire que le dîner se passa comme tous les dîners en général, avec cette seule différence que les convives durent essuyer jusqu'à la fin le feu roulant de l'éloquence de milady. Quant à Jack, il n'ouvrit la bouche que pour faire passer dans son estomac les mets et les vins de son brave amphytrion ; et, quoique lord Tom eût essayé de venir à son secours, en lui demandant de prendre un verre de vin avec lui, le jeune Gunnesbury ne s'en montra pas moins exclusivement occupé de son autre voisin, si nous en exceptons, toutefois, le comte et la comtesse, pour lesquels il se montrait obséquieusement poli, et sir Henry Rokely envers qui il était d'une civilité remarquable. Sir James, cependant, fit à Jack le même honneur que lord Tom ; mais en lui donnant cette marque de courtoisie, il l'appela malheureusement *Monsieur* Brag (1), au lieu de Brag ; ce qui attira l'attention, fit chuchoter les uns et les autres, et donna lieu à plus d'un commentaire.

Il y a toujours dans le cœur des femmes une certaine disposition à la bienveillance pour ceux qu'elles supposent être peu à l'aise dans leur société, une espèce de pitié qui, assurément, n'a rien de commun avec l'amour, mais qui se traduit par le désir de faire cesser le tourment de celui qui souffre. Les deux misses Gunnesbury éprouvèrent ce genre de sentiment pour Brag : elles voulaient mettre fin à sa torture, et Elisa, qui était plus rapprochée de lui que sa sœur, après avoir inutilement tenté de rendre son frère plus poli pour l'étranger, s'efforça d'adresser à celui-ci un sourire gracieux, qui encouragea notre héros à la prier de vouloir bien lui faire l'honneur de prendre un verre de champagne avec lui. S'il eût pu remarquer l'expression de la physionomie du jeune Gunnesbury pendant cette petite cérémonie, le silleri se serait probablement converti en acide prussique dans son gosier : le regard qu'il lança à sa sœur, lorsque leurs yeux se rencontrèrent, exprimait de la manière la plus sévère tout son mécontentement, relativement à ce qu'elle venait de faire.

D'après le calcul de Jack, on avait passé au moins cinq

---

(1) Il est généralement d'usage, parmi nos voisins d'Outre-Manche, que la personne à laquelle vous avez été présenté par un ami ne fasse pas précéder votre nom du mot *Monsieur* lorsqu'elle vous adresse la parole : agir différemment, ce serait, en quelque sorte, faire supposer qu'elle ne vous considère pas assez pour vous placer à ce niveau d'éducation qui constitue le véritable gentleman. Ainsi, ce qui passerait chez nous pour une marque de familiarité, est, au contraire, chez eux, une preuve d'égards et de considération qui honore à la fois l'ami et la personne présentée. (*Le Traducteur.*)

heures à table avant que lady Gunnesbury, dont il eût été impossible de suivre, avec quelque intelligence du moins, l'étonnante volubilité de langage, se décidât enfin à donner aux dames le signal de la retraite.

Enfin, l'heure de la délivrance allait sonner.

— Chère lady Dullingham, dit-elle, je suis à vos ordres ; mais je sais que sir James n'aime pas cet usage de se séparer après dîner. — Georges, mon ami, tirez le cordon.

Ces derniers mots se firent entendre aux oreilles de Jack, comme un son plein d'harmonie ; et ils furent suivis de la retraite des dames, qui s'opéra en moins de cinq minutes, lady Gunnesbury s'arrêtant avec bonté pour lui dire qu'elle espérait qu'il n'avait pas ressenti les effets du vent lorsqu'on ouvrait la porte pendant le dîner, — acte de politesse que monsieur son fils, par l'expression de son regard, jugea complétement superflu, mais qui engagea sir James, lorsque les dames se furent retirées, à insister pour que Brag se rapprochât de lui, afin de le délivrer de la taciturnité du baron, et de la froideur affectée de son fils.

Lord Tom, dans la plénitude de sa bonne nature, en voyant Brag si abattu contre son habitude, fit ce qu'il put pour relever son courage, et le *remettre en selle.* D'un autre côté, il se trouvait en quelque sorte offensé du ton de hauteur et de dédain que M. Georges Gunnesbury avait cru devoir adopter à l'égard d'un invité de son père, qu'il savait être un de ses propres amis, et présenté par lui-même. En conséquence, Sa Seigneurie, parlant bas à sir James, donna à Jack *un excellent caractère ;* et, par-dessus tout, elle vanta son jugement et ses connaissances en matière de chevaux, ainsi que son habileté en équitation ; ce qu'elle était, du reste, d'autant plus disposée à faire que ses éloges, à cet égard, étaient parfaitement mérités ; et puis aussi, parce que le noble et taciturne lord Dullingham, qui était assis de l'autre côté de la table, avait été lui-même, dans son temps, un amateur des plus distingués, et que, aujourd'hui encore qu'il était sur le déclin de l'âge, et retiré du turf, il n'en prenait pas moins, comme le cocher qui aime toujours à entendre claquer le fouet, un intérêt beaucoup plus vif à ce genre de conversation qu'à toute autre.

— Je suis étonné, dit sir James, que notre gouvernement n'intervienne pas pour prohiber l'exportation de nos meilleurs chevaux anglais, opération dont l'effet devra, éventuellement, non-seulement améliorer les races chevalines dans des pays qui, malgré l'état de paix dont nous jouissons aujourd'hui, seront un jour ou l'autre en guerre avec nous ; mais encore, elle contribuera à enlever à la cavalerie anglaise sa supériorité jusqu'à présent incontestée.

— Si ça dépendait de moi, observa Brag, encouragé par la déférence avec laquelle sir James avait bien voulu lui adresser particulièrement ces remarques, — pas un bidet ne quitterait le pays, — non, à aucun prix. On m'a maintes fois offert des monceaux d'or pour consentir à laisser passer quelques-uns de mes chevaux de chasse en France et en Allemagne, et le diable sait où : — non, ai-je toujours dit, pas seulement un bout de leur queue ; car je suis Anglais des pieds à la tête, — *straight up, right down, and no mistake*, et ce n'est pas moi, assurément, qui contribuerai à refaire les races étrangères.

Le baron Allemand se mit à tousser, et le jeune Gunnesbury exprima, par son silence, l'étonnement où le plongeait la sortie que le patronage peu judicieux de son père venait de provoquer chez notre héros.

— Vous êtes, je le vois, un véritable amateur du sport, monsieur, dit lord Dallingham, en prenant gravement une prise de tabac.

— Et il est, ajouta lord Tom, aussi bon cavalier que n'importe qui, de Tetness à Newcastle.

— En effet, dit Jack, je puis me flatter d'être un peu *calé sur l'article*, — (en ce moment sir Rockly échangea un coup-d'œil avec Carnaby), — *and no mistake*. Lord Tom sait ce dont je suis capable : dans une semaine j'ai chassé cinq fois le renard, monté deux trotteurs, fait trois courses au clocher et tué 290 couples de perdrix.

— Le *Canard* est soigné, murmura M. Georges, — mais assez haut, néanmoins, pour être entendu de tous, à l'exception de Brag, qui était alors monté sur son grand dada.

— Rien ne m'arrête, lorsque j'y suis, continua Brag, — n'est-il pas vrai, mylord ? en se tournant vers lord Tom. —

Que de fois n'ai-je pas suivi les chiens pendant **25** minutes, aveugle comme une chauve-souris, trempé comme un rat d'eau, et aussi malade qu'un chat, avec la peau d'une jambe tout écorchée contre un arbre jusqu'au genou, et ne recouvrant mes sens qu'en heurtant ma tête tout droit contre celle de mon cheval, de manière à y voir trente-six chandelles, et à ébranler toutes mes dents dans leurs emboîtures ! Voilà ce qui s'appelle courir en véritable amateur, *and no mistake.* J'aurais monté mon *Tantrum* contre n'importe quel cheval de son âge et de sa taille, qui eût jamais senti l'éperon. Jem Jiggins l'a eu en mains pendant quelque temps, et c'en était un crâne celui-là. Un jour, cependant, je l'ai vendu ; il venait de courir trois renards, l'un après l'autre ; en tout, soixante et douze milles et demi ! il était rendu : — et malgré ça, j'en ai encore retiré mon argent. Je l'ai fait peindre, et je possède maintenant son portrait dans ma petite résidence en Surrey, moi sur son dos, franchissant une ligne de rails juste tout près de *Fly away Dick*, avec les portraits de deux ou trois gentlemen dans le lointain. Eh! voilà qui peut compter, j'espère !

Après son silence forcé à table, et la manière dont il avait usé du vin de Porto du vétéran de bombardiers, cette soudaine tirade convainquit lord Tom qu'il était bien décidé à prendre sa revanche du traitement tyrannique qu'il avait été obligé de subir de la part du jeune écuyer.

— Avez-vous beaucoup chassé dans le Dorset-Shire ? lui demanda le comte ; — dans le cas contraire, je pense que la vallée de Blackmore vous fournirait plus d'une occasion de déployer votre talent.

— Non, mylord, répondit Jack ; — je ne connais pas ce pays, et je m'en embarrasse fort peu. J'en ai entendu parler, cependant, ainsi que de toute l'histoire de la jument aveugle d'Olivier ; mais l'espèce humaine est un peu hâbleuse de sa nature. On raconte, par exemple, une aventure d'un certain lord Penfeather, ou de quelque gaillard de sa trempe, qui se plaisait souvent à rappeler qu'après avoir franchi une double haie et un double fossé, il avait encore passé du même saut par-dessus la tête d'un docteur du pays, cheval et homme, qui se trouvaient tout juste de l'autre côté. — Voilà ce qui

s'appelle faire bien les choses. Mais, malheureusement, il n'y
a personne en vie qui en ait été témoin; aussi faut-il s'en
rapporter au dire de mylord; et, ma foi, y croira qui voudra!

Tout à coup un silence de mort suivit ces paroles, et ne
fut interrompu que par quelques *hem!* sortis des lèvres de sir
James Gunnesbury et de sir Henry Rockly, et accompagnés
d'un regard de mécontentement de lord Tom, et enfin d'un
sourire de triomphe de la part du jeune écuyer. Le silence
durait encore, et chacun en paraissait surpris; mais personne, assurément, autant que Jack. Toutefois, il ne devait
pas tarder à être rompu.

— Je vous certifie, Monsieur, dit lord Dullingham, du ton
le plus solennel, que l'anecdote est vraie : le nom du médecin est Flapps; à la vérité il est mort, mais il existe encore
plus d'une personne qui a été témoin du fait.

— Oh! répondit Jack, qui n'avait pas encore les yeux ou-
verts : — je ne sais pas, — mais je connais plusieurs amis
de lord Penfeather, qui disent que *ça ne peut pas prendre!*
Si, cependant, Votre Seigneurie l'a vu, rien de mieux, *and
no mistake;* mais, d'après ce qu'on dit du farceur qui prétend l'avoir fait, ma foi...

— C'est moi-même, Monsieur! lui dit le comte, avec plus
d'énergie qu'il n'en avait jamais employé dans aucune autre
occasion, et en se redressant de toute sa hauteur; puis, il
plongea sur Jack un regard menaçant, en prenant sa prise de
tabac avec toute la dignité de la vieille école.

— C'est lord Penfeather, dit lord Tom, avec l'espoir de
mettre fin à cette pénible situation; — du moins, tel était
son titre lorsqu'il fit le prodigieux tour de force dont il est
question.

— Ah! murmura Brag, qui devint aussi pâle qu'un spectre,
— ah! — oui, mylord, — je...

Dans ce moment critique, où, animés de sentiments divers
et opposés, chacun attendait un *dénouement,* le sommelier,
vieux et digne serviteur de sir James, vint annoncer que le
café était servi au salon; et, comme ses longs services lui
permettaient un certain degré de familiarité avec son maître,
il ajouta à voix basse, mais de manière à être entendu :
— Il y a un gros brick, sir James, qui vient d'échouer der-

rière la jetée ; le vent souffle avec violence, et l'on craint qu'il ne se perde corps et biens.

— Un brick échoué ! s'écria Jack, en s'emparant sans cérémonie d'une communication qui ne lui avait pas été faite ; et, au même instant, il se leva avec rapidité. — Me voilà parti ! sir James ; excusez-moi, — je puis être utile : — je nage comme une loutre. Je suis allé d'Oxford à Londres en 19 heures, sans m'arrêter. J'ai déjà sauvé neuf personnes, et reçu trois médailles de la Société Philantropique : je ne fais pas plus de cas de la houle que d'une goutte d'eau. Je parierais cinquante contre quatre que je vais être à bord de ce brick en moins de dix minutes, — et de retour avant une heure. J'espère que vous m'excuserez : ne pensez-vous pas que j'ai raison ? — He ! — philantropie ! — humanité ! et tout ce qui s'en suit ! — *straight up, right down, and no mistake.* Je serai à vous dans un instant.

En achevant ces paroles, et sans attendre de réponse, Jack s'échappa, laissant ses compagnons ébahis, et lord Tom passablement vexé qu'il eût fini par justifier la hauteur avec laquelle le jeune Gunnesbury l'avait traité dès le commencement.

Le comte supporta de très-bonne grâce l'imputation d'avoir exagéré ses hauts faits, et exprima son étonnement de la scène dont on venait d'être témoin ; mais lord Tom, confondu par ce qui était arrivé, s'excusa de ne pas passer au salon, sous le prétexte de chercher à empêcher son ami de risquer témérairement sa vie ; et, après que tout le monde eut quitté la salle à manger, il se dirigea vers le port, où la mer battait avec tant de furie les flancs du malheureux vaisseau, qu'il y avait peu d'espoir qu'il pût être sauvé. Toutefois, ce fut en vain qu'il demanda des nouvelles de Brag. Il était vrai, cependant, qu'on avait vu un courageux gentleman, muni d'une corde et nageant vers le brick ; et l'on ajoutait qu'il était parvenu à sauver deux dames. — Lord Tom ayant fait d'inutiles recherches pour retrouver son intrépide ami, regagna l'hôtel du Ship, où il apprit que M. Brag, après avoir lu les journaux et pris deux verres de grog, était allé tranquillement se coucher, et avait déjà la tête sur l'oreiller depuis plus d'une heure, avant l'arrivée de Sa Seigneurie.

15

CHAPITRE XII.

— Il aurait mieux valu, Jack, que vous n'eussiez pas mis le pied dans cette maison, dit lord Tom à son tigre, lorsqu'ils se retrouvèrent ensemble à l'heure du déjeuner.

— Mieux valu ! dit Jack, eh ! qui diable se serait jamais douté que cette grande gigue à tête grise pût être le gaillard qui avait fait le fameux saut dans la vallée de Blackmore, il y a plus d'un demi-siècle ?

— Toutefois, vous vous en êtes joliment tiré, dit lord Tom; car, bien que Dullingham soit trop âgé pour se battre, il se serait très-probablement passé quelque chose de désagréable sans l'affaire du Brick.

— Jamais rien vu de plus beau ! s'écria Jack. — Je vous avais dit que je ne tarderais pas à arriver à bord : comme je venais de sortir, j'aperçus deux femmes agitant des mouchoirs blancs,— signaux de détresse; — me voilà parti, — je m'empare d'une corde, — je m'y cramponne comme un chat, —je barbote au milieu des vagues, — en un clin d'œil je suis sur le pont, — je les saisis toutes deux, les retenant avec les dents, et je me laisse glisser le long du grelin : alors je place chacune d'elles sous mes bras, exactement comme une poule avec son gésier sous une aile, et son foie sous l'autre; et je les dépose à terre en moins d'un quart d'heure, saines et sauves, *smack, smoorh, and no mistake.*

— Leur reconnaissance, sans nul doute, a dû être sans bornes, dit lord Tom, dont les doutes sur la stricte véracité de son ami augmentaient d'heure en heure.

— Reconnaissance ! répondit Jack, — elles sont femmes ; — quand donc avez-vous jamais entendu parler d'ingratitude chez elles ?

— Leur avez-vous fait connaître votre nom ? demanda lord Tom.

— Non, dit Jack, — je me réserve de remettre ma carte à leur hôtel aujourd'hui même. J'ai horreur de me vanter pour me faire valoir : si j'avais dit de suite qui je suis, il y a toute apparence que ç'aurait été couché tout au long dans les papiers publics. Mais je n'aime pas ce genre de notoriété ; je m'en embarrasse fort peu, même dans ma propre spécialité, — le sport, et tout ce qui s'y rattache. Dans cette circonstance particulièrement, — motus ! c'est le mot, *and no mistake.*

— J'admire votre modestie, dit lord Tom ; mais comment avez-vous pu revenir ici et vous mettre au lit sans en dire un mot au maître de la maison, ni à aucun des domestiques ? Cela prouve évidemment votre intention de rester inconnu. Cependant, on a dû remarquer votre état lorsque vous êtes rentré.

— Mon état ! dit Jack, je n'ai jamais eu d'état.

— N'étiez-vous donc pas mouillé ? dit lord Tom.

— Au contraire, dit Jack, j'avais le gosier diablement sec. Le porto de sir James Gunnesbury est ce qui s'appelle une vraie décoction de framboises, — de chez Day et Martin, — eh ! *and no mistake.*

— Pourquoi alors n'avez-vous pas bu de son Bordeaux ? demanda lord Tom.

— Quoi ! dit Jack, de son jus de betterave en bouteille ? — non, j'ai avalé deux verres de grog chaud en rentrant, et tout a été dit.

— Comment ! vous avez gardé sur vous vos effets tout trempés ? dit lord Tom.

— Effets trempés ! dit Jack. — Quoi ! en allant au brick ? — Bah ! mon cher lord, — ce n'est rien que cela, — une vraie goutte de rosée ; — l'eau salée n'enrhume jamais, — et puis, je me suis séché en courant pour rentrer à l'hôtel.

— Le jeune Gunnesbury est un homme agréable et parfaitement comme il faut, dit lord Tom, en ayant l'air d'avaler assez tranquillement cette explication.

— Je n'ai jamais rencontré d'être comme celui-là dans toutes mes courses, répondit Jack. — Vous avez vu comme je l'ai traité ; — je lui ai complétement tourné le dos, — pas plus fait attention à lui que s'il n'avait pas été là : c'est un véritable ours mal léché. — Quant à Elisa, elle n'est pas mal ;

elle a des yeux, eh! dont elle sait se servir ; mais sa mère est ma foi une drôle de femme.

— Assez bizarre, en effet, dit lord Tom ; et polyglotte par-dessus le marché !

— Ah! son nom de fille est Glotte, dit Jack. Bien! mais il faut convenir qu'elle est un peu trop vieille aujourd'hui pour être appelée Polly (1). Cette madame Carnaby paraît assez plaisante, en vérité : elle a des yeux, elle aussi, qui savent la manœuvre. Carnaby, lui, m'a l'air d'une espèce d'homme grave et respectable ; et je pense qu'il ne serait ni juste ni raisonnable de chercher à troubler son bonheur domesti-que ; — autrement, mylord, — ah! je ne dis pas, — seule-ment je connais le sexe, *and no mistake*.

— L'un et l'autre me sont complétement inconnus, dit lord Tom, mais n'oublions pas que nous devons faire notre visite aux Gunnesbury aujourd'hui.

— Lorsque nous serons sûrs qu'ils sont sortis, répondit Jack, qui venait à peine de prononcer ces paroles, lorsqu'il excita fortement l'attention de lord Tom par l'exclamation sui-vante que lui arracha la vue d'un objet qu'il avait aperçu par la fenêtre : — Par *Job!* serait-il possible ? Mais oui, c'est bien ça ! *and no mistake*.

— Qui ? quoi ? qu'avez-vous donc vu ? s'écria Sa Seigneu-rie, à moitié effrayée de l'agitation de son compagnon.

— C'est Georges Brown ! s'écria Jack. Car, si jamais j'ai connu Georges Brown, c'est bien certainement lui que je viens de voir sortir de l'hôtel avec un autre gentleman.

— Mais qui est donc ce Georges Brown? demanda lord Tom, et qu'y a-t-il là de si merveilleux ?

— Merveilleux ! dit Jack. — Vous seriez aussi surpris que moi, mylord, si vous saviez tout. Comment! mais c'est le major dont vous m'avez entendu parler si souvent.

— Ah! dit lord Tom, le frère de votre demoiselle aban-donnée ? Ne serait-ce pas le cas d'apprêter vos pistolets et de faire votre testament?

— Non, non, dit Jack, pas précisément ; mais je vais prendre des informations. Je suis sûr, toutefois, de ne pas

(1) *Polly* est un nom enfantin, qui veut dire *Marie*.

m'être trompé quant à mon homme, quoiqu'il paraisse plus âgé et plus brun qu'il ne l'était la dernière fois que je le vis.

— En disant ces paroles, il tira le cordon de la sonnette.

Un domestique ayant paru, il obtint de lui tous les renseignements nécessaires, et il s'assura que c'était bien, ainsi qu'il l'avait présumé, Georges Brown en personne. En un moment Jack, qui, dans ses communications avec lord Tom, avait toujours glissé légèrement sur son alliance avec le susdit Georges, changea subitement de langage, aussitôt que les rapports du valet lui eurent appris qu'il devait être aujourd'hui fort riche.

— M. et Mᵐᵉ Brown doivent s'embarquer demain pour Calais, dit le domestique; ils seraient même partis ce matin, s'ils n'étaient arrivés trop tard pour faire mettre à bord leurs équipages.

— Mᵐᵉ Brown est-elle ici? demanda Jack.

— Oui, Monsieur, répondit le valet. — Et, comme aucune autre question ne lui était adressée, il se retira.

— Voilà, assurément, dit Jack à lord Tom, une chance fort heureuse. — Je vais aller la trouver à l'instant même, — tout découvrir, quand et comment; car je n'y puis rien comprendre encore.

— Hé quoi! connaîtriez-vous cette dame? demanda lord Tom.

— Si je la connais! répondit Jack. Mais qu'y aurait-il donc là de si étonnant? C'est tout bonnement ma sœur, voilà tout.

— Votre sœur! dit lord Tom, je n'aurais jamais supposé que le major fût votre beau-frère; vous m'aviez toujours donné à entendre qu'il n'était qu'un allié fort éloigné.

— Eloigné! sans doute, répondit Jack, puisqu'il était aux Indes; mais aujourd'hui il est plus rapproché. Aussi suis-je tout prêt à m'introduire, *smack smooth, and no mistake*. Venez avec moi, mylord, je vous présenterai à Kitty, et lorsque Georges rentrera, il en ouvrira des yeux comme un cochon qu'on écorche. J'aime les surprises, moi!

— Je suis votre homme, dit lord Tom, et c'est avec une véritable satisfaction que j'assisterai comme témoin de votre bonheur à cette entrevue.

— Eh bien, garçon! dit Jack, quelle chambre occupe Mme Brown ?

— Celle-ci, Monsieur, répondit le domestique, mais ne voulez-vous pas que j'aille...

— Non, non, répliqua Jack, avec un demi-sourire. — Je suis son frère, — je désire la surprendre, — ne dites rien : elle ignore que je suis ici, — nous ne nous sommes pas vus depuis des années. Allons! nous y voilà, mylord. — A ce moment du dialogue, l'habile gentleman ouvrit la porte avec précaution, et, s'arrêtant tout doucement près de la dame, il murmura d'une voix aussi mélodieuse que l'harmonie des sphères les paroles suivantes : — Kitty, parle-moi, Kitty, ma chère Kitty !

Le bruit fit tressaillir la dame, qui était assise et occupée à lire, le dos du côté de la porte : s'étant retournée, elle quitta précipitamment son siége, et offrit aux regards étonnés de Jack, et à ceux de son compagnon tout mystifié, la vue d'une femme remarquablement belle, et dont l'expression particulière de la physionomie semblait, en ce moment, accuser un double sentiment d'alarme et de surprise; mais elle ne ressemblait en rien, comme le lecteur l'a sans doute déjà compris, à la *ci-devant* (sic) Kitty Brag.

Le groupe que formaient ces trois personnages était, du reste, fort curieux à observer.

— Hé quoi ! s'écria Jack, mais ce n'est pas Kitty !

— Je présume qu'il y a ici quelque erreur, dit froidement Mme Brown, en étendant en même temps la main vers le cordon de la sonnette.

— Votre nom est cependant Brown, dit Jack, n'est-il pas vrai, Madame ?

— Effectivement, Monsieur.

— Epouse de Georges Brown, de l'Inde ? continua Jack.

— Oui, Monsieur.

— Je n'y suis plus, dit Jack.

— Si vous avez, Monsieur, quelque communication à faire à M. Brown, ajouta la dame, il sera ici dans quelques minutes.

— Vous feriez bien de vous retirer, dit lord Tom, qui vit clairement que son petit ami s'était encore fourré dans quelque nouvel embarras, et que la dame ne demandait pas mieux que d'être, au plus tôt, délivrée de sa présence.

— Vous avez raison, par *Job!* répondit Jack. Il y a bien ici quelque chose de louche ; mais, ma foi, ce n'en est pas moins *all straight up, right down, and no mistake,* — car voici Nancy — toujours gentille à croquer.

Ces paroles furent prononcées avec accompagnement de cabrioles telles, qu'elles auraient pu faire honneur à un maître de danse ; mais elles furent suivies d'un cri d'horreur, poussé par Anne, qui, entrant alors dans la chambre, tomba sans connaissance sur une chaise, au moment où Jack s'avançait pour lui serrer la main.

Les changements qui s'étaient opérés dans les idées et les intentions de Jack, en moins de temps que nous n'en mettons à raconter l'événement, furent particulièrement caractéristiques. Que Brown fut Brown, plus Brown (1) que jamais, Jack en était parfaitement convaincu ; mais que sa femme ne fût pas Kitty, voilà ce qu'il ne pouvait s'expliquer que par la mort de sa sœur ; donc Georges était remarié : d'où il conclut, avec la rapidité de l'éclair, que c'était par cette seconde femme qu'il avait dû acquérir les moyens de vivre sur un si grand pied ; situation qui semblait d'autant plus évidente que, indépendamment de la communication du domestique qui avait parlé de la difficulté *d'embarquer les équipages,* l'apparition soudaine d'un valet de pied, de deux femmes de chambre et d'un grand gaillard de courrier bien découplé, dont la tenue de-voyage était irréprochable, faisant tous irruption dans l'appartement, à l'appel tintinnabulaire de Mᵐᵉ Brown, vint le confirmer dans l'opinion que ce beaufrère, qu'il s'empressait maintenant de reconnaître pour tel, était devenu riche, et par conséquent un homme important, qu'il fallait savoir ménager et caresser de son mieux.

Ces sensations passagères furent, comme par un effet électrique, remplacées par d'autres, dès l'instant où il aperçut Anne Brown. Elle était là devant lui, — celle qui, autrefois, lui avait fait l'aveu de son amour, — la sœur du riche et

(1) *Brown*, nom propre ; également adjectif, qui veut dire *brun.*

fortuné Georges, — et il la jugeait digne maintenant des hommages les plus sérieux. — Aussi arrêta-t-il à l'instant dans sa pensée, que la douce et modeste créature qu'il avait négligée, dédaignée et diffamée même pendant des années, redeviendrait sa fiancée, et que, d'une ou d'autre manière, ils finiraient tous par composer ensemble un charmant petit cercle de famille, *all right, and no mistake.*

— Que signifie tout ceci? demanda un gentleman, en entrant dans cette chambre où régnait la plus grande confusion. — Qu'est-il donc arrivé?

Pendant ce temps Anne avait été emportée par Mme Brown et ses femmes de chambre. Le dernier personnage arrivé s'absenta un instant, et les deux intrus restèrent seuls dans l'appartement.

— Il paraît que votre affaire n'est pas claire, Jack? dit lord Tom.

— Oh! tout ira bien à la fin, répondit Jack. Ne vous rappelez-vous pas notre joli petit minois de Regent's-street? Eh bien! c'est ma Nancy que vous venez de voir.

— Ah! répondit mylord, d'un ton fort grave.

— C'est ça même, ajouta Jack, d'un air malin.

— Messieurs, dit l'étranger, en rentrant : Je suis encore à me demander quels peuvent être les motifs de votre brusque introduction dans cet appartement?

— *It's all right,* au bout du compte, répondit Jack, — beau jeu, cartes sur table : Georges Brown a épousé ma sœur, — voilà d'où vient l'erreur. Cette dame n'est pas ma sœur, — c'est clair comme le jour. Je n'ai jamais entendu parler de la mort de la pauvre Kitty! — mais elle n'est plus, sans doute, et Georges nous donnera bientôt tous les détails de cet événement. Mais Georges a également une sœur : Nancy; — et si elle a éprouvé quelque agitation en me revoyant pour la première fois après une aussi longue séparation, j'en suis vraiment désolé. Cependant, rien de plus naturel : je reviendrai donc tout à l'heure, lorsque Georges sera de retour.

— L'arc-en-ciel après la pluie, *and no mistake.* Au reste, Monsieur, je vous présente mon ami Lord Thomas Towzle; — par conséquent tout est en règle.

— Si vous êtes le frère de Mme Brown, dit l'étranger, j'ai, en effet, entendu parler de vous comme d'un ancien ami de la sœur de M. Brown.

— C'est bien ça, dit Jack, mais les événements nous ont tenus éloignés l'un de l'autre. Cependant, je n'ai jamais eu pour elle qu'un seul et même sentiment, et je crois qu'il était ce qui s'appelle réciproque. Je suis, du reste, diablement contrarié de l'avoir surprise si maladroitement. Toutefois, à bientôt, comme on dit.

— Monsieur, quant au parti que prendra M. Brown à votre égard, je l'ignore, dit l'étranger, mais, quant à ce qui concerne sa sœur, il est de mon devoir d'agir, en cette circonstance, pour moi-même. — Je suis son mari, Monsieur ; — et, bien que je ne porte ce titre que depuis trois jours, c'est à moi qu'il appartient de la protéger contre toute alarme ou toute insulte. Permettez-moi donc de vous dire, Monsieur, que votre éloignement est tout ce qui pourra nous être le plus agréable à tous : car, quoique nous ayons appris votre séjour ici peu de temps après notre arrivée, il n'entrait certainement pas dans nos vues d'être favorisés de votre visite.

— Marié à ma Nancy ! dit Jack, en voilà une sévère !

— Oui, Monsieur, ajouta le docteur Mead (car c'était lui qui parlait) ; et, avant de m'épouser, elle m'a fait connaître, avec toute la candeur ingénue de son cœur et de son esprit, les détails de votre ancienne liaison ; — de plus, Monsieur, elle ne m'a pas laissé ignorer le sentiment de préférence qu'elle avait alors conçu pour vous. Mais, si vous voulez bien jeter un coup-d'œil rétrospectif sur la conduite que vous avez tenue à une époque où vous auriez pu témoigner de la sincérité de votre affection, — si vous voulez bien vous rappeler votre indifférence pour le sort d'un être dont vous comptiez faire une victime, vous n'aurez pas de peine à comprendre l'indélicatesse et l'inconvenance qu'il y aurait pour vous à rester une minute de plus dans cette chambre.

— Quoi ! vous aurait-elle tout raconté ? demanda Jack, perdant la tête, et sachant à peine ce qu'il disait.

— Tout, Monsieur, répondit le docteur, mais peut-être pas tout ce que votre langue licencieuse s'est permis d'articuler.

— Moi, — Monsieur, — moi ? dit Jack.

— Venez, dit lord Tom, vous ferez mieux de vous retirer.

— Mais ma sœur, — dit Jack.

— La délicatesse, répondit le docteur Mead, m'impose silence quant à ce qui concerne cette malheureuse femme. Elle est aujourd'hui dans la tombe, où elle a été déposée sans avoir été accompagnée à sa dernière demeure par un mari odieusement outragé. C'est ce qu'il faut que vous sachiez, Monsieur, et il est fort heureux que la tâche pénible de vous apprendre une aussi amère vérité m'ait été réservée plutôt qu'à mon beau-frère.

— Par Job ! dit Jack, en se grattant l'oreille.

— Enfin, Monsieur, je dois vous engager à vous retirer, ajouta le docteur Mead, avant qu'il soit de retour. Son affection pour sa mère et sa sœur est tellement vive, que, dans notre intérêt à tous, il vaut mieux éviter ce qui pourrait arriver, s'il vous trouvait ici.

— Oh ! sans doute, dit Jack, je ne resterai pas une minute de plus ; — non, assurément. — Comme vous le dites, il est inutile de s'exposer à quelque scandale. Tout cela est fort extraordinaire, et particulièrement très-désagréable ; mais quant à vous, Monsieur, vous êtes un vrai gentleman, et vous agissez comme tel ; non pas que j'aie le plaisir de connaître votre nom, mais...

— Mon nom est Mead, répondit le docteur, et j'éprouve une très-grande satisfaction à vous l'apprendre, afin que vous ayez la bonté, à l'avenir, d'éviter toute communication avec l'humble individu qui le porte. Je vous souhaite le bonjour, Monsieur.

— Bonjour, Monsieur, dit Jack ; mais, bien certainement, j'aurais été enchanté de pouvoir serrer la main d'Anne, avant de vous quitter.

— Je puis vous assurer, Monsieur, qu'elle n'est pas en état de risquer la moindre entrevue, dit le docteur.

— Sans doute, dit Jack, il y a une fin à tout. Venez, mylord, partons ; bonjour, Monsieur.

L'imperturbable Jack s'esquiva alors de la chambre, suivi par lord Tom, qui fit un léger salut au docteur Mead.

— Ne ferions-nous pas bien de prendre l'escalier dérobé ?

dit Jack ; — inutile de courir le risque de rencontrer ce
drôle de Brown : on ne peut pas se battre avec un sergent.

— Se battre avec qui ? demanda lord Tom.

— Sans doute, répondit Jack ; il n'a jamais été qu'un sergent.

— Comment ! reprit lord Tom, mais je croyais que vous
m'aviez dit qu'il était major dans l'armée.

— Non, — simple sergent-major, — c'est tout ce qu'il
était, — répliqua Jack, qui, du moment qu'il se vit dédaigné
et banni de la société de son beau-frère, changea soudainement de langage, et essaya de rabaisser l'homme et l'alliance
que, dix minutes auparavant, il était tout disposé à porter
jusqu'aux nues.

— Je ne serais vraiment pas fâché d'appartenir à son corps,
dit lord Tom ; la paye d'un sergent doit y être diablement
belle pour lui permettre le train qu'il mène. Mais, — Jack,
— que comptez-vous faire maintenant ? avez-vous l'intention
de tenir compte des expressions dont s'est servi envers vous
M. Mead ? Elles n'étaient pas précisément polies, vous le
savez.

— Non, répondit Jack ; — je dois y mettre de l'indulgence ;
car, je suis forcé d'en convenir, j'ai passablement tourmenté
sa petite femme. Il est vrai que je suis un assez mauvais chien
dans ces sortes d'affaires, — sur ma parole ! mais je joue de
malheur, car c'est sans intention.

— Bien ! dit lord Tom ; — mais alors — de toute façon,
— cependant cela dépend de la manière d'envisager les choses ; — seulement je vous ferai observer qu'il vous a positivement mis à la porte.

— C'est vrai, mylord, répondit Jack ; mais, vous le savez,
il avait bien quelque droit d'en agir ainsi ; car, enfin, il paye
pour occuper des appartements séparés, et je n'avais que
faire d'aller là. — Si c'eût été réellement ma sœur, au lieu
d'une autre femme, vous auriez vu comment je me serais
comporté, mais, vous vous rappelez, elle n'est plus, — et
alors, — eh !

— Je me rappelle effectivement, dit lord Tom, que ce gentleman a eu la bonté de mentionner le fait.

— Je n'ai voulu lui demander aucun détail, reprit Jack,

quoiqu'il paraisse diablement étrange que personne n'en ait
entendu parler.

— Peut-être, dit lord Tom, votre mère en a-t-elle reçu la
nouvelle ; mais vous n'êtes probablement pas un correspon-
dant fort exact de cette digne dame.

— Cela peut être, en effet, répondit Jack.

— Avez-vous l'intention de rester ici ? demanda lord Tom ;
pour moi, je compte traverser le canal demain, mais je suppose qu'il vous serait peu agréable de vous rencontrer à bord
avec les connaissances que vous venez de retrouver.

— Pas précisément, dit Jack ; toutefois, je resterai ici jusqu'à votre départ ; mais, de toute manière, je n'aurais pu
vous accompagner demain, parce que je me suis engagé à
aller passer une journée chez un ami à Walmer.

— Comment ! au château ? dit lord Tom, en faisant une
grimace invisible à Jack, dont le véritable caractère recom-
mençait à se dessiner plus fortement que jamais.

— Non, non, répondit Jack, d'un air malin. Il s'agit de
tout autre chose ; — une rencontre en voiture, dans l'*Union* ;
— promesse à tenir : — motus ! — *That's all right, and no
mistake.* Je vais donc me mettre en route de suite, et ne serai de retour qu'après...

— Qu'après le départ du *Ferret*, n'est-il pas vrai ? dit lord
Tom. Vous avez raison ; — ce sont là des dispositions pacifiques, ennemies de toute collision. Ainsi, je vous attendrai ;
seulement tenez-vous prêt pour le Champ de Mars.

— Drôle de nom pour le terrain des courses ! dit Jack.

— Le nom n'y fait rien, répondit lord Tom.

— Pas beaucoup, en effet, reprit Jack ; car qui croirait
jamais, d'après l'aigreur de son langage, que le nom du singulier personnage que nous venons de voir, est Mead (1).

— Oh ! qu'il aille se faire pendre ! dit lord Tom, qui pres-
sentait que, dans le cas d'une rencontre, il serait inévitablement forcé d'assister son ami ; or, comme il préférait l'a-
bandonner entièrement à ses propres idées dans cette circonstance, il parut tomber d'accord avec lui pour laisser les
choses suivre leur cours pacifique, et il ajouta : vous feriez

---

(1) *Mead* veut dire *hydromel*.

bien de ne pas vous en occuper davantage ; c'est un vrai gâchis que tout cela, et du diable si ça vaut la peine que vous cherchiez à le débrouiller : ainsi donc, partez pour Walmer; j'attendrai votre retour.

Il serait impossible de décrire la joie que ressentit Jack en apprenant l'acquiescement de Sa Seigneurie à toutes ses propositions ; aussi ne perdit-il pas de temps à mettre son plan à exécution ; et, deux heures plus tard, on pouvait le voir flânant sur la plage de Deal, après avoir retenu une chambre à coucher dans la plus détestable auberge de l'endroit ; toute l'histoire de son rendez-vous avec sa *Fanny de Zimmal*, n'étant, comme le lecteur peut facilement se l'imaginer, qu'une brillante fiction de sa propre invention.

Il est maintenant à peine nécessaire de mentionner que, pour ce qui concerne M. et Mme Mead, leur tendresse mutuelle suivit paisiblement son cours, après que le docteur eût lui-même annoncé à Brag son mariage avec Anne ; de même, il serait superflu de faire ici l'éloge de la candeur avec laquelle cette charmante personne s'était décidée à porter à la connaissance de son futur mari toutes les circonstances de son intimité avec son premier amant. Ils s'étaient mariés à l'église de Saint-Georges, dans Hanover-Square, non pas parce que c'est l'église des mariages *par excellence*, mais parce que le hasard voulut qu'elle se trouvât située dans la paroisse dont la maison du docteur Mead faisait partie. Ils s'étaient mis en route trois jours après, et ils avaient été rejoints à Sittingbourne par les Brown, qui formèrent le projet, comme nous l'avons vu, de les accompagner à Paris.

Toutefois, la mauvaise étoile de Jack était décidément entrée dans sa phase d'ascension. Il est vrai que son habile et opportune retraite sur Walmer le sauva de tous les désagréments qui auraient pu résulter d'une rencontre avec Georges Brown ; mais elle fut cause aussi d'une autre calamité qui, pour lui, et en dépit de toute sa prudence, était pire que la chance d'être blessé dans une rencontre avec son beau-frère offensé. — Quoiqu'il en soit, nous garderons pour l'instant le silence sur ce sujet.

Lorsque Brag eut fini son repas solitaire et avalé son verre de grog , — car, dans la maison qu'il avait choisie pour domicile, le vin était un liquide tout-à-fait hors de question, — il commença à réfléchir un peu sérieusement sur la situation de ses affaires domestiques. Il éprouvait une certaine anxiété fébrile d'apprendre l'histoire réelle de la chute de sa sœur, et de découvrir comment Georges, qu'il avait dédaigné pendant tant d'années, avait pu parvenir à cette haute position de fortune et de considération dont il paraissait évidemment jouir. L'heureux mariage d'Anne, qu'il avait abandonnée, l'étonnait également ; il résolut, en conséquence, d'employer sa triste soirée à écrire à sa mère une lettre dans laquelle, tout en donnant une relation quelque peu altérée de la manière dont il avait découvert les Brown, il chercherait à s'assurer, aussi délicatement que possible, de la nature des renseignements qu'elle aurait pu recueillir elle-même sur le sort de Kitty. Il calculait qu'il ne pourrait obtenir une réponse que lorsqu'il serait arrivé à Paris ; mais, chez lui, l'envie de connaître cette ville n'était certainement pas très-vive, par ce fait que les Brown et les Mead s'y trouveraient en même temps. Cependant, il lui était impossible de désappointer lord Tom, qui comptait si complétement sur lui pour les courses ; et, d'un autre côté, il se consolait à l'idée que Paris étant une ville immense, et le séjour de ses anciennes connaissances ne devant y être que de courte durée, il y avait quelque chance pour qu'il ne les y rencontrât pas.

Il lui vint alors à l'esprit de se demander s'il ne devait pas porter le deuil pour la mort de sa sœur ; mais, après une discussion mentale de quelques minutes, il décida que, comme elle devait être trépassée depuis longtemps, il serait ridicule de commencer à la pleurer aujourd'hui. Indépendamment de cette considération, il pensa que des vêtements de deuil provoqueraient naturellement des questions auxquelles il ne lui serait ni agréable, ni convenable de répondre. Il résolut donc de garder le silence à cet égard, mais de chercher à connaître, en écrivant à sa respectable mère, tous les détails de ce malheureux événement de famille.

Pendant que ces choses se passaient, un orage se formait à Douvres et menaçait d'engloutir, à son retour, notre aventurier, comme pour prouver, une fois de plus, la justesse du vieux proverbe qui dit *qu'un malheur n'arrive presque jamais seul.* Le lecteur n'aura peut-être pas oublié le malencontreux tête-à-tête dont Jack eut le bonheur de jouir, à l'enseigne du duc de Marlboroug, avec le comte d'Ilfracombe ; il se rappelle également, sans doute, la fraternelle côtelette, l'amical verre de punch, les plaisants épisodes des chevaux de M. Figg, et les rouges coudes de Rachel.

Le lecteur n'aura pas oublié non plus que le susdit comte d'Ilfracombe avait été signalé par Jack comme un *trouble-fête*, un vrai *rabat-joie.* Or, ce digne comte se trouvait être l'oncle de lord Tom, sa sœur ayant épousé le duc de Dichwater, père de ce jeune seigneur. Il était donc plus que probable que les détails d'une aussi plaisante rencontre, de même que les récits de Jack sur son intimité avec lord Tom, deviendraient le sujet principal de la conversation entre l'oncle et le neveu la première fois qu'ils se rencontreraient. Le hazard avait voulu qu'ils ne se fussent pas revus depuis la curieuse comédie jouée par notre héros à l'enseigne du duc de Marlboroug, lord Ilfracombe, sa femme et sa famille étant partis pour Bruxelles trois jours après ce singulier événement ; mais, comme si le diable s'en fût réellement mêlé, ils arrivèrent de leur voyage sur le continent le jour même du départ de Jack pour Walmer ; — ce qui fut pour lui une vraie calamité, qui n'aurait pas eu lieu s'il n'eût pas engagé lord Tom à retarder son départ pour la France, afin de lui être agréable sous différents rapports.

Une des principales récréations du matin pour les promeneurs à Douvres consiste à passer en revue les voyageurs qui débarquent dans la baie, derrière la jetée, après avoir éprouvé les douloureux effets du tangage et du roulis, qui sont si particulièrement sensibles dans la traversée du canal, en venant de Calais : au milieu de la confusion générale, on remarque les femmes au teint pâle et blême, avec leurs cheveux défrisés, pendant le long des joues ; les unes sont enveloppées dans des manteaux écossais, celles-ci dans des manteaux bruns, celles-là dans des manteaux verts, et quelques-unes même dans la soie et l'hermine qui se trouvent traversées par la pluie, mais que le désir de briller les a engagées à conserver sur elles ; d'un autre côté, on voit les hommes avec leurs casquettes de voyage,

leurs courroies, leurs paletots, leurs jaquettes, leur cache-nez,
tous plus ou moins ridicules, et pouvant à peine répondre
aux nombreux *commis* des différentes auberges, qui viennent
les obséder ; enfin, les uns et les autres se traînant péniblement, suivis de bagages de toute description, et tous paraissant tristes, défaits et malheureux. Cette bizarre variété d'objets excite l'intérêt et procure de plaisantes distractions ; car,
toutes les fois qu'on peut obtenir quelque plaisir ou quelques
émotions à bon marché, les curieux affluent, et le spectacle
ne manque jamais d'être très-suivi.

Après avoir été témoin du départ du *Ferret*, qui emportait
tous les bourreaux de Jack, lord Tom était resté sur le quai ;
et, pendant que les barques, chargées de passagers, s'éloi-
gnaient du steamer qui venait de jeter l'ancre, ses yeux cher-
chaient en vain quelque personne de connaissance lorsque,
tout à coup, sa surprise et sa joie furent simultanément exci-
tées à la vue de lord et de lady Ilfracombe, accompagnés de
lord et de lady Dawlish, et de lady Fanny Smartly, cousine
de Sa Seigneurie. La reconnaissance et la rencontre furent
pour tous des plus agréables, car lord Tom, qui s'observait
toujours beaucoup dans la société de son oncle maternel, était
le favori de sa tante et de sa cousine. Une des preuves les
plus saillantes de son désir de se maintenir dans les bonnes
grâces de cette branche de sa famille, est établie par ce fait,
qu'il n'avait jamais jugé convenable de présenter son petit
tigre Brag à aucun des membres qui la composaient ; et,
quoique les noms de ceux-ci et probablement même les particularités qui les concernaient fussent devenus familiers aux
oreilles de Jack, à force d'entendre lord Tom en parler, il
n'en est pas moins vrai que les connaissances personnelles et
pratiques de notre héros à leur égard se réduisaient à —
zéro.

Lady Fanny fut la première à reconnaître son cousin, et,
quelques minutes après, lady Ilfracombe et lady Dawlish,
pâles, malades et tristes, ne tardèrent pas à retrouver toute
leur énergie pour agiter leurs mains vers lui avec l'expression
la moins équivoque du plaisir qu'elles éprouvaient à le revoir. Elles ressemblaient plutôt à des ombres sous la conduite du vieux Caron, qu'à des mortelles confiées aux bras

vigoureux de leurs gais matelots, qui ne s'inquiétaient pas plus de l'agitation des vagues qu'une belle dame du bruit des roues de son équipage sur une route macadamisée.

Ils avaient eu d'abord l'intention d'aller directement à Londres, mais la fatigue des dames, jointe à l'occasion qui se présentait de passer agréablement une journée avec lord Tom, les décida à changer de projet. Les félicitations du jeune lord et l'accueil qui lui fut fait eurent un véritable cachet de sincérité, car on ne vit jamais de famille plus heureuse et qui concentrât d'une manière plus complète son bonheur dans les jouissances du foyer domestique. Lord Tom escorta lady Ilfracombe et lady Fanny ; lord Ilfracombe et son fils furent les cavaliers de lady Dawlish, et tous se mirent en marche, les pieds mouillés et roulant sur les galets de la plage. Ils se dirigèrent ainsi vers l'hôtel du Ship, où lord Tom insistait pour les faire descendre, en opposition avec le désir de lord Ilfracombe, qui, étant le plus malade, opinait pour l'hôtel rival, parce qu'il était le plus rapproché d'abord, et, ensuite, parce que son propriétaire passait à juste titre pour être d'une politesse et d'une obligeance remarquables. Mais lord Tom voulait gagner son procès, et ils arrivèrent ainsi à l'hôtel du Ship, qui, avec toute sa splendeur et son animation, est loin de nous réjouir le cœur autant qu'à l'époque où ce n'était qu'une maison d'apparence beaucoup plus modeste, pleine de comforts de toute espèce. En effet, les efforts qu'on fait pour procurer aux voyageurs un luxe qui ne doit être que passager, ne sont pour eux qu'une véritable déception. Combien n'est-elle pas préférable cette bonne auberge des Fontaines, à Cantorbéry, où l'on vous offre toutes les commodités désirables, et sans la moindre prétention ! Rappelons-nous à ce sujet qu'un noble comte, premier ministre de la couronne, ne manquait jamais, dans ses voyages à Walmer, de s'arrêter, pour dîner et passer la nuit, à *la Rose*, dans la petite ville de Sittingbourne, parce que c'était une auberge parfaite en son genre, et où il trouvait à rompre la monotonie des habitudes routinières de son existence. Rappelons-nous aussi que les maîtres-d'hôtel qui traitent avec le charlatanisme d'un luxe d'emprunt, dans l'espoir de mettre leur maison sur le pied des hôtels de leurs riches clients, finissent généralement par

16

faire de mauvaises spéculations : de la propreté et des soins attentifs, voilà les vraies qualités d'une auberge ; — quant à vouloir en faire un palais, ce n'est que ridicule.

A peine la société des Ilfracombe avait-elle fait son entrée dans l'hôtel du Ship, qu'on annonça que le déjeuner était servi pour les voyageurs, qui, après avoir rajusté dans leurs chambres le désordre de leur toilette, se sentirent en excellentes dispositions pour faire réparer à leur estomac le temps perdu par les privations supportées pendant la traversée. Aussi, jamais réunion aristocratique ne fit-elle plus vigoureusement honneur à un *déjeuner à la fourchette ;* et lord Tom lui-même, qui avait déjà pris un repas avant de sortir, se trouva si heureux du hazard qui les réunissait tous, qu'il sentit se réveiller vivement un appétit dont il s'empressa de satisfaire les exigences nouvelles avec un plaisir infini.

C'était une famille des plus unies, — et lord Tom, le franc-roué, se gardait bien de trahir par son langage ou ses manières aucun de ces symptômes qui auraient pu froisser d'une manière pénible et désagréable ceux avec qui il se trouvait en ce moment. On rit, on causa beaucoup ; lord Ilfracombe raconta plusieurs actes de *libéralité* du roi des Belges, — et plusieurs traits extrordinaires de *libéralisme* du roi des Français. Il discuta, à sa manière, la position anormale d'un monarque élevé sur un trône qui ne lui appartenait pas, par les clameurs d'un peuple dont il se trouvait ensuite forcé de restreindre les libertés avec plus de rigueur qu'on n'aurait jamais osé le tenter du temps même de Bonaparte, son idole et son tyran ; et il fit de curieux rapprochements, en rappelant les accusations portées par ce souverain, à l'article même de la mort, contre les partisans de ces barricades, à l'aide desquels seuls il s'était emparé de la couronne.

Après avoir ainsi abordé différents sujets, Sa Seigneurie en vint à parler de l'existence qu'on menait à Douvres : lord Tom fit connaître exactement sa position dans cette ville, — et ses relations avec un gentleman qu'il leur présenterait à dîner, M. Brag, qui devait l'accompagner à Paris pour y monter ses chevaux de course.

— Comment donc ! Est-il réellement vrai que vous connaissiez M. Brag ? demanda lord Ilfracombe.

— Sans doute, répondit lord Tom, mais est-ce qu'il vous serait également connu ?

La mine était éventée, la fatale explosion allait avoir lieu : lord Ilfracombe se mit à raconter les détails de leur rencontre, que le lecteur connaît déjà. Ce fut alors que lord Tom commença à ouvrir complétement les yeux sur la nature du caractère du *tigre* qu'il avait pris depuis si longtemps sous sa protection : aussi se promit-il de lui faire une réception de circonstance à son retour, — réception, comme aurait dit Jack, *un peu plus soignée que l'ordonnance ne le porte*, et de le chasser impitoyablement de sa présence pour les impudents mensonges qu'il avait osé faire à la face de celui-là même qu'il mettait si insolemment en scène. Une seule chose, cependant, semblait devoir opposer un obstacle à cette expression manifeste de son mépris ; — c'était sa dette, qu'il ne pouvait méconnaître, mais que, hélas ! il était hors d'état de pouvoir acquitter.

Disons maintenant que lord Ilfracombe, bien loin d'être ce *rabat-joie* décrit par M. Jack, était, au contraire, un homme extrêmement agréable, et tout disposé à prendre part à la plaisanterie. Avant l'arrivée de Brag, il s'entretint avec lord Tom, et, au lieu d'envisager la question d'une manière sérieuse, il proposa de donner une bonne leçon à notre aventurier, en l'admettant dans leur réunion, afin qu'il pût faire insensiblement connaissance avec les dames qu'il avait si grotesquement *habillées*, mais dont il aurait probablement perdu le souvenir, et de terminer la soirée par une mystification complète, qui manquerait son effet, si l'on voulait traiter la chose avec une certaine gravité.

— En même temps, Tom, ajouta le comte, je conviendrai qu'il faut de toute manière que vous vous en débarrassiez immédiatement après les courses, car vous ne sauriez croire à quel point le monde est disposé à faire des suppositions fâcheuses. Ce lilliputien vous est utile, précisément parce qu'il est petit et d'un poids léger ; mais, croyez-moi, ici *le jeu ne vaut pas la chandelle* (sic). Payez-donc un jokey — confiez-lui vos chevaux, — et, surtout, n'en faites pas votre compagnon ; ne lui donnez pas le droit de débiter mille sots commérages sur les membres de votre famille, comme l'a fait avec moi ce petit nain. Car, si vous ne pouvez le payer pour monter vos chevaux, il saura bien se payer lui-même *en nature*, à l'exemple du clergé (1).

Lord Tom convint de la justesse de toutes les observations de son noble oncle ; il alla même jusqu'à lui avouer l'impossibilité où il était de payer Brag. Or, ce fut là le moment fatal et décisif de la crise pour notre héros.

— Mon cher oncle, dit lord Tom, voudrez-vous bien me pardonner ce que je vais vous confier ?

— Tout, mon cher Tom, je n'ai pas le cœur dur.

— Je vous ai déjà confessé, continua lord Tom, que les événements récents m'avaient ouvert les yeux sur le caractère de cet homme : la nuit dernière il s'est mis en évidence de la manière la plus scandaleuse dans une maison où j'avais obtenu la permission de le présenter ; et j'ai reçu de Londres, ce matin même, une lettre qui m'apprend tous les détails de son inqualifiable impudence dans une circonstance où il a osé solliciter le même jour la main de deux sœurs, qui, pour s'en amuser, firent semblant d'accepter l'hommage de son cœur.

— Mme Dallington et miss Englefield, je présume, dit lord Ilfracombe.

— Mon cher oncle, demanda lord Tom, comment est-il possible que vous connaissiez les détails de cette inconcevable témérité ?

— Votre modèle d'ami, répondit lord Ilfracombe, m'a raconté lui-même toute l'histoire de leur attachement pour lui, sans omettre ni leurs noms, ni le lieu de leur résidence, pendant que, dans ce moment-là, il saisissait la taille effilée de la fille de l'auberge.

— Cela n'est pas possible ! s'écria lord Tom.

— Comment aurais-je pu le savoir autrement ? répondit lord Ilfracombe ; mais, croyez-moi, ne tardez pas à vous débarrasser de cet homme.

— Eh bien donc, il faut en venir au fait, reprit lord Tom : je dois à ce drôle 400 livres sterling. La loi de primogéniture, vous le savez, mon oncle, ne nous enrichit pas

(1) Nous devons supposer, sans craindre de nous tromper, qu'il n'est pas ici question du *pauvre* clergé catholique. (*Le Traducteur.*)

beaucoup nous autres lords Tom, Jones ou Bobs; notre part n'est pas brillante, et il s'ensuit que nous sommes souvent entraînés à commettre des sottises qui nous font rougir lorsque nous y pensons de sang-froid : or, la vérité est que, dans toutes les occasions, il s'est montré d'une obligeance fort empressée, et que moi, comme un sot, j'ai eu la faiblesse d'en profiter.

— Les gens de la cité, dit lord Ilfracombe, posent généralement en principe que l'homme peut tout accepter, pourvu, toutefois, qu'il n'y ait pas pour lui nécessité d'engager son nom par lettre de change ; mais, quoiqu'il en soit, Tom, je me rappelle que j'ai été jeune aussi, et je vous promets de vous tirer d'embarras : M. Brag pourra monter vos chevaux, et, quoiqu'il ne soit pas impossible que vous retombiez dans les mains de quelque autre aventurier, je vous réponds que ce ne sera pas lui qui aura le droit de vous *retenir par la bride*. Je vous remettrai donc l'argent qui vous est nécessaire, et vous lui solderez sa *facture* aujourd'hui même; mais je ne veux pas de querelle, — laissez-moi conduire l'affaire à mon idée. J'ai dîné avec lui dans une petite auberge, — il dînera avec nous dans un grand hôtel, et je serai bien surpris si je ne parviens pas à en tirer une vengeance complète. S'il se fût contenté de m'accuser d'être un ravisseur, un meurtrier, ou même un Whig (1), j'aurais pu le lui pardonner ; mais me dire en face que je ne suis qu'un trouble fête et une poule mouillée, c'est par trop fort. Qu'il vienne donc, qu'il prenne place à notre table, et j'aurai soin de tracer son rôle à chacun des membres de notre petite réunion. Surtout, pas un mot sur le nom des personnes avec lesquelles il va se trouver, jusqu'à ce que nous le tenions bien dans nos filets.

— Oh ! mon cher oncle, dit lord Tom, vous êtes réellement mille fois trop bon pour moi.

— Ne parlons pas de cela, répondit le comte. Il y a de par le monde une race d'êtres vulgaires qui font beaucoup d'embarras, et qui lisent à tort et à travers, lorsque, par suite de certains hasards, plus ou moins honorables pour leur caractère, ils se trouvent en possession d'une fortune qu'ils ne mé-

----

(1) *Whig*, désignation politique opposée à *Tory*. (*Le Traducteur.*)

ritaient pas d'acquérir, ou d'un héritage auquel ils n'avaient peut-être aucun droit réel. — Ils s'imaginent alors que s'ils ont pu parvenir, malgré leur peu de valeur personnelle, et à force d'adresse et de ruse, à s'introduire, ou à se glisser dans une société à laquelle ils ne pourront jamais appartenir sérieusement, ils parviendront également, en se hissant sur leurs sacs d'écus, à s'élever plus haut encore ; et, par le fait de leur basse origine et de leur insignifiance, il n'est pas étonnant qu'on les voie fourrer leur nez partout, et qu'on les entende exercer leur langue sur toute espèce de sujets, afin de se donner des airs d'importance : mais ils ne font, en réalité, que se rendre odieusement insupportables à ceux avec lesquels ils sont naturellement appelés à vivre ; et ridicules, outre mesure, aux yeux de ceux avec lesquels ils ne sont point faits pour s'associer, quels que soient, du reste, les moyens et les efforts qu'ils mettent en jeu pour atteindre leur but. Or, Brag est un véritable aventurier, qui fait partie de cette classe d'hommes ; et ce sera pour lui un châtiment fort doux que de recevoir de notre part la leçon qu'il mérite : ainsi donc, vous aurez l'argent nécessaire pour le payer, et nous nous débarrasserons de votre parasite personnage de la manière la plus polie et la plus aimable possible. Vous voudrez bien m'abandonner cette partie de l'affaire ; quant à la décharge de la dette, cela vous regarde.

La lettre que lord Tom avait reçue de Rhuston, et qui lui faisait connaître la conduite outrageante de Jack, et ses conséquences bien méritées, l'avait convaincu que Brag n'était ni plus ni moins qu'un drôle, et avait décidé Sa Seigneurie à se tenir sur ses gardes lorsque celui-ci serait de retour à Douvres. Toutefois, gêné dans ses mouvements comme il l'avait été jusqu'à présent par ses obligations pécuniaires envers lui, cette réserve, que lord Tom se proposait d'adopter, n'aurait abouti à rien ; car, quelque persuadé qu'il fût du manque de dignité, pour ne pas dire de la folie de sa propre conduite, Jack et lui n'en auraient pas moins continué leur route ensemble pour Paris, ainsi que leur liaison. Mais, maintenant qu'il se trouvait armé des moyens nécessaires pour repousser loin de lui un pareil compagnon, il se sentit respirer plus à l'aise en quittant la maison de banque où son oncle venait de toucher le montant de la somme due à Jack, somme que le neveu logea avec précaution dans la poche gauche de son gilet.

Nous aurons soin de faire connaître les détails de la mémorable journée du lendemain.

CHAPITRE XIII.

Brag était loin de se douter qu'à l'instigation de lord Ilfracombe un piége aussi dangereux lui fût tendu, pendant son éloignement forcé de son ami lord Tom. Il se doutait encore moins de l'arrivée du noble comte ; autrement, ayant encore, comme cela devait naturellement être, la mémoire remplie du souvenir des particularités du terrible *luncheon*, à l'enseigne du duc de Marlboroug, il aurait compris qu'une décisive et formidable explosion allait avoir lieu. Mais le fait est que les pensées de Jack, qui ignorait ce qui se passait, ne roulaient que sur le sort jusqu'alors inexpliqué de sa sœur Kitty, l'avancement de Georges Brown dans le monde et le mariage évidemment avantageux d'Anne.

Dans la confusion de ses idées, relativement aux causes de ces avantages et de cet avancement, et par suite d'une espèce de remords que lui faisait éprouver le souvenir de son indigne conduite envers une femme qu'il s'était autrefois figuré aimer, et dont il avait été aimé aussi positivement, qu'il était positif aujourd'hui qu'elle était à jamais perdue pour lui, Jack se trouvait réduit à faire des réflexions qui n'étaient pas précisément fort gaies.

Le temps, néanmoins, comme nous le savons tous, ne s'arrête pas dans sa marche, et, quoique Shakespeare ait dit qu'il a différentes allures, il n'en continue pas moins sa course : or donc, après avoir avalé ses deux verres de grog, plié et cacheté sa lettre à l'adresse de sa mère, lettre qu'il se proposait de mettre à la poste lui-même, le lendemain matin, afin

que personne, dans l'auberge, ne pût en connaître la direction, Jack, voulant essayer de relever, par l'ingurgitation
d'une nouvelle dose de *rafraîchissements*, ses esprits abattus,
sonna le garçon pour qu'on lui apportât encore du rhum et
de l'eau chaude.

Aucun domestique mâle ne répondit à son appel, le rustre
qui l'avait servi d'abord étant retourné à son écurie ; mais, à
sa place, parut devant lui une espèce de sylphide, qui semblait descendre des sphères éthérées pour prendre ses ordres,
— une véritable Hébé, — jeune et jolie fille, aussi modeste
dans son maintien que si elle eût, à l'instant même, dépassé
pour la première fois le seuil d'un couvent. On ne saurait,
en effet, rien imaginer de plus intéressant que sa charmante
figure, ombragée par de longs et soyeux cheveux blonds flottant sans art sur ses épaules, — rien de plus séduisant que
ses innocents yeux bleus modestement baissés, et ses joues
couvertes des délicates nuances de la rose prête à s'ouvrir.

Jack fut à la fois stupéfait, surpris et enchanté : sa première impression lui fit croire à quelque erreur. — Il s'imagina que cette délicieuse créature, vêtue avec tant de goût et
de simplicité, et qu'il avait sous les yeux, était, comme lui,
descendue dans l'auberge, et qu'elle n'avait dû pénétrer dans
sa chambre que par méprise ; — ou bien, peut-être, pensait-il encore, — ne l'aurait-elle pas vu et remarqué pendant
la journée ? — Alors ! — Mais, quoiqu'il en soit, don Qui-
chotte lui-même ne s'était jamais senti si transporté que Jack
en ce moment : Il la contemplait, — il doutait encore, — il
passait ses gros petits doigts dans ses cheveux bouclés, — il
relevait le col de sa chemise, et il allait enfin dire quelque
chose, lorsque Fanny Martin (c'était son nom), lui en évita la
peine, en lui demandant s'il n'avait pas sonné.

— J'ai sonné, dit Jack, oui, — oui. J'ai sonné, — c'est-à-
à-dire, — eh ! — Je vous demande pardon, — est-ce que ?
— Eh !...

— Que désirez-vous, Monsieur ? dit Fanny.

— J'ai sonné le garçon, répondit Jack.

— Tom, Monsieur, ne reste à la maison que jusqu'à huit
heures, dit Fanny ; mais je puis vous servir ce que vous désirez.

— Ah ! fort bien, dit Jack, c'est que, — eh ! — mais je serais fâché de vous donner cette peine, — je voudrais avoir un verre de grog, — s'il vous plaît.

Fanny, après l'avoir salué, se retira en fermant la porte.

La tête de Jack était en pleine révolution ; — comment expliquer la présence en ce lieu de cet ange de beauté ? — Jamais il n'avait vu d'aussi séduisante créature ; — que pouvait-elle être ? — demoiselle de comptoir, — femme de charge, — femme de chambre, — quoi, enfin ? En tous cas, c'était une brillante vision, — un objet vraiment digne d'être aimé ! — Et Jack, d'après les principes de Moore, dont il avait souvent fait l'application d'une manière plus ou moins heureuse, auprès de beautés faciles, de l'espèce de celles que chante ce poëte aimable, Jack disait comme lui :

« Sans honte pourrait-on des plus suaves fleurs
Dédaigner les parfums, si la rose est ailleurs ;
Et, dans un monde riche en beaux yeux pleins de charmes,
A deux yeux seulement doit-on rendre les armes ?

« Comme celles du paon, les ailes de l'amour
Ont des reflets brillants qui changent tour à tour :
Qu'une beauté nouvelle à l'horizon s'avance,
Les ailes de l'amour changeront de nuance.

« Alors, oh ! quel plaisir de pouvoir rencontrer
En tous lieux un objet qui nous doive enivrer ;
Et d'être sûr que, loin des lèvres qu'on adore,
D'autres lèvres d'amour nous souriront encore ! »

Ce sont là des maximes presque aussi commodes et aussi élastiques que celles des Papistes (1), bien qu'elles fussent vulgairement mises en pratique par Jack, dans son siége en règle contre une servante de Deal ; femme supérieure, il est vrai, et sous plus d'un rapport, à la Rachel aux coudes rouges de l'auberge du *Duc de Marlbroug* ; laquelle Rachel, nous devons cependant nous le rappeler, n'en avait pas moins repoussé d'une manière même fort peu équivoque les *attentions délicates* de notre Lovelace.

Il y avait, en outre, dans cette circonstance, une histoire

(1) Le traducteur repousse toute solidarité dans cette *aimable* insinuation de l'auteur Protestant contre les Catholiques.

dont Fanny Martin était l'héroïne, histoire que chacun connaissait à Deal, et qui disposait tous ceux qui la savaient, à s'intéresser à celle qui en était l'objet. Mais laissons parler elle-même la pauvre enfant et souhaitons, sans en dire davantage, que l'amabilité et l'ardeur de notre héros n'exercent pas d'influence fâcheuse sur la paix de son âme, et ne portent pas atteinte à l'excellence de sa réputation.

Jack, lorsqu'elle quitta la chambre, avait déjà, comme on a pu s'en convaincre, et pour nous servir de son propre langage, la tête et le cœur *complétement en déroute.* — Dieu me bénisse, se dit-il à lui-même ; — jamais Nancy Brown n'a approché d'elle ! — Blanche ? — Ah, baste ! — (Il est bon de se rappeler ici que l'ale et le grog dont il avait fait de si copieuses libations, joints à ses chagrins et à ses inquiétudes, avaient mis son sang furieusement en fermentation.) Miss Englefield ? — Une miss après tout, ce n'est jamais qu'une miss. — Elle et Mme Dallington, — deux sottes ; — eh ! — qui ont voulu rire à mes dépens. Quelle sincérité y avait-il là ? — Le jeune Gunnesbury ? — Je le hais ; — une vraie brute ! — Et ce vieux lord d'hier au soir, avec sa tabatière ? — Que le diable les emporte tous ! — Quant au Brick, — Bah ! — n'y pensons plus. Mais quelle délicieuse créature je viens de voir ! — Il faut que je lui parle ; — quels yeux, quels cheveux ! — Quant à Brown, j'espère bien qu'il est déjà loin ; — l'animal ! — Comment a-t-il pu gagner tant d'argent ? — Et Anne, — que j'ai aimée autrefois ; — c'était une vraie sottise ! ça ne pouvait me convenir. — Pour ce qui est de ma vieille folle de mère, — que le diable emporte le pont de Waterloo ! — Quant à lord Tom, — je l'ai en horreur ; — si je pouvais seulement retirer mon argent de ses griffes ! — je veux être pendu si j'ai l'envie de l'accompagner à Paris, — et d'y rencontrer Nancy ! — D'un autre côté, espérons que le fermier aura abandonné ses poursuites relativement à la violation de sa propriété dans la course au clocher ; — j'ai eu bon nez, en vérité, de ne pas donner mon adresse à son avoué. — Quant à ce vieil Ilfracombe, — l'oncle de lord Tom, — que la corde l'étrangle ! — Il faut convenir, ma foi, que j'ai été passablement ridicule dans cette circonstance : — sottes bêtes aussi que Figgs et ses chevaux ! — Qu'a-t-il donc pu arriver à

Kitty ? — rien de bon, j'en ai peur. Mais quel vacarme fait le vent ! — la mer doit être furieusement mauvaise. — Et cette belle créature, comme elle tarde à revenir ! — Je crois, cependant, qu'elle en tient un peu ; — j'ai remarqué son regard, — c'est l'innocence même. Allons ! — *that's all right and no mistake*. Maintenant, les *Trois-Maquereaux*, — le peigne et le bonnet de nuit; — et le sale monstre,— cette horrible guenon qui est venue me les rapporter ! — Ah ! quelle mystification ! Mais quels peuvent donc être les curieux qui ont été témoins de la scène ? Tom ne m'en a jamais rien dit. Et Lydiard, et Rushton, — sont-ils mariés enfin ? — je serais curieux de le savoir. — Quelle nuit pluvieuse, pendant que cette bonne pâte de valet voulait m'aller chercher une voiture ! — Oh ! ils peuvent bien tous aller trouver Satan. Mais, — que devient donc cette belle, — cette délicieuse créature ?

A peine achevait-il cette espèce de soliloque, et en murmurait-il le dernier mot, que Fanny reparut avec un verre de grog chaud. Après l'avoir déposé sur la table, elle se disposa à se retirer.

— Un moment! lui dit Jack, fermez un peu la porte.

— Je ne puis m'arrêter, monsieur.

— Je voudrais seulement vous dire deux mots, observa Jack.

— A merveille, monsieur, mais je pourrai aussi bien les entendre, la porte ouverte que fermée.

— C'est vrai, reprit Jack, mais il pourrait en être de même aussi pour les indiscrets.

— Je suis bien persuadée, monsieur, que vous ne voudriez pas m'adresser une parole que tout le monde ne pourrait pas entendre, répondit la jeune fille d'un air de candeur et d'innocence.

— Non, sans doute, dit Jack, mais vous savez aussi que l'air de la porte peut quelquefois donner un rhume ; et puis, je ne veux réellement vous adresser qu'une ou deux questions.

— Oh ! monsieur, je fermerai la porte, si vous le désirez, mais je ne puis rester qu'une minute.

— Eh bien, reprit Jack, en essayant de lui saisir la main, qu'elle s'empressa de retirer avec une expression de pudeur charmante, — expliquez-moi donc ce que cela signifie.

— Que voulez-vous dire, monsieur ?

— Comment ! ne comprenez-vous pas ? dit Jack. Par quel diable de hazard, enfin, trouve-t-on une aussi délicieuse créature que vous dans cette auberge ?

— Ma bonne fortune m'y a fait entrer, monsieur.

— Votre bonne fortune ! dit Jack, je crois, en vérité, qu'il ne dépendrait que de vous de la faire plus vite et plus brillante, si vous le vouliez.

— Non, monsieur, dit Fanny, mes parents sont nés ici ; mon père a péri dans un naufrage, et ma mère est morte. Je suis restée orpheline, mais ma maîtresse n'a pas cessé d'être pour moi comme une véritable mère depuis cette époque. Je me trouve fort heureuse où je suis, et j'en remercie le ciel.

— Vous êtes un ange, lui dit Brag, et il ajouta : Je voulais partir demain, mais depuis que je vous ai vue, j'ignore si jamais je pourrai me décider à m'éloigner, — à moins que ce ne soit avec vous.

— Plus vous resterez, monsieur, mieux ce sera pour la maison, répondit Fanny en souriant, et sans avoir rien perdu de sa charmante attitude jusqu'au moment où elle ferma la porte et disparut.

Son gracieux sourire convainquit notre héros que les séductions infaillibles de sa personne et de sa conversation avaient produit leur effet, et que la belle orpheline lui était, corps et âme, entièrement dévouée. Ce fut alors qu'il commença à maudire l'engagement qu'il avait pris envers lord Tom pour le jour suivant, engagement qui, pour d'autres motifs encore, lui avait déjà fait éprouver plus d'une répugnance.

L'ardente envie qu'il ressentait de revoir cette fille réellement belle, et de causer avec elle, lui suggéra l'idée, après avoir bu son verre de grog, de sonner de nouveau, sous le prétexte de se faire indiquer sa chambre à coucher. — Il était alors dix heures et demie : la sylphide reparut, — lui remit un flambeau, — le conduisit à son appartement, où elle se trouva, jusqu'à un certain point, exposée à de vulgaires persécutions, en guise d'attentions empressées, mais auxquelles elle parvint à échapper, je ne dirai pas, en historien fidèle, sans avoir essuyé à contre-cœur un seul baiser de Jack, baiser, du reste, qui fut tenté et repoussé si lestement, qu'il reste à savoir s'il arriva jusqu'à la pudique joue que cette attaque venait de nuancer d'un charmant incarnat, ou bien s'il n'effleura qu'une des boucles de cheveux qui couvraient sans art ce joli visage.

. Quoiqu'il en soit, Jack avait à peine vu la porte se refermer et entendu les derniers échos de la marche de l'aimable servante qui battait en retraite, qu'il se flatta, selon son habitude, que son affaire était en très-bon train. Il ne doutait pas que, sans l'ennuyeuse obligation qu'il avait contractée d'aller retrouver lord Tom dans la matinée à Douvres, il ne l'emportât sur les nombreux admirateurs dont une aussi belle créature avait dû nécessairement attirer l'attention.

Ces nouvelles préoccupations remplissaient tellement son esprit, peu fait, du reste, pour s'arrêter longtemps à la même idée, qu'elles en chassèrent facilement le souvenir de tout ce qui, un instant auparavant, avait fait le sujet de ses plus sérieuses réflexions. Jack avait fini, comme disent les marins, par *se jeter sur le flanc;* mais les différents bruits auxquels on peut être exposé dans une auberge de second ordre à Deal, ainsi que la violence du vent qui soufflait sur la côte, n'étaient pas de nature à calmer son agitation. L'imagination de Jack se mit alors à travailler, et il n'envisagea qu'avec un double effroi la journée menaçante du lendemain, maintenant qu'il se trouvait sous le charme d'une nouvelle puissance attractive; car, quant à l'apparente modestie de n'importe qui dans la maison, ce n'était, à ses yeux, qu'une véritable farce. Or donc, Jack, qui avait, depuis une heure environ, la tête sur l'oreiller, était dans l'attente que, sous un prétexte quelconque, il jouirait encore de la vue de Fanny, soit qu'elle vînt pour prendre sa lumière, soit qu'elle voulût lui demander s'il n'avait pas besoin de quelque chose, excitée qu'elle devait être, sans nul doute, par ses séductions infaillibles; lorsque, juste au moment où il allait céder au sommeil, il entendit, à son extrême satisfaction, mais nous ne dirons pas à sa grande surprise, un charmant petit bruit à la porte de sa chambre, bruit qui ressemblait assez à celui du pivert,

« Attaquant de son bec le hêtre des forêts. »

Ce doux son le fit tressaillir : il se souleva dans son lit, — aperçut la lueur d'une lumière à travers le trou de la serrure, et, avec un de ces soupirs à moitié étouffés, qui sortent de la poitrine de plus d'un gentleman en pareille circonstance, il murmura doucement ces paroles : *Qui est là ?*

— Moi, monsieur ; telle fut la réponse que lui fit la voix harmonieuse de la ravissante Fanny.

— *Entrez*, répondit Jack, en cherchant à donner à sa propre voix plus de douceur encore, — *entrez*.

La jolie fille obéit à l'instant et se présenta devant lui, une lumière à la main, et plus séduisante à ses yeux que jamais.

— Quelle délicieuse créature vous êtes ! lui dit Jack, dont l'imagination était assaillie en ce moment par une foule d'enivrantes pensées ; mais il était organisé, comme nous l'avons déjà fait observer, de manière à n'en bien saisir qu'une seule à la fois. — Vous voilà donc ! ajouta-t-il ; — c'est bien vous, — ô bonheur !

— Mon Dieu, monsieur, répondit Fanny en rougissant, et les yeux modestement baissés, je vous demande bien pardon, monsieur, — mais, — auriez-vous la bonté de céder la moitié de votre lit pour cette nuit ?

— En céder la moitié ! dit Jack, alors plus convaincu que jamais qu'il ne s'était pas abusé sur la puissante fascination de ses moyens séducteurs ; — en douteriez-vous ? — la moitié ! — oh ! certainement, — bien certainement, — *all right and no mistake.*

— *That's all right*, en effet, monsieur, répondit Fanny, car le capitaine Van Slush Harridik, négociant de la mer du Nord, arrive à l'instant même, et il est trempé jusqu'à la moëlle des os ; il n'a pas couché dans un lit depuis plus de trois semaines, et nous n'aurions pu le coucher nulle part, si vous n'aviez pas eu la bonté de dire *oui.*

— Monsieur Van quoi ? demanda Jack dans un état d'angoisse inexprimable.

— Van Slush Harridick ! lui fut-il répondu d'une voix rude et retentissante, par un homme de six pieds de haut, de quatre pieds six pouces de circonférence, — et vêtu d'une jaquette et d'un pantalon saturés de goudron. Il venait de suivre la fille dans la chambre, en entendant Jack donner son consentement. — Je vous remercie veaucoub, monsir, bour votre comblaisance : je dors brofondement, et je ronfle bas.

— Que signifie tout ceci ? dit Jack, je ne vous comprends pas.

— Mais ché combrands, moi, répondit Van Slush Harridick ; — Fanny demandé vous le moitié d'oume litte, — vous dire *oui*, — et, maintenant, vous dire *non !* — Ché ne havre bas rebosé debuis trois semaines, et moi dormir comme enne daube.

— Comme une quoi ? demanda Jack.

— Enne daube ! dit le géant.— Ainsi, Vanny, montez mon bibe, et mon borte-manteau, et mon tobac, et mon brand-wine et mon eau ; car, blaise au diaple, ché voulé brandre quelque chose avant de me cucher.

— Auriez-vous donc l'intention de rester ici, monsieur, dit Jack, — que vous demandez à partager mon lit ?

— Zertènement que ché boulé, répondit Harridick, — Vanny bous havre demandé si *oui ?* si *non ?* — vous dire *oui*, — c'est pien.

En disant ces mots, Harridick commença à se débarrasser d'une partie de ses vêtements, Fanny, de son côté, ayant exécuté ses ordres relativement à sa pipe, à son bagage et à son grog. Brag se souleva alors sur son séant et toisa le géant des pieds à la tête, pendant que celui-ci secouait sa veste mouillée et se disposait à se mettre au lit. Mais, après avoir mesuré de l'œil les proportions herculéennes de son compagnon, Jack prit aussitôt le parti d'abandonner la couche moelleuse qu'il occupait.

— C'est pien, dit Harridick ; bardez, si bous boulez, et laissez-moi toute la blasse,— ché ne serai bas le blus attrabé.

Voyant bien que toute observation ou toute résistance seraient inutiles, Jack alla s'habiller dans un coin ; et, lorsque Fanny revint avec ce que lui avait demandé le navigateur de la mer du Nord, il se trouva en mesure de faire connaître la détermination où il était d'abandonner entièrement son comfortable gîte au nouvel arrivant, et de passer la nuit sur le petit canapé rembourré de crin, qui se trouvait dans l'autre pièce ; — communication qu'il eut soin de faire de la manière la plus polie, afin de convaincre la servante et le négociant qu'il attachait peu d'importance à sa retraite.

— Ché être fâché de bous mettre à la borte, mon ami, dit Harridick; vous n'être qu'oune bêtite pout l'homme, et il y aurait eu blasse assez bour nous deux.

— Soyez le bien-venu, répondit Jack ; car, si vous n'avez pas goûté les douceurs d'un bon lit depuis trois semaines, la chose est plus importante pour *vous* que pour *moi*. — Ainsi donc, Fanny, ma chère, donnez-moi une lumière et je m'arrangerai aussi bien que possible en bas.

— Ponne nuitte, ponne nuitte, mon bêtite ami, dit Harridick, je bousse rendrai la bareille sur mon *prick*, dans la mer du Nord.

— Je voudrais bien, du fond de l'âme, t'y savoir déjà, se dit Jack en lui-même. — Bonsoir donc, monsieur ; — éclairez-moi, Fanny.

Fanny le précéda, et il se trouva bientôt dans la pièce du rez-de-chaussée. Il demanda alors s'il ne pourrait pas avoir une ou deux couvertures, ou quelque chose pour le protéger contre le froid de la nuit. Dans ce moment, la maîtresse de la maison lui répondit en personne qu'elle allait lui envoyer ce qu'il désirait, tout en exprimant le regret qu'on l'eût ainsi dérangé.

— En effet, fit observer Jack, habitué, comme je le suis, à toutes sortes de comforts, je puis bien dire que la chose est un peu dure *pour moi* ; — mais le gentleman — est fatigué, — alors...

— Oui, monsieur, reprit l'hôtesse, mais il n'aurait certainement pas songé à vous importuner, si vous n'eussiez pas, d'après ce que m'a dit la servante, consenti de bon cœur à partager votre lit. C'est Fanny qui a d'abord songé à vous en faire la demande ; car, comme elle a dit, dit-elle, le gentleman de Londres est si petit, qu'il y aurait encore assez de place pour M. Harridick ; — et, vous le savez, monsieur, tous nos autres lits sont occupés.

— Je suis extrêmement reconnaissant à Fanny de son attention, dit Jack ; assurément, je ne m'y serais pas attendu ; — cependant, — je...

— Oh ! monsieur, reprit la maîtresse du logis, soyez-en

bien persuadé, si ce n'eût été avec votre consentement, personne ne vous aurait obligé de quitter votre chambre. J'espère
que vous n'aurez pas froid et que vous ne vous trouverez pas
mal d'avoir couché ici. — Je vous suis humblement obligée
pour votre complaisance ; — avez-vous besoin de quelque
autre chose, monsieur, avant de vous reposer ?

— Ça m'est à peu près indifférent, répondit Jack ; cependant, vous pouvez m'envoyer un verre de grog — très-chaud,
fort et sucré — comme le dernier, eh ! — car je grelotte.

— Je vais vous l'envoyer à l'instant, dit l'hôtesse, enchantée d'avoir pu calmer si facilement son hôte. — Bonne nuit,
monsieur.

— Bonsoir, dit Jack ; et, après avoir jeté ses regards autour de la chambre, dont l'aspect était aussi triste qu'on puisse
se le figurer, il se mit à réfléchir pendant deux ou trois minutes sur les résultats probables que, dans son opinion, ne
manqueraient pas de lui faire obtenir les habiles manœuvres
de ses séductions irrésistibles, lorsqu'un petit coup frappé à
la porte vint lui annoncer que

« ..... le breuvage était prêt. »

— Entrez, murmura doucement Jack ; — et la gentille
Fanny parut de nouveau devant lui, avec un verre rempli du
liquide fumeux qu'il avait demandé, et qu'elle déposa sur la
table.

— Ainsi donc, miss Fanny, c'est à vous que je suis rede-
vable de la visite de ce monstre des mers, n'est-il pas vrai ?

— Monstre des mers, monsieur ! dit Fanny.

— Oui, M. Harridick, comme vous l'appelez, dit Jack.

— Ce n'est pas un monstre, monsieur, mais un brave gentleman rempli de cœur, et l'un des meilleurs habitués de la
maison, répondit Fanny.

— Je ne vous aurais jamais crue capable de me jouer un
pareil tour, continua Jack, en la regardant tendrement, et
d'un ton de reproche. — Maintenant, la seule compensation
que vous puissiez me donner, c'est de vous asseoir près de
moi pendant une heure ou deux, et de me raconter votre histoire ; — eh ! — alors je me raccommoderai avec vous,
smack smooth, and no mistake.

17

— M'asseoir! monsieur, dit Fanny. — Dieu vous bénisse ! — il est juste minuit : à cette heure tout le monde repose ici, et je couche avec ma maîtresse, qui m'attend.

— Ecoutez-moi, Fanny, ajouta Brag avec emphase...

— Fanny ! Fanny ! venez donc, s'écria une voix du dehors, par la porte qui était restée entr'ouverte, et Jack reconnut cette voix pour celle de la maîtresse du logis.

— Me voici ! madame, j'arrive à la minute, répondit la fille, — bonsoir, monsieur.

— Bonsoir, répondit Jack, d'un ton triste et résigné.

La servante se retira, ferma la porte, et les derniers sons qui vinrent frapper les oreilles de Jack furent un duo de rires à moitié étouffés, dont le diapason le plus élevé était, sans contredit, celui de sa ravissante Hébé.

Une harmonie de cette nature est, en pareille circonstance, une de celles auxquelles un gentleman se trouve assez généralement peu disposé à prêter favorablement l'oreille ; mais Jack n'était pas homme à se recueillir de manière à pouvoir se bien rendre compte des causes de cette joie bruyante. De qui donc peuvent-elles rire ainsi? se demanda-t-il, — de ce monstre des mers, probablement ; car il n'imaginait rien de plus ridicule que ce grossier personnage. Quoiqu'il en soit, notre petit homme prit d'assez mauvaise humeur le parti de s'envelopper comme il put dans une vieille casaque de matelot, qui, évidemment, venait d'être employée pendant un récent voyage.

Aussi ne dut-il pas, selon toute probabilité, se trouver fort à son aise le lendemain matin. On ne sera donc pas surpris qu'après avoir jeté tristement un coup d'œil sur sa valise, il commença à se repentir de n'avoir pas fait porter ses effets à l'hôtel des *Trois-Monarques*, ou dans tout autre hôtel de la ville, dont la tenue décente ne l'aurait bien certainement pas exposé à une *intrusion* et à une *expulsion* de la nature de celles qu'il s'était si sottement attirées, et qu'il avait été obligé de subir.

Dès qu'il fut levé, il sonna pour s'informer s'il ne pourrait pas jouir de son ancienne chambre pour y faire sa toilette ; à quoi Fanny, cette beauté si cruelle, répondit affirmativement, N. Harridick étant habillé, et se disposant à descendre à l'instant même. Elle demanda quelques minutes pour rétablir un peu d'ordre dans l'appartement, et lui promit de venir le prévenir aussitôt que cette petite opération serait terminée.

Il n'y avait assurément rien dans tout ceci qui fût capable de calmer ou de consoler notre héros ; et il ne pouvait se distraire de ce sentiment nerveux de souffrance et d'inquiétude, qui est le présage ordinaire et merveilleux de quelque malheur dont on est menacé ; mais il lui eût été impossible de se rendre un compte bien exact de ce qu'il éprouvait. Toutefois, dès que le jour parut, il commença à comprendre que non-seulement il s'était rendu malheureux par sa propre faute, mais encore excessivement ridicule par-dessus le marché. Cependant, quelques heures devaient suffire pour le débarrasser de tous ses ennuis ; et il allait pouvoir se lancer dans de nouvelles entreprises sous le patronage de lord Tom. Quant au marchand de la mer du Nord, comme il lui avait donné, par suite d'un quiproquo fâcheux, il est vrai, la permission de partager son lit, il pensa qu'il avait été beaucoup plus raisonnable de céder sur ce point, en se parant des dehors de la conciliation et de l'obligeance, que d'avoir eu aucune altercation personnelle avec un homme dont la position sociale ne pouvait être bien clairement définie.

Pendant qu'il se félicitait du succès de sa diplomatie, un coup frappé à la porte avec plus de force que n'en employait la gentille Fanny pour annoncer sa présence, le fit tressaillir. Sur sa permission, formulée par le mot *entrez*, la porte s'ouvrit, et M. Slush Van Harridick en personne s'offrit aux regards stupéfaits de Jack.

— Ponne jour à vous, dit le géant, j'esbère vous havre pien tormi.

— Bonjour, monsieur, répondit Jack ; — j'ai dormi comme une vraie taupe, ainsi que vous le dites ; — j'ai été chaudement et comfortablement couché, — je ne pouvais être mieux, — *all smach smooth, and no mistake.*

— Ji être entré simblement pour dire vous que le monstre de mer il être hapillé, et que botre champre il était à botre disbosition ; voilà toute : et maintenant, mon bélit homme, le monstre de mer il aller brantre son dijeuné.

— Harridick ayant fermé la porte, se retira avec calme

en fredonnant un couplet d'une vieille ballade hollandaise,
dont la mélodie retentit d'une manière peu agréable aux
oreilles de Jack, qui put dès lors se convaincre que chacune
de ses paroles ou de ses pensées confidentielles à Fanny avait
été charitablement communiquée par *elle* à son ours de rival,
et qu'en échappant à la vengeance de Scylla Brown, il n'a-
vait fait que courir un danger plus grand encore, puisqu'il
s'était exposé à la colère de Charybde Harridick, à Deal, et
qu'enfin il n'était *sorti*, d'après sa propre phraséologie, *de la
poêle à frire que pour tomber dans le feu.*

Shaftesbury a dit quelque part : La passion de la crainte,
d'après un philosophe moderne, agit sur les muscles du jarret
de manière à leur communiquer une merveilleuse agilité pour
transmettre aux jambes un degré surprenant de célérité, lorsqu'il s'agit d'éloigner le corps d'un danger qui le menace. Mais,
bien qu'il serait peu louable, et qu'il pourrait être même injuste
d'attribuer à aucune crainte sérieuse, de la part de Brag, le
parti qu'il prit à l'instant de ne pas rester une minute de plus
où il était, et sa détermination immuable d'en partir, toujours est-il que ce fut la résolution à laquelle il s'arrêta sans
hésiter, parce qu'il trouvait qu'il avait été odieusement mal-
traité, chassé de son lit, outragé de toute façon et tourné en
ridicule par la maîtresse de l'auberge et par sa servante.

En conséquence, après avoir terminé sa toilette, Brag
sonna pour ordonner qu'on lui fît son compte, et il répondit
d'une manière brève et négative à la question qui lui fut
adressée relativement à ce qu'il désirait prendre pour son déjeuner Le ton et l'air de dignité dont il accompagna ce refus
firent comprendre à Fanny que son règne était passé ; et, lorsqu'il eut payé le mémoire, sans y joindre la plus légère grati-
fication pour elle, Brag, la rage dans le cœur, se calma cependant jusqu'à un certain point, dans la crainte d'être exposé à
l'obligation de recevoir un compliment d'adieu de la part
d'Harridick. Il quitta donc la maison sans bruit, tenant à la
main sa boîte à chapeau et la valise qui contenait les objets
qu'il avait jugé à propos d'emporter pour une absence de
vingt-quatre heures.

Ainsi chargé, il sortit de la ruelle dans laquelle, *pour
mieux jouir de la vue de la mer sans doute,* il s'était volontai-

rement claquemuré, et il se dirigea vers l'hôtel des *Trois-Monarques*, où il s'informa de l'heure du départ de la diligence pour Douvres ; et, après avoir commandé son déjeuner, il eut soin de demander si l'on n'aurait pas vu quelque part le domestique de M. Brag. On lui répondit, comme toujours, qu'on ne l'avait pas vu, et avec d'autant plus de raison qu'il n'en avait jamais existé un seul qui fût personnellement attaché au service de notre héros.

— C'est qu'il sera probablement reparti cette nuit, fit observer Jack ; — mais n'importe, je me contenterai pour aujourd'hui de la voiture publique.

Quel qu'ait pu être le motif de son empressement à quitter son dernier gîte, Brag se trouva comparativement heureux dans son nouveau domicile. La maison était décente ; il y régnait partout un air d'animation et de propreté ; le temps était beau, le soleil brillant, et il aurait pu se croire complétement consolé, lorsqu'il lui vint à l'idée de demander, pendant que le domestique plaçait le déjeuner sur la table, quel était le steamer que l'on voyait chauffer à quelque distance.

— C'est le vapeur pour Calais, répondit le garçon. D'ailleurs, monsieur, voici le journal du matin, le *Télégraphe de Douvres*.

— Merci, dit Jack, avec l'affabilité d'un prince ; et il se mit aussitôt à trancher, à déguster, à avaler et à lire alternativement avec un calme d'esprit complet. Un nouveau nuage, cependant, se formait à l'horizon, et menaçait de neutraliser la joie qu'il venait de ressentir à la vue du *Ferret*, chauffant pour les côtes de France ; ce nuage se présentait sous la forme d'un avertissement, en tête des nouvelles locales, et il annonçait en gros caractères, qu'un brick venait de faire côte derrière la jetée. Il était ainsi conçu :

« La nuit dernière, le brick *la Rose*, de Falmouth, a manqué l'entrée du port, par suite de la violence du vent, et il a été jeté à la côte. On craignait beaucoup de ne pouvoir le sauver. Trois hommes de l'équipage ont gagné la terre à la nage, mais ils se sont gravement meurtris contre les rochers ; l'agitation des vagues était si terrible qu'on doutait qu'il fût possible de porter aucun secours au bâtiment. Vers neuf heures et demie, on est parvenu à établir des communica-

tions avec le brick, au moyen de longues cordes. Le lieutenant Brunt, de la marine royale, qui se trouvait sur les lieux,
a saisi un moment favorable pour se jeter à la nage, et, au
péril de sa vie, il est parvenu à sauver deux femmes, une
mère et sa fille, que l'on pouvait distinguer, à la clarté de la
lune, attachées à un des mâts du vaisseau, et faisant des signaux de détresse. C'est le second acte de dévoûment de cette
nature donné par le lieutenant Brunt. Trois hommes, malheureusement, ont péri ; mais, comme le vent s'est calmé, il
est probable qu'on pourra enfin parvenir à sauver le brick. »

— En voilà une ! se dit Jack à lui-même ; que ne sommes-
nous partis hier pour la France ! — maintenant me voilà en
pleine contradiction avec le conte que j'ai fait ; — j'ai parbleu bien vu ce farceur-là se jeter à l'eau ; — mais il ne
m'avait pas l'air d'un lieutenant. — Bah ! — que le diable
l'emporte ! — Ça va mal tout de même, — pas plus tôt sorti
d'un piége que je retombe dans un autre.

Jack, comme tous les aventuriers, ressemblait assez au
jongleur qui, sur une corde tendue, est à chaque instant menacé d'une chute. Dans cette circonstance son affaire était
claire, car il n'y avait que deux femmes à bord, et qu'un seul
homme qui se fût exposé pour les sauver. Mais, peut-être,
se dit Jack, lord Tom n'aura-t-il pas lu le journal, et, dans
le cas contraire, ne serait-il pas possible qu'il n'eût pas lu les
détails de l'événement ? à tout hasard, à quoi bon se tourmenter d'avance ? ne sera-t-il pas toujours temps de faire
face à l'orage lorsqu'il éclatera ? C'est dans cette disposition
d'esprit que Jack se mit à parcourir les nouvelles du sport,
les nouvelles de Londres, et qu'il termina son déjeuner.
Ayant appris que la diligence allait passer, il retomba dans sa
marotte habituelle.

— Garçon ! dit-il.

— Que veut monsieur ?

— En traversant Walmer, la diligence passe-t-elle près
du château ?

— Elle passe au bout de l'avenue, monsieur.

— Ah ! reprit notre héros, d'un air de réflexion ; c'est que
je dois aller à Douvres d'abord, et je pense que mon domestique a dû conduire le phaéton à Walmer.

— Mais, monsieur, s'empressa de dire le garçon, sous l'impression qu'avait voulu lui inspirer Jack, en lui laissant supposer qu'il allait faire une visite au château, je suis persuadé que le cocher consentira volontiers à attendre, pendant que vous enverrez quelqu'un pour vous en informer.

— Non, non, dit Jack, peu m'importe ! S'il n'est pas là, c'est qu'il sera allé probablement à Douvres. — Ainsi donc, tout est pour le mieux, *and no mistake.*

La diligence était prête, et le garçon, désireux de se montrer disposé à complaire à son hôte, dont il se flattait d'avoir découvert la destination, arriva précipitamment dans la chambre pour l'informer qu'un des valets du duc, venu dans la matinée, allait repartir, et qu'il pourrait probablement lui donner les renseignements qu'il désirait connaître.

— Non, non, répondit Jack, après un moment d'hésitation ; il n'en peut rien savoir, car je n'attends pas mon domestique de si bonne heure ; — non, non, — n'en parlons plus.

On pourra facilement se figurer la détresse de Jack lorsqu'il remarqua le susdit garçon s'entretenant avec le valet du duc, pendant qu'on chargeait les bagages, et qu'il vit le susdit valet monter sur la banquette. Il songea alors à se loger dans le coupé ; de cette manière, il espérait pouvoir échapper à toute explication ultérieure. Il s'informa donc s'il y avait une place, et, sur la réponse affirmative qui lui fut faite, il s'y installa avec sa valise et ses autres effets. Il jouissait déjà de l'ineffable plaisir de s'y trouver entièrement seul ; — mais, hélas ! le voilà retombé dans de nouvelles transes ! car, à peine était-il assis que le cocher reçut l'ordre d'aller prendre quelqu'un au *Standard.*

Jack ne se trouvait pas tout à fait rassuré relativement aux efforts qu'il avait tentés pour se donner un certain air d'importance : — Il avait décliné son nom ; — l'absence totale de domestique et d'équipage pouvait faire naître des soupçons fâcheux et provoquer quelque découverte ; il se voyait donc de plus en plus enlacé dans d'inextricables embarras. — Cependant,

« L'espoir renaît toujours à l'aspect du danger. »

Et Jack osait encore se flatter que son petit voyage pourrait bien, malgré tout, se passer pour lui d'une manière agréable. Car enfin, n'était-il pas dans les choses possibles que la personne qu'on allait prendre au *Standard*, fût une jolie femme qui, par son amabilité, lui ferait bientôt oublier les perfidies de Fanny et l'incivilité de sa maîtresse. Il avait donc encore la chance d'une nouvelle aventure, dont, si elle se présentait, il pourrait sortir triomphant, et rétablir ainsi la balance pour toutes ses déceptions passées.

Dès que la voiture se mit en marche pour Walmer, Jack prit ses précautions préliminaires habituelles : il passa ses doigts dans sa chevelure, il rajusta le col de sa chemise, et il mit tout généralement en ordre ; de telle sorte que, lorsque la diligence s'arrêta à l'embranchement de la route, il était tout préparé pour la conquête. On ouvrit la portière, on rabattit le marche-pied, et Jack, tout impatient qu'il fût de tenir sa victime, considéra néanmoins qu'il était de sa dignité d'affecter un air de parfaite indifférence. Il dirigea en conséquence ses regards avec une expression de satisfaction toute militaire sur la grille de la caserne, jusqu'au moment où il sentit les ressorts du véhicule fléchir sous le poids d'un nouveau voyageur : alors, se retournant avec un calme affecté du côté où il espérait apercevoir la prunelle étincelante des yeux sympathiques de quelque beauté Walmérienne, il vit, enveloppé dans un immense manteau, et cherchant à se caser dans l'étroit espace de l'intérieur, — son objet d'horreur et d'exécration, — M. Van Slush Harridick !

Jack s'imagina alors que la mesure de ses infortunes était remplie jusque par-dessus les bords.

A l'aspect de Banco, qu'il vient de faire assassiner, Macbeth, saisi de terreur, s'écrie :

> « Prends la forme de l'ours rugissant de Russie,
> Du fier rhinocéros, du tigre d'Hyrcanie,
> Toute autre forme enfin, et tes yeux ne pourront
> Ni voir trembler ma main, ni voir pâlir mon front. »

C'est aussi ce que pensa M. John Brag, écuyer, à la vue de son terrible adversaire, le navigateur de la mer du Nord. Eh quoi ! se dit-il, serait-il donc venu ici pour tirer vengeance des insultes que je lui ai faites, ou bien ne serait ce que par l'effet du hasard que nous nous trouvons rapprochés en ce moment ! — qu'en penser ?

— Ah ! s'écria Harridick, dès qu'il fut parvenu à prendre possession des trois quarts de la voiture, — fous foilà engore, — eh ? ché croyé bous bartir, ché havre bas voir bous à tijeuner ; — voilà engore votre monsdre té mer qui boyager avec vous j'isqu'à *Touvres* !

— J'en suis enchanté, répondit Jack, blanc comme un navet.

— Ché m'attendre à triver moun *prick à Touvres*, ajouta Harridick, qui, par le calme et l'indifférence de ses manières, ne semblait pas plus avoir bien compris le sens réel des expressions employées par Brag, qu'il ne paraissait disposé à tenir compte de l'intention offensante de son compagnon, dans le cas où elle aurait existé. — Ché havre brantre terre à *Teal*, continua-t-il, parce que moi aimer *Teal*, — ché havre connoitre le maîtresse ti la mison débuis bingt ans, et son mari débuis blus longtemps. — Ché téscentre tijours là pour me rebozer ; et je laisser mon segonde contuire le *prick à Touvres*.

— Ah ! alors vous restez à Douvres pendant que votre brick est dans le port ? dit Jack.

— Pienne sûr, moi rester, répondit Harridick ; et, quoique moi il êdre oune monsdre marine, ché serai heureux de rezevoir fous là gomme il faut.

— Vous êtes trop bon, monsieur, dit Jack, qui doutait encore si, dans cette démonstration de civilité apparente, il y avait réellement l'intention de lui donner une franche hospitalité, ou bien de lui jouer quelque mauvais tour.

— Comme nous il être seuls, dit Harridick, moi zuppozer vous n'avre bas d'opjection pour moi fimer ; ché n'avre bas mon bipe, mais ché havre quelque pons carottes, et di l'amatou pour allimer, — bouloir vous fimer avec moi ?

— Non, dit Jack, je n'en use pas, je vous remercie ; mais vous pouvez fumer, si cela vous plaît.

— C'est ce que moi il compter faire, reprit Harridick, qui, ayant ouvert une boîte remplie d'excellents cigares, alluma du feu, et commença méthodiquement son exercice tabagique, à la grande confusion de Jack, qui fut très-contrarié en pensant qu'il ne manquerait pas d'arriver à l'hôtel du *Ship* avec des vêtements complétement saturés du parfum de la fumée de tabac.

A ce moment la diligence arrêta pour laisser descendre le valet du duc ; ce domestique qui avait été informé par le garçon d'auberge que le petit homme au groom et au phaéton imaginaires, paraissait se rendre au château, se présenta à la portière, mit la main au chapeau, et demanda à Jack s'il n'avait rien à faire dire à son cocher, dans le cas où il serait arrivé avec sa voiture.

— Non, répondit Jack, je vous remercie, — non, — je serai de retour pour l'heure du dîner, — et si j'arrive à temps, — je...

— Sa Grâce n'est pas ici, fit observer le valet, mais si monsieur...

— Non, non, dit Jack ; je sais, — non, non, — peu importe ; je pense que mon homme sera allé directement à Douvres. — Je vous remercie, — bien obligé.

Le valet mit de nouveau la main au chapeau et se retira. Alors, le *all's right* (1) ! se fit entendre, et la voiture recommença à rouler.

Ce fut, il en faut convenir, une bien douce consolation pour Jack lorsqu'il vit que Van Slush Harridick, qui, pendant la nuit précédente, n'avait sans doute pas réparé complétement le temps perdu, s'était endormi profondément ; en effet, avant que son cigare fût réduit en blanches cendres, il était tombé dans un sommeil de plomb, qui avait débarrassé notre héros de plus d'une inquiétude, et n'avait pas donné à son compagnon le loisir de lui apprendre le nom de son *prick*, à bord duquel Jack n'aurait pas cru pouvoir se dispenser d'aller lui faire visite. Le somme durait encore au moment où ils tournèrent auprès du château de Douvres. Jack fit alors arrêter,

---

(1) Derrière chaque diligence, en Angleterre, se trouve un employé un petit cor de chasse à la main, dont il se sert pour faire écarter les voitures ou autres obstacles qui se présentent sur la route et prévenir les gardiens des barrières. Lorsque la diligence est arrêtée, il donne le signal du départ, en criant : *all's rigth*, tout est en ordre.

et manifesta le désir de se rendre à la ville par la ligne la plus courte, en ordonnant au cocher d'envoyer le plus tôt possible sa valise à l'hôtel du *Ship*. Par cette habile manœuvre, il tâchait de sortir de la ménagerie sans réveiller l'ours, afin de ne pas se trouver exposé à cimenter une plus ample connaissance avec un homme qu'il avait en profonde aversion, dès l'instant que cet homme était devenu pour lui un objet de terreur.

Jack sauta donc légèrement à terre ; et, cherchant avec précaution à éviter les *Trois-Maquereaux*, il se faufila le long des rues, et arriva sans encombre, par la voie de Snargate, à son hôtel, où son premier soin fut naturellement de s'informer de lord Tom. Lord Tom, lui dit-on, était sur la jetée : Jack s'empressa de s'y rendre. Ce n'était, hélas ! que trop vrai ; il y trouva Sa Seigneurie, mais au milieu d'une foule de tout rang et de toute condition, et dont l'attention se concentrait exclusivement sur les efforts que l'on tentait pour relever le malheureux Brick, qui a déjà fait le sujet de tant de conversations.

Jack était un peu contrarié que le brick, ou, comme eût dit Van Slush Harridick, le *prick* fût l'objet de la préoccupation générale, d'autant plus qu'il pourrait en résulter une discussion assez délicate avec le jeune lord, au sujet de l'article inséré dans la *Gazette* qu'il avait lue à Deal. Toutefois, Jack alla droit à Sa Seigneurie, qui était en ce moment appuyée sur le parapet, entre deux dames jusque-là complétement inconnues à notre héros.

— Ah ! Jack, dit lord Tom, d'un ton qui ne ressemblait pas tout à fait à celui qu'il employait d'habitude, — vous voilà de retour. Le *Ferret* est parti, eh !

— Je le sais, mylord, dit Jack.

— Vous arrivez juste à temps, continua Sa Seigneurie ; — la vue du bâtiment échoué doit vous inspirer le plus vif intérêt ; car ce n'a pas dû être une besogne facile que de parvenir à ce malheureux navire, au moyen d'une corde, pendant le terrible ouragan de l'avant-dernière nuit.

— Non, sans doute, répliqua Jack, et jamais je n'ai dit le contraire. La corde était aussi glissante que la peau d'une anguille ; et maintenant que j'y vois plus clair, je m'étonne comment diable *on a pu* faire ; mais, quand un homme se met quelque chose en tête, il ne s'arrête pas à de simples bagatelles. Le lecteur est prié de remarquer qu'il y a ici un peu d'altération dans le ton de Jack ; — notre héros traite maintenant la question d'une manière tout à fait hypothétique.

— Je suppose, lui dit lord Tom, que votre intention est, en ce moment, de vous informer des dames que vous avez sauvées ; soyez persuadé qu'elles ne se montreront pas ingrates.

— Non, vraiment pas, dit Jack ; j'abandonne tout au hasard. Je me contente de faire le peu dont je suis capable, et je ne prends pas une taupinière pour une montagne.

— Allons, ajouta lord Tom, je déclare que vous vous faites le plus grand tort possible, et que je ne puis être un ami assez indifférent pour souffrir que vous mettiez ainsi *la chandelle sous le boisseau* (sic).

— La quoi ? dit Jack à l'agonie ; la boutique, — les moules, les six et les dix, — tous ces souvenirs venant à la fois assiéger son esprit, comme un pénible cauchemar.

— Par votre chandelle, reprit lord Tom, je veux parler de votre intrépide habileté. Permettez-moi donc de vous présenter aux dames auxquelles, au péril de vos jours, vous avez conservé la vie, — Mme et Mlle Merwyn, — qui, j'en suis convaincu, seront trop heureuses de pouvoir vous témoigner toute la reconnaissance que vous méritez.

En ce moment, les dames se retournèrent, et, soit dit à leur plus grande honte ! — comme si elles s'étaient concertées d'avance, — elles partirent d'un éclat de rire immodéré.

— Je ne comprends rien à ceci, dit Jack, qui, au contraire, comprenait parfaitement.

— Ni moi non plus, monsieur, répondit la plus âgée des deux dames. Que nous ayons été sauvées miraculeusement d'un danger qui semblait nous menacer d'une mort certaine, — cela est positif ; mais c'est à ce gentleman seul que nous sommes redevables de notre conservation. — Elle désigna en même temps un homme court, trapu, portant d'épais favoris, et que M. Jack reconnut à l'instant même pour celui qu'il avait vu sur le rivage, — le lieutenant Brunt.

— Ha, ha! dit Jack ; c'est toujours comme ça, madame ; il ne manque pas de gens qui se vantent de ce que d'autres ont fait.

— Je me souviens parfaitement de vous, lui dit Brunt ; — vous étiez près de moi sur la jetée, — et j'oserai même dire que vous devez me reconnaître aussi, car je me rappelle également avec quelle complaisance vous m'avez offert de garder ma redingotte pendant mon expédition aventureuse, ou de n'importe quel nom on veuille la qualifier.

— Par Jupiter! s'écria lord Tom, cherchant à fixer l'attention du groupe sur les efforts que faisaient les hommes occupés au service du cabestan pour relever le brick, — je crois qu'on pourra le sauver!

Le soulagement que ce changement de conversation apporta à Jack fut amplement affaibli par l'altération évidente qu'il remarqua dans les manières de lord Tom à son égard ; aussi, affectant une extrême anxiété de voir arriver à bonne fin l'opération du sauvetage, il s'éloigna autant que possible de Mme et de miss Merwyn et de l'odieux lieutenant Brunt, des nobles efforts duquel il avait été réellement témoin, et dont il avait eu la sottise de s'approprier le mérite.

Qu'allait-il faire ? — Rester et tenir tête à l'orage, ou bien se rendre au *Ship*, et y attendre le résultat de sa folie ? Il voyait qu'il avait poussé la plaisanterie trop loin ; — mais revenir sur ses pas était chose peu facile. Par quelle fatalité aussi lord Tom avait-il pu faire la connaissance de ces dames arrachées au trépas, et qui, au lieu d'être deux charmantes créatures prêtes à le dévorer de caresses pour ses courageux efforts en les préservant de la fureur des flots, étaient tout simplement une mère et sa fille fort peu favorisées par la nature l'une et l'autre. Quoiqu'il en soit, maître Shallow (1) ne lui devait-il pas un millier de livres sterling? Et n'était-ce pas là un point d'appui, une sauvegarde, un gage de sécurité suffisant contre les conséquences naturelles du juste mécontentement de son noble ami envers lui ?

Encouragé par ces réflexions, il resta sur la jetée ; puis, à

(1) Allusion à la légèreté de caractère de lord Tom. *Shallow*, tête sans cervelle.

tout hasard, il se décida à rejoindre le groupe. Les efforts tentés pour relever le brick ayant été couronnés de succès, il fut remis à flot et, peu de temps après, remorqué dans le port. Les dames et leur sauveur prirent alors congé de lord Tom, sans accorder la moindre attention à Jack, qui s'était abrité sous le patronage de Sa Seigneurie, mais qui éprouvait un sentiment mêlé de surprise, de satisfaction et de regret, en remarquant que son noble ami évitait avec soin de prononcer un seul mot relativement à ce qui venait de se passer. Lord Tom se dirigea vers le *Ship* ; Jack en fit autant, en marchant parallèlement sur la même ligne ; mais lord Tom ne fit pas plus attention à lui que s'il eût été une souche ou une pierre. Ils arrivèrent ainsi à la porte de l'hôtel ; lord Tom entra le premier ; Jack, comme d'habitude, le suivit ; — mais lord Tom ne parut pas s'en préoccuper le moins du monde ; et l'unique signe de reconnaissance accordé à notre héros, lui vint, à sa grande stupéfaction, de lord Ilfracombe qui, l'apercevant dans le vestibule, lui dit qu'il était enchanté de pouvoir renouveler une connaissance si heureusement commencée à l'auberge du *Duc de Marlborough*, quelques semaines auparavant.

Brag se trouva presque anéanti. L'accueil glacial que lui avait fait lord Tom, l'avait d'abord sévèrement affecté ; les manières méprisantes des dames sauvées l'avaient froissé plus péniblement encore ; mais il y avait en lui tant de vanité et de sottise, que, malgré ces indices, il ne lui fut pas possible de distinguer si lord Ilfracombe agissait sérieusement, ou bien s'il ne voulait que plaisanter, en lui témoignant si chaudement le plaisir de le rencontrer.

De plus, il ne parut pas éprouver le moindre embarras lorsque Sa Seigneurie l'invita à déjeuner ; — ce qui formait, du reste, une partie du plan arrêté d'avance, et que Sa Seigneurie se proposait de mettre à exécution, parce qu'elle ignorait le scandale de la dernière hâblerie de Jack, au sujet des existences qu'il prétendait avoir sauvées dans le naufrage du brick. Cette affaire, cependant, jointe à une lettre que lord Tom venait de recevoir de Londres, relativement à la double demande et au double refus concernant mistriss Dallington et miss Englefield, avait déterminé Sa Seigneurie à se débarrasser de lui sans la moindre cérémonie ; mais lord Ilfracombe ne connaissant aucun de ces détails, avait insisté pour engager Jack, ainsi qu'il en avait été convenu avec son neveu.

Jack, qui prit la chose *de bonne foi* (sic), ne manqua pas de rajuster les boucles de ses cheveux et le col de sa chemise, comme d'habitude ; et il accompagna le comte dans la pièce où le déjeuner était servi. Il fut aussitôt introduit par Sa Seigneurie dans un salon où il trouva réunis lady Ilfracombe, lord et lady Dawlish et lady Fanny Smartly. Toute la famille, à l'exception de lord Tom, devait partir après le repas pour Cantorbéry, avec le projet d'en visiter les antiquités, et d'y passer la nuit en se rendant à Londres.

Quant à lady Fanny, Jack la connaissait de vue, Sa Seigneurie étant un des membres les plus distingués de l'ordre *équestre ;* mais il ne reconnut pas les deux autres dames, bien qu'il jugeât que la plus âgée devait être lady Ilfracombe. Et, quoique l'autre couple fît également partie des personnes qui étaient venues à la recherche du comte, à l'auberge du *Duc de Marlborough,* il ne les reconnut pas non plus dans le moment.

— Lady Ilfracombe, dit le comte, permettez-moi de vous présenter M. Brag, — grand ami de lord Tom qui ne tardera pas à venir, — et avec lequel j'ai passé fort agréablement une heure ou deux, lorsque vous êtes venue me découvrir dans l'asile où je m'étais réfugié pendant la pluie.

— Diable ! se dit Jack (car alors il se rappela toute l'histoire), que va-t-il donc m'arriver maintenant ? — Peut-être a-t-il oublié une partie de ce qui s'est passé ; dans le cas contraire, peut-être est-il disposé à pardonner. Que faire ? Je l'ignore. — Ce qu'il y a de sûr, c'est que me voilà pincé ; mais tenons bon, *and no mistake.*

— Quel déluge ce jour-là, milord ! dit Jack. Je ne soupçonnais pas le moins du monde, dans cette circonstance, à qui j'avais l'honneur de parler ; mais, lorsqu'on se trouve dans une auberge, il arrive souvent qn'on bavarde à tort et à travers, et c'est ce que je crains bien d'avoir eu la sottise de faire.

— Pas du tout, répondit le comte. Car, indépendamment de l'avantage de jouir de votre compagnie à notre table, et de faire plaisir à Tom, mon intention est de vous détromper sur la nature réelle de nos caractères : nous sommes loin d'être de vrais *rabat joie*, ainsi que vous vous l'étiez figuré. — Allons, lady Ilfracombe, mettons-nous à table ; Tom sera ici à l'instant, et nous n'avons pas un moment à perdre.

La cloche du déjeûner s'étant fait entendre, les domestiques parurent, et la petite réunion fut bientôt en place ; mais, avant que la fourchette eût attaqué l'aile d'un poulet, ou que le couteau l'eût seulement effleurée, lord Tom entra dans la salle, l'altération de ses traits exprimant d'une manière évidente l'agitation de son esprit.

— Milord, dit lord Tom, en s'adressant au comte, je considère qu'il est de mon devoir de vous détromper, comme je le suis moi-même, au sujet d'un individu qui figure à votre table, et à qui son titre d'hôte de mon oncle peut seul servir de protection. Il a, en ce moment, l'impudence de s'asseoir en présence de lady Fanny Smartly, avec qui il a eu l'audace de prétendre qu'il était en relation intime ; il a l'impudence de prendre place auprès de lady Dawlish, ma cousine, dont il a tourné la personne en ridicule, sans même la connaître ; il vous a bafoué vous-même ; enfin, il s'est constamment montré sous les dehors les plus méprisables. J'aurais désiré pouvoir me conformer aux intentions de Votre Seigneurie, en poussant la plaisanterie un peu plus loin, et nous aurions eu la satisfaction de le faire battre en retraite avec tous les honneurs du ridicule ; mais des circonstances qui ne me sont connues que d'aujourd'hui me forcent de lui enjoindre de quitter cette pièce à l'instant même. Qu'il ait pu concevoir l'impertinente pensée de s'installer parmi des femmes qu'il a diffamées et des hommes qu'il a calomniés, c'est ce que lui seul est capable de comprendre. Mais, puisque j'ai eu le malheur de le mettre en contact avec des membres de ma famille, — ce que, je dois le faire observer, je n'ai fait que lorsqu'il m'a été impossible de l'éviter, — je leur dois de manifester ici mes sentiments, en priant cet homme, et si cela est nécessaire, en lui ordonnant de sortir.

— Mon cher Tom ! dit lord Ilfracombe, — les dames, de leur côté, paraissent agitées d'un sentiment d'effroi.

— Pardon, ma chère tante, reprit lord Tom, pour la mar-

che que je suis obligé d'adopter, mais c'est la seule à suivre :
— Allons, monsieur, sortez, et venez m'entendre ailleurs
qu'ici.

— Oh ! dit Jack, sans nul doute, si Votre Seigneurie sort
aussi, je n'y vois pas d'objection ; — seulement je ne puis
comprendre, — mais je sais quelque chose qui pourrait...

— Quelle que soit la différence qui existe entre nous,
dit lord Tom, toute espèce de difficulté va être vidée à l'instant même, monsieur.

— Mon cher Tom, dit lady Ilfracombe, où voulez-vous en
venir ?

— A rien qui doive vous alarmer, ma chère madame, répondit lord Tom ; je serai de retour dans cinq minutes au
plus tard.

Lord Ilfracombe, qui s'était sérieusement promis de faire
une bonne plaisanterie de tout ceci, en présentant successi-
vement Jack à lady Dawlish, la *poupée de cire aux yeux cli-
gnotants*, puis à lord Dawlish, cet *ennuyeux monstre*, et ainsi
de suite, jusqu'à ce qu'on eût enfin couvert de confusion notre aventurier, en riant de ses absurdes prétentions à vouloir
trancher du grand seigneur ; lord Ilfracombe, disons-nous,
fut considérablement vexé que son neveu eût perdu son sang-
froid, et se fût chargé de l'affaire ; mais il est vrai de dire
que la conduite de cet homme était réellement devenue par
trop insupportable : le scandale de l'aventure de Londres
l'avait rendu ridicule outre mesure, et le salut des dames
naufragées, qu'il prétendait avoir sauvées d'une mort certaine, était venu couronner dignement toutes ses fanfaron-
nades.

Jack se trouva assurément fort contrarié de quitter une
table où il se trouvait si comfortablement assis ; mais, quelque désagréable que fût pour lui cette évolution, il ne put
s'empêcher de sourire à l'idée de faire coffrer lord Tom dans
la prison de Douvres, avant le coucher du soleil ; il ne voya-
geait jamais sans avoir soigneusement renfermés dans un
portefeuille de cuir de Russie les billets de Sa Seigneurie ;
et il se disait que Sa Seigneurie pouvait être bien certaine
que si lui, Jack, ne montait pas les chevaux de Sa Seigneurie le dimanche suivant à Paris, Sa Seigneurie, de son côté,

18

n'aurait pas le plaisir d'être dans cette capitale, pour les y voir courir.

Tom étant inexorable, en dépit de lord Ilfracombe et de la compassion des dames, Jack se décida à se lever, puisque la chose était inévitable, et il dit :

— Ma foi ! — je ne m'attendais guère à ce qui m'arrive ; — j'ai été invité par lord Ilfracombe à déjeûner, — je n'ai pas forcé l'entrée de cet appartement, — et je pense — considérant — cependant — je n'en dis pas davantage ; — car, en présence des *femelles*, — je trouve que cela serait inconvenant ; — cependant, il pourrait se faire — et — j'ajouterai seulement — que je souhaite le bonjour à Sa Seigneurie et aux dames. C'est tout de même une pilule assez dure à digérer, mais j'espère voir bientôt quelqu'un sur qui je pourrai compter, *and no mistake*.

— Maintenant, M. Brag, dit lord Tom, lorsqu'ils eurent quitté la salle à manger, arrêtez-vous ici et écoutez ce que j'ai à vous dire.

— D'accord, je vous écoute ; dit Jack.

— Depuis le premier jour où je fis votre connaissance, aux courses d'Epsom, reprit Sa Seigneurie, je vous ai toujours traité comme un gentleman, — je vous ai introduit auprès de mes amis, — vous avez vécu avec moi, — je vous ai présenté chez Mme Dallington, — et je sais tout ce qui s'en est suivi. Vous rencontrez mon oncle par hasard, — vous le bafouez en face, et vous me calomniez ainsi que plusieurs membres de ma famille. Vous offensez tous ceux que vous approchez, — et vous cherchez à vous faire valoir par le plus ignoble mensonge, en racontant faussement par quels nobles exploits vous êtes parvenu à sauver des dames, dont vous n'avez pu même reconnaître le visage lorsque vous les avez vues ce matin : maintenant, je vous demanderai si vous pouvez être surpris que je sois exaspéré contre vous.

— Pas le moins du monde, dit Jack ; j'ajouterai même que vous avez parfaitement raison, et que j'ai complétement tort ; mais vous oubliez milord Tom, une petite partie de l'histoire, — je veux dire l'argent que vous m'avez emprunté ; — si cela s'est échappé de votre mémoire, ça ne s'est pas échappé de la mienne, — et je ferai en sorte que vous ne m'échappiez pas non plus, car, par *Job!*

— Ne faites pas de bruit, monsieur, dit lord Tom, présentez-moi les billets que je vous ai souscrits, et je vous rembourserai jusqu'au dernier shelling ; je vous témoignerai ensuite mes remercîments, non-seulement pour les services que vous m'avez rendus, mais encore pour la leçon que j'ai reçue de vous, leçon que je n'oublierai pas facilement, je l'espère.

— Hé quoi! seriez-vous donc disposé à me payer? dit Jack.

— Jusqu'au dernier liard, monsieur, répondit lord Tom.

— C'est fort bien, reprit Jack. C'est même plus que je n'aurais osé espérer. J'ai ici vos billets dans mon portefeuille. Attendez, — voyons, — les voici.

— Prenez votre temps, monsieur, dit lord Tom ; je n'ai nulle envie de vous presser.

— Voici! dit Jack, 220, — 110 — et 100. C'est tout.

— Quatre cent trente livres sterling? dit lord Tom.

— Exactement, répondit Jack, mais, faites-y bien attention, je ne veux pas prendre d'effets à ordre ; c'est de l'argent comptant qu'il me faut.

— Vous devenez impertinent, je crois, dit lord Tom, mais, pour en finir au plus vîte, voici 430 livres en bank-notes. Comptez, monsieur, voyez si la somme s'y trouve.

— Tout y est bien, *and no mistake,* répondit Jack, en jetant un coup d'œil sur les billets.

— Puissé-je ne jamais apposer mon nom au bas de pareilles traites, dit lord Tom, et que cette leçon mette fin à mes absurdités ! Il est certain qu'on peut facilement me tromper.

— Oui, c'est vrai, dit Jack. Vous êtes ce qu'on appelle *aussi innocent qu'un agneau.* On pourrait en dire long, mais je veux me taire.

— Auriez-vous l'intention d'insinuer..., dit Sa Seigneurie.

— Je n'insinue rien, répondit Jack, et je vous souhaite le bonjour. J'ajouterai seulement que, tout hâbleur et vantard que je sois, selon vous, je n'en puis pas moins me flatter d'avoir fait aujourd'hui de quoi confondre un philosophe : Je veux être pendu si je ne suis pas parvenu à tirer 430 liv. sterling d'un gousset vide ! Voilà ce qui s'appelle bien travailler. J'ai perdu l'honneur de la société de Votre Seigneurie, mais j'ai rattrapé mon argent ; c'est là une compensation capitale, *and no mistake.*

— Dès cet instant, monsieur, tout rapport doit cesser entre nous, dit lord Tom.

— Bien obligé, mylord, dit Jack. Bonjour.

Lord Tom, qui avait été extrêmement agité pendant cette explication, retourna dans la salle à manger, où il eut à essuyer les reproches des dames pour sa cruauté envers le petit homme. Quant à Brag, aussitôt que Sa Seigneurie se fût éloignée, il s'appuya sur le balcon, et s'écria d'un ton de commandement :

— Garçon !

— Que désire monsieur ?

— Une chaise à quatre chevaux, de suite, pour me rendre à Hythe !

— Oui, monsieur.

— Et puis, — ajouta Jack, d'un ton de voix plus élevé encore, — apprêtez-moi mon compte, — une bouteille de soda-water, et le change d'un billet de banque de cent livres !

FIN DE LA PREMIÈRE PARTIE.

Le Mans, Imp. Étiembre et Beauvais, place des Halles, 19.

www.ingramcontent.com/pod-product-compliance
Lightning Source LLC
Chambersburg PA
CBHW071818020726
47502CB00004B/1158